森見登美彦
シャーロック・ホームズの凱旋《がいせん》
221B
中央公論新社

目次

シャーロック・ホームズの凱旋

プロローグ

この数年間、私はシャーロック・ホームズ氏の許可を得て、彼の手がけた事件記録を雑誌「ストランド・マガジン」に発表してきた。それらの冒険譚《ぼうけんたん》は洛中洛外《らくちゅうらくがい》の探偵小説愛好家たちを熱狂させ、名探偵シャーロック・ホームズの名は天下に轟《とどろ》いたのである。

たしかにシャーロック・ホームズの仕事ぶりは天才的であった。

しかしながら、その名声は彼ひとりの手でつかみ取られたものではない。ともすれば無味乾燥になりがちな事件記録を、「血湧《ちわ》き肉躍《にくおど》るロマンス」に仕立て上げたのは誰か。あえて「無能な助手」を演じることによって読者の共感を得てきたのは誰か。編集者の注文に応えるべく、睡眠時間を削って机に齧《かじ》りついてきたのは誰か。

言うまでもなくこの私、ジョン・H・ワトソンである。

「ワトソンなくしてホームズなし」

さあ諸君、復唱したまえ。

「ワトソンなくしてホームズなし」

この不滅の真理を諸君がその胸に刻み、ジョン・H・ワトソンという唯一無二の存在に対して、しかるべき敬意を払ってくれるなら、ささやかな私の願いは叶えられる。

○

ホームズ譚を掲載した「ストランド・マガジン」は飛ぶように売れた。

雑誌の売れ行きにともなってホームズの名声も絶頂を迎え、洛中洛外から押し寄せてきた依頼人たちが、寺町通《てらまちどおり》221Bの門前に市をなした。玄関から溢れだした人々が寺町二条《にじょう》の角まで行列を作り、彼ら相手に菓子や飲み物を売る屋台まで出現した。

まるで祇園祭《ぎおんまつり》のような賑《にぎ》やかさで、私たちはみんな浮かれていた。

シャーロック・ホームズは次から次へと持ちこまれる事件に夢中だったし、私はメアリ・モースタン嬢と結婚して念願の診療所を下鴨《しもがも》神社界隈《かいわい》に開設しようとしていた。あまりにも何もかもがうまくゆくので、私たちはウッカリ忘れていたのだ——それら一切の栄光が、「シャーロック・ホームズの天才」という謎めいた土台に築かれた、砂上《さじょう》の楼閣《ろうかく》であるということを。

その浮かれ騒ぎに終止符を打ったのは、次のようなホームズの呟《つぶや》きだった。

「どうもおかしいな。天から与えられた才能はどこへ消えた?」

ホームズのスランプがどの時点から始まったのか、正確に述べるのはむずかしい。

彼はいつの間にかその泥沼に足を踏み入れており、それが「底なし」であると気づいたときには、すでに引き返すことができなくなっていた。そして「赤毛連盟事件《あかげれんめいじけん》」という大失敗が、シャーロック・ホームズを完膚《かんぷ》なきまでに叩きのめしたのである。

以来、シャーロック・ホームズは寺町通221Bに立て籠もるようになった。ホームズが深刻なスランプに陥ったとき、それまで甘い汁を吸ってきた我々も巻き添えを食ったのは言うまでもない。ホームズ譚の連載は無期限休止を余儀なくされ、「ストランド・マガジン」の売れ行きは激減した。原稿料をあてに借金していたために、診療所の経営も苦しくなった。薔薇《ばら》色の未来は突然、消失したのである。

○

どんなプロフェッショナルにも、失敗があり、挫折《ざせつ》があり、不遇の時代がある。そんなとき、彼は世人からは見えない舞台裏に引き籠もって、愚痴《ぐち》ったり、捨て鉢になったり、膝を抱えて泣き濡れたりする。それは名探偵シャーロック・ホームズも例外ではなかった。

この手記は脱出不可能の迷宮と化した舞台裏からの報告書である。

いつの間にか迷いこんだその舞台裏において、私たちはかつて経験したことのない「非探偵小説的な冒険」を強いられることになったわけだが、世の人々がその冒険について知ることはなかった。スランプに陥ってからというもの、シャーロック・ホームズは世間的には死んだも同然であり、それはこの私、ジョン・H・ワトソンにしても同様だったからである。

シャーロック・ホームズの沈黙は、ジョン・H・ワトソンの沈黙でもあった。

第一章　ジェイムズ・モリアーティの彷徨

第一章　ジェイムズ・モリアーティの彷徨

十月下旬、爽やかな夕暮れのことである。

下鴨本通にある自宅兼診療所で妻のメアリと紅茶を飲んでいると、メイドが郵便物を持ってきた。請求書やら医師会の会報にまじって、一通の可愛らしい封書が目についた。

それはホームズ譚の愛読者からの手紙であった。

　拝啓

晩秋の候、ワトソン先生におかれましては、ますますご健勝のこととお慶《よろこ》び申し上げます。

母は「先生はおいそがしくて読者からの手紙を読むひまなんてないのよ」と言います。それでも私はあきらめません。たくさん書けばそれだけ先生のお目にとまるチャンスもふえると思うから。

私は十四歳の女の子です。父は輸入雑貨店をいとなむ商人で、母や兄もその手伝いをしています。ある日、兄が「ストランド・マガジン」という雑誌を買ってきて、私はホームズさんの冒険譚と運命的な出会いをはたしました。それはもうおもしろく、興奮のあまり熱が出て、お医者さまを呼ぶさわぎになったぐらいです（今は熱も下がっていますからご心配なく！）。その後、家族のみんながホームズさんのファンになりました。めったに小説を読んだりしない父でさえ、「なかなか学ぶところが多い。商売にも役立つ」なんて言いながら読んでいるのです。

だからこそ、ホームズ譚の連載が中止されたとき、家族一同、目の前が真っ暗になりました。ホームズさんの冒険譚は私たちの心のささえでした。もちろんホームズさんやワトソン先生にもいろいろなご事情がおありだということは分かっているつもりですが……。

ワトソン先生、どうかホームズ譚の連載を再開してください。

なにとぞ、よろしくお願いいたします。

かしこ

ホームズ・ファンの少女より

ジョン・H・ワトソン先生御許《おんもと》に

私がテーブルに頬杖《ほおづえ》をついて考えこんでいると、メアリが「読者からお手紙？」と言った。

私は「うん」と言った。雑誌連載が休止に追い込まれて早一年が経つ。それでも私のもとへは、今でも連日のようにファンレターが送られてくる。

「あの人のことを考えているんでしょう？」

「いや、考えてないよ」

「嘘おっしゃい。その顔は『あの人』のことを考えている顔です」

メアリはシャーロック・ホームズのことをつねに「あの人」と呼ぶ。少なくともここ半年ほど、それ以外の呼び方で呼ぶのを聞いたことがない。

――また『あの人』から電報が来てます。

――また『あの人』はグータラしているの？

――また『あの人』のところへいらっしゃるの？

そういうとき、決まってメアリはなんともいえない表情をする。

メアリが左京区《さきょうく》と上京区《かみぎょうく》を合わせてもならぶ者なき美人であることは誰もが認める事実だが、その美貌も「あの人」を話題にするときばかりは一抹《いちまつ》の翳《かげ》りを帯びる。それはそれで妻の美しさを引き立たせるから、テーブルの向こうで眉をひそめるメアリの顔にあらためて見惚《みと》れたりするのだが、そんな倒錯した心理を妻に気取られてはならない。

私はことさらウンザリしたような顔をしてみせた。

「まったく困ったやつだよ、ホームズは」

何よりもまず、妻の気持ちに寄り添うことが肝要なのである。

メアリは「シャーロック・ホームズ」という存在を、私たちの将来設計を木《こ》っ端《ぱ》微塵《みじん》に粉砕《ふんさい》しかねない危険因子と見なしていた。ホームズは地平線上にちらちらと姿を見せている不吉な暗雲であり、家庭の内紛の火種《ひだね》であり、災厄《さいやく》の予兆《よちょう》に他ならない。今そこにある脅威に対して用心を怠《おこた》らぬメアリの態度は、まったく正当なものであると私も思う。

「あの人があんな状態になって、もう一年にもなるんですよ」

メアリは美しい眉をひそめて言った。「最近つくづく思うんですけど、あの人はスランプから脱出する気なんてないんですよ。あの状態を楽しんでいるんだわ」

「楽しんでいるわけではないと思うがなあ」

「そうやってあなたが甘やかすから、あの人はいつまでもグータラしているんです。お願いですから、もっと毅然《きぜん》とした態度を取ってちょうだい」

「しかしメアリ、僕たちはホームズに恩義があるじゃないか」

私は読者からの手紙を封筒に収めると、立ち上がって窓に近づいた。

窓外には埃《ほこり》っぽい下鴨本通が延び、カラカラと辻馬車が走っていくのが見える。通りを挟んで向かいにある下鴨神社の森が夕陽に照らされている。開業するにはいささか辺《へん》鄙《び》な土地だが、僅《わず》かな軍人恩給《おんきゅう》だけが頼りだった私のようなポンコツ軍医が、このように独立開業できたのは信じられないほどの幸運だったといえよう。

今から四年前、まだ私がホームズと寺町通221Bで同居していた頃、メアリ・モースタンは事件の依頼人として私たちを訪ねてきた。その顚末《てんまつ》は「四人の署名」事件として発表済みである。それがきっかけで私はメアリ・モースタン嬢に求婚したのだから、私たち夫婦の縁を結んでくれたのがホームズであることは認めざるを得ない。しかし、私たちの新婚家庭を、崩壊寸前の危機に陥れたのもまたホームズだったのである。

この一年間、彼のスランプの巻き添えになって、診療所の経営も、私の精神状態も、メアリの将来設計も、たびたび破綻《はたん》の危機に瀕《ひん》してきた。当初はメアリにとって尊敬すべき人物であった「ホームズ先生」が、いつしか「ホームズさん」となり、やがて「あの人」へと格下げになったのも無理からぬことと言わねばならない。

メアリは立ち上がって、窓辺の私に寄り添ってきた。

「ねえ、ジョン。あなたはシャーロック・ホームズ専属の記録係ではないんですよ。いつまであの人のスランプに振りまわされなくてはならないの」

「それはそうだけど……」

「しっかりと前を向いて新しい一歩を踏みだすんです」

そう言って、妻は私の頬に接吻《せっぷん》した。「勇気を出してください」

○

その日の夜はクラブで医師会の仲間と会う約束だった。

「サーストンさんとお会いになるのね？」

「うん。クラブで玉突きをする約束なんだ」

私は玄関先でメアリに言った。「遅くなるだろうから、先に休んでくれていいよ」

私は診療所を出ると、下鴨本通で辻馬車に乗りこんだ。馬車が葵橋《あおいばし》を西へ渡っていくとき、鴨川《かもがわ》沿いの夕景が見えた。藍色の夕闇に沈んだ川べりを、人々が思い思いに散策している。左手には大文字山が見え、夕陽に赤く染まっていた。

現在スランプ中のホームズは、ヴィクトリア朝京都という荒海で難破したロビンソン・クルーソーも同然の身の上であった。今日も寺町通221Bの自室に引き籠もり、長椅子に寝転がって「天から与えられた才能はどこへ消えた！」と嘆いたり、森羅万象《しんらばんしょう》を「胃に良いもの」と「悪いもの」に分類したりして、グータラと人生を空費しているにちがいない。

荒神橋《こうじんばし》の近くにある行きつけのクラブに立ち寄って、サーストン君への伝言を残したあと、私はふたたび馬車に乗りこんで河原町通《かわらまちどおり》を下った。目指すは寺町通221B、シャーロック・ホームズの自宅兼事務所である。サーストン君には悪いが、どうしてもホームズの様子が気にかかったのである。

二週間前に取っ組み合いの大喧嘩をして以来、ホームズとは顔を合わせていない。

やがて馬車は丸太町通《まるたまちどおり》から寺町通へ入った。石畳で舗装された通りの両側には、雑貨屋や煙草屋、老舗の菓子店などが軒をつらねている。この街路を通るたび、今から十年前、シャーロック・ホームズと同居を始めた頃のことを懐かしく思いだす。寺町通221Bの玄関先で馬車を下り、ベルを鳴らすと、家主のハドソン夫人が玄関ホールへ迎え入れてくれた。

下宿屋は冷え冷えとして、陰鬱《いんうつ》な気配が漂っている。

「ホームズの様子はどうだね」

「いらしてくださって助かりましたわ、ワトソン先生」

ハドソン夫人はホッとしたように言った。「ホームズさんはもう何日間もお部屋に閉じ籠もっておいでなんです。カーテンを開けようともなさらないし、お食事もほとんど召し上がりません。僕はもう無用の人間だ、隠居するしかない、と仰ってねえ」

「またそれか」

「今度こそ本気かもしれませんよ」

「ばかばかしい！　どうせ口先だけのことだよ」

私は溜息をつき、十七段の階段をのぼった。

ハドソン夫人の「喧嘩はいけませんよ」という声が追いかけてきた。

ホームズが深刻なスランプに陥ってから一年、私は新作を発表していない。

熱狂的な探偵小説愛好家たちは苛立《いらだ》ちを募《つの》らせ、「ホームズをスランプに陥れたのはワトソンである」という陰謀論さえ広がっていた。名探偵ホームズへの失望が、相棒ワトソンへの怒りにすり替えられているのだ。もう矢面に立たされるのはウンザリであった。

○

シャーロック・ホームズの部屋は薄暗く、あいかわらず雑然としていた。新聞の読み殻《がら》や犯罪記録が投げだされた床は足の踏み場もなく、椅子やテーブルが群島のように散らばっている。化学実験台からは酢酸《さくさん》の臭いが漂い、壁はピストルの弾痕《だんこん》だらけだ。暖炉のマントルピースには、ホームズ復活を祈願してハドソン夫人が片目を入れた達磨《だるま》が空しく埃をかぶっている。

「おい、ホームズ。生きているか？」

「うーん」という呻き声が聞こえた。「ワトソンか？」

私は薄暗い部屋を横切って、暖炉前に置かれた長椅子に近づいた。

シャーロック・ホームズは灰色のガウンに身を包み、長椅子に仰向けになっていた。無精《ぶしょう》髭《ひげ》が伸び、目はぼんやりと天井を見つめている。サイドテーブルには金魚鉢が置かれ、でっぷりした金魚の「ワトソン」がふてぶてしい顔つきで浮かんでいた。

そのふくれっ面の淡水魚は、ホームズが秋祭りの夜店で手に入れてきたものである。今から二週間前、ホームズはさんざん私に愚痴を垂れた挙げ句、「君はちっとも親身になってくれない！」と怒りだし、その金魚に「ワトソン」と名付け、新しい相棒に抜擢《ばってき》すると言いだした。それがきっかけで、取っ組み合いの大喧嘩となり、駆けつけてきたハドソン夫人に花瓶の水を浴びせられたのである。どう考えても三十路の紳士たちのすることではない。

私はガス灯をつけて、肘掛け椅子に腰かけた。

「調子が悪そうだな」

「事態はいっこうに好転しない」

「しかし依頼だって少しはあるんだろ？」

「あんな連中！　しょうもない依頼ばかりだ」

「あれこれ難癖《なんくせ》をつけて門前払いしているんじゃないか」

ホームズは不貞腐《ふてくさ》れたように黙りこんだ。図星だったのだろう。

「ようするに君は失敗するのが怖いんだろう。たしかにそうやってグータラしていれば、失敗する心配もないし、名探偵のプライドも守れるからな。しかしそんなごまかしがいつまで通用すると思っているんだ？　きちんと事件に取り組んで、己の価値を証明しろ」

「僕が怠けていると言いたいのか？」

「怠けているじゃないか」

「ちがうね。そう見えるのは君の目が節穴《ふしあな》だからさ」

ホームズはむっくりと身を起こして、いまいましそうに私を睨《にら》んだ。

「分かってないな、ワトソン君。なにゆえシャーロック・ホームズはスランプに陥ったのか──それこそ史上最大の難事件なんだよ。僕は『自分自身』という難事件に取り組んでいるのだ。世俗のしょうもない問題に取り組んでいる暇なんてあるもんか。だいたい君の方こそ、ちっとも僕に協力してくれないじゃないか。つくづく友達甲斐のないやつだよ、君は」

「友達甲斐がないだって？　よくもそんなことが言えるな！」

赤毛連盟事件という大失敗から約一年。相棒として、友人として、医師として、私はシャーロック・ホームズを苦境から救いだすべく、あらゆる手を尽くしてきた。青竹踏み健康法から漢方薬まで、思いつくことは片端から試みてきた。毎日弁財天《べんざいてん》に祈願し、深山に分け入って滝に打たれ、有馬《ありま》温泉へ湯治《とうじ》にもいった。しかし何ひとつ、ホームズのスランプに効果はなかった。連日のように彼のスランプに振りまわされたせいで、ついに私は過労で倒れ、激怒したメアリがホームズのもとへ抗議に乗りこんだほどだ。こちらもさんざん辛酸を舐《な》めさせられてきたのである。

「僕にだって自分の人生がある。君の世話ばかり焼いていられるか」

「ふん！　どうせ奥さんが大切なんだろう」

「妻が大切なのはあたりまえだ」

「ほう、そうかね。それなら、その大切な奥さんとの出会いを取り持ってやったのは誰なんだ。『四人の署名』事件がなかったら、君がメアリ・モースタン嬢と出会うこともなかったんだぞ。僕が君たちの縁を結んでやらなかったら、君は今もまだこの下宿の二階でグータラして、『お嫁さんがほしいなあ』とか、ぷつぷつ言っていたに決まってる。独身貴族を引退できたのは誰のおかげだ？　可愛い奥さんを見つければ僕はもう用済みなのか。僕との冒険はお嫁さん探しか。君たち夫婦はもっと僕に感謝すべきだ。朝昼晩、僕のいる方角に向かって礼拝しろ」

「ホームズ、それなら僕も言わせてもらうが」

「いいとも。言いたいことを言いたまえ」

「そもそも君が有名になったのは誰のおかげだ。『ストランド・マガジン』に僕が事件記録を書いたからこそ、君の名は売れ、面白い事件の依頼が舞いこむようになったんだぞ。僕が書かなければ、今も君は無名の探偵として、この下宿でくすぶっていたろう。何もかも君ひとりだけの力で成し遂げたと思うな」

ホームズは「あんなもの！」と鼻で嗤《わら》った。

「薄っぺらい大衆娯楽小説じゃないか。子どもだまし以外のなにものでもない。あんなものを書いてくれと頼んだおぼえはないよ。そもそも小説を書きたがっていたのは君だろう。君は僕を出世の道具に使ったわけだ。それはそれで勝手にすればいいが、恩に着せるのだけは止めてもらいたい。君の力を借りずとも、僕は自力で頭角《とうかく》を現したに決まっているから」

「ほう、そうかね」

私も仕返しに鼻で嗤ってやった。

「それならどうして今こんな有様なんだ？」

これにはさすがのホームズも言い返せなかった。

「いいかげん現実を見ろよ、ホームズ。言い訳ばかりしやがって」

「それなら教えてくれたまえ、ワトソン君。君にとって現実とはなんであるのか。それはようするに奥さんの尻の下だろう。そこはそんなに居心地の良いところかね。健やかなるときも病めるときも、君は奥さんの尻の下にいるよな。本当に君はそれでいいのか。メアリなんて人情のかけらもない女だ。事件を解決してやった頃は愛想が良かったのに、ちょっと僕がスランプに陥ったら掌《てのひら》を返しやがって」

「メアリを侮辱《ぶじょく》することは許さんぞ」

「まったく呆れるよ。どこまで君は奥さんの奴隷《どれい》なんだ」

私は椅子から立ち上がり、ホームズに摑《つか》みかかりそうになった。

しかし急に空しくなった。「もうウンザリだ」と言って、ふたたび腰を下ろした。

こうして私がこっそりホームズに会いに来ていることを知ったら、メアリは激怒するだろう。「ホームズ問題」は私たち夫婦の火薬庫のようなものだ。少しでも扱いを間違えば、ワトソン家が深刻な内戦状態に陥るのは必定であった。それほどの危険を冒して会いに来ているというのに、こんなつまらない言い争いをしていて何になるのか。この一年、私たちは一歩も前進していない。

それでも私はホームズを見捨てることができない。それが最大の問題なのだ。

○

ホームズは長椅子から立ち上がり、床に放りだしてあったヴァイオリンを手に取った。

それは彼がまだ大学生であった頃、東寺のガラクタ市で掘り出したというストラディバリウスである。ホームズの腕前はお世辞にも良いとは言えない。メアリと結婚して下鴨へ引っ越してからも、その酒呑童子《しゅてんどうじ》の歯ぎしりみたいな音が鴨川を越えて追いかけてくるような気がしたものである。

「ヴァイオリンは勘弁してくれ」

「僕の芸術的感興を止める権利は何人にもないのだ」

ホームズはギイギイと演奏を始め、私は溜息をついて暖炉を見つめた。

しばらくすると、天井からドンドンと足を踏み鳴らすような音が聞こえた。

「おや？」と私は天井を見上げた。この下宿屋の三階は、かつて私の暮らした部屋だが、今は空室になっているはずだ。「おい、三階に誰かいるのか？」

しかしホームズは憤怒《ふんぬ》の形相《ぎょうそう》でストラディバリウスを掻き鳴らすばかり。その演奏に熱が籠もるにつれて、天井から聞こえる足音も大きくなっていく。ふいに上階でドアを叩きつけるように閉めた音がして、怒りの籠もった足音が階段を下ってきた。

間もなく、ステッキを持った老人が部屋へ飛びこんできた。

「その不快きわまる演奏を今すぐ止めろ」

「申し訳ないが、何を仰っているのか聞こえません」

ホームズは弓を動かしながら叫んだ。「なにしろ演奏中でして」

「その演奏を止めろと言っておるんだ。止めろ、この愚か者めが！」

その老人は真っ黒な服に身を包み、痩せぎすでひどい猫背だった。秀でた額は青白く、目は深く落ちくぼんでいる。薄い唇《くちびる》をへの字に結んで、顔をゆっくりと振りながらホームズを睨みつける姿は、獲物に狙いをつけた不気味な大蛇を思わせた。いかにもただ者ではない。

ホームズは舌打ちして演奏の手を止めた。

「何の用です。五分だけなら聞いてあげましょう」

「私の言いたいことは先刻ご承知のはずだ」

「だったら、僕の言いたいことも先刻ご承知のはず」

「あくまでもやる気か？」

「もちろんです」

老人はポケットから小さな黒革の手帳を取りだした。

「十月十五日の夜、貴君は私の邪魔をしてくれた。その二日後の十月十七日の深夜、またしても私の邪魔をした。さらに二十日には貴君のおかげで貴重な睡眠が失われ、二十一日にはまったく仕事が手につかなかった。この下宿屋に越してきてからというもの、貴君の絶えざる妨害によって、私の研究は遅れに遅れている。まったく看過《かんか》しがたい損失だ」

「入居時にハドソンさんから説明があったはずですがね」

「たしかにヴァイオリンの件は聞いていた。しかしここまでひどいとは思わなかった。どうすればそんな音が出せるんだ！　まったく途方もないヘタクソさだ！」

「我慢できないなら、さっさと出ていけばいいでしょう」

「そういうわけにはいかんのだ。家賃を半年分、前払いしてしまった」

老人は手帳をポケットにしまうと、噛みつくような目つきでホームズを睨みつけた。

「ハドソン夫人によれば、貴君は著名な探偵らしいな。くだらん仕事だ！　犯罪者の尻を追いかけまわしているだけではないか」

「物理学者だって同じようなものだと思いますがね」

ホームズは言い返した。「自然の尻を追いかけまわしているだけでしょう」

老人は怒りに身をふるわせ、ステッキを振り上げた。すかさずホームズはストラディバリウスで防御のかまえを取った。あたかも巌流島《がんりゅうじま》で決闘に臨んだ剣客のごとし。

老人は毒蛇のようにホームズを睨みつけながら、「私は宇宙の真理を探究しているのだ」と唸《うな》るように言った。

「この下宿屋へ引っ越してきたのも、つまらん世俗の交わりを断ち、偉大な理論を完成させるためだ。その理論は宇宙の中心にある謎を解き明かし、人類を新たな段階へ導くであろう。にもかかわらず、そのクソいまいましいヴァイオリンが邪魔をする。貴君は私という一個人の仕事を妨害しているのではない。人類の進歩発展そのものを妨害しているのだ。恥を知りたまえ！」

一気にまくしたてると、老人はステッキを下げた。

「今日のところは勘弁してやる。しかし、次は容赦《ようしゃ》せんぞ」

そして彼は身をひるがえし、黒い疾風のように出ていった。

○

「モリアーティ教授？」

私は驚いて問い返した。

「あのジェイムズ・モリアーティ教授かね」

ホームズと私は窓辺の丸テーブルを囲んで夕食を取っていた。

ハドソン夫人は夕食を運んできたついでに、先ほどから私と世間話をしていた。そのとき彼女の口から三階の新入りの素性《すじょう》を聞かされた。それはまったく予想外の人物だった。

ジェイムズ・モリアーティ教授といえば、応用物理学研究所の教授であり、「万国博覧会」や「月ロケット計画」といった国家的プロジェクトに名を連ね、数年前にベストセラーとなった通俗的な自己啓発本『魂《たましい》の二項定理』の著者でもあった。

「名士中の名士じゃないか。そんな人がどうしてこんなところに」

「自分の研究に集中するためだと仰っていましたわ。そのために大学の研究所もお辞めになったそうです。ホームズさんに負けず劣らず風変わりな人ですよ。日中はめったに外出されないし、夜更けになると出かけて明け方まで帰ってこないんです。どこで何をしているんだか！一度だけカートライトさんという若い人が訪ねてみえましたけど、他には訪ねてくる人もいませんね」

「あなたもヘンテコな下宿人を招き寄せるなあ」

「これも運命と諦めるしかありませんわ」

ハドソン夫人はそう言って、横目でホームズを睨んだ。

「ホームズさん、ヴァイオリンの演奏をひかえてくださいと申し上げたでしょう」

ホームズは鳥料理とパイを食べながら、「同居人なら我慢すべきだ」と言った。「いやなら出ていけばいいんです。家賃を前払いしてもらっているなら、あなたに損はないはずだ」

「それはそうですけど、気の毒じゃありませんか」

「気の毒なもんか。あんなやつ！」

ホームズはモリアーティ教授にいやがらせをしているのだろう。

というのも、彼の著書『魂の二項定理』には苦い思い出があるからだ。

今年の初夏のこと、スランプから抜けだそうと悪戦苦闘を続けていたホームズは、その神秘主義的な自己啓発本の教えを実行すると言いだした。おりしも空には暗雲が垂れこめ、ひっきりなしに雷鳴が轟いていた。天地のリズムと同調し、失われた才能を取り戻すべく、ホームズは寺町通221Bの屋上へ駆け上がると、衣服を脱ぎ捨てて雷雨に打たれながら踊りまくったのである。しかしその破廉恥《はれんち》な踊りが呼び寄せたものは、ホームズの失われた才能ではなく、寺町通を巡回中の巡査であった。

危うく留置場へ放りこまれそうになったところを、京都警視庁《スコットランド・ヤード》のレストレード警部の温情で事なきを得たが、それはホームズが最後の尊厳さえ失いかけた事件だったのである。その後、ホームズが『魂の二項定理』を暖炉へ投げこんだのは言うまでもない。

「新しい下宿人なんて入れなければよかったんだ」

「ホームズさんがその分の家賃を払ってくださるんですか？」

「もちろん払うつもりでしたよ」

「いつ？」

「いつの日か、このスランプを抜けたあかつきには……」

「何を悠長《ゆうちょう》なことを。こちらにも生活設計があるんですからね」

ハドソン夫人は呆れたように目をまわした。「だから前から言っているでしょう。リッチボロウ夫人に相談なさい。きっと良い知恵を貸してくれますから」

「リッチボロウ夫人って誰だい？」

「あら、ワトソン先生、ご存じないんですか？」

うさんくさい霊媒《れいばい》さ、とホームズが吐き捨てるように言った。

「ここ数年の心霊主義ブームに乗っかって、まんまと成り上がった詐欺師《さぎし》だよ。信者たちから金を巻き上げて、今では南禅寺《なんぜんじ》界隈に豪邸をかまえている。言っておきますがねハドソンさん、僕は心霊主義なんてものは一切信じない。水晶玉だの、霊界からの通信だの、エクトプラズムだの、そんなものに頼るぐらいなら、スランプをこじらせて飢え死したほうがマシですよ」

ちょうどそのとき玄関のベルが鳴った。ハドソン夫人はふくれっ面をして立ち上がった。

「分かりました。そんなにリッチボロウ夫人に頼るのがイヤなら、ワトソン先生と相談して、さっさとスランプから脱出してください。もしも家賃を滞納するようなことになったら、そのストラディバリウスを売り払っていただきますからね」

ハドソン夫人はぷりぷりしながら階段を下りていった。

ホームズはパイを口に頬張ったまま、ムッツリと押し黙っている。

どうやら来訪者はモリアーティ教授の客人らしかった。

三階への階段をのぼっていく足音がしたかと思うと、ハドソン夫人がいそいそとドアを開けて滑りこんできた。「カートライトさんですよ」と囁《ささや》いた。「いつも訪ねてみえる人です」

「どんな人かね」と私は訊ねた。

「まだ若い学者さんで、モリアーティ教授のお弟子だそうですよ」

ハドソン夫人はドアに耳をあてて、階上の物音に聞き耳を立てている。私も立ち上がってドアに近づいた。ホームズはつまらなそうにあくびをすると、暖炉に向かって部屋を横切り、お気に入りの肘掛け椅子にあぐらをかいた。パイプに煙草をつめながら、「プライバシーの侵害ではありませんかね」と言った。「家主としての務めです」とハドソン夫人は言った。

私もハドソン夫人にならってドアに耳をつけた。三階で交わされている会話の内容は分からないが、モリアーティ教授は来訪者を室内へ入れようとしないらしい。ひとしきり押し問答が続いたあと、ドアを邪険に閉める音がして、来訪者が階段を下りてくる音が聞こえた。

ハドソン夫人がドアを開けて声をかけた。

「カートライトさん、少しお寄りになりませんか？」

相手はまだ二十歳そこそこの青年であった。髪は淡い栗色、金縁《きんぶち》眼鏡をかけ、ほっそりとした身体を灰色の外套《がいとう》に包んでいる。不首尾《ふしゅび》に終わった面会の名残りか、その青白い顔には哀しげな表情が浮かんでいた。

ハドソン夫人が「顔色がお悪い」「心労がおありなんでしょう」「人に話せば楽になりますよ」などと声をかけると、カートライト君はフラフラと誘われるままに室内へ入ってきた。よほど思い悩んでいるらしい。彼はボンヤリとした顔つきで長椅子に腰を下ろしたが、「こちらはシャーロック・ホームズさんとワトソン先生です」とハドソン夫人が言うと、ハッとしたようにホームズの顔を見直した。「あなたがホームズさん？　名探偵の？」

「ええ、そうです。私が名探偵のホームズです」

自嘲《じちょう》するように言ったきり、ホームズが口をきこうとしないので、青年の相手は私がつとめなければならなかった。「モリアーティ教授のお知り合いなんですね」

「ええ。僕はウォルター・カートライトといいまして、大学の応用物理学研究所に勤めています。モリアーティ教授は学生時代の恩師なんです」

「モリアーティ教授のように有名な物理学者が、どうしてこんな下宿屋に引き籠もっておられるんですかね。精神的に追いつめられているように見えますし、生活ぶりも不可解です。ホームズも同居人として心配しているんですよ。どういうご事情か、教えていただけませんか」

「いや、しかし」

カートライト君は口籠《くちご》もった。

「教授のプライバシーにかかわることを僕の口から申し上げるわけには……」

「これもモリアーティ教授のためですよ。ホームズも私もこういう問題には慣れていますし、決して他言はいたしません」

「そうですわ」ハドソン夫人が言った。「お力になれるかも」

カートライト君は逡巡《しゅんじゅん》した後、「僕にも謎なんですよ」と溜息をついた。

「モリアーティ教授は研究者としても教師としても素晴らしい人物でした。僕は学生時代に教えを受け、昨年の春からは応用物理学研究所の正式な研究員となって、彼のもとで経験を積めることを誇りに思っていました。ところが昨年の秋頃から、モリアーティ教授は研究所に姿を見せなくなりました。そして唐突に辞職してしまったんです」

「それはどういう理由で？」

「まったく分かりません。一身上の都合、としか」

モリアーティ教授はしばらく行方が分からなかったという。

ようやくカートライト君が教授と再会したのはつい先週のことであった。

その夜、カートライト君は研究所の同僚たちと先斗町《ぽんとちょう》へ遊びに出かけた。夜も更けて帰路についたとき、三条《さんじょう》大橋のたもとに座りこんでいる人影が目についた。通行人の邪魔になるのも意に介さず、その人物は黒革の小さな手帳に何かを一心不乱に書きこんでいる。その人物が手帳から顔を上げたとき、カートライト君は思わず叫び声を上げた。

「先生！　こんなところで何をなさっているんです！」

するとモリアーティ教授はそそくさと手帳をしまって逃げだした。

どうしても教授のことが気になったカートライト君は、同僚たちと別れてモリアーティ教授のあとを追いかけた。そして教授が寺町通221Bで暮らしていることを突き止めたのである。しかし、モリアーティ教授は部屋に入れてもくれなかった。

「私は最大の研究に取り組んでいる」

モリアーティ教授はドアの隙間から言った。

「馬鹿どもには邪魔されたくない。放っておいてくれたまえ」

カートライト君は「お手伝いできることはありませんか」と訊ねた。モリアーティ教授は鼻を鳴らし、「貴君が何の役に立つ？」と嘲笑した。カートライト君はショックを受けた。かつてのモリアーティ教授は、弟子の意見にもきちんと耳を傾けてくれる人だったのである。どうしても教授のことが心配で、今日ふたたび訪ねてきたが、とりつく島もなかったという。

「何がどうなっているのか、僕にはさっぱり分かりません」

カートライト君は悲痛な声で言った。

「先生はまるで何かに取り憑《つ》かれてしまったようです」

○

「おかげさまで事情が分かりました。私たちで調べてみましょう」

「よろしくお願いします」

カートライト君はそう言って、頼りない足取りで出ていった。

ハドソン夫人は夕食の後片付けをして出ていくとき、私に思わせぶりな目配せをした。「なんでもいいからホームズに仕事をさせろ」という意味らしい。失意のカートライト君を強引に部屋へ誘いこんだのも、その狙いがあってのことだろう。まことに端倪《たんげい》すべからざる大家と言わざるを得ない。私が頷《うなず》いてみせると、彼女は満足そうに頷いて出ていった。

シャーロック・ホームズは肘掛け椅子で膝を抱えている。

「勝手に依頼を引き受けないでくれ」

「つべこべ言わずに付き合えよ、ホームズ」

私は長椅子に腰かけて身を乗りだした。「この件をどう思う？」

「なんとも思わないね。モリアーティ教授本人が言っているじゃないか。世俗との交わりを断って研究に打ちこみたい——それだけのことだよ。誰にも迷惑をかけていないのだから、勝手にやらせておけばいい。いったい君たちは何が不満なんだ？」

「しかしモリアーティ教授の振るまいは異常だよ」

「そうかなあ」

「なんの脈絡もなく名誉ある教授職を投げ捨てて、こんなところに引き籠もっているんだぞ。愛弟子を部屋に入れようともしない。そうまでして取り組んでいる研究とは何だろう。それにハドソン夫人によれば、彼は毎晩出かけて明け方まで帰ってこないというじゃないか。あんな老人が一晩中街をうろつきまわって何をしている？」

「路地裏で美女を切り裂いているとでも言いたいのかね」

そういう可能性もあり得ると思い、私はソッと天井を見上げた。三階からは何の物音もしなかった。荒涼《こうりょう》とした部屋の様子が脳裏に浮かんでくる。モリアーティ教授は机にはりついて、妖《あや》しい研究に夢中になっている。ちろちろと燃える暖炉の火がその横顔を照らしている。その目は熱に浮かされたような光を放ち、口元には邪悪な笑みが浮かんでいる。

「今夜、教授を尾行してみないか。何をしているか突き止めよう」

「ばかばかしい！」

ホームズは嘆息した。

「君が引き受けたんだから、君ひとりでやってくれ」

「ああ、いいとも。僕ひとりでもやるさ」

私は立ち上がると、怒りをこめてホームズを見下ろした。

「まったく情けないざまだな、ホームズ！　うわべはどんなにつまらないことに見えても、その裏にはどんな犯罪が隠されているか知れない――それが君の持論だったじゃないか。かつての君であれば、真っ先に飛びついていたはずだ。今の君に足りないものは、自分から面白い事件を見つけだそうという気概だよ。取り組め！　なんでもいいから事件に取り組め！」

私が説教している間、ホームズは何も言い返さなかった。肘掛け椅子で身を縮めるようにして、唇をへの字に曲げ、ふてくされた子どものような表情を浮かべていた。

「分かったよ、ワトソン」

やがてホームズは嘆息した。

「付き合ってやるよ。付き合えばいいんだろう」

○

モリアーティ教授が外出したのは午後九時頃であった。

私たちは少し間を置いて彼のあとを追った。夜の寺町通にはガス灯や飾り窓の明かりが煌《きら》めいている。モリアーティ教授は黒いマント、黒い山高帽《やまたかぼう》、黒い手袋、黒いステッキという黒ずくめの格好で、舗道《ほどう》をゆっくりと南へ歩いていく。

「行くぞ、ホームズ」

私は言った。ホームズはしぶしぶついてきた。

二条寺町までくると、モリアーティ教授は右手に折れた。

そこから先、二条通の街路は寺町通とは打って変わって薄暗い。漆喰《しっくい》塗りの古い建物が狭い通りの両側に櫛比《しっぴ》して、ぽつんぽつんと飛び石のようにガス灯がある。スポットライトのような光の中にモリアーティ教授の黒々とした姿が現れ、ふたたびその先の闇へ溶けていく。その繰り返しには夢幻《むげん》的な雰囲気が漂っており、モリアーティ教授がこの世の者でないような気がしてくる。ホームズと私は暗がりに身を隠しつつ、足音を忍ばせて追跡を続けた。

教授が奇怪な行動を見せたのは、柳馬場通《やなぎのばんばどおり》にさしかかったときである。

四つ辻の角にあるガス灯の下には、毛糸の帽子をかぶった花売りの少女が立っていた。こんなところでは花を買う人間も少ないだろう。実際、少女が腕に抱えている籠は売れ残りの花で一杯だった。モリアーティ教授は足を止め、ジロリと少女を睨んだ。私は「ホームズ！」と囁いて足を速めた。教授の目つきは物凄く、花売りの少女は恐ろしさに凍りついている。

モリアーティ教授はポケットから紙幣を取りだした。

——売れ残った花をぜんぶくれ。

そう言ったらしい。

少女は一瞬ポカンとしてから、おずおずと籠をさしだした。モリアーティ教授は籠の中にあった花を不器用に抱えこむと、「釣りはいらない」と小さく手を振って歩きだした。歩み去るモリアーティ教授の後ろ姿を、少女はあっけにとられて見つめている。

あっけにとられたのは私たちも同じである。

「どうして花なんて買うんだ？」

それからモリアーティ教授はひたすら南へ歩き、やがて四条通《しじょうどおり》に辿りついた。

大通りの両側には広壮なビルヂングの行列が続き、その谷間は霧に霞《かす》むガス灯でぼんやりと神秘的に輝いていた。洛中随一の大通りは、夜が更けても混雑していた。仕事帰りの商人や、退役軍人、浮浪者、見まわりの巡査、近衛兵の一団、さまざまな立ち売り、呆けたように佇《たたず》んでいるサンドイッチマン……。貴顕紳士《きけんしんし》を祇園へ運ぼうとしている四輪箱馬車、モタモタと進んでいく荷馬車、そして無数の辻馬車が行き交っている。濃い霧に包まれた狂騒の街を、モリアーティ教授は両腕いっぱいに花を抱えて一心不乱に歩いていく。

美女に求婚でもするのかね、とホームズが言った。

○

二時間ほど後、ホームズと私は木屋町《きやまち》のパブにいた。

私はテーブルに肘をついて、表を流れる高瀬川《たかせがわ》に目をやった。

ホームズと出会う前、アフガニスタンから帰国したばかりの頃を思いだす。当時の私は雀の涙の軍人恩給だけを頼りに、仏光寺《ぶっこうじ》近くの安宿《やすやど》に逼塞《ひっそく》していた。夜の街へ出ても、懐が乏《とぼ》しいからたいしたこともできず、かといって荒涼とした宿へ引き返す気にもなれず、こうして安酒場をうろつきながら、ガス灯に照らされる高瀬川を眺めていたものである。

カウンターに目をやると、モリアーティ教授は一杯の酒を睨んで、真っ黒な石像のように微動だにしない。かたわらには花売り娘から買った花が積んである。その姿は明らかに異様で、酒場の主人も陽気な酔漢《すいかん》たちも、敢《あ》えて声をかけようとしない。賑やかな酒場の中で、モリアーティ教授の腰かけている一角だけ、別世界のように薄暗く感じられる。

ホームズは先ほどからテーブルに広げた地図を睨んでいた。

「何の法則性も見いだせない」

「たしかかね？」

「デタラメに歩いているとしか思えないよ」

彼はそう言って、携帯用の地図を私の方へ滑らせた。

私は地図を覗《のぞ》きこんだ。モリアーティ教授の行程が書きこまれている。その線は東西を走る四条通に絡みつくようにして、無数の裏通りをクネクネと辿っていた。しばらく睨んでみたが、たしかにホームズの言うとおり、デタラメに歩いているとしか思えなかった。

その夜ほど奇妙な「尾行」は経験したことがない。

犯罪行為のようなものは一切見られなかった。かといって、秋の夜長の気ままな散歩のようにも思えない。一心不乱に歩いていくモリアーティ教授の背中には、迷宮の出口を必死で探しまわっているかのような、異様な気迫が漲《みなぎ》っていた。

時折、教授はピタリと立ち止まる。それは店じまいをした商店の前であったり、がらんとした空き地の前であったり、一見したところ、なんのへんてつもない場所だった。そこで彼は黙《もく》禱《とう》するように頭を垂れ、しばらくすると歩きだす。そのあとには花売りの少女から買った花が一輪、ぽつんと路上に落ちているのだった。まるで亡き人への手向《たむ》けのように。

「いったい彼は何をしているんだろう」

「べつに花を買うのは犯罪じゃないだろう」

ホームズは言った。「夜の散歩も犯罪ではないさ」

それきり彼は口をつぐんで、つまらなそうに紙巻き煙草を吹かした。

私は賑やかな酒場「ベンボウ提督亭《ていとくてい》」の中を見まわした。あるじはウィンディゲートという中年男で、若い頃には商船に乗りこんでいたらしい。いかにも元船員の店らしく、壁には碇《いかり》や羅針盤《らしんばん》が飾ってある。モリアーティ教授は相変わらずカウンターに肘をつき、何らかの苦痛に耐えているかのように背中を丸めていた。居眠りしているのかもしれなかった。

木屋町通に面した入り口から、ひとりの小柄な男が入ってきた。

はじめのうち、私はその男にほとんど注意を払わなかった。髪はボサボサ、服はヨレヨレで、酔っ払いの事務員という印象である。そんな男はこの界隈にいくらでもいる。男は力のない足取りで私たちのかたわらを通り抜けていき、モリアーティ教授の隣に腰かけると、あるじのウインディゲートと言葉を交わして、麦酒《ビール》を一杯注文した。彼が何気なくこちらへ振り向いたとき、そのフェレットのような顔をどこかで見たような気がした。

怪訝に思って、私はホームズに耳打ちした。

「あの男に見覚えがないか？　どこかで会ったような気がする」

ホームズは振り返って鼻を鳴らした。

「なんだ。レストレード警部じゃないか」

「レストレードだって？　嘘つけ。見る影もないぞ」

「変装して張り込みでもしているんだろう。放っておけよ、あんなやつ」

そうやって囁きあっていると、レストレード警部も私たちに気づいたようであった。彼は茫《ぼう》漠《ばく》とした顔つきでカウンターから立ち上がると、よろよろとこちらのテーブルに近づいてきた。突然、レストレードは無精髭に包まれた顔をくしゃくしゃにして、「ホームズさん！」と叫んだ。そして食べかすと埃だらけの土間に膝をつき、「まことに申し訳ございません」と土下座した。酒場は水を打ったように静まり返った。

「私なんぞ床に這《は》いつくばっているのがふさわしいゴミ虫なんです」

レストレードはくぐもった声で言った。

「ごはんのかわりに埃を食べて生きていきます」

ベンボウ提督亭の床には栄養価の高い埃が積もっていそうだが、その卑屈きわまる物言いは、京都警視庁《スコットランド・ヤード》の鬼刑事として名を馳せるレストレード警部とは思えなかった。さすがのホームズもあっけにとられたようであった。「何があったんだ、レストレード」

「スランプになってしまったんです」

レストレードはゴリゴリと床に額をこすりつけた。

「今ではホームズさんのつらさが痛いほど分かります」

一年前の赤毛連盟事件でホームズが世間からさんざん笑いものにされたとき、レストレードはホームズを擁護《ようご》するどころか、「素人探偵による捜査妨害」としてホームズを非難し、あからさまに保身を図ったのである。以来、ホームズとレストレードは絶交状態であった。

「これまでの数々のご無礼、心よりお詫《わ》び申し上げます」

レストレードは涙声で言った。

「もう笑っちゃうぐらい、事件が解決できないんです」

レストレード警部は膝を抱えて、汚い床に三角座りをしている。

赤毛連盟事件をきっかけにホームズと袂《たもと》を分かって以来、彼の捜査はいたるところで暗礁《あんしょう》に乗り上げるようになったという。かつては事件の勘どころがすぐにピンときたものだが、今はまったく何ひとつ思いつかない。「おかしいな」「スランプかな」と首をかしげているうちに、犯罪捜査部のライバルたち——アセルニー・ジョーンズ、ブラッドストリート、スタンリー・ホプキンズ——は次々と成果を挙げていく。

そうすると、いよいよ自信を失い、ますます仕事が手につかなくなった。

他の刑事たちは誰ひとり慰《なぐさ》めてくれなかった。それまでのレストレードの華々しい活躍を、みんな内心では煙たく思っていたのだろう。一年前までは警視総監のおぼえもめでたかったのに、今では総監室に呼びだされて雷を落とされるのが毎月のことであり、もはや犯罪捜査部を放逐《ほうちく》されるのも時間の問題であった。

そして先週、かつてホームズの迷走ぶりをさんざん報道したデイリー・クロニクル紙が、「レストレード警部、迷走する」という記事を掲げた。何もかもイヤになったレストレード警部は、このところ連日、この木屋町界隈で飲んだくれているという。

「そうか。君も苦労していたんだな」

シャーロック・ホームズはしみじみと言った。

しかし私の見るところ、レストレードのスランプの原因は明らかである。

これまで彼が京都警視庁《スコットランド・ヤード》のエースとして、いくつもの難事件を解決できたのは、ホームズの適切な助言のおかげであった。つまり彼も私と同じく、豪華客船「ホームズ号」の乗組員だったのであり、ホームズもろとも沈没したのである。

驚くべきはレストレード自身にその自覚がないということだが、さらに驚くべきはホームズが素直にレストレードに同情していることであった。一年にわたるスランプとの苦闘が、同病に苦しむ人々への同志愛のようなものを育んだのであろう。

ホームズはレストレードの背中を優しく叩いた。

「レストレード、もう這いつくばるのはよせ」

「こんなゴミ虫を許してくださるんですか、ホームズさん」

「ゴミ虫といえば僕だってゴミ虫さ。もういいよ。すべて水に流そう」

ホームズはレストレードの腕をつかんで立ち上がらせると、額にこびりついている栄養価の高い埃を払ってやり、涙と鼻水を拭《ぬぐ》ってやり、同じテーブルに腰かけさせた。レストレードは麦酒を飲みながら、「まるで真っ暗な迷宮に迷いこんだような気分ですよ」と言った。

「ぜんぜん自信が持てないんです。ほんの一年前までは何もかもうまくいっていたのに……。捜査部の同僚たちには嗤われる、世間からは非難される、妻と娘には失望される。こんなことなら大原《おおはら》の里へ左遷《させん》されて、羊泥棒と追いかけっこしているほうがマシですよ。誰もいない土地に引き籠もってしまいたい。いっそ野に咲くスミレになりたい」

「君の気持ちはよく分かるよ、レストレード」

ホームズはレストレード警部を力づけるように言った。

「たしかに現在、僕たちはドン底の状態にある。有意義な仕事は何ひとつ成し遂げられず、世間は冷たい。しかしこんなふうに負け犬呼ばわりされている時こそ助け合わねばならないんだ。つらいときはいつでも寺町通221Bを訪ねてきたまえ。ともに手を携えて、この苦境に立ち向かおうじゃないか。スランプとは何か。この一年、僕は全力でこの難事件に取り組んできた。まだ光明は見いだせていないが、僕は決して諦めない。必ずこの難問を解決してみせる」

レストレードは感激して、ホームズの手を握った。

「どうかお願いします。あなただけが頼りなんです、ホームズさん！」

そうして彼らが固い握手を交わしているとき、隣のテーブルにいた男が立ち上がり、「失礼ですが」と声をかけてきた。鳥打《とりう》ち帽《ぼう》をかぶって、口髭を生やしている。

「シャーロック・ホームズさん、レストレード警部でいらっしゃいますね？」

その男の顔を見るなり、ホームズの表情が一変した。「この野郎！」

ホームズは立ち上がって、その男の胸を小突いた。相手は愕然《がくぜん》とした顔で、「何をするんです？」と言った。ホームズが今にも殴りかかりそうな素振りを見せたので、レストレードと私は慌てて彼を取り押さえた。「デイリー・クロニクルの記者だな！」とホームズが叫ぶ。

「近況をうかがおうとしただけじゃありませんか」

「どうせくだらん記事を書くつもりだろう。さっさと失せろ！」

「ええ、書かせてもらいますよ。でないと殴られ損ですからね」

記者は酒場から逃げだしながら捨て台詞を吐いた。

「負け犬同盟の結成、さぞかし面白い記事になるでしょう」

デイリー・クロニクルの記者が逃げだしたあとも、ホームズの怒りはおさまらなかった。レストレード警部が心配そうな顔をしているのは、ホームズへの同情が半分、記者の書く記事についての不安が半分であろう。ホームズは一気に麦酒を飲み干し、「僕は人生最大の難事件に取り組んでいるんだ」と唸った。「馬鹿どもに邪魔されてたまるもんか」

そのとき、私はカウンターに目をやって声を上げた。

「ホームズ！」

いつの間にか、モリアーティ教授の姿が消えていたのである。

○

私は急いでレストレードに別れを告げ、木屋町通へ駆けだした。

通りに面して軒をつらねる安酒場が、賑やかな光を石畳の舗道に投げかけている。赤ら顔の酔漢たちが千鳥足で行き来し、先斗町へ抜ける横道へ吸いこまれていく。私はころころと転がってきたシルクハットを蹴飛ばした。それは高瀬川に転がり落ち、ガス灯の光につやつやと煌めきながら流れていった。モリアーティ教授の姿はどこにもない。

「ワトソン君、もう引き上げよう」

追いついてきたホームズが言った。

「あんな徘徊《はいかい》老人をつけまわして何になるんだよ」

私たちは四条大橋の西詰へ出た。壮麗な国会議事堂が鴨川に沿って南へ延び、時計塔《ビッグ・ベン》が聳《そび》えている。鴨川の霧はいよいよ深くなって、四条大橋はあたかも雲の中に浮かんでいるように見える。橋向こうに広がる祇園の町も霧の海に沈み、赤い提灯の明かりだけが朧《おぼろ》に浮かんでいる。鴨川の対岸には大劇場「南座《みなみざ》」がそびえているが、こちらはとっくに明かりを落とし、その大きな屋根が中世の古城のように黒々としている。ビッグ・ベンの鐘が鳴り始めた。ちょうど午前零時になるところだった。荘厳《そうごん》な鐘の音が夜の街へと広がっていく。

私は四条大橋の欄干《らんかん》に手を置いて、川上の方角に目を凝《こ》らした。

「あそこだ！」

私は身を乗りだして指さした。

モリアーティ教授は鴨川べりをトボトボと北へ歩いていく。

私は四条大橋の袂から鴨川べりに駆け下り、ふたたび追跡を開始した。ホームズは不平を言いながらついてきた。しばらくは川の両岸に街の灯が煌めいていたが、三条大橋をくぐって先へ進むにつれて、繁華街の明かりは遠ざかった。

あたりを包む重苦しい霧が、次第に濃くなっていく。

この霧は文明の有害な吐息と、鴨川の霧がまじりあったものである。アフガニスタンから戻って安宿に滞在していた頃、この霧はじつにいまいましいものであった。傷痍《しょうい》軍人として戦地から戻り、誰ひとり身寄りもなく、安宿で腐っていた当時の私にとって、自分を押し包んでくる重苦しい霧は、あたかも暗澹たる未来そのもののように感じられたものだ。

「僕は早く家に帰って寝たいんだがね」

ホームズは霧に包まれた川べりを歩きながら言った。

「レストレードにも言ったように、僕は『スランプ』という人生最大の難問に取り組んでいる。つまらないことで時間を潰している暇はない」

「つべこべ言わずについてこいってば」

「どうしちゃったんだ、ワトソン君」

「僕は君にやる気を取り戻してほしいんだよ」

「どうもそれだけとは思えない。なんだか今夜の君はおかしいぞ」

荒神橋にさしかかる頃、霧の向こうがボウッと明るくなった。近づくにつれて、浮浪者たちの焚き火であることが分かった。モリアーティ教授が焚き火のかたわらを通りすぎるとき、浮浪者たちは怯《おび》えたように後ずさった。よほど教授の顔が恐ろしかったのだろう。

その焚き火を通りすぎてから振り返ると、その火の温かみが心に染みるようだった。人間世界の最後の砦のように感じられた。それも無理のない話で、そこから先の河川敷はいよいよ荒涼としていた。霧にさえぎられた月光は弱々しく、鴨川に沿った草地の踏み分け道のほかにはほとんど何も見えない。まるで世界の果てへ向かう一本道のようである。

モリアーティ教授の落とした花がぽつんとあった。

「ここにもある」

私は足下から花を拾い上げた。

そして、行く手の霧の奥に目を凝らした。

モリアーティ教授は黒マントをひるがえして蹌踉《そうろう》と歩いていく。

――どうしてこんなにモリアーティ教授のことが気にかかるんだろう？

黒マントに包まれた陰鬱な背中からは、この世界に居どころがないという哀しみがひしひしと伝わってくる。その後ろ姿には何かこちらを慄然《りつぜん》とさせるものがあった。

長い夜をさまよって疲れ果て、冷たい霧に濡れながら消えていく。

その姿は十年前にホームズと出会えなかった私のようでもあり、スランプ脱出を諦めたホームズの末路のようでもある。今にして思えば、その夜、私がモリアーティ教授の追跡を諦められなかったのは、それが理由だったのではないか。

「いくぞ、ホームズ！」

私は低い声で言って歩きだした。

ホームズは相変わらず、ぶつぶつ言いながらついてきた。

――シャーロック・ホームズは深刻なスランプに陥っている。

その事実を洛中洛外に知らしめたのは、「赤毛連盟事件」であった。

昨年の晩秋、ジェイベズ・ウィルソンという鮮やかな赤毛の商人が寺町通221Bへ奇妙な相談を持ちこんできた。ウィルソン氏は四条柳馬場通で小さな質屋を経営しているが、ひょんなきっかけから「赤毛連盟」という組織の一員となった。赤毛連盟とは、ある大富豪の遺言に基づき、「赤毛の人たちとその子孫繁栄のために」設立された組織であって、その会員たちはかたちばかりの気楽な仕事――平凡社《へいぼんしゃ》の『世界大百科事典』を書写すること――によって、高額な報酬《ほうしゅう》を得ることができるのだという。幸運にも赤毛連盟に加入が許されて以来、ウィルソン氏はその奇妙なアルバイトと報酬に満足して暮らしてきた。

ところがその日の朝になって、いつものように赤毛連盟の事務所へ出かけていくと、ドアには「赤毛連盟は解散せり」という張り紙が貼られていた。まるで狸に化かされたようではないか。どういう事情か調べてほしい、というのがウィルソン氏の依頼だった。

さっそく私たちが現地へ行ってみると、柳馬場通に面したウィルソン氏の質店の裏手が、ちょうど四条通に面した大銀行の蔵と、塀を挟んで隣り合わせであることが分かった。しかもその大銀行では、大量のナポレオン金貨を地下金庫に運びこんだばかりだという。

もしも「赤毛連盟」が、出不精《でぶしょう》のウィルソン氏を毎日一定時間、強制的に外出させるために用意されたものだったとすればどうか？　店長不在の質店において、何らかの後ろ暗い企てが進行していたにちがいない。質店が塀を挟んで大銀行の蔵と接していることが判明した今、それが「ナポレオン金貨強奪のための地下トンネル掘削」であることは明らかだ。そして赤毛連盟が解散したということは、もはやウィルソン氏を外出させる必要がなくなったということ、すなわち地下トンネルが完成したことを意味する——それがホームズの推理であった。

「間違いない。彼らは今夜、金貨強奪を実行するだろう」

私はホームズの推理を微塵も疑わなかった。すべての辻褄《つじつま》が合っている。

かくして私たちは京都警視庁《スコットランド・ヤード》のレストレード警部に声をかけ、大銀行の頭取《とうどり》に話を通して、大銀行の地下金庫室に乗りこんだ。そのまま夜通し張り込みをして、地下トンネルから這いだしてくる犯人たちを現行犯逮捕するつもりだった。そして私たちは待った。底冷えする地下金庫室でひたすら待った。いつまでも待った。しかし犯人たちは現れなかった。

あとから判明したところによれば、「赤毛連盟は解散せり」という張り紙は、ある人物のイタズラにすぎなかった。その人物は前回の欠員補充の際、ウィルソン氏に席を奪われたことを恨んでいたのである。つまり「赤毛連盟」というヘンテコな組織は実在していたのである。金貨強奪計画など一切なく、地下トンネルも存在しなかった。

翌週寺町通221Bを訪ねてきたウィルソン氏は、「申し訳ない。私の早とちりでした」と言って、雀の涙の手間賃を置いていった。現在も、ウィルソン氏は赤毛連盟の事務所へ通い、『世界大百科事典』をコツコツ書き写していることだろう。

ウィルソン氏はそれでいいとして、哀れなのはホームズであった。

赤毛連盟というヘンテコな組織、小さな質屋と隣り合う大銀行、折良く地下金庫へ運びこまれたというナポレオン金貨。「金貨強奪」という犯罪を想定すれば、それらの断片がきれいに結びつく。そのあまりのみごとさがホームズ自身を欺《あざむ》いたのである。大銀行の頭取を説得し、大勢の警官隊を待機させたにもかかわらず、大山鳴動《たいざんめいどう》して鼠一匹出なかった。

自信満々であっただけに、ホームズの誇りは完膚なきまでに粉砕された。

翌週、さっそくデイリー・クロニクル紙がその大失敗をすっぱ抜き、「シャーロック・ホームズ氏、失敗する」と題した記事を掲載した。その記事はホームズの探偵としての能力に疑問を投げかけるもので、レストレード警部の辛辣《しんらつ》なコメントによって締めくくられていた。レストレードは「ホームズ氏の的はずれな推理が警察の仕事を妨害している」と示唆していた。

ホームズは烏丸御池《からすまおいけ》のデイリー・クロニクル本社に乗りこみ、「いいかげんな記事を書くな」と抗議したが、火に油を注ぐことにしかならなかった。デイリー・クロニクル紙はその顚末を「シャーロック・ホームズ氏、荒ぶる」と題して、いよいよ面白おかしく書き立てたのである。その記事を読んだホームズは怒りで顔面蒼白《そうはく》となり、イーリー型二号ピストルを懐にねじこんで出ていこうとした。ハドソン夫人と私は必死で彼を引き留めなければならなかった。

記事の反響は大きく、ホームズの悪評は洛中洛外に広がった。

ホームズと私が寺町通へ戻ってきたのは翌朝のことである。

早朝の寺町通は漂泊されたように白々として見えた。野菜を積んで錦市場《にしきいちば》へ向かう荷車が、カラカラとのんびりした音を響かせて、私たちを追い抜いていく。

ホームズも私も疲労困憊していた。

「これが最後の一輪だ」

221Ｂの玄関先で、私は花を拾った。

モリアーティ教授はすでに寺町通221Ｂへ帰宅している。

三階の窓をしばし茫然《ぼうぜん》と見上げてから、私たちは玄関を開けて中に入り、階段を這うようにして二階のホームズの部屋へ辿りついた。

ホームズが暖炉の火を起こしている間、私はカーテンを開けて光を入れた。メアリが起きないうちに診療所へ帰らなければならなかったが、もう一歩も動けなかった。身体は凍えきり、まったく最悪の気分である。

私たちは夜通しモリアーティ教授の追跡を続けたのだった。

昨夜、鴨川をさかのぼって出町柳《でまちやなぎ》へ辿りついたモリアーティ教授は、賀茂大橋《かもおおはし》を渡って、今出川通《いまでがわどおり》を東へ向かった。深夜の大学街はひっそりとして、まるで石造りの迷宮のようであった。かといって、モリアーティ教授は大学に何か用があるわけではないらしかった。

大学街を抜けて銀閣寺道《ぎんかくじみち》へ出ると、そこから白川通を延々と北へ向かい、その次は北大路《きたおおじ》通《どおり》を西へ向かう。賀茂川《かもがわ》を渡ったあとは、もうデタラメに歩いているとしか思えなかった。今宮《いまみや》神社と大徳寺《だいとくじ》の界隈を歩きまわり、金閣寺《きんかくじ》を通りすぎ、北野天満宮《きたのてんまんぐう》をまわり、織物工場のひしめく西陣《にしじん》を徘徊した後、千本通《せんぼんどおり》を南下し、二条城に辿りつく頃には東の空が白んできた。そして丸太町通を東へ向かい、寺町通へ戻ってきたのである。

「君のせいでえらい目にあったよ」

ホームズは肘掛け椅子に座りながら呻いた。

「モリアーティ教授は何ひとつ悪いことをしていない。明らかになったのは、教授が凄《すさ》まじい健脚《けんきゃく》だっていうことだけじゃないか」

私は長椅子に倒れこみ、唸ることしかできなかった。

——おまえは何をやっているんだ、ワトソン。

ほんの一年前まで、ホームズとの冒険は驚異的なできごとの連続であった。ひとたび彼といっしょに寺町通221Bを出発すれば、魅惑《みわく》的な冒険への扉が次から次へと開かれたものである。それが今はどうであろう。私たちは一晩かけて淋《さび》しい老人をつけまわしたにすぎない。

クリーム色のブラインドが朝の光に輝きだしている。新しい一日の始まりを告げる陽射しが、いっそう私を物悲しい気持ちにさせた。そのとき階下で玄関のベルが鳴った。ホームズはマントルピースの置き時計に目をやって顔をしかめた。「こんな朝早くから非常識なやつ」

玄関のベルはなかなか鳴り止まない。やがて叩き起こされたハドソン夫人がバタバタと廊下を駆けていった。彼女はドアを開けたあと、早朝の来訪者と何やら玄関先でささやきあっている。「電報かな」とホームズが言った。しかしそうではなかった。間もなく、誰かが階段をのぼってくる音が聞こえたのである。その足音には尋常でない怒りが感じられた。

私は弾かれたように身を起こした。

——メアリだ！

そのとたん、それまでの疲れが一気に吹き飛んだ。

○

妻のメアリはシャーロック・ホームズのことをつねに「あの人」と呼ぶ。

それは彼女のホームズに対する心の距離をあらわしているわけだが、それがただ「気に食わない」というだけのことなら、それなりに話し合いの余地もあるだろう。しかし現在のメアリにとって、ホームズという存在はそのように優雅な手法で扱えるものではない。

これまでに「ホームズ先生」から「ホームズさん」、そして「あの人」へと呼び名が変わるたび、妻の世界におけるホームズは変身を遂げてきた。今やホームズは「夫の仕事仲間」でも「夫の友人」でもない。夫が読者から非難されること、診療所の経営がうまくいかないこと、愛し合う夫との間に内紛が起こること……それらの原因をつきつめていくと、必ずシャーロック・ホームズという憎むべき存在へと行き着く。

もはやメアリにとってホームズは血肉を持った人間ではなく、この世界のありとあらゆるトラブルを生みだす諸悪の根源、悪の化身なのである。

私は椅子から飛び上がって、ホームズの腕を摑んだ。

「まずいぞ、ホームズ。メアリがくる！」

「どうしたんだ。何をそんなにオロオロしている？」

「もう君とは会わないって約束したんだ。ここに来ていることは内緒なんだよ」

「阿呆《あほう》なのか、君は」ホームズは呆れたように言った。「どうしてそんなしょうもない嘘をつく！　メアリの目が節穴だとでも思っているのか？」

「やむを得なかったんだよ。どうしよう」

「こうなったら腹をくくるしかない」

ホームズは言った。「正々堂々と立ち向かえ」

「立ち向かうなら君ひとりで頼む。僕を巻き添えにしないでくれ」

「おい、待て。どちらかといえば巻き添えにされているのは僕なんだぞ」

そうやって押し問答していると、コツコツとドアをノックする音が聞こえた。しばし息を吞んだあと、ホームズが「どうぞ」と言うと、メアリが静かに入ってきた。灰色の外套に身を包み、ひどく青ざめて疲れた顔をしている。「ご無沙汰《ぶさた》しております、ホームズさん」

そしてメアリは冷ややかな目で私を見つめた。

「こんなところで何をしているの？」

「いや、それは」

「サーストンさんと玉突きへ行ったのではなかったの？」

「もちろんサーストン君と玉突きに行ったんだよ。そのあと居酒屋で、たまたまホームズと出くわしてね。本当に偶然だったんだ」

　メアリは美しい眉を上げて、「それで？」と促した。

「まあ久しぶりに会ったことでもあるし、良い機会だから、ひとつ今後について話し合おうということになってね。もちろん君の気持ちは分かっている。分かっているんだが、できれば、なんとか君の指摘を前向きに検討しつつ、僕たちなりの打開策を見つけようとして……」

　しどろもどろになっていると、ホームズが助け船を出してくれた。

「そこへ緊急の依頼があったんだよ」

「依頼？」とメアリは訝《いぶか》しそうに言った。「どんな依頼です？」

「もちろん僕たちの付き合いについて、君がこころよく思っていないことは承知している。しかし、なにしろ国家的重大事件でね。どうしてもワトソン君の手を借りるしかなかったのだよ。心配をかけたことはお詫びしたい。申し訳なかった」

「そうなんだよ、メアリ。やむを得なかったんだ」

「なるほど。そういうことだったんですね」

　メアリは軽く頷いてから、思いがけないことを言った。

「老人をコソコソつけまわすのが、国家的事件と何の関係がありますの？」

ホームズと私はあっけにとられた。どうして知っているんだ、と私は呟いた。

「昨日、なんだかあなたの様子がおかしかったので、あとからクラブへ行ってみたんです。サーストンさんがいらして、『伝言があって約束はキャンセルになった』と教えてくださいました。ということは、あなたは寺町通へ行ったにちがいないと考えたんです。ここへ来てみたら、ちょうどあなたたち二人が玄関から出てくるところでした。だからこっそり尾行することにしました。これは妻として当然の権利でしょう。あなたは私に嘘をついたんですから」

「尾行したの？」私は啞然《あぜん》とした。「一晩中？」

「これでも寄宿学校時代は有能な新聞委員だったんですからね。探偵の真似ごとぐらいできます。私は一晩中、ずーっとあなたたちの後ろにいたんですよ！　さあ、私の質問に答えてください。あれのどこが国家的重大事件なんですか？」

メアリはホームズと私を均等に睨みつけた。もはや私はグウの音も出なかった。モリアーティ教授を尾行することに夢中で、自分たちも尾行されているとは夢にも思わなかったのだ。

「君の勝ちだ」とホームズがあっさり白旗を上げた。「僕たちは新しい同居人のモリアーティ氏を尾行していたんだ。彼は犯罪者でもなんでもない。ただの引退した大学教授だ」

「つまりまったくのお遊びだったわけですね」

「そういうことになるかな」

「ホームズさん、お願いがあります」

メアリは威厳に満ちた声で言った。それは彼女がフォレスター夫人のもとで家庭教師をしていた時代に鍛え上げた声であって、妻が本格的に戦闘態勢に入ったことを意味する。

「ジョンと縁を切ってください」

「単刀直入だね、メアリ」

「単刀直入に言わなければ分かっていただけませんから」

「いや、しかし……」と私が口を挟もうとすると、メアリはサッと手を挙げた。

「ここは私にまかせて。あなたは黙っていてください」

そしてメアリはシャーロック・ホームズを正面から見据えた。

「ホームズさん。もちろん私だって夫の気持ちは理解しているつもりです。あなたはジョンの仕事仲間であり、元同居人であり、しかも私たち夫婦の縁を結んでくれた人です。ないがしろにはできない恩人です。けれども今のあなたたちは、おたがいに相手の足を引っ張っている。それぞれ自分の人生を切り開いていかなければならないというのに、たがいの傷を舐め合って時間を空費しているだけなのです。昨夜のことが良い例でしょう。なんの罪もない老人を面白半分につけまわして、つまらない探偵ごっこをして。ホームズさんも本当はお分かりなんでしょう。夫は現実を見ていない。あなたとの冒険の日々を恋しがっているだけなんです。こうしてあなたと付き合っているかぎり、その未練は断ちきれません。ホームズさん、もしも夫のことを大切に思ってくださっているなら、こんな不健全な付き合いは止めてください。結局、それがあなた自身のためにもなるのですから」

「たしかに君の言うとおりかもしれない」

「それなら——」

「しかし、これはワトソン君と僕の問題だ。もちろん君は妻として、いくらでもワトソン君と話し合うことができる。しかし僕の生き方にまで口を出すことはできない。君にとってワトソン君が大切な人間であるように、僕にとっても彼は大切な人間なんだ。この一年、僕はスランプという人生最大の難事件に取り組んできた。なんとしてもこの難局を切り抜けなければならない。そのためにはワトソン君の助けが不可欠なんだよ」

その真摯《しんし》な台詞に胸を打たれたことは否定できない。

「耳を貸してはダメよ、あなた」

すかさずメアリが叫んだ。

「いつもこの手で丸めこまれるんだから！」

寺町通に面した窓がいっそう明るくなってきた。

射しこんでくる朝の光が、雑然とした室内の様子を照らしている。

そこはかつて私が暮らした部屋であり、ホームズとの幾多の冒険の出発点となってきた部屋であった。よそよそしい都会だったヴィクトリア朝京都を、胸躍る冒険に充ちた世界へ変身させることができたのは、ただひとりシャーロック・ホームズをおいて他にない。私が心の底からホームズに求めているのは、冒険を誘発するという神秘的な力そのものだった。どれだけ失望を重ねようとも、私は「シャーロック・ホームズの凱旋《がいせん》」という夢を捨てられないのである。

ホームズが窓に歩み寄ってブラインドを上げた。

「メアリ、もう少し時間をくれないかね」

「私はもうジョンが苦しむのを見たくないんです」

「僕だって苦しんでいるんだがな」

「あなたは勝手に苦しめばいい。好きでやっていることなんですから」

メアリは顔を伏せて悔しそうに言った。「けれどもこの人にはこの人の人生があるんです。ジョン・H・ワトソンはシャーロック・ホームズ専属の記録係ではありません」

ホームズは何も言わなかった。窓硝子《ガラス》に額を押しつけて黙っている。

「ホームズさん、聞いていらっしゃいます？」

「ちょっと待ってくれ、メアリ。それどころじゃない」

ホームズはサッと右手を挙げた。「何かが起こっているようだ」

そう言われてみると、表から聞こえる人々の声が大きくなっていた。すでに太陽はのぼり、街の動きだす頃合いだが、それにしても異様な喧噪《けんそう》である。ホームズが窓を開けると、通行人たちの「危ない！」「早まるな！」という声がハッキリと聞こえてきた。

ホームズは窓から身を乗りだし、上半身をねじって空を見上げた。

次の瞬間、彼は飛び退くように窓から離れて、ドアへ向かった。

「急げ、ワトソン。屋上だ！」

「どうしたんだ？」

「モリアーティ教授だ。飛び降りようとしている！」

ホームズは疾風のように部屋を飛びだし、階段を駆け上がった。

○

かつて寺町通221Bでシャーロック・ホームズと同居していた時代、私は事件記録の執筆に行きづまると、しばしば下宿屋の屋上へ足を運んだものである。キノコのように生えている煉瓦《れんが》造りの煙突をのぞけば、物干し台と、小さな弁財天の社しかない、殺風景《さっぷうけい》な屋上だった。東には鴨川の向こうに田園地帯と東山《ひがしやま》が見え、西には煤煙《ばいえん》に包まれる大都会が広がっている。

ホームズを追って屋上へ飛びだしたとき、空はどんよりと曇っていた。

「モリアーティ教授！」

ホームズが走りながら呼びかけた。

モリアーティ教授は寺町通に面した胸壁の上に佇んでいた。こちらに背を向けて、ションボリと頭を垂れていた。ひらひらする黒いマントが巨大なカラスを思わせる。

ホームズは弁財天の社を駆け抜け、まっすぐモリアーティ教授のもとへ向かった。

その猛烈な勢いからして、「説得」などという悠長な手段を取る気はないらしい。それは正しい判断だった。駆けつけてきたホームズに気づいて、モリアーティ教授がこちらを振り返る。その顔に泣き笑いのような不思議な表情がよぎる――と見えた瞬間、彼はゆっくり仰向けになっていった。寺町通から見物人たちの悲鳴が湧き起こった。

駆けつけたホームズはそのまま胸壁から身を乗りだし、のけぞっていくモリアーティ教授のマントを両手でつかんだ。ホームズの身体を支えるものは何もない。彼は私が追いついてくることを見越して、捨て身の手段に打って出たのである。

すかさず私はホームズの腰にしがみついたが、たちまち強い力で引っ張られた。ホームズの身体がはりつめた綱のように震えている。モリアーティ教授の命も、ホームズの命も、日々の往診で鍛えた私の足腰だけにかかっていた。

そのとき背中があたたかくなった。首筋に熱い吐息が吹きかけられた。追いついてきたメアリが必死で私の背中にしがみついている。

「あなた、しっかり！」とメアリは叫んだ。「頑張って！　頑張って！」

モリアーティ教授をホームズが引っ張って、ホームズを私が引っ張って、私をメアリが引っ張って――どうしても抜けなかった大きなカブラが抜けるように、メアリの助太刀《すけだち》によって形勢は辛くも逆転した。

ホームズはハンマー投げのようにモリアーティ教授を回転させると、なんとか屋上へ投げだした。教授は黒い鞠《まり》のように転がり、私たちはひっくり返った。

私たちは気力も体力も使い果たして、しばらくは身動きすることもできなかった。屋上に寝転んで茫然としていると、見物人たちの遠い歓声が聞こえてきた。やがてホームズが身を起こし、「モリアーティ教授？」と言った。「お怪我はありませんか？」

「私は無用の人間なのだ」

モリアーティ教授は、背中を丸めて泣いていた。

「天から与えられた才能はどこへ消えた？」

ホームズはゆっくりとモリアーティ教授に歩み寄った。

「事情を話してもらえませんか。力になれるかもしれない」

モリアーティ教授は身を起こすと、ぽつぽつと身の上を語りだした。

彼は昨年の秋頃から深刻なスランプに苦しんできたという。どのような数学的アイデアが浮かんでも、何ひとつものにならない。苦しみのあまり夜も眠れなくなった。いったん公職から身を引いたのは、なんとかスランプから脱出するためであった。つまりモリアーティ教授がこの下宿屋の三階に籠もって「研究」していたのは、自分自身のスランプだったのである。

しかしいくら努力しても、打開策が見えるどころか、スランプはいよいよこじれていくばかり。絶望したモリアーティ教授は、昨夜、ついに鴨川に身を投げる決意をして家を出たが、どういうわけかホームズと私がずっと背後をついてくるので、なかなか踏ん切りがつかない。そのまま一晩中歩き通して、寺町通221Bへ戻ってしまった。そして、やむを得ず屋上から身を投げようとしたところを、私たちに引き留められた——という次第だったのである。

「いったい私は何に苦しめられているのだろう」

モリアーティ教授は首を垂れたまま涙声で言う。

「たとえばひとつの数学的発見をしたとしよう。それは一見、非の打ちどころのないものに見える。そんなときはじつに幸福だ。この手に『真理』を摑んだという喜びが私を充たす。ところが翌日になってみると、その発見に小さな穴が見つかる。私はなんとかその穴を繕《つくろ》おうとするが、そうやって懸命に取り組むほど、かえってその穴は広がっていくのだ。長い苦闘の末、必死で救おうとしていたものがゴミ屑《くず》にすぎないことに私は気づく。この手に摑んだと思っていた『真理』は、いつの間にか塵《ちり》のように消えているのだよ」

ホームズは同情するように言った。

「あなたの気持ちはよく分かる。僕も同じ問題を抱えているんです」

モリアーティ教授はハッとしたように顔を上げた。

「貴君もスランプだというのか？」

「現在、人生最大の難事件に取り組んでいるところですよ」

ホームズはモリアーティ教授に手をさしのべた。

「いかがです、教授。ここはひとつ、協力してこの謎に立ち向かいませんか」

○

その後、メアリと私は下鴨へ引き上げた。

辻馬車は冷え冷えとした曇り空の下を走っていく。

メアリは馬車に揺られながら、しきりにあくびを嚙み殺していた。くたびれ果てて、口をきくのも億劫《おっくう》そうだった。ホームズと私への怒りは、モリアーティ教授をめぐる騒動で、一時的にうやむやになってしまったらしい。実際、結果から見れば、ホームズと私の「探偵ごっこ」は無益ではなかった。モリアーティ教授の命を救うことができたのだから。

私はモリアーティ教授が落とした花々を思い浮かべた。

そうだったのか、と呟いた。

「あの花は、この世への別れの花だったんだな」

「いいえ。そうじゃない」

メアリが身じろぎして言った。

「あの人は助けを求めていたんです。誰かに気づいてほしかったのよ」

私はかたわらのメアリの顔を覗いた。妻は気難しい少女のように眉をひそめて、通りすぎていく街路を睨んでいた。朝の空気の冷たさと、夜明けまで歩き通した疲れとが、その頰を透き通るように白くしている。目尻に浮かんだ涙の粒が宝石のように煌めいていた。

「とにかく今日のところは許してあげます」

そう言うと、メアリは私の肩に頭をのせて目を閉じた。

第二章　アイリーン・アドラーの挑戦

十一月最初の日曜日、私はハドソン夫人と馬車に揺られていた。

河原町三条から乗りこんだ辻馬車は三条大橋を渡って、街道沿いの煉瓦造りの街並みをのんびりと進んでいく。目指すは南禅寺界隈、名高い霊媒・リッチボロウ夫人の邸宅「ポンディシエリ・ロッジ」である。

ハドソン夫人はめかしこんで、ピクニックへ出かけるようにウキウキしていた。

「きっと役に立つ助言をしてもらえます」

「そんなにすごい人なのかね」

「それはもう！　あの人は史上最高の霊媒ですよ」

ハドソン夫人の不動産投資がうまくいっているのも、その霊媒のおかげらしい。実際、ハドソン夫人は221Bの他にも寺町通界隈にいくつかの物件を所有しており、寺町の不動産王への道をちゃくちゃくと歩んでいた。「先日もあの人の助言で221Bの向かいをもう一軒、手に入れたんです」とハドソン夫人は得意そうに言った。「改装工事を済ませて早々、素敵な下宿人が見つかりましてね。アイリーン・アドラーさんといって、元舞台女優なんですって」

「いやはや、景気のいい話だね」

「あの人の助言に間違いはないってことです」

リッチボロウ夫人という霊媒については、自分でもいくらか調べてみた。

王宮に召し抱えられていた占星術師の流れをくむ家系だというが、それはあくまで自称にすぎず、出自はよく分からない。「インド奥地で心霊術の奥義《おうぎ》をきわめた」という売り文句で、数年前から洛中洛外で頻繁に降霊会を主催するようになった。貴顕の紳士淑女《しゅくじょ》にも信奉者が多く、昨今の心霊主義ブームを生みだした立役者のひとりと言えよう。

私も科学者の端くれとして、心霊主義ブームには懐疑的である。しかしホームズのスランプ問題については、ありとあらゆる手を試みたと断言できる。もはや心霊主義だろうが何だろうが、役に立つなら何でもいいという気持ちであった。

「とにかくホームズをなんとかしなければならない。モリアーティ教授とグータラしていたって、事態が好転するわけもないからね」

「お二人の仲良しぶりに嫉妬《しっと》しておいでなんでしょう」

ハドソン夫人は微笑んだ。「本当に殿方《とのがた》というものは嫉妬深いのだから」

「べつに嫉妬しているわけではない。心底イラついているだけだよ、ハドソンさん」

「それならそういうことにしておきますけれどもね。ホームズさんもホームズさんですよ。ワトソン先生という人がありながら、モリアーティさんとあんなに仲良くするなんて……。まあ、そのおかげでモリアーティさんも近頃はずいぶん穏やかな顔つきにおなりですよ」

ポンディシェリ・ロッジは南禅寺の北、東山のふもとにある。

南禅寺船溜《ふなだ》まりから白川通を北へ辿っていくと、右手に貴族の別荘や豪商の屋敷がならんでいる。いずれも広大な敷地を持ち、長い石塀の向こうに木々の梢《こずえ》がのぞいている。リッチボロウ夫人の邸宅はそれらに遜色《そんしょく》ないほど立派なものであった。

馬車は石造りの門を抜け、木漏れ日がまだらに染める砂利道を進んでいった。

○

十一月に入っても、ホームズは相変わらず寺町通221Bに立て籠もっていた。

大きな変化といえば、あれほどいがみあっていた三階の住人、ジェイムズ・モリアーティ教授がホームズの部屋へ入り浸るようになったことである。教授も深刻なスランプに苦しんでいたことが判明するや、彼らはたちまち意気投合してしまったのだ。

「まったくやりきれませんよ」

「分かる、分かるぞ、その気持ち！」

そんなことを言い合いながら、終日《ひねもす》のたりのたりしている。

それは私にとって、じつに不愉快なことであった。なんとかしてホームズを探偵業に復帰させようとしているのに、彼らはたがいの心の傷をぺろぺろ舐め合うばかりで、私の言葉に真剣に耳を傾けようとしない。それどころかホームズは「ようするに君は嫉妬してるんだろう？」などと言う。私が彼らの生活態度にうるさく口を出すのは、「ホームズの相棒」という栄誉ある地位を、モリアーティ教授に奪われたくないからだというのである。思い上がるのもたいがいにしていただきたい。

「僕は君のためを思って言っているんだぞ」

私は言った。「いつまでグータラしているつもりなんだ」

「我々は『自分自身』という難事件に取り組んでいるのだよ」

ホームズがパイプを吹かしながら言うと、長椅子に腰かけたモリアーティ教授は「いかにもそのとおり」と頷いてみせる。「我々は全力を尽くしている。これほど難解な謎はない」

もっともらしいことを言っているが、現実から逃げているだけである。

やがて京都警視庁《スコットランド・ヤード》のレストレード警部も通ってくるようになって、寺町通221Bは負け犬たちの吹きだまりとなった。「ホームズさんのおかげで生きる勇気が湧いてきましたよ」とレストレードは言った。「相変わらず、事件はひとつも解決できませんがね」

私が寺町通221Bに通っていることに、もちろんメアリは勘づいていた。

しかしメアリは何も言わなかったし、私もホームズ問題には触れないようにしていた。

先月ホームズに対して爆発した妻の怒りは、「モリアーティ教授の命を救う」という意外な展開によって、いったん沈静化したかのように見えた。しかしそれは活火山が一時的に休止しているだけのことであって、何をきっかけにふたたび爆発するか知れない。そのとき勃発《ぼっぱつ》するメアリとの戦いは、私たち夫婦の歴史に刻まれる未曽有《みぞう》の大戦となるだろう。

馬車は大きな屋敷の玄関先に止まった。迎えに出た執事は、玄関広間の右手にある待合室へ私たちを案内すると、「こちらで少々お待ちください」と言った。

待合室とはいえ、私の自宅兼診療所が丸ごと収まりそうなほど広い部屋であった。入って左手の壁際には立派な大理石の暖炉があって、マントルピースにはインドの彫像《ちょうぞう》がならび、板張りの壁は豪奢《ごうしゃ》なタペストリーで飾られている。右手にならんだ大きな窓の外には東山を借景《しゃっけい》にした庭が広がって、さんさんと陽光が入ってくる。

私が庭を眺めて感心していると、ハドソン夫人がささやいた。

「立派なお屋敷でしょう。セント・サイモン卿《きょう》の別邸らしいですよ」

「セント・サイモン卿？」私は驚いて聞き返した。「花嫁失踪《しっそう》事件の？」

「あの事件を解決したのはリッチボロウ夫人なんです。それ以来、サイモン卿は心霊主義の熱心な信奉者になって、夫人の活動を後援されているとか」

「ホームズには内緒にしておいたほうがいいな」

「サイモン卿にはひどく叱られましたものねえ」

セント・サイモン卿の花嫁失踪事件が起こったのは昨年の秋、そろそろホームズにスランプの兆候が見え始めた頃であった。結局ホームズはサイモン卿の家庭問題を解決することができず、「無能」だの「こけおどし」だの「怠け者」だの、さんざん罵倒《ばとう》されたのである。そのサイモン卿が後援する霊媒に助けを求めるなんて、ホームズの誇りが許さないだろう。

やがて執事が姿を見せ、私たちを二階の奥へ案内した。

「ハドソン夫人と、ワトソン先生です」

背後で執事がドアを閉めると、ほとんど何も見えなくなった。分厚い天鵞絨《びろうど》のカーテンが窓を覆い尽くしていて、室内はまるで夜のように暗い。明かりといえば、左手にある小さな暖炉の火と、奥のテーブルに置かれた燭台《しょくだい》だけである。それらの揺らめく光が、床に敷かれた虎の毛皮や、インドの彫像を照らしている。私が「リッチボロウ夫人？」と声をかけると、右手の闇からポコポコと水の湧くような音が聞こえた。

「ようこそお越しくださいました、ワトソン先生」

闇の奥から甘ったるい声がした。

「ハドソン夫人から、お噂はかねがねうかがっております」

暗がりに目が慣れてくると、そちらに大きな長椅子があって、ふくよかな女性がクッションの山に埋もれるようにして座っているのが分かった。黄昏《たそがれ》の空のような群青《ぐんじょう》色のドレスを着て、優雅に水煙管《みずギセル》を吹かしている。リッチボロウ夫人が「こちらへ」と手招きしたので、私たちは足下に用心しながら薄闇の中を進み、彼女の向かいにある二つの椅子に腰を下ろした。

リッチボロウ夫人の年齢はよく分からないが、おそらく四十代後半であろう。ギョロリとした大きな目と、角張った大きな顔をしている。化粧が濃いせいで、白い大きな仮面が宙に浮いているように見える。

「ようやくお会いできましたね。この日を待っておりました」

「どういうことでしょう。待っておられたというのは？」

「シャーロック・ホームズさんは深刻なスランプに陥っておられるとか……。そのことをハドソン夫人にうかがってからというもの、なんとかお力になって差し上げたいと願っていたのです。あの著名な名探偵を苦境から救うことができるなんて、こんなに光栄なことはありませんもの。じつは私、ワトソン先生の御著作、つまりホームズ譚の熱烈な愛読者なのです」

「それは意外ですな。心霊主義と探偵小説では水と油のような気がしますが」

「私たち心霊主義者は非合理的な人間だとお考えなんでしょう」

リッチボロウ夫人は含み笑いをして、クッションから身を起こした。

「けれどもそれは心霊主義に対するよくある誤解です。私たちは近代的な合理的思考を、霊界にまで押し広げようとしているにすぎません。心霊の世界を科学的に証明しようとしている科学者は増える一方ですし、私たちのような職業的霊媒も、そういった研究には決して協力を惜しみません。これはとても合理的な態度ではありませんか？」

なるほど、と私は頷いた。「仰るとおりですね」

「それなら、私が探偵小説を愛する理由もお分かりいただけるはず」

リッチボロウ夫人は嬉しそうに言った。「私は言うなれば心霊世界の謎を探究する探偵です。だからホームズさんには同志愛に近いものを感じるのです。今はむずかしいとしても、いずれホームズさんも心霊世界の存在を認めざるを得なくなるでしょう。私たちが手を結べば、あらゆる謎を解くことができる。この世界には神秘的なことなんて何ひとつないのです」

心霊主義の是非はともかくとして、彼女の言うことには筋が通っている。その口ぶりも冷静なものであった。どうやらただ胡散臭《うさんくさ》いだけの人物ではないらしい。

「リッチボロウ夫人、ホームズさんのことですが」

ハドソン夫人が身を乗りだした。「どうお考えですか?」

リッチボロウ夫人は目を閉じると、水煙管を吹かしながら語った。

「ホームズさんがスランプから抜けだすためには、そもそもスランプに陥った原因を明らかにしなければなりません。しかし人間というものは驚くほど自分自身のことを分かっていないものです。とりわけホームズさんのスランプのような難問は、自分の知らない自分、すなわち心霊的な領域まで含めて考えなければ、決して解決することはできません」

リッチボロウ夫人はゆっくりと長椅子から立ち上がると、部屋の中央に置かれている大きなテーブルに近づいた。テーブルには小さな台座が置かれ、ふんわりした群青色のクッションに水晶玉がのせてある。リッチボロウ夫人に促されて、私たちは彼女の向かいに腰を下ろした。

「この水晶玉は心霊的なエネルギーを集約するためのものです」

リッチボロウ夫人は穏やかな声で言った。

「いわば太陽光を集める凸レンズのような役割を果たすのです。ワトソン先生はホームズさんのご親友として、ハドソン夫人はホームズさんの家主として、彼の心霊的なエネルギーを分かち持っておられます。それはきわめて微弱なものですから、たとえ私のような霊媒であっても、このような道具を使わなければ具現化できないのです」

リッチボロウ夫人は水晶玉に手をかざし、大きく息を吐いて目を閉じた。

「なるべく心を静かにして、水晶玉を見つめてください」

ハドソン夫人はグッと両手を握りしめ、真剣な眼差しで水晶玉を見つめている。どうも馬鹿馬鹿しい気がしたが、ここまできて妙な意地を張ってもしょうがない。私もハドソン夫人にならって水晶玉を見つめた。水晶玉は燭台の明かりを浴びて煌めいていた。リッチボロウ夫人の群青色のドレスが、モヤモヤと透けて見える。

しばらくすると、にわかに背筋がぞくりとした。室内が冷え冷えとしてきた。テーブルに置かれた燭台の火が揺れている。部屋の窓は閉め切ってあるというのに、この風はどこから吹いてくるのだろう。私はソッと顔を上げたが、リッチボロウ夫人は水晶玉に手をかざしたまま動かない。何か異様な、鬼気迫るような雰囲気が漲ってきた。

ハドソン夫人がハッとしたように言った。

「何か見えます」

水晶玉の奥がぼんやりと明るくなっている。

あっけにとられて見つめていると、その光の中に人影が浮かんできた。

俯《うつむ》き加減なので顔は見えないが、ほっそりとした、どこか淋しげな少女である。私はごしごしと両目をこすった。しかし間違いなく少女の姿が見える。「見えるかね？」と私がささやくと、ハドソン夫人は強く何度も頷いた。「見えます！　見えます！」

「この少女は霊界から呼びかけています」

リッチボロウ夫人はおごそかに言った。

「この人物がホームズさんのスランプの原因と思われます」

そのとたん水晶玉の光は消え、少女の姿も見えなくなった。

リッチボロウ夫人によれば、ホームズの心に深く刻まれた傷のようなものが、そのようなイメージをとって現れたのだという。ずいぶん昔の事件にかかわりがあるらしい、と夫人は言った。「それ以上のことは申し上げられません。やはりホームズさんご本人を連れてきていただくのが一番ですわ。せめて当時何が起こったのか知ることができれば……」

ハドソン夫人が先に部屋から出たあと、続いて出ようとした私の腕にリッチボロウ夫人がソッと手をかけた。「いつでも相談にいらしてくださいね」と彼女は言った。白い月のような顔が薄闇に浮かんで、妖しい香りが漂ってきた。彼女は熱っぽい口調でささやいた。

「ワトソン先生、私はホームズさんのお力になりたいのです」

その後、ハドソン夫人と私はポンディシェリ・ロッジをあとにして南禅寺へ行った。

南禅寺には東山の影が巨人のようにのしかかっていた。山の冷気に包まれた境内は、軍用外套に身を包んだ若い将校や、紳士淑女の一団、商家らしい家族連れなど、大勢の参拝客で賑わっている。門前には辻馬車の溜まり場があって、御者たちが煙草を吹かしながら談笑していた。

境内の松林を歩いていると、ようやく現実へ戻ってきた気がした。

「たいした人物だなあ、リッチボロウ夫人は」

「そうでしょう？」

「驚くべき体験だったよ」

私はもう一度、水晶玉に映った少女の姿を思い浮かべた。

彼女が何者であるにせよ、私の知らない人間であることはたしかであった。ホームズの心に深い傷を残すような事件を、ハドソン夫人や私が忘れるはずもない。だとすれば、その事件が起こったのはホームズと私が知り合う以前のことだろう。

今から十年前、医学生時代の友人スタンフォードに引き合わされて、私たちは同居生活を始めたのであった。考えてみれば、私と出会う以前、駆け出し時代のホームズがどんな事件を手がけていたのか、私は何も知らないのである。

「なんとかホームズをリッチボロウ夫人のところへ連れていこう」

「説得できると思いますか？」

「いざとなれば、首に縄をかけてでも連れていく」

私たちは境内を抜けて、門前で客待ちをしている御者に声をかけた。

辻馬車に乗って門前から坂道を下っていくと、霧と煤煙に包まれる街が眼下に広がった。おぼろに霞んだ太陽が愛宕山《あたごやま》の向こうに浮かんでいた。

○

寺町通221Bでは、その日も「負け犬同盟」の集会が開かれていた。

私がホームズの部屋を訪ねていくと、彼は肘掛け椅子でぷかぷかとパイプを吹かしつつ、長椅子に腰かけたモリアーティ教授、レストレード警部と語り合っていた。例によって、自分たちのスランプを肴にして、グータラと駄弁《だべん》を弄《ろう》しているらしい。

モリアーティ教授が「じっくり腰を据えて取り組むのが肝要なのだよ、レストレード君」と言っている。「急いては事をし損じる」

「しかし職務上、あんまりノンビリしているわけにもいきませんしね」

「いっそ大原の里に左遷されてみるのも悪くないよ」ホームズが無責任なことを言った。「じっくりと自分自身に向き合うことができる。今の君にはそういう時間が必要だ。もしも君が左遷されたら、僕たちもいっしょについていくさ。野原に寝転んで雲を眺めながら、スランプという苦境に立ち向かえばいい。君もいっしょに来てくれるだろう、ワトソン君？」

「馬鹿なことを言わないでくれ」

そのとき私は窓辺に佇んで、煙草に火をつけようとしているところだった。

「私にはメアリがいるし、診療所の経営もある。どうして大原へ行かなきゃならないんだ。だいたいスランプに陥っているのは君たちであって、私じゃない」

「あんなことを言ってますよ、モリアーティ教授」

ホームズが告げ口するようにささやくと、教授はいかめしい顔つきで首を振り、「本人は認めたがらないものだ」と言った。ホームズは咳払いをして、「ワトソン君」と言った。

「たしかに君にはステキな奥さんもあり、念願の診療所も手に入れて、うわべだけは順風満帆《じゅんぷうまんぱん》のように見える。しかしその内実は見かけほど立派なものではない。たいして患者もいないし、開業資金の返済負担も大きく、診療所の経営は苦しい。赤字を補うためには副業に勤しむしかない。ところが君はもう一年近く、探偵小説を書いてない」

「だからそれは君のスランプのせいだろ」

「そうやって君はいつも僕のせいにするけれどもね」

ホームズは勝ち誇ったように言った。

「ようするに僕がいなければ書けないんだろう。つまり僕の問題は君の問題であって、僕がスランプなら君もスランプなんだよ。それなのに君という人は、まるで自分は純然たる被害者であるかのように振る舞って、すべての責任を僕に押しつけようとする。自分だけ高みにいるような顔をしないでくれ。現実に向き合いたまえ、ワトソン君」

モリアーティ教授たちと「負け犬同盟」を結成してからというもの、ホームズの言い草はいよいよ詭弁《きべん》的になってきた。本来ならば事件解決に用いられるべき知的エネルギーが、すべて現実逃避の言い訳に用いられている。このままではスランプをこじらせる一方だ。

私は溜息をついて、窓硝子の向こうに目をやった。

そのとき、向かいの家の窓を美しい人影が横切った。

ほんの一瞬のことだったが、なんだかメアリに似ていたような気がした。

しかしこれはよくあることで、街中で少しでも心惹《ひ》かれる女性を見かけると、私はその人の佇まいに必ずメアリの片鱗を見いだしてしまうのであった。それは必ずしも女性にかぎった話ではない。柴犬、雪だるま、伏見人形、夏みかん、きびだんご……。少しでも心惹かれるものであれば、生物非生物のへだてなく、森羅万象にメアリの面影は宿る。

そのふしぎな現象を私は「妻の遍在」と呼んでいるのだが、しょっちゅう発生することだから、そのときは気にも留めなかった。

私は頭を振って気を取り直し、ホームズへの反撃に出た。

「君こそ現実に向き合ってないじゃないか」

「僕たちはスランプという問題に取り組んでいる」

「それが現実逃避だといっているんだ」

「スランプを受け容れるというのは現実から逃げることではない。勇気をもって腰を据え、人生の根本問題に立ち向かうことだ。それなのに君というやつは、『仕事しろ』『事件を解決しろ』『存在価値を証明しろ』とやいやい言う。僕に言わせれば現実逃避しているのは君の方だよ。そうやって僕を責め立てて、自分自身の問題から目をそらしているのさ」

「いいだろう。それならとことん付き合ってやる」

私はホームズへの怒りを抑えながら、次のようなことを言った。

「君のスランプ問題について、ひとつ考えたことがある。この寺町通221Bで僕と同居を始める以前、君にも駆け出しの時代があったろう。当時の君はまだ無名の探偵だった。いくつもの失敗を経験しながら、仕事のコツをつかんでいったはずだ。その頃の事件をひとつずつ点検してみれば、スランプを脱出する手がかりが得られるんじゃないか？」

「なるほど」モリアーティ教授が頷いた。「ワトソン君の意見にも一理ある」

「ホームズさんの駆け出し時代ですか。もう十年以上も前ですな」

レストレード警部が懐かしそうに目を細めた。レストレードは私よりもホームズとの付き合いは長いのである。「あの頃のホームズさんは実に生意気だったな。憎たらしくてしょうがなかった。鴨川へ突き落としてやりたいと何度思ったことか」

「当時からホームズの仕事ぶりは天才的だったのかね」

「それはそうでしょう」

「とりわけ苦労していた事件などは？」

「どうでしょうなあ。そんな事件ありましたっけ？」

ふしぎなのは、私がその話題を持ちだしたとたん、先ほどまでぺらぺらと喋っていたホームズがピタリと口をつぐんでしまったことである。「どうなんだ、ホームズ。何か印象に残っている事件はないのか？」と問いかけると、彼は射貫《いぬ》くような目でこちらを睨み、「どうしてそんなことを急に言いだしたんだ？」と逆に問い返してきた。

「なんだか匂うぞ」

「何が匂うっていうんだ」

「そういえば朝、ハドソン夫人がいやにめかしこんで出かけたな」

ホームズはスッと目を細めた。「まさか、あの霊媒に会いに行ったのか？」

私が口籠もっていると、ホームズは「そうなんだな？」と畳みかけてきた。事件は何ひとつ解決できないくせに、どうして余計な勘だけは働くのだろう。

「駄目でもともとじゃないか。何かヒントになるかと思ってさ」

私が肩をすくめて言ったとたん、ホームズは肘掛け椅子から飛び上がった。

その怒りはすさまじいものであった。彼は暖炉の火かき棒をねじ曲げると、渾身《こんしん》の力で暖炉に投げつけ、「この底抜けのポンコツ野郎め！」と叫んだ。「よりにもよって、あんなインチキ霊媒に助けを求めたのか？　いったい何を考えているんだ！」

あまりの剣幕《けんまく》にモリアーティ教授たちもあっけにとられている。

「そんなに怒らなくてもいいだろう。僕は君のためを思って……」

「落ちぶれたりとはいえ、僕は天下の名探偵なんだぞ！」

ホームズは額に青筋を浮かべて怒号《どごう》した。「心霊主義なんぞに頼れるか。しかもリッチボロウ夫人のパトロンは、セント・サイモン卿だというじゃないか。あのクソいまいましい風船貴族め！　自分が何をしたか分かっているのか。君は僕の顔に泥を塗ったんだ！　ありがたいね！　まったく役に立つ相棒だよ、君というやつは！」

ホームズは舌打ちして肘掛け椅子に座りこみ、いまいましそうに顔をそむけた。モリアーティ教授とレストレード警部も気まずそうに俯いている。

そこへハドソン夫人が茶器を持って入ってきた。

「紅茶を飲んで落ちついてください」

ハドソン夫人は言った。「外まで騒ぎが聞こえていますよ」

○

ホームズは意固地《いこじ》になっているとしか思えなかった。この一年、彼は何ひとつ名探偵にふさわしい仕事をしていない。今さら「誇り」にこだわって何になるというのか。この際、心霊主義だろうが何だろうが、使えるものは何でも使えばいいではないか。やはりメアリの言うことは正しいのかもしれない。ホームズは本気でスランプを脱出する気がないのである。

私は口をきくのもイヤになって、窓辺でホームズに背を向けた。

ハドソン夫人から紅茶を受け取って、昼下がりの寺町通を見下ろした。

そのとき、ひとりの紳士が舗道を歩いてくるのが見えた。天鵞絨の山高帽、天鵞絨のスーツ、几帳面《きちょうめん》にととのえられた口髭。いかにも裕福な紳士という佇まいだが、どこか不安そうな顔つきで、ひとつひとつ番地を確認しながら歩いてくる。そういう人間がたいていホームズを訪ねてきた依頼人であることは、長年の経験から分かっている。

しかしここで奇妙なことが起こった。天鵞絨の紳士は221Bの玄関先で立ち止まり、「ここだな」と頷いたにもかかわらず、なかなかベルを鳴らそうとしない。そのかわりに、通りの向かい側にある建物に目をやった。しばし逡巡した後、紳士は足早に通りを渡って、向かいの玄関のベルを鳴らした。メイドが戸口に姿を見せ、丁重《ていちょう》に紳士を迎え入れた。

「おい、なんだかへんだぞ」

私は呟いたが、誰も聞いていなかった。

先ほどから、ホームズはハドソン夫人と心霊主義をめぐって口論していた。ハドソン夫人はその投資の成功体験から心霊主義擁護の論陣を張り、ホームズは「心霊世界と不動産価格になんの関係があるんです？」ともっともな反論をしていた。

「それなら屋上の弁財天はどうなるんです？」とハドソン夫人は言い返した。「ホームズさんは毎朝拝んで賽銭《さいせん》を上げていらっしゃるじゃありませんか。私がスランプ脱出祈願で片目を入れた達磨もマントルピースに飾ってありますでしょう。『心霊主義には科学的根拠がない』と仰いますけど、それなら弁天さまや達磨にはあるんですか」

「それは気持ちの問題だからいいんだよ」

「それなら心霊主義を信じる『気持ち』になればいいじゃありませんか」

そのとき私は「ハドソンさん」と口を挟んだ。「向かいにアイリーン・アドラーという人が引っ越してきたんだったね。引退した女優と言っていたが、今は何をしているんだ？」

「あら、まだ言ってませんでしたっけ」

ハドソン夫人はそっけなく言った。「アドラーさんは探偵です」

その発言は私たちに深甚《しんじん》な衝撃を与えた。ホームズは椅子の肘掛けをつかんで黙りこんだ。しばらく沈黙が下りた後、モリアーティ教授が重々しい声で「ハドソン夫人」と言った。「あなたはホームズ君の味方だと思っていたが」

「もちろん、いつだって私はホームズ先生の味方ですよ」

「それなら、どうして商売敵に向かいを貸すような真似をするのかね？」

「どんな借家人を入れようが、文句を言われる筋合いはありませんよ。それに最近、ホームズさんはいつも依頼を断っておしまいになるでしょう。向かいにもう一軒、探偵事務所があれば、その人たちも無駄足にならずに済みます」

「それどころか客が奪われ始めているんだよ」

私は窓を指して言った。「現に今、ひとり奪われたところだ」

「それなら取り返せばいいじゃありませんか。さあ、負けていられませんよ！」

ハドソン夫人はハドソン夫人なりに、ホームズの萎《な》えきった闘争心に火をつけようとしているのかもしれなかった。我が子を谷底へ蹴落とす、勇ましい雌獅子《めじし》の姿が脳裏に浮かんだ。そのときレストレードが窓をコツコツ叩いて言った。「あれも依頼人じゃありませんか？」

古ぼけた外套を着た小太りの男が221Ｂの玄関先で足を止めていた。ベルを鳴らすべきか逡巡しながら、ちらちらと通りの向かいに目をやっている。「ホームズ、悔しくないのか！」と私は言った。「依頼人をみんなアイリーン・アドラーに奪われてしまうぞ」

「こうしちゃいられない。つかまえてきます！」

レストレード警部は解き放たれた猟犬のように飛びだしていった。

○

レストレードを追って私が寺町通へ出たとき、すでに小太りの男の姿は通りの向かいにあり、アイリーン・アドラーの家の呼び鈴を鳴らそうとしていた。レストレードと私は急いで通りを横切り、「ひょっとして探偵をお探しですか」と声をかけた。相手は怪訝そうに振り返った。

私は精一杯の愛想笑いを浮かべて、「あなたはとても運がいい」と話しかけた。「私たちは名探偵シャーロック・ホームズの事務所の者です。ちょうどホームズ氏は国際的大事件を解決したところで、今なら手が空いている。破格の依頼料でお引き受けします」

「いや、遠慮しておくよ」

小太りの男は顔をしかめて首を振った。

「ホームズはもう駄目なんだろ。ここ一年、ろくな噂を聞かないし」

かまわずに呼び鈴を鳴らそうとする男の腕を、レストレード警部がつかんで、「つべこべ言わずにこっちへ来い！」と言った。相手は「何をする」と目を丸くした。

「まずいよ、レストレード。この人は犯罪者じゃないんだぞ」

「だって、あまりにも悔しいじゃありませんか。こいつはホームズさんを馬鹿にした。あの人を馬鹿にしたということは、私を馬鹿にしたということなんだ！」

「いったい何の話をしてるんだよ。その手を放せってば！」

小太りの男とレストレード警部は激しく揉み合った。当然ながら男は激しく抵抗し、「助けて！　助けて！」と叫んだ。昼下がりの寺町通にざわめきが広がって、通行人たちが足を止めた。日傘をさした婦人たちが眉をひそめ、辻馬車の御者が身を乗りだし、制服姿の仕丁《しちょう》が興味津々といった面持ちで見物している。鳥打ち帽をかぶった男が近づいてきて、「何か事件ですか？」と言った。レストレード警部は振り返って、ウンザリしたように舌打ちした。

「なんでもないよ、ピーターズ。さっさと行ってくれ」

「そういうわけにはいきませんよ。面白そうな匂いがプンプンする」

よく見ると、その男は先月、木屋町の酒場でホームズとやりあった「デイリー・クロニクル」の記者であった。彼は舌なめずりしながら、いそいそと手帳を取りだした。事態は急速にロクデモナイことになりつつある。私はレストレード警部に「いったんここは引き下がろう」と耳打ちしたが、意地になっているレストレードはどうしても男の腕を放そうとしない。

目前のドアが開いて、長身の女性が姿を見せた。

「何を騒いでいらっしゃるんです？」

その人がアイリーン・アドラーであった。

想像していたよりもずっと若々しい。おそらくメアリと同い年ぐらいだろう。すらりと伸びた背筋といい、はっきりと通る声といい、いかにも舞台経験者らしく堂々としている。意志の強そうなくっきりと濃い眉、高い鼻、切れ長で鋭い目。地味な色のドレスに身を包んでいても、全身に漲る気迫は隠しようがなく、ただならぬ人物であることが一目で分かった。

「アイリーン・アドラーさんですね？」

小太りの男が救いを求めるように叫んだ。

「あなたに相談に来たのに、この人たちが邪魔をするんです！」

アイリーン・アドラーは「あら！」と目を見張った。それから行儀の悪い生徒をたしなめる教師のように、レストレードと私を睨んでみせた。「ワトソン先生と、レストレード警部でいらっしゃいますね。お二人のことはよく存じ上げています。どうかその人の腕を放してあげてください。まさか本気で、私の依頼人を横取りするおつもりですか」

野次馬たちがざわめき、レストレードはしぶしぶ小太りの男の腕を放した。

そのとき、「横取りしているのはそちらでしょう」という声が聞こえた。

振り返ると、ホームズが野次馬たちをかきわけるようにして姿を見せた。よれよれの部屋着姿で、琥珀《こはく》の吸い口のついたブライヤーのパイプを握りしめ、背後にはモリアーティ教授が影のように寄り添っている。

「あなたがアイリーン・アドラーさんですか」

「あなたがシャーロック・ホームズさんね」

ホームズとアイリーン・アドラーはたがいを値踏みするように見つめ合った。

アイリーン・アドラーは「横取り呼ばわりされるなんて心外です」と言った。「あなたが探偵としての役割を果たさないのだから、私が引き受けるしかないでしょう」

「あなたには僕の代わりがつとまるというのですか」

「ええ、もちろん」

「いやはや、たいした自信家だ」

「ホームズさん、どうして事件に取り組まないんですか？　京都警視庁《スコットランド・ヤード》は相変わらず無能ですし、この一年間、迷宮入り事件は増える一方だった。多くの人が苦しんでいるというのに、あなたはちっとも事件解決に乗りだそうとしない。もはや探偵としての気概を失ったというのなら、シャーロック・ホームズの時代は終わったということ。これからは私の時代です」

その勇ましい言葉に見物人たちがどよめき、歓声と拍手が湧き起こった。スポットライトを浴びたように輝いて見えるアイリーン・アドラーに対して、部屋着姿で無精髭を生やしたホームズはいっそう惨めに見える。私が苦々しい思いをしていると、デイリー・クロニクルの記者が「よろしいですか」と手を挙げた。「ここはひとつ、探偵対決をするというのはいかがです？　本紙に特別欄を設けて、おふたりの解決した事件の件数を掲載していきましょう。今年の大晦《おおみそ》日《か》までに、より多くの事件を解決した人物が『名探偵』の称号を得るというわけです」

「それは面白そうですね」

アイリーン・アドラーは微笑んだ。

「ホームズさん、いかがでしょう。挑戦をお受けになります？」

野次馬たちの視線がホームズに集まった。彼は眉をひそめて考えこんでいる。

私は慌ててホームズの腕をつかみ、「挑発に乗せられるな」とささやいた。この一年間、ホームズがまともに解決した事件は一件もなかった。どう考えても勝ち目はない。アイリーン・アドラーの宣伝になるだけで、ホームズには何の得にもならないではないか。

「今さら引き下がれるか」

ホームズは憎々しげに私の手を振り払った。

「いいだろう、アドラーさん。あなたの挑戦を受けて立つ」

○

その騒動の顚末は、翌日のデイリー・クロニクル紙に掲載された。

——アイリーン・アドラー氏、挑戦状を叩きつける

——追いつめられたシャーロック・ホームズ氏

——『名探偵』の称号はどちらの手に？

ピーターズ記者は次のような文章で当該記事を締めくくっていた。

「シャーロック・ホームズ氏は輝かしい業績の持ち主である。しかし本紙でもたびたび報じてきたように、ここ一年の迷走ぶりは世人をして目を覆わしむるものがある。はたして彼はアイリーン・アドラー氏に勝利し、『名探偵』の称号を手にできるのか。ホームズ氏の奮起を期待したい」

アイリーン・アドラーはまさに彗星《すいせい》のように現れた新人であった。

もともとは舞台女優として南座の大劇場に出演していたが、昨年の秋に電撃引退し、一年間の沈黙後、寺町通で私立探偵業を開始したらしい。しかし、その鮮やかな転身の理由や私生活については一切語ろうとしない。しつこく食い下がろうとする記者に対しては、「どうしてそんなことをあなたに話さなくてはならないんです？」と軽蔑《けいべつ》したように言い放つという。

アイリーン・アドラーが頭角を現してきたとき、

「素人探偵に何ができる？」

と、京都警視庁《スコットランド・ヤード》はまったく相手にしなかったらしい。

ところがアセルニー・ジョーンズ警部、ブラッドストリート警部、スタンリー・ホプキンズ警部といった花形刑事たちが、ことごとく彼女に打ち負かされるに及び、京都警視庁《スコットランド・ヤード》は恐慌状態に陥った。そのうえアイリーン・アドラーは、かつてのホームズのように京都警視庁《スコットランド・ヤード》に「花をもたせてやる」ような配慮とは無縁の人物であった。情け容赦なく手柄をすべて奪い取り、大衆は面白がって喝采《かっさい》する。彼女の牙を逃れることができたのは、犯罪捜査部の埃っぽい片隅で冷や飯を食わされていたレストレード警部ぐらいだった。

アイリーン・アドラーには追い風を受けて大きく羽ばたこうとする力がみなぎっていた。それは天賦《てんぷ》の才と粘りづよい努力の組み合わされたところへ、運命の女神が微笑みかけたときにかぎって顕現《けんげん》する神秘的な力だ。それはかつてシャーロック・ホームズに古今《ここん》未曽有の成功をもたらした力でもあった。しかし今やホームズの身辺にそんなものはかけらもない。

○

それから二週間ほど、私はホームズのもとへは行かなかった。リッチボロウ夫人のもとを訪ねたことがホームズの逆鱗《げきりん》に触れ、出入り禁止を言い渡されたからである。

「君とは絶交だ」とホームズは言った。「探偵という仕事は厳密な科学なんだ。霊媒に頼るようなやつに助手はつとまらない。たとえ君がいなくても金魚のワトソンがいるさ。少なくとも、金魚は己の分をわきまえている」

デイリー・クロニクル紙の探偵対決は洛中洛外で大評判になった。

――シャーロック・ホームズとアイリーン・アドラー、勝つのはどちらか？

私の診療所に通ってくる患者たちの間でもその対決が熱い話題となって、待合室で賭けをする者たちまで現れた。わけても退役軍人のジョンソン氏は熱心であり、三日に一度は「ここが痛い」「あそこが痛い」と訪ねてくるのは、ホームズ側の情報を私から探りだそうとしているからだ。「ホームズにはこのところ会っていませんよ」と私がそっけなく言うと、ジョンソン氏はニヤニヤしながら、「隠さないでもいいじゃないか」と言った。

「あんたは彼の相棒だろ。ホームズが勝つ見込みはどれぐらいある？」

私が高潔な医師であるからこそ、ジョンソン氏に亜ヒ酸を盛ったりしないのである。

今月に入ってから妻のメアリはホームズのことなど忘れてしまったように、毎日精力的に動きまわっていた。もともと慈善委員会の活動に熱心だったが、さらに創作教室のようなものに通いだしたらしく、図書館へ出かけたり、夜更けまで書き物をしたりしている。

ゆっくりと夫婦で話せるのは食事のときぐらいなのだが、たいてい私はうつうつと物思いに耽《ふけ》っていた。それは毎日届けられるデイリー・クロニクル紙のせいだった。見てはいけないと思うのだが、どうしても見なければ気が済まない。

特別欄には大きな数字で、ホームズとアドラーの解決件数が掲げられている。アイリーン・アドラーの解決件数は猛烈な勢いで増えていった。しかし、ホームズの解決件数はゼロ件から微動だにしなかった。毎朝デイリー・クロニクル紙を開き、その不動のゼロを目にするたびに、「言わんこっちゃない！」と私は溜息をついた。

ほとんど悪い冗談のようであった。毎日毎日、洛中洛外のお茶の間へホームズの無能ぶりを宣伝しているようなものではないか。

私が食卓で新聞を睨んでいるとメアリが言った。

「あの人のことを考えているのね」

その声には憐れみに近いものが籠もっていた。

「イライラするのも当然です。あの人に勝ち目はなさそう」

「そうなんだよ、メアリ」と私は溜息をついた。「アイリーン・アドラーの挑戦なんて受けるべきではなかった。あのときホームズを殴り倒してでも止めるべきだった。しかし、もっと腹が立つのはね、これだけコテンパンにやられているのに、あいつがぜんぜん助けを求めてこないことだよ。僕の気持ちなんてまるで分かっていない」

「でも、あの人は以前からそういう人だったじゃないの」

「もっと悪くなっている。モリアーティ教授のせいだ」

「モリアーティ教授って、先月私たちが助けたおじいさんのこと？」

「あのポンコツ物理学者め、ずっとホームズにべったりなんだ。この僕をさしおいて、すっかりホームズの相棒気取りだ。あんなやつにホームズの相棒がつとまるもんか。彼のことは僕が誰よりも分かっている。僕はシャーロック・ホームズの世界的権威なんだぞ！」

「もちろんそうですよ。だけど、あなたが行ったところで助けになれるの？」

そう言われて私は言葉につまった。メアリは真剣な眼差しで私を見つめている。

「ねえ、ジョン。これまであの人のスランプにはさんざん苦しめられてきたでしょう。あの人はあなたのことなんて考えてくれない。都合よく利用しているだけです。今年の夏、あなたは過労で倒れるまで追いつめられたんですよ。また同じことを繰り返すつもりなの？　もういっそのこと、ホームズさんの相手はモリアーティ教授に任せてしまえばいいじゃありませんか」

「しかし、僕はホームズの相棒なんだ」

「あの人の時代は終わったのよ。アイリーン・アドラーは天才です」

メアリは腕を伸ばして、その温かい手で私の手を取った。私は哀しい気持ちで、テーブルに投げだした新聞を見つめた。シャーロック・ホームズの解決した事件、ゼロ件。

ホームズよ、なぜ全力を尽くさないのか？

「私はこれでいいと思っています」

メアリは私の手を握りしめながら言った。

「これでようやく、あなたを取り戻せるような気がしますから」

〇

あとから知ったところによると、その十一月上旬から中旬にかけて、シャーロック・ホームズが引き受けた依頼はゆうに三十件を超えていた。半月ほどの期間としては異様である。その中にはかつての彼であれば門前払いにしたような事件も多数含まれており、ホームズが一切の選り好みを廃し、片っ端から依頼を引き受けていたことが見てとれる。この大胆な方針転換の原因がアイリーン・アドラーという「ライバル」の出現にあったことは言うまでもない。

しかし問題は、ホームズがまったく事件解決に乗りだささないことであった。

寺町通221Bを訪ねるわけにはいかないので、私は寺町二条の角にある喫茶店でハドソン夫人と落ち合い、ホームズの近況を聞いていた。ハドソン夫人によれば、ホームズは片っ端から事件の依頼を引き受けているにもかかわらず、いっこうに捜査を始めようとしないらしい。

「それなら何をしているんだ？」

「モリアーティ教授とお部屋に籠もっているんです」

ハドソン夫人は言った。「スランプの研究をしているらしいですよ」

後世、我が友シャーロック・ホームズの評伝を書こうとする人間がいるとしたら、この時期のホームズの恐るべき空転ぶりに啞然とするだろう。ホームズは片っ端から依頼を引き受けておきながら、それらを解決するための具体的な努力は一切せず、ひたすらモリアーティ教授と自分たちのスランプについて議論を重ねていたのである。正気の沙汰《さた》とは思えない。どうりでデイリー・クロニクル紙の「解決件数」がゼロから動かないわけだ。

「いったいどうなさるおつもりなんでしょうねえ」

ハドソン夫人と私は溜息をついて、苦い珈琲《コーヒー》を飲むばかりであった。

ホームズと私が作りあげてきたものすべてが崩れ落ちていくような気がした。もちろんホームズの探偵としての名声は、この一年のスランプで失墜《しっつい》している。しかしその紙上対決は、あくまで「予感」にすぎなかった事実を、すなわち名探偵シャーロック・ホームズの時代の終わりを、まざまざと天下に見せつけるものであった。

ホームズは最大の危機に陥っている。おとなしく蚊帳の外にいるわけにはいかなかった。なんとしても彼を説得して、今そこにある危機に立ち向かわねばならない。

ついに私は堪忍袋《かんにんぶくろ》の緒を切らして、寺町通221Bへ乗りこんだ。

しかしその日、私はホームズに会うことさえできなかったのである。

私が階段を上ろうとしたとたん、行く手にサッと黒い影がさした。モリアーティ教授が行く手をふさぐように仁王立《におうだ》ちしていた。二階の窓の明かりが逆光になって、その姿は不気味な影法師のように見えた。「引き取ってくれたまえ」と重々しい声が降ってきた。「貴君をホームズ君に会わせるわけにはいかない」

「あなたにそんなことを言われる筋合いはないぞ」

「そうかな」

「僕はホームズの相棒なんだ」

「相棒？　貴君はただの記録係だろう」

モリアーティ教授は傲然《ごうぜん》と私を見下し、せせら笑うように言った。

「これまで貴君が書いてきたホームズ譚の価値は、ひとえにホームズ君の天才的才能に依存している。貴君が記録係をつとめることになったのは、まったくの偶然にすぎない。ようするに貴君はいくらでも余人をもって取り替えがきく。そのことは貴君自身が一番よく分かっているはずだ。そうやって貴君がホームズ君をせっつくのは、彼が探偵として活躍してくれなければ、貴君はただの凡庸《ぼんよう》な町医者にすぎないからだろう。つまりまったく利己的な理由であって、純粋な友情とは到底言えない。それに対して、ホームズ君と私は真理への愛によって結ばれているのだ」

「偉そうなことを言うな。あなたこそ負け犬仲間が欲しいだけだろ」

「なんだと？」

「グータラする仲間が見つかってよかったな」

私は教授を睨みつけた。「あなたがホームズをダメにしている！」

「貴君のように理解ある友人を持って、さぞかしホームズ君は幸せであったろう」

モリアーティ教授は皮肉をこめて言った。「私にはホームズ君の苦悩が身に染みて分かる。たったひとりで自分自身という謎と向き合う。それがいかに過酷な営みであるか、貴君のごとき凡庸な人間には分かるまい。分からないなら分からないなりに、おとなしく見守っていればよいものを、『怠けるな』だの、『仕事に向き合え』だの、一丁前の口をききたがる。言わせてもらえば、貴君のごとき俗物の空疎《くうそ》な叱咤激励《しったげきれい》など、屁の役にも立たんのだ」

「引き籠もってる場合じゃないだろう。事件に取り組め」

私は叫んだ。「新聞を見ろ。コテンパンにやられてるじゃないか！」

「そのように目先の勝敗にとらわれているから、インチキ霊媒なんぞにたぶらかされるのだ。貴君は問題の本質を分かっていない。我々が取り組むべき問題は、唯一にして最大の謎、我々自身のスランプのみ。この謎を解き明かすことさえできれば、世俗のつまらぬ事件など、ホームズ君はいくらでも解決できる。アドラーのような小娘、恐るるに足りない」

モリアーティ教授の黒い姿はまるで疫病神《やくびょうがみ》のようであった。先月、モリアーティ教授の尾行をホームズに提案したのが私自身であったことは、まったく皮肉なことである。「あのまま身投げさせておけばよかった」という思いが胸をかすめたことを告白しておく。

「ホームズ！」

私は二階に向かって怒鳴った。

「このまま引き籠もっているつもりなのか？」

しかし二階は静まり返っていた。ホームズは返事もしなかった。

○

辻馬車は鴨川を越え、田園地帯を抜けていく。

カートライト君の暮らす大学街は吉田山《よしだやま》の麓《ふもと》にあった。

——なんとかモリアーティ教授を追いださなければならない。

そう考えていたとき、頭に浮かんできたのが彼の弟子、カートライト君だった。

百万遍《ひゃくまんべん》交差点で馬車を下りて、今出川通を東へ歩いていくと、中世の城のような壮麗な建物が広がっている。重厚な壁や暗い窓、薄曇りの空にそびえる尖塔《せんとう》が目に入る。ホームズが学生時代を過ごし、その推理癖を乱用して学友たちから煙たがられていた街である。学寮の門をのぞいてみると、青々とした芝生や、干上がった水路のように人気のない回廊が見えた。

カートライト君の研究室は今出川通の北側にあり、まだ新しい茶色の煉瓦造りだった。私が訪ねていくと、青年は「ワトソン先生！」と目を丸くした。「突然お邪魔して申し訳ない」と私は言った。「じつはモリアーティ教授のことで相談があってね」

「どうぞお入りください。ちょうど休憩しようと思っていたんです」

カートライト君は戸惑いながらも、研究室へ招き入れてくれた。

その研究室は大きな穴蔵のようであった。壁一面の書棚には分厚い本がつめこまれ、大きな黒板には謎めいた数式や図形がいっぱい書かれていた。中央の大きなテーブルには計算用紙や参考書が積み上げられ、天体模型や小さな月ロケットが飾ってある。

まるで魔術師の仕事場へ迷いこんだような気がして、私がきょろきょろしていると、カートライト君はストーブに石炭を足し、中庭に面した窓辺のテーブルで紅茶を注いでくれた。「ホームズさんとワトソン先生にはとても感謝しているんです」と言った。「モリアーティ先生の命を救ってくださったと聞いています」

「いや、それは」と私は口籠もった。「たまたま運が良かったんだよ」

「先週寺町通221Bにうかがったんですが、先生が見違えるように元気になっておられて驚きました。ホームズさんとはとても気が合うそうですね。なんだか生きる気力を取り戻されたようで、僕は本当に嬉しかった。正直に言うと、モリアーティ教授がスランプに苦しまれていたなんて想像もしなかったんです。先生は絶対に弱音を吐かない方でしたから」

「そんなふうに言われると頼みづらいんだが……」

「なんでしょうか」

「大学へ復帰するように教授を説得してくれないだろうか」

たしかにホームズもモリアーティ教授もスランプに苦しんでいる。しかし私の見るところ、彼らは自身のスランプを過大視することによって、現実から目をそむけようとしている。現にホームズは、アイリーン・アドラーから挑戦を受けているにもかかわらず、ちっとも現実の事件に取り組もうとしない。そのような態度は、かえって彼らのスランプを悪化させるのではないか。そんなことを私は語った。

「たしかにワトソン先生の仰るとおりかもしれません」

カートライト君は考えこみながら言った。「けれども、もうひとつの考え方もあります。ホームズさんとモリアーティ教授のスランプは本質的に同じものであって、おふたりは現実から目をそむけているのではなく、本当にその謎を解こうとしているのかもしれません」

「それはどういうことかね」

カートライト君は金縁眼鏡を拭いながら語りだした。

「すぐれた数学者は、自然界の根底にある数学的な構造を直観的に見つけ、あとからそれを裏付けていくのです。数学者は数学的構造を目指す羅針盤のようなものを持っている。しかし、何かの拍子にその羅針盤が狂ってしまえばどうなるでしょう。素晴らしいアイデアを思いついても、ことごとく現実によって否定されてしまう。ホームズさんも同じ状態なのでは？」

たしかにカートライト君はホームズの現状を言い当てていた。赤毛連盟事件の情けない顚末を思いだしてみるといい。ホームズがどれほど天才的な謎解きをしてみせたところで、それらはすべて「現実」によって、情け容赦なく否定されてしまったのである。

「しかし、どうしてそんなことが起こるんだろう」

「それは僕にも分かりません」

カートライト君は眼鏡をかけ直した。レンズが光った。

「これまでモリアーティ教授はひとりで苦しんでこられた。だから僕は先生がホームズさんと出会われたことを嬉しく思っているんです。二人で力を合わせれば、その狂った羅針盤をもとに戻す方法が見つかるかもしれない。たとえそれが叶わなかったとしても、おたがいに慰め合える友人ができる。今の先生をホームズさんから引き離すことは、僕にはできません」

そう言って、カートライト君は気まずそうに俯いた。

「お力になれなくて申し訳ありませんが」

「いや、君の言うことはよく分かる。とても参考になったよ」

カートライト君と握手して研究室を出ようとしたとき、戸口の脇にある書棚に「心霊現象研究協会」の機関誌がならんでいるのを見つけた。手に取ってパラパラとめくってみた。錚々《そうそう》たる科学者たちが寄稿者として名を連ねている。あくまで心霊現象を科学的に調査する団体であって、心霊主義者の団体ではない。カートライト君はおずおずと言った。「この秋から僕も加入したんです。モリアーティ教授は心霊主義なんて頭から否定しておられますけど」

「君は心霊主義を信じているのか？」

「まだなんとも言えません。だから調べてみたいんです」

何気なく機関誌のページをめくっていくと、見覚えのある顔写真が目にとまった。白黒の粗い写真であっても、その人物の貫禄《かんろく》が伝わってくる。それは心霊現象研究協会に所属する科学者と、リッチボロウ夫人の対談記事であった。私が「リッチボロウ夫人じゃないか」と呟くと、カートライト君は意外そうな顔をした。「夫人をご存じなんですか？」

「一度会ったことがある。なかなか興味深い人物だった」

「じつは夫人に共同研究を申し入れていましてね」

そう言ってから、カートライト君は急いで言い添えた。

「モリアーティ教授には内緒にしておいてください。叱られますから」

○

その夜、私は医師会の仲間たちと荒神橋のクラブでビリヤードをした。

シャーロック・ホームズとアイリーン・アドラーの探偵対決は、クラブでもおおいに話題になって、賭けの対象になっている。ホームズに賭ける人間がいるとは思えなかったが、仲間のひとりが「そうでもない」と言った。たしかに現状ではアイリーン・アドラーの圧勝だが、いくらなんでもシャーロック・ホームズが一件も解決できないというのは不自然だ。これはホームズ氏の作戦であって、彼は後半から一気に追い上げるつもりだ、というのである。

「いずれにせよ、まだ一ヶ月以上もある。君はどう思う、サーストン？」

サーストンは医大の同窓生だが、河原町御池に大きな病院をかまえ、仲間内ではもっとも成功している人物だ。下鴨に診療所を開設するときもいろいろ相談に乗ってもらった。

彼はビリヤード台に身をかがめながら、ちらりと私の顔を見た。

「僕が賭けるとしたら、断然アイリーン・アドラーだな」

「おや、そうか」

「ワトソンの顔色を見てみろ。ずーっと陰々滅々《いんいんめつめつ》としている。ホームズ氏は敗色濃厚だって、相棒みずから宣伝して歩いているよ」

サーストンはニヤリと笑って球を突いた。私は苦笑するしかなかった。

やがて他の医師仲間たちは帰り、私はサーストンと談話室へ行った。鴨川に面した天井の高い部屋はガス灯がやわらかな光を投げ、何組かの男たちが談笑している。

私たちはウイスキーを飲みながら、大きな窓の外を眺めた。鴨川の霧は深く、対岸の街の灯はおぼろな光の球にしか見えなかった。桟橋に舫《もや》ってある小舟の姿が陰気で、なんだか「三途の川」の渡し場を思わせた。

しばらく窓の外の霧を眺めてから、私はサーストンに訊ねた。

「リッチボロウ夫人を知っているかね」

「リッチボロウ夫人？」

サーストンは意外そうに私を見つめた。

「君の口からその名を聞くとは思わなかった。心霊主義に目覚めたのか？」

「そういうわけではない。ちょっとした好奇心だよ」

ふむ、とサーストンは頷いた。しばらく考えこんでから言った。

「知り合いに紹介されて、何度か彼女の降霊会に招かれたことがある。ご先祖様の声を聞かせてくれたよ。おおっぴらには認めたくないが、その助言はたいへん役に立った。リッチボロウ夫人が何か特別な力を持っていることはたしかだ」

「というと、君は心霊主義を信じているのか？」

「そうは言っていない。役に立つこともあった、と言っているだけだ。だからリッチボロウ夫人に何か相談してみたいというなら、べつに止めはしない。しかし、あまりのめりこまないようにしたほうがいいぞ。スタンフォードのことを聞いてないか」

「そういえば久しく会わない。何かあったのかい？」

スタンフォードは医学生時代の友人で、アフガニスタンから帰国したばかりの頃、下宿先を探していた私をホームズに紹介してくれた人物である。つまり私にとっては命の恩人も同然なのだが、何かと慌ただしく過ごしているうちに付き合いが絶えていた。

「スタンフォードはリッチボロウ夫人を熱烈に信奉している」

サーストンは言った。「心霊主義と現代医療の融合を唱えて、『心霊医師』を自称するようになってね。まともな医者には相手にされなくなった。それでも彼の心霊医療のおかげで病気が治ったという人間もいるんだよ。ここがむずかしいところでね。インチキであろうがなかろうが、人々が強く信じれば現実は動く。病気が治ることもあるだろうし、株価が乱高下《らんこうげ》することもある。セント・サイモン卿はリッチボロウ夫人のおかげでずいぶん儲けているという噂だ。まあ、用心することだな」

サーストンと別れて下鴨の自宅へ戻ると、居間から明るい光が洩れていた。

ソッと覗いてみると、食卓に紙切れやノートを広げて、メアリが熱心に何か書き物をしていた。テーブルにかじりつくように背中を曲げ、ものすごい勢いでペンを走らせつつ、鼻歌さえ歌っている。あまりに楽しそうなので、こちらまで元気が湧いてきた。私が「ただいま」と声をかけると、メアリはキャッと叫んで飛び上がった。よほど夢中になっていたのだろう。

「忙しそうだね。そんなに用事が溜まっているの？」

私がテーブルを指さすと、メアリは「ええ、ええ、そうなんです」と頷いた。「慈善委員会の書類が溜まってしまって。あなたは先にやすんでください」

「あまり無理をしてはいけないよ。おやすみ」

そうして私は二階の寝室へ引き上げ、ベッドに入った。

メアリが上がってくるまで本を読もうと思ったが、ちっとも集中できなかった。

これまで私は幽霊やお化けのようなものは迷信《めいしん》であって、科学の進歩によって駆逐《くちく》されるべきものと考えてきた。しかし、そんなふうに頭から決めつけてしまってよいものか。

私たちはこの世界の仕組みについて、ほんの一部分しか知らないのである。カートライト君のような科学者も、心霊主義に真剣に取り組もうとしているし、サーストンにしても、リッチボロウ夫人の助言が役に立ったこと自体は否定していないのである。思い出されるのは、あの水晶玉の奥に浮かんできた少女の姿だった。ハドソン夫人も同じものを見たのだから、私の思いこみでないことははっきりしている。

——この少女は霊界から呼びかけています。

と、リッチボロウ夫人は言った。

ということは、水晶玉の少女はすでに亡くなっているとみるべきであろう。

おそらくシャーロック・ホームズは私と出会うよりも以前、その少女をめぐる事件にかかわったことがあるのだろう。過去の事件について訊ねたとき、ホームズがあんなに激昂《げきこう》したのは、心霊主義への嫌悪ばかりが理由ではなく、その事件が決して触れられたくない「痛恨の失敗」だったからではあるまいか。そしてリッチボロウ夫人の言葉を信じるなら、私と出会う前に起こった何らかの事件が、現在のホームズの深刻なスランプにつながっているのだ——。

そんなことを考えているうちに私は眠りに落ちた。メアリは上がってこなかった。

○

ふたたび私が寺町通221Bを訪ねたのは一週間後のことである。

メッセンジャーボーイがハドソン夫人からの伝言を届けてくれたとき、メアリは「寄宿学校時代の友人と会う」と言って朝から出かけていた。それは好都合だった。これから自分のしようとしていることを、メアリにあれこれ詮索《せんさく》されたくなかったのだ。私は残りの診察を大急ぎで終わらせると、玄関に「臨時休診」の札をかけ、辻馬車を拾って寺町通へ向かった。

薄曇りの寒々しい日で、賀茂川土手の木々の葉が紅く染まっていた。

寺町通221Bで呼び鈴を鳴らすと、ハドソン夫人が待ちかねていたように迎え入れてくれた。彼女は心なしかワクワクしているようであった。「連中は出かけているんだね」と念を押すと、ハドソン夫人は大きく頷いた。「夕方まではお戻りにならないでしょう。大文字山へピクニックに行かれたんです。天狗に教えを乞うつもりなんですって」

「天狗だって?」

「そうなんですよ。何を考えていらっしゃるんでしょうねえ」

私は大きく溜息をつかざるを得なかった。当代きっての名探偵と物理学者が知恵を絞って、ようやく見つけだしたスランプ打開策が「天狗への弟子入り志願」とは……。もはや怒りを通り越して憐れみを覚える。早急に手を打たねばならない。

「レストレードにも連絡してくれたね」

「ええ。先にお見えになって、二階でお待ちです」

私が足早に階段をのぼりだすと、ハドソン夫人もついてきた。

レストレードはホームズの部屋で暖炉にあたっていた。こちらへ振り向いたその顔は、意外なことに先日とは別人のように明るかった。どんよりと濁《にご》っていた目は生気を取り戻し、頬もふくらんで血色が良い。「やあ、レストレード。えらく元気そうだね」

「そうなんですよ。おかげさまで調子が戻ってきましてね」

レストレード警部にとって、アイリーン・アドラーの登場は「天の助け」であったようだ。ライバル刑事たちは片っ端から彼女に手柄を奪われ、もはやレストレードのスランプなんて話題にもならない。犯罪捜査部は震撼しているが、これまで「素人探偵」と侮《あなど》ってきたアイリーン・アドラーに今さら頭も下げにくいため、同僚たちは進退窮まっているという。「あいつらの失態を報じた新聞記事はぜんぶ切り抜いてスクラップしてあるんです。そいつを枕の下に入れるようにしたら、毎晩ぐっすり眠れるようになって、これまでになく体調がいい。アドラーさんのおかげですよ。いや、勘違いしないでください。いつだって私はホームズさんの味方です。だからこそ、こうして駆けつけてきたんですから」

レストレードは真剣な顔で身を乗りだした。

「どうやら相当まずいことになっているようですな」

ホームズが依頼を引き受けまくって放置していることは、レストレードも知っていた。それどころか、ホームズに騙《だま》されたという依頼人たちが「被害者の会」を結成し、つい昨日、京都警視庁《スコットランド・ヤード》へ被害を訴えに来たらしい。ホームズはいっこうに事件を解決してくれず、捜査状況を問い合わせてもナシのつぶて、いったい何がどうなっているのか——というのである。

「昨日はなんとか宥《なだ》めてお引き取り願いましたがね」

「依頼人たちが怒るのも当然だよ。引き受けておいて、放ったらかしなんだから……。そのくせ、ホームズとモリアーティ教授は大文字山へピクニックに出かけている。もはや正常な判断力を失っているとしか思えない。だから私たちでなんとかするんだ」

そして私は、先日リッチボロウ夫人を訪ねた顛末をレストレードに語った。

リッチボロウ夫人の助言を信じるなら、かつてホームズの手がけた何らかの事件が現在のスランプにつながっている。その事件には、あの水晶玉に映った少女がかかわっているはずだ。しかし正面からホームズを問いただしても、正直に語ってくれるとは思えない。彼は心霊主義を毛嫌いしているし、その事件は彼にとって「触れられたくない過去」であろうからだ。

「ホームズとモリアーティ教授はしばらく帰ってこないだろう。これから手分けしてホームズの事件記録を調べ、それらしい事件を特定するんだ。事件の内容が明らかになれば、リッチボロウ夫人から、もっと有益な助言が引きだせると思う」

レストレード警部は腕組みをして、うーんと考えこんでいる。

「心霊主義がすべてインチキだとまでは言いませんがね。リッチボロウ夫人はかなり胡散臭い人物ですよ。警視庁も目をつけているんですが、有力貴族の信奉者が多いものだから、迂闊《うかつ》に手が出せんのです。セント・サイモン卿が後ろ盾になっていることはご存じでしょう？」

「それなら他に名案でも？」とハドソン夫人。

「いや、そういうわけではありませんが……」

「勝手に事件記録をあさるのが道義に反していることは百も承知だ。しかしこのまま手をこまねいていれば、シャーロック・ホームズはアイリーン・アドラーに敗北する。君だってホームズがスランプのままでは困るだろう。大原の里で羊泥棒と追いかけっこしたいのか？」

考えこんでから、レストレードは覚悟を決めたように頷いた。

「分かりました、やりましょう。どうせ失うものはないんだから」

私は居間の隣にあるホームズの寝室から、大きなブリキの櫃を引《ひっ》っ張りだしてきた。その中には無造作に束ねた書類や、いろいろなガラクタが放りこんである。すべてホームズが過去に手がけた事件の資料である。「君と出会う前に手がけた事件もたくさんあるよ」と思わせぶりなことを言いながら、見せてくれたことは一度もない。

見つけだすべき事件の条件は次のとおり。
一、十年以上前の事件であること
二、少女がかかわっていること（おそらく彼女は死亡している）
三、ホームズが解決できなかったこと
レストレードが絨毯《じゅうたん》にあぐらをかいて書類をめくりながら、「その水晶玉の少女の年齢はいくつぐらいです？」と言った。「はっきりとは分からないが十代半ばぐらいかな」と私は言った。「良家の娘さんだと思いますよ」とハドソン夫人は言った。「きれいな金髪でしたね」

それから二時間以上、私たちは黙々と書類の山に取り組んだ。それは厄介な仕事だった。ホームズはまともに分類整理をしていないし、手書きの文字を読むのは骨が折れるし、読めたら読めたで、ついつい面白くて読み耽ってしまう。それでもなんとか一通り目を通したのだが、ブリキの櫃からはそれらしい事件の資料は見つからなかった。

「ホームズが先手を打って抜き取ったのかもしれない」

私たちは部屋の隅々まで調べたが、書類はどこにも見つからなかった。

「どうしようもありませんよ」レストレードが手の埃を払いながら言った。「銀行の貸金庫に預けてあるのかもしれないし、暖炉で燃やしてしまったのかもしれない。そもそもリッチボロウ夫人の言うような『事件』は存在しなかったのかもしれません」

「ハドソンさん、ホームズは最近どこかへ出かけなかったかね」

「ずっと引き籠もっておられましたよ」

「本当に？」

「ええ。外へ出るのは弁天さまにお参りするときぐらいで」

その瞬間、ハドソン夫人と私はハッとして顔を見合わせた。

私たちは先を争うように部屋から出ると、階段をのぼって屋上へ出た。

どんよりとした灰色の空が広がって、今にも雨が降りだしそうであった。冷たい晩秋の風に吹かれながら、私たちは荒涼とした屋上を横切り、弁財天の社に近づいた。

その小さな社はハドソン夫人がこの下宿屋の権利を買い取る前からここにあったという。弁天さまが祀《まつ》られているということ以外、由来は何ひとつ分からない。かつては塗りも剝げ、ほとんど見捨てられたような状態だったが、ハドソン夫人が修繕したおかげで、今では朱色の柱も鮮やかな、いかにも可憐《かれん》な社である。スランプに陥ってからというもの、ホームズは連日のように参拝し、彼が気前よく投げこむ賽銭は、ハドソン夫人の懐を潤《うるお》わせてきた。

私は柏手を打ったあと、社の扉を開いて、奥を探った。

「いかがです？」

レストレードが緊張した声で言った。

指の先に触れるものがあった。「何かある」

引っ張りだしてみると、それは一冊の古びた革装のノートだった。

私たちは無言で顔を見合わせた。どんよりとした灰色の空から、ぽつりと雨が降ってきた。

部屋へ引き上げて読んでみると、その革装のノートに記されていたのは、マスグレーヴ家に起こった事件の記録だった。ホームズの書きこみによれば、十二年前のことらしい。

○

「マスグレーヴ家」といえば、長い歴史を持つ洛西《らくせい》の旧家である。

そもそもは十六世紀に上賀茂のマスグレーヴ家から出た分家で、洛西に移住してハールストン館という領主館を建てた。本家は十七世紀の大乱で滅んでしまったので、現在「マスグレーヴ」といえば洛西のマスグレーヴを指す。先代のロバート・マスグレーヴは実業家としても政治家としても有能であり、旧来の荘園経営ばかりではなく、鉄鋼業や化学工業にも手を伸ばして大成功を収めた。十五年前に京都で開催された万国博覧会も、その先代の豪腕によって実現した。当時話題になった「クリスタル・パレス」は、現在でも岡崎《おかざき》公園の名物となっている。万博のスローガン「人類の進歩と調和」は、マスグレーヴ家の家訓でもあった。

ロバート・マスグレーヴは、ホールドハースト卿の二女エリザベスと結婚したが、彼女は病気がちで気難しい性格であり、ロバートも家庭をかえりみない人物だったので、夫婦仲は必ずしも良くなかったらしい。その事件が起こったとき、すでにマスグレーヴ夫人は亡くなっていたが、息子と娘を遺していた。兄のレジナルドは二十歳、妹のレイチェルは十四歳だった。

マスグレーヴ嬢は身体が丈夫ではなく、あまり屋敷から出ることもなかったようだ。それでも知的好奇心は旺盛《おうせい》で、ハールストン館の蔵書については誰よりも詳しく、母親と同じくピアノの達人であり、天体観測や科学実験にも興味を示した。子どもの頃は満月の夜になると、兄のレジナルドといっしょに屋上へ出て、月の観測をしていたらしい。学校で学ぶ機会はなかったが、半年に一度、鹿ヶ谷《ししがたに》寄宿学校の生徒たちをお茶会に招待するのを楽しみにしていた。

マスグレーヴ嬢が十四歳の誕生日を迎えると、ロバート・マスグレーヴ氏はハールストン館の晩餐会《ばんさんかい》に洛中洛外の貴族の子弟を招くようになった。表向きの理由はさまざまだが、その内実はマスグレーヴ嬢の婿《むこ》さがしである。なにしろ洛西随一の名門の令嬢で、その財産も桁外れであったから、若い紳士たちが火に誘われる夏の虫のように集まってきた。

しかしロバート・マスグレーヴの熱意にもかかわらず、なかなか縁談はまとまらなかった。マスグレーヴ嬢自身が縁談に乗り気でなく、父親の意向との板挟みになって悩んでいたようだ、という使用人の証言もある。

事件が起こったのは、その年の初冬である。

ちょうど寄宿学校の生徒たちがハールストン館を訪ねる日であった。

マスグレーヴ家が代々理事を務める鹿ヶ谷寄宿学校から、生徒が数名、マスグレーヴ嬢主催のお茶会に招かれる。お茶会のあとは図書室や談話室で自由に過ごすことが許されている。マスグレーヴ嬢は普段どおり女生徒たちをもてなし、とくに変わった様子もなかったという。しかしその夕刻になって、迎えの馬車に乗るために生徒たちが玄関広間に集まっても、マスグレーヴ嬢は姿を見せなかった。いつまでも彼女が現れないので、執事のブラントンはひとまず生徒たちを馬車に乗せて帰し、使用人たちに命じてハールストン館を隅々まで調べさせた。

しかし、マスグレーヴ嬢の姿は屋敷から完全に消えていた。

ロバート・マスグレーヴが商談先から帰宅し、娘の失踪を知った。兄のレジナルドは海外旅行中で不在であった。京都警視庁《スコットランド・ヤード》への届け出が遅くなったのは、ロバートが家庭内の問題を公にするのをいやがったからであろう。派遣された刑事たちがハールストン館へ到着したのは翌日の昼過ぎで、マスグレーヴ嬢の失踪からすでに丸一日が経っていた。

担当刑事の指揮のもと、ハールストン館周辺の大がかりな捜索や聞き込みが始まり、お茶会に参加した寄宿学校の生徒たちへの事情聴取も行われた。マスグレーヴ嬢の花婿候補として晩餐会に招かれたことのある貴族の子弟たちも話を聞かれた。担当刑事はありとあらゆる手を尽くし、領内の池の水まで抜いてみたが、手がかりはつかめなかった。

シャーロック・ホームズが洛西へ向かったのは、マスグレーヴ嬢が失踪してから二週間ほど経ってからのことだった。レジナルド・マスグレーヴは大学時代のホームズの友人で、彼は在学中からホームズの特異な才能を高く買っていた。海外から戻ったレジナルドは、何ら手がかりをつかめない警察に苛立ち、ホームズに事件解決を依頼したのである。

ホームズはハールストン館に滞在し、徹底的な調査を行ったようだ。

そのノートには捜査の内容や、彼が検討したいくつもの仮説が、日を追って書きこんである。しかし決定的な手がかりは得られず、ノートの記述も次第に少なくなっていく。

ハールストン館への滞在はホームズにとって不愉快なものだった。ただでさえ雲をつかむような事件である上に、ロバート・マスグレーヴが非協力的だったからである。ロバートは面と向かってホームズを「素人探偵」と罵り、彼の扱いをめぐって息子のレジナルドとたびたび衝突していた。「ロバート・マスグレーヴの剣幕はいささか異常だ」という書きこみがある。

ノートの最後に記されているのは、ハールストン館で起こった小事件だ。

その頃、ホームズは長引く調査の重圧から不眠に苦しんでいた。その夜もあれこれ思案しながら暗い廊下を歩きまわっていたらしい。ほとんど人気のない旧棟へまわったとき、彼はひとりの少女と出くわした。アッと言う間もなく、少女は逃げだした。マスグレーヴ嬢だ――そう思いこんだホームズは呼び子の笛を吹き鳴らし、たちまち屋敷は大騒ぎになった。

使用人たちの協力を得て、ようやく少女をつかまえてみると、例のお茶会に出席していた寄宿学校の生徒であることが判明した。少女はその「探偵趣味」が嵩《こう》じて、学内でたびたびトラブルを起こしている問題児だったらしい。「自分ならマスグレーヴ嬢の失踪事件を解決できる」と思いこみ、寄宿学校を無断で抜けだして、ハールストン館へ忍びこんだのである。

ロバート・マスグレーヴは怒り狂い、寄宿学校の校長には少女の放校処分を求めたうえ、ホームズをさんざん無能呼ばわりしたらしい。ホームズは「くだらん！」と殴り書きしている。よほど腹にすえかねたのだろう。

しかし実際、ホームズはその事件を解決できなかったのである。

ノートの記述は、次のような言葉で終わっている。

――天から与えられた才能はどこへ消えた？

レストレードとハドソン夫人、そして私は、ポンディシェリ・ロッジを訪ねた。

先日と同じように執事が私たちを待合室へ案内した。レストレードは「たいした屋敷だ」と感嘆している。庭に面した大きな窓からは、雨に煙った東山が目と鼻の先に見えた。

このポンディシェリ・ロッジは東山の麓にあるので、北寄りの大文字山は視界に入らない。しかしそちらも真綿《まわた》のような霧雨に包まれていることだろう。今頃ホームズとモリアーティ教授は冷たい雨に濡れながら、落ち葉をかきわけて「天狗」を探しているのだろうか。まったく情けない話だ。山の妖怪をあてにするぐらいなら、心霊主義のほうがマシではないか。

実際、私はリッチボロウ夫人の力を信じる気になっていた。

十二年前ハールストン館から姿を消したとき、レイチェル・マスグレーヴ嬢は十四歳。小柄な金髪の少女で、失踪当時の服装は白い簡素なドレスだった。先日リッチボロウ夫人の水晶玉に映った少女は、まさにそのとおりの姿をしていた。偶然の一致とは思えない。みずから命を絶ったか、何者かに殺されたか、事故に遭ったのか。いずれにせよ、マスグレーヴ嬢が霊界にいるのなら、この十二年間、行方が分からなかったのも当然であろう。

そしてホームズのスランプが「心霊的なメカニズム」によって引き起こされているなら、私たちがその問題を解決できなかったことにも納得がいく。そもそも「探偵」や「医者」の領分ではなかったのだ。リッチボロウ夫人のような「霊媒」でなければ、ホームズをスランプから救いだすことはできないのであろう。

「ずいぶん待たされますね」とハドソン夫人が言った。

先客の面談が長引いているらしく、なかなか執事は呼びにこない。

レストレードは長椅子に腰かけて、熱心にホームズのノートを睨んでいる。

「マスグレーヴ家の事件は覚えていますよ。私もマスグレーヴ嬢の捜索にかりだされましたからね。しかしホームズさんもかかわっていたとは知らなかった」

レストレードはノートから顔を上げ、ボンヤリと窓の外を眺めた。

「あれは妙な事件でしたよ。洛西の名家で起こった事件ですから、京都警視庁《スコットランド・ヤード》としてはなんとしても解決しなければならなかった。ロバート・マスグレーヴは有力な政治家でもありましたから、警視総監には内務大臣から相当な圧力があったはずです。実際、ハールストン館へ派遣されたのはベテランの名刑事でしたし、かなり大がかりな捜査が行われていました。ところがどういうわけか、急に風向きが変わりましてね。はやばやと捜査本部が縮小されることになって、拍子抜けしたのを覚えています。まだ何も手がかりがつかめていないのに、洛西から引き上げるように命じられたんですよ」

「そいつはたしかに妙だな。どういうわけだろう？」

「当時は私も新米刑事で、何がなんだか分かりませんでしたが」

レストレードは声をひそめるようにして言った。「どうも上層部で何かあったらしい。気がつけば捜査本部も解散状態になって、マスグレーヴ嬢失踪事件は迷宮入りです。ホームズさんがこの事件を解決できなかったのは、そのあたりの事情もからんでいるのではないですか」

「圧力をかけた人物がいたということか」

「それもかなりの大物がね」

レストレードは思わせぶりなことを言った。

それから十二年、マスグレーヴ嬢の行方は杳《よう》として知れない。

マスグレーヴ嬢の失踪はマスグレーヴ家に暗い影を落とした。というよりも、その物静かな少女こそが、それまでマスグレーヴ家の危ういバランスを支えていたのだ。喪失感を埋め合わせようとしたのか、ロバート・マスグレーヴは次々と無謀《むぼう》な事業に手を出したが、かつてのような成功は一度も得られなかった。結局、ロバート・マスグレーヴは娘の失踪という打撃から立ち直ることができなかったのだろう。

昨年の夏、ロバートは失意のうちに世を去り、息子のレジナルドが跡を継いだ。

「そのレイチェルというお嬢さんも気の毒なことですね」

ハドソン夫人が言った。「生きていればメアリさんと同じぐらいのお歳でしょう」

「それにしてもよく分かりませんな」とレストレードが首を傾げた。「どうしてホームズさんはわざわざこのノートを隠したりしたんです？」

「見られるのが恥ずかしかったんだろう」

「こいつを読むかぎり、そこまで惨めな失敗だとも思えませんがね」

レストレードは眉をひそめながらノートをめくる。「ホームズさんは探偵としてやれるだけのことをやっているし、致命的な失敗を犯したようにも見えません。この件に比べたら、昨年の『赤毛連盟事件』のほうがよっぽど恥ずかしいでしょう。どうして今さら十二年前の事件のことを気にするんです？　ましてやスランプになるなんて……どうもよく分かりませんな」

「リッチボロウ夫人に任せておけばいいんですよ」

ハドソン夫人が励ますように言った。「ちゃんと説明してくださいますよ」

そのとき廊下から話し声が聞こえてきた。リッチボロウ夫人との面談を終えた先客が戻ってきたのだろう。間もなく、二人の女性が待合室に入ってきた。そのとたん、ハドソン夫人が「あら？」と頓狂《とんきょう》な声を上げた。彼女たちの顔を見て、私も驚いた。

それはアイリーン・アドラーと、妻のメアリだったのである。

「こんなところで何をしているの、ジョン」

「君の方こそ。寄宿学校の友達と会うんじゃなかったの？」

「ええ、そうですよ。アイリーンは寄宿学校時代の同窓生なんです」

それを聞いて私はあっけにとられた。ホームズがアイリーン・アドラーに窮地《きゅうち》へ追いこまれていることは、家庭内でさんざん話題にしてきた。にもかかわらず、メアリはアイリーンとの関係について一度も触れたことがない。明らかに意図的に黙っていたのだ。

私が「どうして教えてくれなかったの？」と言うと、メアリは「とくに聞かれませんでしたから」と澄ました顔で言った。

「こんなところでお会いするなんて思いませんでしたわ」

ハドソン夫人が言った。「私たちはホームズさんのことで相談にきたんです」

私はハドソン夫人の肘をつついた。アイリーン・アドラーはホームズのライバルである。ホームズの窮状をわざわざ知らせる必要はない。

ハドソン夫人は「あら！」と言って口をつぐんだ。アイリーン・アドラーが目配せをして、メアリが小さく頷くのが見えた。

そのとき、執事が待合室に入ってきた。

「リッチボロウ夫人がお会いになります」

○

二度目の訪問だが、その部屋の暗さには慣れることができない。

リッチボロウ夫人は水晶玉をのせたテーブルの向こうに腰かけており、背後には分厚い黒天鵞絨のカーテンが垂れ下がっていた。燭台の光が仮面のような顔を照らしている。テーブルの手前には木の椅子が三つ、扇形《おうぎがた》にならべられていた。レストレードが自己紹介すると、リッチボロウ夫人は「警部のご活躍は存じ上げております」と微笑んだ。たいていの人間は相手が警察関係者だと分かると緊張するものだが、リッチボロウ夫人はまったく動じていない。

「シャーロック・ホームズさんはごいっしょではないのですね」

「ホームズも強情な男でしてね。こちらへ連れてくるのは容易なことではありません。そのかわり、手がかりになりそうなものを持ってきました。十二年前に起こった事件の記録です」

私は革装のノートをテーブルに置き、その事件について手短かに語った。リッチボロウ夫人は目を輝かせて身を乗りだした。興味をそそられたようだった。

「水晶玉に映ったのはそのマスグレーヴ嬢だと仰るのですね」

「ええ、そうです。リッチボロウ夫人、あなたはその少女がホームズのスランプの原因だと仰った。たしかにホームズの言動には不可解なところがあるのです。彼は過去の事件に触れたがらず、このノートもわざわざ隠してあった。偶然とは思えない」

「仰るとおりですわ、ワトソン先生。これは偶然ではありません」

リッチボロウ夫人はそう言うと、革装のノートを引き寄せた。

彼女はテーブルの上にノートを広げ、一ページずつ舐めるように読んでいった。どんな僅かな手がかりも見逃すまいとしているのだろう。長い時間をかけてノートを読み終えると、彼女は椅子の背もたれに身体をあずけて、うつろな目で宙を見つめた。

「このノートからは強い心霊的な力を感じます」

リッチボロウ夫人は言った。「おそらく、このノートそのものが霊界からの呼びかけを媒介しているのでしょう。マスグレーヴ嬢の霊はしきりに何かを訴えようとしている。ホームズさんがスランプに陥るのも無理はありません。つねに心霊的な力が働き、ホームズさんを十二年前の未解決事件へ引き戻そうとしているのですから」

「マスグレーヴ嬢は何を訴えているんでしょうか？」

リッチボロウ夫人は考えこんで、ノートに目を落とした。

「私がふしぎに思いますのは、十二年前、どうしてホームズさんは事件の捜査を途中で投げだしてしまったのかということです。寄宿学校の生徒が屋敷へ侵入したという記事が最後で、ホームズさんの記録は唐突に終わっています。いったい何があったのでしょう？」

それは私たちもふしぎに思っていたことであった。

レストレードの記憶によれば、何らかの政治的圧力によって京都警視庁《スコットランド・ヤード》の捜査は尻すぼみに終わったらしい。しかしホームズはレジナルド・マスグレーヴに個人的に雇われていたのであって、京都警視庁《スコットランド・ヤード》の捜査方針に束縛されていたわけではない。仮に何らかの圧力があったとしても、あの強情でプライドの高いホームズが、そうやすやすと引き下がるとは思えない。

ハドソン夫人が「よろしいですか」とおずおずと手を挙げた。

「先ほど待合室でノートを見返していて気づいたんですけれどもね。事件の記録は途中でぷつんと終わっていますけど、それでおしまいではないんですよ。ページをめくっていくと、ずっと後ろのほうにふしぎな詩のようなものが書いてあるんです」

ハドソン夫人の指摘を聞いて、リッチボロウ夫人はノートをめくっていった。しばらく空白のページを通りすぎたあと、彼女の手がピタリと止まった。

「たしかに何か書いてあります」

リッチボロウ夫人は声に出して読み上げた。

そは何人のものなりしや。

去りし人のものなり。

そを得るは何人なりや。

やがてくる人なり。

われらなにをさしだすべきや。

われらの持てるすべてを。

なにゆえにそをさしだすべきや。

大いなる目覚めのためにこそ。


私たちは顔を見合わせた。それは何らかの儀式の問答文のようだが、何を意味しているのかは分からない。どうしてホームズはそんなものをノートに書きこんだのだろう。

「何でしょうね」と私は言った。しかしリッチボロウ夫人は返事をしない。

彼女は群青色のドレスに包まれたふくよかな身体を反らすようにして、テーブルの上に広げたノートを見つめていた。眉間に皺《しわ》を寄せて目を細め、懸命に何かを思いだそうとしているようだ。

やがて彼女は息を吸いこんで胸をふくらませ、その目を大きく見開いた。

その顔つきはちょうど事件の真相を喝破《かっぱ》した瞬間のホームズを思わせた。とはいえ、彼女の方がずっと強烈だった。両目は爛々《らんらん》と輝き、その唇は隠しきれない笑みに歪《ゆが》んでいる。どこか禍々《まがまが》しい顔つきで、見てはならないものを見ているような気がした。

突然、レストレードが私の腕を叩いた。

「ワトソン先生、あれを見てください！」

彼が指さす方に目をやると、テーブルの上の水晶玉が光を放っていた。身を乗りだして水晶玉を覗きこむと、俯いた少女の姿がボンヤリと浮かんでいる。マスグレーヴ嬢だろうか。しかしなんだか前回とは印象が違う——そう思った瞬間、少女は俯けていた顔を上げ、挑戦的な目つきでこちらを睨んできた。私は驚いて息を呑んだ。

「メアリさんではありませんか！」

ハドソン夫人が叫んだ。「どうしてメアリさんが映っているの？」

水晶玉の中のメアリは大きく手を振って、こちらへ何か呼びかけた。そして一枚の紙を掲げてみせた。そこには次のように書いてあった。

——みなさんは騙されている。

○

「これはどういうことです？」

私は語気を強めて、リッチボロウ夫人に問いかけた。

そのとき、背後のドアが押し開かれて、薄暗い部屋に光が射しこんできた。闇を払うように颯爽《さっそう》と踏みこんできたのはアイリーン・アドラーだった。

リッチボロウ夫人は立ち上がり、壁に駆け寄って呼び鈴の紐《ひも》に手をかけた。使用人を呼ぼうとしたのだろう。アイリーン・アドラーが「そんなことをしても無駄です」と言った。ピシャリと平手打ちをするような声だった。リッチボロウ夫人は紐から手を放し、侵入者の方へ向き直った。その顔は能面《のうめん》のように無表情だった。

「アドラーさん、あなたとの面談は終わったはずです」

リッチボロウ夫人は重々しい声で言った。

「どうぞお引き取りください」

「そういうわけにもいかないんです。ごめんなさいね」

アイリーン・アドラーは悪びれずに言うと、まっすぐ部屋を横切ってきた。

彼女はハドソン夫人と私の間をすり抜けると、テーブルの前に立ち、なんのためらいもなく水晶玉を両手でつかんだ。それはあまりにも大胆不敵な振る舞いだったので、リッチボロウ夫人も制止することができなかった。持ち上げられた水晶玉はすっかり光を失っていた。水晶玉をのせてあったクッションの中央に丸い穴があいていて、そこから光が洩れている。

「この部屋の真下に専用のスタジオがあるんです」

アイリーン・アドラーは勝ち誇ったように説明した。地下のスタジオで対象物に強い光をあてると、鏡とレンズを組み合わせた伝達装置を伝って、その映像が水晶玉の内部に仕込まれた鏡に投影される——説明されてみれば単純素朴な光学的トリックであった。私たちがそれを見抜けなかったのは、わざわざそんな大がかりな仕掛けをする人間がいるなんて思いもしなかったからだ。

「この装置を使えば、見せたいものをなんでも見せることができる」

アイリーン・アドラーは言った。「ちょうど今、メアリに実演してもらったようにね」

たしかに私たちは今、水晶玉に映るメアリの姿をはっきりと見た。ということは、先日私たちが見たマスグレーヴ嬢らしき少女の姿も、同じようにして投影されたものだったことになる。アイリーン・アドラーによる種明かしと、メアリによる実演のおかげで、それまでリッチボロウ夫人のまわりに漂っていた神秘的な雰囲気は、まるで霧が晴れるように消えてしまった。

かたわらを見ると、ハドソン夫人は気の毒なほど意気消沈していた。リッチボロウ夫人を史上最高の霊媒だと思いこんでいたのだから無理もない。その一方、レストレードはひたすら賛嘆の眼差しでアイリーン・アドラーを見つめていた。たしかに彼女の「名探偵」としての芝居がかった立ちまわりは、黄金時代のホームズを彷彿《ほうふつ》とさせる鮮やかさであった。

リッチボロウ夫人は黒天鵞絨のカーテンを背に立っている。

「あなたは心霊現象を分かっていないのですよ、アドラーさん」

リッチボロウ夫人は穏やかな声で言った。「心霊現象というものは主観と客観の狭間にあって、見る者の心理状態に大きな影響を受けます。信じる者には見え、信じない者には決して見えない。猜疑心《さいぎしん》こそ心霊現象の大敵なのです。私たちのような霊媒は、依頼人の猜疑心を打ち消し、心霊世界の存在を心から信じてもらわねばなりません。そのためには多少の仕掛けを用いることもある。それだけのことです。何もそんなふうに勝ち誇った顔をすることはないでしょう」

「つまり依頼人を騙していたことを認めるんですね？」

「そうは言っていません」リッチボロウ夫人は首を振った。「ワトソン先生なら分かってくださるでしょう。ときに医者というものは、患者の不安をやわらげるために、罪のない嘘をつくものです。それが患者の心を落ちつかせ、治療に役立つからです。世の人々はみんな病人で、私は魂の医者なのです。いずれ皆さんが真実に目覚め、心霊世界の存在が広く受け容れられる時代がくれば、そのような手練手管《てれんてくだ》を用いる必要もなくなるでしょうけれどもね」

「そんな時代、来るわけがない」

アイリーン・アドラーは身を乗りだして言った。

「あなた自身、本当は心霊世界なんて信じていないんでしょう」

そうやって彼女たちがテーブルを挟んで睨み合っているとき、メアリが部屋の戸口に姿を現し、「うまくいった？」と声をかけてきた。アイリーン・アドラーはリッチボロウ夫人を睨みつけたまま、「完璧だった」と答えた。しかしリッチボロウ夫人はまったく怯んでいない。彼女はゆっくりと椅子に腰かけながら、「それでどうなさるおつもり？」とアイリーン・アドラーを挑発するように言った。「私を逮捕させるんですか。ちょうどレストレード警部もいらっしゃることですし」

「べつに急ぐつもりはありません」

アイリーン・アドラーはそっけなく言って身を起こした。

「今日こちらへうかがったのは、ほんのご挨拶のつもりだった。だけど気が変わったんです。というのも、あなたがワトソン先生とハドソン夫人を抱きこもうとしていたからよ。あなたの企みはお見通しです。弱みにつけこんでホームズさんを利用するつもりね？」

「私はホームズさんのお力になりたかっただけですよ」

「ホームズさんには心霊主義の助けなんて必要ない」

アイリーン・アドラーは力強く言うと、くるりと振り向いて私を見つめた。その目には強い怒りと失望の色が浮かんでいた。「ワトソン先生」と彼女は厳しい声で言った。

「リッチボロウ夫人のやり口は分かっていただけましたね。ワトソン先生ともあろう人がこんなインチキに騙されるなんて！　あなたの仕事はホームズさんを支えることであって、くだらない茶番にあの人を巻きこむことではないはずです」

アイリーン・アドラーの言葉は刃のように私の胸を貫いた。

私は居たたまれないほど恥ずかしくなった。それと同時に深い失望を味わった。

リッチボロウ夫人こそホームズをスランプから救いだしてくれると期待していたのに、結局それも糠喜《ぬかよろこ》びにすぎなかった。このような失望をどれほど繰り返してきたことか。私はすっかり打ちひしがれて、「あなたの仰るとおりですよ、アドラーさん」と言った。

振り向くと、戸口からこちらを見守っているメアリの姿が目に入った。半ば開かれた扉の向こうから射す光を背にして、メアリの姿は黒々とした影になっていた。その表情はよく見えず、妻が何を思っているのか分からなかった。

「さあ、茶番はおしまいです。行きましょう」

アイリーン・アドラーが有無を言わせぬ調子で言った。

気まずい沈黙の中、私たちは立ち上がって、薄暗い部屋から出ていこうとした。

そのとき、ふとした疑念が頭をよぎった。

たしかにリッチボロウ夫人に見せられた「心霊現象」はインチキであった。しかし今から十二年前、洛西のマスグレーヴ家でマスグレーヴ嬢が失踪を遂げたこと、そしてホームズがその事件に触れるのを避けているという事実は変わらないのである。

そんな私の思いを見抜いたかのように、

「ワトソン先生」

と、リッチボロウ夫人が背後から呼びかけてきた。

私は戸口に立ち止まって振り返った。薄暗い部屋の奥で燭台の光が揺らめき、リッチボロウ夫人の白い顔を照らしている。心地良い薄闇に身をひそめて、彼女はふたたび神秘的な雰囲気を取り戻していた。どうかホームズさんにお伝えください、と彼女は言った。

「マスグレーヴ家の謎から逃れることはできないとね」

雨の中を寺町通221Bへ戻ってみると、ホームズとモリアーティ教授は一足先に大文字山から戻っていた。二人とも暖炉の火の前で毛布にくるまっており、ホームズは仏頂面で膝の上の金魚鉢を睨み、モリアーティ教授は半死半生で白目を剝いていた。もちろん天狗への弟子入りはかなわず、それどころか山道に迷って相当ひどい目にあったらしい。

私たちが部屋へ入っていくと、ホームズは金魚鉢から顔を上げ、「ハドソンさん、どこへ行ってたんですか」と不機嫌そうに言った。「まったくひどい一日でしたよ。道に迷う。雨に降られる。モリアーティ教授は転落する。あやうく大文字山で遭難するところだったんです。そうしてヘトヘトになって帰ってきてみれば家は真っ暗、湯を沸かしてくれる人もいないんですからね。ひょっとして、またあのインチキ霊媒のところへ行っていたんじゃないでしょうな」

「ええ、そうですとも」

ハドソン夫人は刺々しい声で応えた。

「あのインチキ霊媒のところへ行ってきたんですよ」

アイリーン・アドラーが水晶玉のトリックを暴露してからというもの、ハドソン夫人はずっと物思いに沈んでいた。帰りの馬車でもほとんど口をきかなかった。リッチボロウ夫人にまんまと騙されていたということがショックだったのであろう。

そうして持ち帰ってきた彼女の怒りと失望は、ホームズの心ない言葉によって爆発した。突然、ハドソン夫人はボンネットをかなぐり捨てると、「あなたの仰るとおりでしたわ。心霊主義なんてインチキです！」と叫んだ。「ご満足でしょう、ホームズさん。さぞかし私たちがトンマに見えるでしょうね。だけど私たちはみんな藁《わら》にもすがる思いだったんです。ええ、たしかにリッチボロウ夫人はインチキでしたよ。だけどそのインチキ霊媒のところへ行ったのは誰のためだと思っているんです？　あなたのためじゃありませんか！」

ハドソン夫人は一気にまくしたてると、足音も荒く部屋から出ていった。いささか八つ当たりの気味もないではないが、彼女の気持ちは私にもよく分かった。

「何がどうなっているんだ？」

シャーロック・ホームズは金魚鉢を抱えてあっけにとられている。

長椅子で気絶していたモリアーティ教授も、いつの間にか身を起こしていた。「何かあったのかね。ハドソン夫人はリッチボロウ夫人の熱烈な信奉者であったはずだが」

「リッチボロウ夫人は化けの皮を剝がされたんですよ」

そう言って、レストレードはポンディシェリ・ロッジでの顚末を語った。

アイリーン・アドラーの活躍について語るレストレードの口ぶりは情熱的であった。その目は少年のように煌めいている。どうやら彼はアイリーン・アドラーの「探偵」としての才能にすっかり惚れこんでしまったらしい。そしてレストレードが彼女の腕前を褒《ほ》め讃《たた》えるほど、ホームズは苦々しい顔つきになっていく。「まあ、少しは見込みがあるようだな」

「見込みがあるなんてもんじゃありませんよ、ホームズさん！」

レストレードは興奮して身を乗りだした。「アドラーさんは間違いなく天才です。どうでしょう。ここはひとつ、ホームズさんもアドラーさんに相談してみては？」

「何を相談しろというんだね、レストレード」

「たとえば推理のコツとか、探偵としての心がまえとか。アドラーさんなら有益なアドバイスをしてくれますよ。スランプを脱出するきっかけになるかもしれません」

ホームズの顔からスッと表情が消えた。その顔は怒りに青ざめており、室内は重苦しい沈黙に包まれた。ホームズは「お断りだね」と冷たく言った。

「どうして名探偵シャーロック・ホームズともあろう者が、あんな素人探偵に教えを乞わねばならないんだ。そんなことでスランプから脱出できるなら、そもそも僕は苦しんでいない。とはいえ、君が個人的にアイリーン・アドラーに助言を乞いたいというなら止めはしないさ。君にだって公僕《こうぼく》としての立場があるだろうからね」

「いや、べつにそんなつもりでは……」

レストレードは口籠もると、ショボリとうなだれてしまった。

○

リッチボロウ夫人の邸宅を去る直前、アイリーン・アドラーは私の腕をつかんで、玄関ホールの隅へ引っ張っていった。表からは静かな雨音が聞こえてきた。

アイリーン・アドラーは私を睨んで言った。

「どうしてホームズさんは本気で事件に取り組まないんですか？」

なんのためにホームズさんに挑戦したと思っているのか。こんなかたちで勝利したところでちっとも嬉しくない、と彼女は言った。その目には激しい怒りが籠もっていた。

その怒りの裏側にはホームズへの熱い期待が透けて見えた。誰よりもシャーロック・ホームズの復活を願っているのは、公衆の面前でホームズに挑戦状を叩きつけたこの人なのではないか？

「あの人に本気を出させてください」

アイリーン・アドラーは言った。

「それがあなたの仕事でしょう、ワトソン先生！」

〇

ホームズは毛布にくるまったまま、ムッツリと黙りこんで暖炉を見つめている。私は鞄《かばん》から革装のノートを取りだすと、ホームズの鼻先に突きつけた。ホームズは眉をひそめてノートを見た。それが過去の事件記録であることに気づくと、無言で私の手から奪い返した。

「十二年前、マスグレーヴ家で何があった？」

私が問いかけると、ホームズは舌打ちして目をそらした。

「君には何のかかわりもないことだろう。僕たちが出会うよりも前に手がけた事件だ。僕は未熟な若僧だった。そして解決に失敗した。それだけの話さ」

「どうして嘘をつくんだ、ホームズ」

私は屈みこんでホームズを正面から見つめた。

「本当にそれだけのことなら、わざわざノートを隠す必要はないはずだ。何か気になっていることがあるんだろう。どうして教えてくれないんだ？」

しかしホームズは固く口をつぐんでいた。頑是《がんぜ》ない子どものように毛布にくるまり、憎々しい目つきで私を睨んでいる。

どうしてホームズは事件のことを隠そうとするのか。不審の念は募るばかりである。マスグレーヴ家の謎から逃れることはできない——リッチボロウ夫人はそう言っていた。

突然、ホームズが唸るように言った。

「そういう君だって僕に黙っていたことがあるだろう」

「何のことだ？」

「ストランド・マガジンの最新号だよ。あれはどういうことだ？」

ホームズ譚の連載が無期限休止に追いこまれてから、「ストランド・マガジン」を開いたことは一度もない。目を通したところで他の作者たちに嫉妬するだけだからだ。私が首をかしげていると、ホームズは「しらばっくれるつもりか」と鼻を鳴らした。

「この新連載について、君の弁明を聞かせてくれたまえ」

ホームズは毛布の下から雑誌を取りだし、私に向かって投げつけた。

ホームズの言う「新連載」は堂々と巻頭に掲載されていた。編集部からの期待も熱いらしく、「探偵小説界の新星！」「洛中洛外で話題騒然！」と派手な惹句《じゃっく》が踊っている。

タイトルと著者名が目に入った瞬間、電撃に打たれたような気がした。


「アイリーン・アドラーの事件簿」メアリ・モースタン著

そのとき、そぼ降る雨の中に佇んでいるメアリの姿が脳裏に浮かんできた。リッチボロウ夫人の邸宅をあとにするとき、メアリはアイリーン・アドラーのかたわらに影のように寄り添っていた。冷たい小雨のベールの向こうから静かに私を見つめていた。どういうわけか、そこにいるのがメアリだという実感が私はなかなか持てなかった。こちらを見つめている妻は、私の知っている妻ではなく、どこか近づきがたい、謎めいた存在のように感じられたのである。

「メアリはアイリーン・アドラーと手を結んだ」

ホームズは冷ややかな声で言った。

「君は本当に奥さんの裏切りに気づかなかったのかね」

第三章　レイチェル・マスグレーヴの失踪

「アイリーン・アドラーの事件簿」を読んだ夜の衝撃は忘れられない。

私はこっそりと掲載誌を自宅へ持ち帰ってくると、夜更けまで診察室で読みふけった。「夏《なつ》蜜柑倶楽部《みかんくらぶ》」「ブラウン少佐の名声」「泥棒の哲学」の三篇を読み終えたあとは、しばし茫然とせざるを得なかった。アイリーン・アドラーは明晰《めいせき》な推理の積み重ねによって真相を導く。必要とあらば舞台俳優の経験を生かして、「青年」から「老婆」まで変幻自在に変装する。悪漢たちと渡りあうときには「長浜《ながはま》在住の鍛冶《かじ》職人に作らせた秘密兵器」がものをいう——。ようするに彼女はシャーロック・ホームズの流儀を自家薬籠中《じかやくろうちゅう》のものとし、それをいっそう洗練させているのだ。そして相棒のメアリ・モースタンは、アドラー氏が過去に手がけた事件を小説化するばかりでなく、彼女自身も捜査に同行して事件解決に貢献していた。

私はメアリがうらやましくてならなかった。私の書きたかったものがここにある。

○

十二月の上旬、休診日の朝のことである。

私は外套を着こんで診療所を出ると、下鴨神社へ参拝にいった。いつの間にか朝の空気はすっかり冬めいている。ひっそりとした境内を歩きながら、大きく息を吸いこむと、太古の森の匂いがした。

本殿に参ったあと、糺ノ森《ただすのもり》を南北に抜ける参道をひたすら歩いた。

かつて執筆に行きづまったときは、よくこんなふうに下鴨神社の参道や、鴨川べりを歩いたものだ。無心になって歩いていると、決まって打開策が浮かぶのである。

しかしその朝は、いくら歩いても気が滅入ってくるばかりであった。

「アイリーン・アドラーの事件簿」は洛中洛外を熱狂の渦へ巻きこんでいた。

彼女の活躍はたびたび新聞各紙に報じられて、世間の好奇心を煽ってきたたし、ホームズ譚の休載によって探偵小説愛好家たちは新作に飢えていた。そんなところへ「事件簿」が発表されたのだから、火のついたマッチを藁の山へ放りこんだようなものである。メアリ・モースタンの夫がジョン・H・ワトソンであることはすぐに露見して、シャーロック・ホームズとアイリーン・アドラーの探偵対決が、いつの間にか夫婦対決へと発展していた。

メアリによれば、アイリーン・アドラーとの出会いは学生時代にさかのぼるという。

妻は幼くして母親を亡くしている。父親が当時インド駐留連隊の将校であったこともあって、十八歳になるまでは鹿ヶ谷の寄宿制女学校で暮らした。十二歳のときにインドから帰国した父親が謎の失踪を遂げたが、その顛末は「四人の署名」事件として発表済みである。東山の麓にある孤立した学園、身寄りもなくて淋しい思いをしたこと、新聞委員の活動に打ちこんでいたこと——それぐらいは私も聞いていた。その同じ学校にアイリーン・アドラーも在籍していたというのである。

「彼女は一年もいませんでしたけどね。すぐに辞めてしまったから」

「それから会っていなかったのかい？」

「ええ。もう十二年近く」

「それなのに、よく執筆を許可してもらえたね」

「新聞委員時代、アイリーンとはいろいろあったの」

メアリは懐かしそうに言った。「私たちは良いコンビだったんです」

メアリがアイリーン・アドラーと再会したのは今年の春になってからのことで、慈善委員会の仲間たちと四条の南座へ観劇に出かけた夜だった。座席が隣り合わせになったのはまったくの偶然である。久しぶりの再会にすっかり嬉しくなった彼女たちは、幕間《まくあい》に劇場内のバーへ行った。あれこれと夢中で語り合って、そのまま客席に戻ることはなかった。

アイリーンが舞台女優になったことはメアリも風の噂に聞いていた。しかし、舞台の仕事はもう引退した、とアイリーンは言った。「探偵に転身するつもりなの」

まさか冗談でしょう、とメアリは笑った。しかしアイリーンは本気だった。

それから起こったことはすでに述べてきたとおりである。アイリーン・アドラーは探偵としての才能を爆発的に開花させ、シャーロック・ホームズから「名探偵」の座を奪い取ろうとしていた。そしてアイリーン・アドラーの華麗な転身は、メアリの転身でもあったのである。

「あの人との付き合いは止めてくださいと、何度もお願いしてきたはずです」

メアリは言った。「それなのにあなたは真剣に取り合ってくれなかった。医師としての仕事や、私たちの家庭生活よりも、いつだってホームズさんを優先してきた。ようするに私たちの人生よりもホームズさんの方が大切なんでしょう。それなら私にも考えがあります」

下鴨神社の参道を歩きながら、冬枯れの木々の梢を見上げていると、ほとんど諦念《ていねん》に近いものが私を包んだ。

この一年間、私はなんとかホームズとの黄金時代を取り戻そうとして、メアリとの暮らしを犠牲《ぎせい》にしてきた。口先ではメアリが大切だと言いながら、しょっちゅうホームズを優先してきた。今の状況はその報いといえるだろう。驕《おご》れる者は久しからず。シャーロック・ホームズとワトソンの時代は終わって、アイリーン・アドラーとメアリの時代がやってきたのである。

その日、メアリはアイリーン・アドラーに付き添って泊まりがけの捜査に出かけていた。メアリは名実ともに「アイリーン・アドラーの相棒」としての地位を確立しつつある。

私がションボリした気持ちで診療所へ帰ると、

「ワトソン先生、電報です」

メイドが紙切れを渡してくれた。

もう久しく吉報には縁がない。ろくでもない知らせに決まっている。

私は溜息をついて電報を読んだ。そこには次のような言葉がならんでいた。

シャーロック・ホームズ君、消息を絶つ　モリアーティ

○

寺町通221Bを訪ねると、ハドソン夫人が陰気な顔で出迎えた。

「ホームズが姿を消したって？」

「ええ、そうなんです」

ハドソン夫人はステッキと外套を受け取りながら言った。

「一昨日のお昼頃にふらりと出ていったきりでしてね」

「心配だな」と私は眉をひそめた。「どこで何をしているんだろう？」

かつてはホームズが何日も姿を消すことは珍しくなかった。猟犬のように事件を追っているか、図書館の閲覧室で犯罪史の資料を漁っているか、大学病院で法医学の研究に夢中になっているか、いずれにせよ心配する必要はなかったのである。しかし今のホームズはかつてのホームズではない。

「ホームズさんも心配ですけど、モリアーティ教授も心配ですよ」

「どうして？」

「ずっとホームズさんが戻るのをお待ちなんです」

ハドソン夫人は眉をひそめた。「ほとんど眠っておられないと思いますよ」

まるで忠犬ハチ公のようだと思いながら二階のホームズの部屋へ行くと、窓のカーテンは引かれたままで、室内は夜明け前の荒野《ムーア》のように冷え冷えとしていた。

モリアーティ教授は黒いマントに身を包み、ほとんど火の消えかかった暖炉の前で、肘掛け椅子に腰かけていた。その陰鬱な姿はまるで死灰《しかい》の山のようだ。私は暖炉に石炭を足して火をかきたてた。モリアーティ教授はうつろな目を動かして私を見た。

「ホームズ君が姿を消してから丸二日になる」

「そのうちフラリと帰ってきますよ」

私はそう言ったが、確信があったわけではない。

ホームズが寝転んでいた長椅子のまわりには、新聞の読み殻が散らばっていた。いずれもアイリーン・アドラーの華々しい活躍を報じたものである。それらの記事には「レストレード警部」の名も散見された。

先月リッチボロウ夫人の件でアイリーン・アドラーの仕事ぶりに惚れこんだレストレードは、これまでの京都警視庁《スコットランド・ヤード》の非礼を詫び、彼女に助言を求めた。以来、アイリーン・アドラーとレストレードの名がそろって紙面に登場することが多くなった。ホームズがそのような「裏切り」を許すわけもなく、すでにレストレードはホームズから絶交を宣告されている。

モリアーティ教授は物憂《ものう》げに暖炉の炎を見つめた。

「まったく皮肉な話ではないか。名探偵シャーロック・ホームズと、物理学者ジェイムズ・モリアーティ。謎を解くことにかけては何者にもひけを取らなかった私たちが、死力を尽くして取り組んできたというのに、己のスランプという謎だけは解き明かすことができなかった。迷宮から這いだそうとすればするほど、かえって迷宮の奥深くへ入りこんでいくのだよ」

私は痛ましい思いでモリアーティ教授を見つめた。

「しかし、あなたがいてくれたことはホームズの支えになったでしょう」

「そうだろうか。たしかに私は毎日この部屋にホームズ君を訪ねてきた。彼のおかげで私は救われた。おたがいの苦悩を分かちあえる心の友だと思ってきた。しかしそんなふうに思っていたのは私だけで、実のところ、ホームズ君はウンザリしていたのではないかな」

モリアーティ教授は猛禽《もうきん》のような両手で顔をおおった。

「だからどこかへ行ってしまったのかもしれん」

そこには傲慢《ごうまん》な物理学者の姿はなく、哀しみにくれる初老の男がいるだけだった。どうやって慰めればよいか分からない。私はモリアーティ教授に歩み寄って、嗚咽《おえつ》に震える肩にしばらく手をのせていた。私はホームズ君に甘えていたのだよ、とモリアーティ教授は言った。

「彼にはスランプでいて欲しかった。自分だけ置いてけぼりにされるのが恐ろしかった。そんな了見で何が心の友だろう。まるで疫病神ではないか」

かつてシャーロック・ホームズは次のように言った。

——僕は「自分自身」という難事件に取り組んでいるのだ。

そんなのは現実から目をそらすための言い訳にすぎない、と私は思っていた。

しかし今にして思えば、現実から目をそらしていたのはむしろ私の方ではなかったろうか。

ホームズが迷いこんだ迷宮には、たしかに一匹の魔物がひそんでいたのだ。その魔物の恐ろしさを身に染みて知っていたのは、モリアーティ教授ただ一人であったろう。

○

ノックの音がして、ハドソン夫人が部屋へ入ってきた。

モリアーティ教授はハンカチを取りだして涙を拭った。ろくに食事も取っていないのだろう、その顔はひどく窶《やつ》れていた。ただでさえ血の気のない顔が蠟人形《ろうにんぎょう》のように見える。

「ホームズ君のことが心配で眠れなくてね」

「クヨクヨ考えこんでもしょうがないですよ、モリアーティさん」

ハドソン夫人が紅茶を注ぎながら言った。「ちゃんとお日さまにあたって、おなかを温かくするんです。さあ、紅茶を飲んで。スコーンを食べて」

たしかにハドソン夫人の言うとおりであった。カーテンを開けて太陽の光を入れ、こってりとバターを塗った温かなスコーンをもぐもぐやっていると、だんだん気持ちが明るくなってきた。モリアーティ教授の顔色も良くなった。とはいえ、ホームズの行方は分からない。

ハドソン夫人によれば、ホームズが221Bを出ていったのは一昨日の昼頃だった。外套を着て、マフラーを巻いていたという。旅行鞄は寝室に置かれたままで、暖炉のマントルピースにはすべてのパイプが立てかけてある。

もしも遠出するつもりだったのなら、それらを残していくとは思えない。机の引き出しには小切手帳も現金もあるから、せいぜい小銭ぐらいしか持っていないだろう。愛用のパイプもなし、着替えもなし、金もなし。ホームズはどうやって過ごしているのだろう？

そのとき頭に浮かんできたのは、スランプに陥って以来、ホームズがたびたび語ってきた隠居生活への憧れであった。「たとえば大原の里はどうだろう」と彼は言った。「うるさい街の喧騒も、じめじめした鴨川の霧も、アイリーン・アドラーの活躍も、北の果ての山里までは届くまい。きっと心穏やかに生きていけるよ。苔むしたわらべ地蔵と語り合い、そしてミツバチを飼うんだ」

「なんでまたミツバチを？」と私は言った。

「ハチミツは身体にいいんだぜ。ローヤルゼリーも」

「それはそうだろうがね。君に田園生活は似合わないよ」

「竹林に庵《いおり》を結ぶっていうのもいいな。いかにも世を捨てた感じがするだろう。竹林の庵で暮らして、毎朝タケノコを掘る。そして若竹煮《わかたけに》を主食にして生きていくのだ。いや、若竹煮だけでは栄養が不足するかな。やはりミツバチも飼ったほうがいいかな。若竹煮とハチミツだけで生きていけると思うかい？　僕は栄養学に不案内だからね、医師としての意見を聞かせてくれ」

「隠居するなんて言うな。きっと凱旋のときが来る」

「へえ、そうかい。で、それはいつなんだ？　頼むから教えてくれ」

ホームズはウンザリしたように言って、背中を向けてしまったものである。

――竹林の庵。

そのとき天啓が閃いた。

「ホームズは洛西へ行ったのかもしれない」

「洛西？」モリアーティ教授が呟いた。「どうして洛西なのかね」

「マスグレーヴ家の領内には広大な竹林があります。ホームズが世を捨てて引き籠もろうと考えたなら、真っ先に思い浮かぶはずだ。しかも現当主のレジナルド・マスグレーヴ氏は、ホームズの学生時代の友人です。庵の一つや二つ、いくらでも結ばせてくれるでしょうよ」

「しかし十二年前の事件のことがある。あの事件に触れることをホームズ君はあれほどいやがっていたではないか。つらい思い出のある土地へ、わざわざ隠居するものかね」

そう言って、モリアーティ教授はハッとしたような顔つきになった。

「いや、つらい思い出があるからこそ行ったのかもしれんな。十二年前の事件のことは、ずっとホームズ君の心に引っかかっていた。彼はふたたびマスグレーヴ家を訪ねて、駆け出し時代の未解決事件にもう一度向き合おうとしているのか」

モリアーティ教授の目に鋭い光が戻ってきた。

「我々も洛西へ行こうではないか、ワトソン君！」

そのとき玄関のベルの鳴るのが聞こえてきた。

「あら、お客さま」

ハドソン夫人が立ち上がり、急いで階段を下りていった。

出かける支度をするためにモリアーティ教授はいったん三階へ上がった。

その間、私は階段脇の廊下で待っていたのだが、階下の様子が気になってしょうがなかった。ハドソン夫人が玄関先で誰かと押し問答している。やがてモリアーティ教授がステッキを小脇に挟んで下りてきたときには、玄関のドアを乱暴に叩きまくる音が響いていた。私たちが急いで玄関ホールへ下りていくと、ハドソン夫人が背中でドアをおさえて踏ん張っていた。

「依頼人のみなさんが押しかけてきたんです」

「『被害者の会』の連中か？」

「ホームズさんはご不在ですと申し上げたんですけど……」

ハドソン夫人が説明している間にも、ドアの向こうからは「ホームズを出せ！」「逃げられないぞ！」という怒声が聞こえてくる。ホームズの代理として私が対応しようと申し出たが、「ホームズさんの代わりに吊し上げられるだけですよ」とハドソン夫人は言った。

「ここは私に任せて裏口から逃げてください」

「こんな状況であなたを置いていくわけにはいかないよ」

「私はシャーロック・ホームズの大家ですからね。トラブルには慣れっこです」

ハドソン夫人の顔つきはかえって生き生きとしてくるようだった。「そんなことよりも早く洛西へ行って、ホームズさんを連れ戻してください。私のことはどうぞご心配なく。いざとなったら、ホームズさんのピストルを取ってきて、二・三発ぶっ放してやりますから」

いろいろと問題の多い発言だったが、頼もしいことだけはたしかであった。

私はハドソン夫人に礼を言ってから、モリアーティ教授に頷いてみせ、二人で廊下を奥に進んだ。振り返ると、ハドソン夫人は「行ってらっしゃい」と手を振った。

「いやはや」とモリアーティ教授は嘆息した。「たいした人だな」

裏口からは狭い裏庭へ出ることができる。裏庭といっても、ハドソン夫人がハーブを育てている鉢植え、一本の貧相なポプラの木、あとは便所と物干し台があるばかりの荒涼とした空間である。私たちは足早に裏庭を横切り、裏木戸から路地へ抜けだした。

空は神秘的な水色をしており、頬を刺す風には冬の匂いがした。

○

私たちは辻馬車で四条大宮《おおみや》へ出て、そこから嵐電《らんでん》に乗った。

電車は建てこんだ右京《うきょう》の街を抜けていった。澄んだ日射しのもと、軒の低い煉瓦やモルタルの家並み、寺院の長い塀などが車窓の向こうをゆっくり流れていく。

「これまで貴君にはずいぶんひどいことを言ってきた」

モリアーティ教授はしみじみと言った。「すまなかったな」

「それはおたがいさまですよ」

「ホームズ君のためにも私たちは協力しなければならない」

嵐山の停車場の前は、洛中洛外から押しかけてきた観光客と、彼らの懐を狙う地元の商人たちで賑わっていた。山はみごとな紅葉に染まって、桂川《かつらがわ》には遊覧船が行き交っている。私たちは渡月橋《とげつきょう》のたもとで馬車をつかまえ、そこから南へ向かう古い街道を辿った。さすが歴史のある街道らしく、年季の入った旅籠《はたご》や商店が軒を連ねている。

空は高く澄んで、刷毛《はけ》で掃いたような薄い雲が浮かんでいた。

やがて建物が途切れると、左手には広大な練兵場が広がった。その彼方を黒煙を引きながら走っていくのは大阪《おおさか》へ向かう蒸気機関車で、まるで玩具《おもちゃ》の汽車のように見える。右手には休耕中の畑や牧草地が広がっていたが、しばらくすると竹林がそれらに取ってかわった。「このあたりはもうマスグレーヴさまのご領内ですよ」と御者が教えてくれた。

モリアーティ教授は先代のロバート・マスグレーヴと面識があったという。

「ハールストン館には何度か滞在したことがある」

「先代はどんな人物だったんです？」

「古い家柄の貴族というよりは、成り上がりの大商人のような人物だったな。きわめて有能だったことは間違いない。ロバートなくして現在のマスグレーヴ家はない。あの万国博覧会も彼の豪腕によって実現したのだ。しかしきわめて傲慢で、不愉快な人物でもあった。結局、『月ロケット計画』をめぐって、彼とは決裂することになったがね」

「その計画のことは覚えていますよ。ずいぶん話題になりましたから」

ロバート・マスグレーヴが「月ロケット計画」を発表したのは五年ほど前である。

人間を砲弾にのせて月世界へ送りこむ――その荒唐無稽《こうとうむけい》な発想には誰もが度肝《どぎも》を抜かれ、さすがの豪腕マスグレーヴ氏も耄碌《もうろく》したのではないかとささやかれた。しかしロバートは盛大なキャンペーンを展開し、あっという間に賛同者を増やしていった。「月の都で逢いましょう」を合い言葉に、『竹取物語』と天体観測が一大ブームとなり、月こそ人類の次なるフロンティア、我が帝国の版図《はんと》へ加えられるべき戦略的重要地と目されるに至ったのである。やがて正式に発足した実行委員会には、各省庁、東インド会社、陸軍の弾道学研究所、大学の応用物理学研究所など、錚々たる機関が名を連ねた。マスグレーヴ家の広大な竹林の一角が切り開かれ、ロケットの発射実験が繰り返されるようになった。しかし、実現への道のりは険しかった。

人類には早すぎる夢だったのだよ、とモリアーティ教授は言った。

「地球の引力を振り切って月へ向かうには莫大《ばくだい》なエネルギーが必要だ。当初は巨大な大砲で打ち上げるつもりだったが、それぐらいではまるで足りないのだよ。月ロケットの内部にあらかじめ封入しておいた燃料を段階的に炸裂《さくれつ》させ、さらなる加速度を得なければならない。しかし我々にはそのように扱いやすい燃料も、衝撃に耐えられるような船体を建造する技術もない。現代の科学力では到底不可能なのだ。私はロバート・マスグレーヴに何度も進言したが、彼は聞く耳を持たなかった。自分の手で必ず実現してみせると言い張ってな」

これという成果も上がらぬまま、世間の熱狂は冷めていった。いかに富裕なマスグレーヴ家といえど、莫大な出費にいつまでも耐えられるものではない。昨年の夏にロバート・マスグレーヴが世を去ると、息子のレジナルドは月ロケット計画の無期限凍結を発表した。

「どうしてそんなにこだわったんでしょうね」

「それがどうも分からんのだよ」

モリアーティ教授は眉をひそめて呟いた。

「マスグレーヴ嬢の失踪がきっかけになったという人もある。たしかに娘が姿を消して以来、ロバートは変わってしまった。もともと彼は無謀な夢を追う人間ではなかった。むしろ非人間的なほど実利的な男で、それが彼の力の源泉でもあった。しかし晩年のロバート・マスグレーヴは損得勘定など眼中になかった。まるで何かに取り憑かれたようだったな」

やがて馬車は街道を右に折れて、竹林を抜ける横道に入った。

両側には見渡すかぎりの美しい竹林が続いている。マスグレーヴ家と竹林の関係の深さは私も知っている。なにしろ家の紋章にも竹林が含まれているほどで、先祖伝来の所蔵品には、現存するもっとも古い『竹取物語』の写本さえあるという。

「これだけ広ければ、いくらでも庵が結べますよ」

「冬は寒いし、夏は藪蚊《やぶか》だらけだ。暮らしやすいとは思えんがね」

やがて行く手に大きな鉄門が現れて、馬車が止まった。左手にある煉瓦造りの門番小屋から帽子をかぶった庭師風の老人が出てきた。モリアーティ教授が身を乗りだして名乗ると、老人はゆっくりと頭を下げ、ゆっくりと門に近づき、ゆっくりと開けてくれた。そこから先は竹林が途切れ、灌木《かんぼく》の点在する青々とした芝生が広がる。道路は砂利道に変わった。

ハールストン館は、竹林に囲まれた楕円形の広大な敷地に建っている。

創建当初の佇まいを現代に伝える旧棟と、百年ほど前に建て増されたという新棟から成る。大きなL字形を想像してもらいたい。L字の横棒が旧棟だが、なにしろ十六世紀の建物だから、陰気で古色蒼然《こしょくそうぜん》としている。現在では先祖伝来の品を収める収蔵庫や、農産物の貯蔵庫にしているぐらいで、ほとんど使用されていない。L字の縦棒が新棟で、こちらは比較的明るい雰囲気が漂い、煙突から立ちのぼる煙にも人間の息遣いが感じられる。レジナルド・マスグレーヴ氏や使用人の住居はすべてこちらの新棟にある。私たちは新棟の玄関先で馬車を下りた。

出迎えてくれたのは初老の執事だった。

「こんにちは、ブラントン。久しぶりだな」

「モリアーティ教授。ようこそお越しくださいました」

執事のブラントンは穏やかに言って頭を下げた。いかにも旧家の使用人らしく、雨に濡れた御影石《みかげいし》のように落ちついている。モリアーティ教授が来意を告げると、ブラントンは無表情のまま頷き、「たしかにシャーロック・ホームズさまは当地にご滞在中です」と言った。

「ああ、やはり！　よかった！」

私たちは手を取り合って叫んだ。読みは当たっていたのである。

ブラントンの語るところによれば、シャーロック・ホームズはレジナルド・マスグレーヴの許可を得て、領内の竹林に小さな庵を結んでいるという。いくら勧められてもハールストン館に泊まろうとはせず、厩番《うまやばん》見習いの少年が竹林の庵へ身のまわりの品を届けに通っているらしかった。「後ほど案内させましょう」とブラントンは言った。その前にレジナルド・マスグレーヴに面会してもらいたいということで、私たちは玄関ホールへ招き入れられた。

　ブラントンが取り次ぎに行っている間、私はあたりを見まわした。

　天井の高い玄関ホールには、いくつもの硝子ケースが置かれていて、先祖が合戦で使用した武具や、傘下《さんか》にある企業の生産物見本、万国博覧会の記念メダル、岡崎にあるクリスタル・パレスの精巧な模型など、マスグレーヴ家の歴史を物語る品々が陳列されている。まるで博物館だ。広間の奥には巨大な階段が見えていて、その踊り場の壁には歴代当主の立派な肖像画がいくつも掲げられていた。「たいしたお屋敷ですなあ」と私は感嘆した。

「こちらの廊下の奥は旧棟へつながっている」

　モリアーティ教授は顎を動かして、広間右手の廊下を示した。

「門外不出の宝物がいくつもあるそうだ。なにしろ指折りの旧家だからな」

　やがてブラントンが戻ってきて、玄関ホールの左手にある書斎へ案内された。

　そこは奥行きの深い明るい部屋で、左手には芝生に面した大きな窓がいくつもある。右手の壁には書棚や小物棚がならんでいるが、とりわけ目を引くのは巨大な月面図だった。望遠鏡で観察した月面の様子を精細な図にしたもので、晩年のロバート・マスグレーヴが取り憑かれていた「月ロケット計画」の遺物だろう。奥の壁際にある暖炉の前に、レジナルド・マスグレーヴらしき紳士が立っていて、目の前の長椅子に腰かけた二人の女性と話をしていた。

　ブラントンがうやうやしく告げた。

「モリアーティ教授とワトソン博士です」

長椅子の女性たちが待ちかまえていたように振り返った。

私は思わず息を呑んだ。それはアイリーン・アドラーと妻のメアリだった。

○

レジナルド・マスグレーヴは絵に描いたような貴族的風貌をしていた。

上等の背広に身を包んだ立ち姿、ゆったりと典雅《てんが》な物腰には一分の隙もない。その青白く険しい風貌は中世の暗い城塞《じょうさい》を連想させる。若白髪《わかしらが》のある小さな頭を高くもたげ、やや顎を上げて相手を見る癖も、マスグレーヴ氏に超然とした雰囲気を与えていた。モリアーティ教授から聞かされた先代ロバートのエネルギッシュな印象とはまるで正反対である。

マスグレーヴ氏に歩み寄りながら、私は長椅子に腰かけているメアリに目をやった。澄んだ冬の陽射しを背にして、メアリは謎めいた沈黙を守っていた。かたわらにはアイリーン・アドラーがピタリと寄り添っている。

どうして彼女たちがマスグレーヴ家にいるのだろう?

モリアーティ教授は先代ロバートの時代からマスグレーヴ家へ出入りしているため、レジナルド・マスグレーヴ氏とは、彼が学生であった頃から面識がある。彼らはにこやかに挨拶を交わした。顔を合わせるのは、昨年のロバートの葬儀以来のことらしい。その葬儀からほどなくして、モリアーティ教授が大学教授の職を辞してしまったこともマスグレーヴ氏は知っていた。

「どうなさっているのかと心配しておりました」

「なんとかやっていますよ。ホームズ君たちのおかげでな」

「人の縁というのはふしぎなものですね。お会いできて嬉しく思っています、ワトソン先生。先生の事件記録はすべて拝読していますよ。ずいぶん勉強になりましたし、ホームズ君の活躍を逐一《ちくいち》知ることができました。まずは御礼を言わせてください」

「光栄に思います、マスグレーヴさん」

「それにしても、よくホームズ君がここにいるとお分かりになりましたね。お知らせすべきだったのでしょうが、ホームズ君が必要ないと言い張ったものですから。いったいどうやって見つけたんです？」

「いや、べつに推理というほどのものではないんです」

私は言葉を濁しておいた。「友人としての勘のようなものでね」

さすがホームズ君の相棒ですな、とマスグレーヴ氏は微笑んだ。

「一昨日の午後、ホームズ君が身ひとつでハールストンを訪ねてきましてね。僕はもう探偵を引退することに決めた、ついては領地内の竹林に庵を結ばせてくれというんです。何も庵を結ぶ必要はない、好きなだけハールストンで骨休めすればいいと言ったんですが、彼はそのまま竹林へもぐりこんでしまったんです。へんなやつですよ。学生時代からちっとも変わりませんな」

アイリーン・アドラーが「ホームズさんがここに？」と言って身を乗りだした。

さすがの彼女も、シャーロック・ホームズが洛西の竹林に引き籠もっているとは想像もしていなかったらしい。その顔には驚きの色が浮かんでいる。

「本当に『引退する』と仰ったんですか？」

「ええ、たしかにそう言っていましたな。本気かどうかはともかくとして」

アイリーン・アドラーは目を細め、白い頬を不機嫌そうに膨らました。それからジロリと私を睨んだ。「引退ってどういうことですか、ワトソン先生」

「いや、我々としても手を尽くしたんですが……」

「失望だわ」

「あなたにつべこべ言われる筋合いはない」

突然、モリアーティ教授が怒りに震える声で言った。

「よくもそんな口がきけたものですな、アドラーさん。私たちはなんとかしてホームズ君を立ち直らせようと、血の滲《にじ》むような努力を続けてきたのだ。それなのにあなたはホームズ君を追いつめて、ついには引退を決意するまで追いこんでしまったのですぞ」

「どうしてそういうことになるんです？」

アイリーン・アドラーは傲然と胸をそらした。

「私は自分の為すべき仕事をしたにすぎません」

「だからそれがホームズ君の誇りを傷つけたと言っておるんです」

「それはホームズさんの問題であって、私の問題ではありません。だいたいそんな誇りがなんの役に立つというんですか。さっさと捨ててしまえばいいのよ」

「なんだと！」モリアーティ教授は唸った。「よくもそんな！」

「ワトソン先生にしても、モリアーティさんにしても、そうやってホームズさんを甘やかすから、かえって彼は身動きが取れなくなっているんです。つまらない誇りから自由になって、できないことはできないと認めること。しかるべき人間にアドバイスを求め、改善すべきところは改善すること。そういう勇気と謙虚さを持つことだけが問題を解決する唯一の方法でしょう。そもそも自分の問題が解決できなくて、どうして他人の問題が解決できるというんです？」

たしかにアイリーン・アドラーの言うことは非の打ちどころのない正論である。

しかしそれがそのとおり実行できるかどうかは、まったくべつの問題だ。人生のドン底を這いまわっている人間には、「正論に従ってたまるか」という不条理な欲望が目覚めるのである。あたりまえの正論に従うぐらいなら、ホームズは竹林への名誉ある逃亡を選ぶであろう。

モリアーティ教授は憤怒の形相で、今にも爆発四散しそうであった。一方、アイリーン・アドラーも自分の意見を変える気はまったくなさそうである。

その場を収めてくれたのは、レジナルド・マスグレーヴであった。

「とにかく使用人に案内させますから、ホームズ君と話してみてください」

マスグレーヴ氏は呼び鈴でブラントンを呼びながら、「ついでといってはなんですが、ワトソン先生にお願いがありまして」と言った。「ホームズ君を説得して、ここへ連れてきてもらえないでしょうか。というのも今夜、ある特別な会が開かれることになっていましてね。ホームズ君、それからワトソン先生やモリアーティ教授にも、ぜひ同席していただきたいのです。今夜はハールストンにお泊まりになればよろしい。必要なものはブラントンに申しつけてください」

それはまったく唐突で奇妙な申し出だった。

私たちが戸惑っていると、アイリーン・アドラーが心外そうに言った。

「私だけでは心もとないということでしょうか？」

「いやいや、そんなことはない。お気を悪くなさらないでください」

マスグレーヴ氏は穏やかな声で言った。「しかし相手は百戦錬磨《ひゃくせんれんま》のリッチボロウ夫人ですからね。念には念を入れて、こちらも万全《ばんぜん》の布陣《ふじん》で迎えたい」

「リッチボロウ夫人ですと？」モリアーティ教授が顔をしかめた。

「ご心配には及びませんよ、教授。なにも私は心霊主義に目覚めたわけではない」

マスグレーヴ氏によると、数年前からリッチボロウ夫人はハールストン館には心霊的な力が宿っていると主張しており、幾度《いくど》も「心霊的調査」を申し入れては、ロバート・マスグレーヴに門前払いされてきた。しかし彼女の申し入れを阻《はば》んできた先代も亡くなって一年以上が経ち、マスグレーヴ氏は彼女の「心霊的調査」を受けいれることにしたのだという。

「この際、はっきりと決着をつけるほうが良いと思いましてね」

「しかしあの女は霊媒を騙《かた》る詐欺師だ」

「だから招いたのですよ、モリアーティ教授」

レジナルド・マスグレーヴの口調は、ふいに深刻な響きを帯びた。

「リッチボロウ夫人はきわめて危険な人物です。ここ数年、彼女は着々と心霊主義の信奉者を増やしている。子どもっぽいお遊びだと侮ってばかりもいられない。このまま放置すれば、我が帝国の進歩発展にとって、きわめて憂慮すべき事態になるでしょう。探偵として名高いアドラーさんをお招きしたのは、リッチボロウ夫人の化けの皮を剝がすためです」

そういうわけで、とマスグレーヴ氏は言った。

「ホームズ君にも力を貸してもらいたいのですよ」

○

マスグレーヴ氏との会見を終え、モリアーティ教授と私はハールストン館を出た。

冬空はきれいに晴れているものの、すでに午後四時をまわって、前庭の大きな樫の木陰には夕暮れの気配が滲んでいる。バスケットをぶら下げた厩番見習いの少年のあとについて、私たちはハールストン館の正面に広がる芝生を歩きだした。波打つ大海を思わせる青い芝生の彼方には、マスグレーヴ家の竹林が、未踏《みとう》の大陸のごとく横一杯に伸び広がっていた。

「竹林はどのぐらいの広さなのかね」と私は少年に訊ねた。

「とんでもなく広いですよ」と彼は言った。「ときどき遭難する人もいるぐらい。そういうときはウィリアムさんといっしょに館のみんなで探しにいくんです」

「その人が竹林の管理人かね」

「うん」と少年は頷いた。「ちょっと変わってるけどいい人だよ」

ウィリアムという人物は、全国を渡り歩いて竹林管理の達人として名を馳せた人物らしく、一年ほど前にマスグレーヴ家にスカウトされて以来、領内の竹林の手入れを取り仕切っているという。ロバート・マスグレーヴの生前、月ロケット発射基地の建造や管理予算の削減によって、有名なマスグレーヴ家の竹林もずいぶん荒れてしまっていたが、ここ一年、ウィリアム氏の働きによって、以前の美しさを取り戻しつつあるらしい。

「よほど腕のある名人なんだな」と私が言うと、「ウィリアムさんは竹林がとても好きなんだよ」と少年は笑った。「ずーっと竹林から出てこないんだから」

そうやって少年と私が世間話をしている間も、モリアーティ教授はステッキを振りまわしながら、何やらぷつぷつぷつと呟いている。

「なんという無神経な女だ！」

「まあまあ、モリアーティ教授。アドラーさんの言うことは正論ですよ」

「だからいっそう腹が立つのだ。あんな正論を振りまわして解決するなら、私たちはとっくにスランプを脱出している。それができないから苦労しているのではないか！」

「しかしアドラーさんに悪気はありませんよ」

「そいつはどうかな」

「たしかに無神経ではありますがね」

私は芝生の彼方で風にざわめいている竹林を眺めた。

太古の女神の格好をしたアイリーン・アドラーの姿が脳裏に浮かんできた。彼女は「正論の矢」をピシピシ放って、哀れなホームズを追いまわしている。彼は広い芝生をあちこち逃げまわった挙げ句、薄暗い竹林へ逃げこんでいく。しかしホームズを追いまわしているのはアイリーン・アドラーだけではない。彼女の傍らにはもうひとりの女神が影のように寄り添っている。どうにも引っかかるのは、メアリの不気味な沈黙であった。

モリアーティ教授とアイリーン・アドラーが言い争っている間、メアリはひっそりと口をつぐんで、何ひとつ意見を言わなかった。まるで自分の存在を消そうとしているかのようだった。しかしアドラー氏の主張するような正論が役に立たないこと、ホームズのスランプが凄まじく厄介であることは、メアリ自身がイヤというほど味わってきたはずだ。にもかかわらず、メアリはアイリーン・アドラーに言いたいように言わせていた。そこには冷徹な計算が透けて見える。ひょっとして、すべての黒幕はメアリなのではないか？

わざわざ寺町通221Bの向かいに事務所をかまえたのも、ホームズを挑発して探偵対決へ持ちこんだのも、すべてメアリが仕組んだことであったとしたらどうだろう。南座でアイリーン・アドラーと再会して以来、メアリがホームズを追い落とすための陰謀をめぐらしていたとしたら……。しかし、それはあまりにも不穏な仮説であった。

私たちはマスグレーヴ家の竹林へ足を踏み入れた。

五分も歩くと、周囲には無数に立ちならぶ青竹しか見えなくなった。じつに美しく、どこか神秘的な眺めであった。冷たい風が梢を揺らすたびに、ぎいぎいと軋《きし》む音が四方八方から聞こえてくる。あちこちで揺れる日溜まりのせいで、なんだか水の底を歩いているようだ。竹林といっても平坦ではなく、乾いた小高い丘もあれば、薄暗くて湿っぽい谷間もある。

「どうして迷わずに歩けるんだね」と私は訊ねた。

少年は答える代わりに、目前に伸びた一本の青竹を指した。ちょうど彼の目の高さに合わせて、赤く染めた毛糸が結びつけてある。教えられて気づいたのだが、同じ紐を結びつけた竹が行く手にも点々と見えていた。それらの竹を辿ればホームズの庵まで迷わず行き来できるらしい。たしかにこういう目印でもなければ、たちまち方角を見失ってしまいそうである。

「そこらへんに黄金のつまった竹でもあるといいですな」

「竹取物語か」

モリアーティ教授は鼻を鳴らした。

「実際、そういう噂はあるのだよ。洛北のマスグレーヴは何百年も昔に滅びたにもかかわらず、洛西のマスグレーヴは今なお栄華を誇っている。黄金のつまった竹とは言わずとも、この洛西の地に何らかの秘密が隠されていると勘ぐっている連中は多い。どうせリッチボロウ夫人もそのたぐいだろう。マスグレーヴ家は魔界と取引しているというやつらさえいる。『竹取物語』はその禁じられた取引について隠喩《いんゆ》的に語ったものだという。そのおかげでマスグレーヴ家は栄華を誇るようになったが、その代償として末代まで呪われたというわけだ」

モリアーティ教授は少し考えこんでから言った。

「マスグレーヴ嬢の件もあるしな」

「彼女の失踪がその呪いのせいだと仰るんですか？」

「馬鹿な！　もちろんそんなことは考えていない」

モリアーティ教授は苛立たしげにステッキを振った。

「しかし、あの事件がどうにも不可解なものであったことは事実だ。ホームズ君でさえ、あの失踪事件の謎を解くことはできなかった。なんともいたましい事件だったよ。私はハールストン館の晩餐会で、何度かレイチェル・マスグレーヴと顔を合わせたことがある。身体は丈夫ではないようだったが、好奇心旺盛で、じつに聡明な少女だったな」

そのマスグレーヴ嬢の失踪事件がおおやけになったときも、マスグレーヴ家の「呪い」のことがささやかれたという。やっかみというべきか、妬みというべきか、富裕な旧家にはとかく無責任な噂話がついてまわるものだ。そんな噂は非科学的な迷信だと退けるとしても、マスグレーヴ嬢がどうにも説明しがたい状況で失踪を遂げたという事実は残っている。

そのとき、リッチボロウ夫人の訪問のことが頭に浮かんだ。彼女はハールストン館の「心霊的調査」のためにやってくるという。

「リッチボロウ夫人はその謎を解くつもりなんでしょうか」

「そうかもしれんな」

モリアーティ教授はいまいましそうに言った。

「あんなインチキ霊媒に何ができるとも思えんがね」

○

しばらくすると、私たちは竹の刈り取られた小さな窪地《くぼち》へ出た。

窪地の底には何やら得体の知れない物体がある。案内の少年によれば、それがホームズの暮らしている庵だという。竹を組んで帆布で覆っただけの粗末なもので、せいぜい棺桶《かんおけ》に毛の生えたぐらいの大きさしかなかった。庵の前には穴を掘って作った火床《ひどこ》があり、火にかけられたブリキ鍋からは、あまり竹林には似つかわしくないカレーの匂いが漂ってくる。二十代ぐらいの若者がひとり、地面に毛布を敷いて、火にかけられた鍋を見守っていた。

「ウィリアムさん、こんにちは」

少年が声をかけると、若者は穏やかな声で返事をした。「やあ、ジョン」

マスグレーヴ家の名高い竹林の管理を任されるのだから、もっと年季を積んだ職人風の男を想像していたが、それはどこか飄々《ひょうひょう》とした青年であった。萎れた蓮《はす》の葉のような妙ちくりんな帽子をかぶり、ごわごわした茶色の粗末な上着を着て、お手製らしい竹のパイプをくゆらしている。その風貌には精悍《せいかん》なところがあるものの、ブリキ鍋を見つめる目には、どこか夢を見ているような儚《はかな》さがある。長く竹林で暮らしていると、そんな目つきになるのだろうか。

「ホームズさんがマトンカレーの残りを分けてくれるというからね」

ウィリアム氏は鍋をかきまぜながら言った。「たまにはカレーも悪くない」

「ホームズさんのお友達をお連れしたんですけど」

「ワトソン先生とモリアーティ教授ですね。ホームズさんからお噂はかねがね」

それにしてもホームズはどこにいるのだろう。あたりを見まわしても枝葉の散り敷かれた窪地に隠れるようなところはない。

私たちが戸惑っていると、ウィリアム氏は竹林の梢を指さした。見上げてみれば、からまった枝葉が不自然に揺れ、薄汚れたズボンの尻が見え隠れしている。

「おい、ホームズ！　そんなところで何をしている？」

「そんなの僕の勝手だろ」

竹林の梢からホームズの声が降ってきた。

「君たちこそ、こんなところで何をしている？」

「決まっているじゃないか。君を迎えにきたんだよ」

「悪いが、もう寺町通221Bへは戻らないよ。僕は俗世に別れを告げて、この竹林の片隅に自分だけの王国を築くつもりなのだ。今後、シャーロック・ホームズのことは未確認生物、いわゆるツチノコみたいなものと考えてくれたまえ。ごきげんよう、さようなら」

「わけのわからんことを……。とにかく、いっぺん下りてこいったら！」

私は青竹を揺さぶってみたが、ホームズはいっこうに動じなかった。「いくら揺らされてもへいちゃらだね」という得意そうな声が腹立たしい。いくら揺さぶっても、大きくしなる青竹の動きに合わせて、薄汚れた尻が上空でふわふわと揺れるばかりだ。

「ホームズ君。私だ。モリアーティだ」

モリアーティ教授がホームズに呼びかけた。

返事はなかったが、教授は優しい声で話し続けた。

「この三日間、ずっと貴君のことを心配していた。私にウンザリして貴君が出ていったのではないかと思って、じつに哀しい思いをした。だからといって貴君を責めるつもりはない。竹林に立て籠もりたくなる気持ちはよく分かる。ただ、私はとても哀しかったのだよ」

モリアーティ教授が黙ると、竹林の梢はひっそりと静まった。

やがてホームズがするすると軽やかに下りてきた。その姿はすっかり変わっていて、一見、ホームズとは分からないほどだった。ウィリアム氏と同じような庭師風の上着を着て、鳥打ち帽をかぶり、右頬には竹の枝で切ったとおぼしき小さな傷がついていた。ホームズは厩番見習いの少年から差し入れのバスケットを受け取ると、ウィリアム氏の向かいに座りこんだ。

ホームズは火を見つめながら、ぽつんと言った。

「あなたを傷つけるつもりはなかったんです」

モリアーティ教授は「そうか」と小さく頷いてみせた。

それきりホームズは座りこんでブリキ鍋を見つめているので、私たちも火床を囲むようにして地べたに座りこんだ。しばらくは焚き火の燃える音しか聞こえなかった。

ホームズがウィリアム氏を指さして、「この人は僕の師匠なんだよ」と言った。「この人ほど竹林に詳しい人間はいない」

ウィリアム氏はへんてこな帽子を取り、頭をモシャモシャとかきまわした。

「僕は竹林のことしか知らないんですよ。ずっと竹林の中で生きてきたし、竹林の中で死んでいくでしょう。あなたのように迎えにきてくれる友人もいないしね」

「いや、僕だって竹林に骨を埋める覚悟だ」

「それはよくないことだよ。あなたはそういう人ではないと思うな」

「ウィリアムさんの言うとおりだよ、ホームズ」と私は膝を進めた。「君の放りだした事件の依頼人たちが、『被害者の会』を結成して、寺町通221Ｂへ押しかけている。ハドソン夫人はたいへんな目にあっているんだ。いくらなんでも無責任じゃないか」

「どうでもいいんだよ。もう心底どうでもいいんだよ」

ホームズはウンザリしたように顔をしかめて言い放った。

「僕はもう自分自身という難事件に取り組むのに疲れ果てた。僕はただダメになった。それだけのことなんだ。もう何も考えず、ただ静かに暮らしたい」

「それならそれでいいのだよ、ホームズ君」

モリアーティ教授が我慢強く言った。「しかし今日のところは私たちとハールストン館へ顔を出してくれないか。レジナルド・マスグレーヴ氏が助けを求めている」

「こんな役立たずに何をしろっていうんです？」

「今宵、リッチボロウ夫人がハールストンにやってくる」

モリアーティ教授はマスグレーヴ氏の企みについて説明した。ホームズは黙って耳を傾けていたが、インチキ霊媒の化けの皮を剝ぐという計画も、ホームズの眠りこんだ探偵魂に火をつけることはないようだった。「そんな仕事はアドラーさんに任せておけばいいんですよ」

私たちが話の接《つ》ぎ穂《ほ》を失って黙りこんだとき、ウィリアム氏が「ちょっといいかな」と言った。彼は竹のパイプにつめた煙草に火をつけるとホームズにさしだした。ホームズはそのパイプを受け取ると、一服してウィリアム氏に返した。それまで強張っていたホームズの顔が、少しやわらいだように見えた。風に揺れる竹林のざわめきが大きくなったような気がした。

ウィリアム氏は手元のパイプを見つめながら言った。

「助けてやってくれないかな、ホームズさん」

「しかし」

「どうしてもダメかい？」

ホームズは叱られた子どものように俯いた。

「僕にはもう探偵の資格がないんです」

「べつに探偵をしてくれと頼んでいるわけじゃない」

ウィリアム氏はふしぎに澄んだ目でホームズを見つめた。

「謎なんて解かなくていい。レジナルドのそばにいてやるだけでいいんだよ」

その場にいた誰もが息を吞んだようになって、ウィリアム氏の声に耳を傾けていた。その声は竹林の梢を揺らす神秘的な風のようだった。

その謎めいた内容もさることながら、ウィリアム氏がマスグレーヴ氏のことを「レジナルド」と呼んだことが気にかかった。領地の管理人が、客人の前で領主を堂々と呼び捨てにするのは不自然だった。しかもその口調には、まるで父が息子を呼ぶような、兄が弟を呼ぶような、ぎこちない親愛の情が滲んでいたのである。

○

マスグレーヴ家の晩餐会は午後七時から開かれた。

大食堂には煌びやかなシャンデリアの光が降り注ぎ、黒い服に身を包んだ給仕人たちが立ち働いている。煌びやかで落ち着かなかった。私がモジモジしていると、かたわらのメアリが「モジモジしないの！」と耳打ちしてきた。そういう妻もモジモジしているのだ。

「どうしてホームズさんはあんな格好をしているの？」

「世捨て人のつもりなんだよ」

「本当にもう、勝手なんだから。困った人ね」

しぶしぶ竹林を出てハールストン館へやってきたとき、ホームズは雑巾《ぞうきん》のような灰色のスカーフを首元に押しこみ、ボサボサ頭は竹の葉まみれであった。見るに見かねたブラントンが着替えを用意すると言ったが、ホームズはその申し出を固く拒んだ。

「僕はこれでいいんだよ。放っておいてくれたまえ」

ブラントンにできることといえば、眉をひそめつつ、ホームズの髪についた枯れ葉をつまんでやることぐらいであった。マスグレーヴ家の執事としては不本意だったろうが、領主のマスグレーヴ氏がホームズの好きにさせているのだからどうしようもない。ホームズは世捨て人スタイルのまま煌びやかな晩餐の席に連なって、悪びれる風もなく超然としていた。ホームズがテーブルの隅でそっけない顔をしている一方、アイリーン・アドラーは華やかなシャンデリアの光を浴びて、水を得た魚のように生き生きとして見えた。

アイリーン・アドラーはマスグレーヴ氏に話しかけた。

「その『詭弁論部』って、どういうクラブなんですか?」

「ひねくれ者の吹きだまりですよ」

マスグレーヴ氏は葡萄酒《ぶどうしゅ》を飲んで微笑んだ。

「創設の経緯からしてひねくれているんです。アリストテレスの論理学を奉じる『弁論部』から追いだされた連中が、反旗を翻《ひるがえ》して創設したというんですからね。夏の合宿や、他校との試合なんぞもあって、仲間たちと無益な議論を重ねて、相手を煙に巻く腕を磨いたものです。ばかばかしい遊びのようだが、世の中へ出てみるとなかなかこれが役に立つ」

「ホームズさんがそんなクラブにいらしたなんて意外です」

「仲間内でも異彩を放っていましたよ。なあ、ホームズ君」

「そうだったかな」とホームズはそっけなかった。「忘れてしまったよ」

「なにしろ君はあくまで正しい論理にこだわっていたからね。詭弁論部員として不適格だということで、クラブから除名されかけたこともあった。そこで君が伝説的な弁明を行ったんだ。

詭弁論部という詭弁的な空間においては、もっとも詭弁的でない発言こそが最大の詭弁になるという。あれには唖然としたな。面白いやつだと思って、それから親しくなったんですよ。高慢な男だから、ずいぶん耳に痛いことも言われましたがね」

「君だってずいぶん高慢だったよ、マスグレーヴ」

「君ほどではない」

「それはそうかもしれないな。君の高慢さは見せかけのもので、内気さを隠すためのものだった。君はそうやって身のまわりに堅固《けんご》な城塞を築いて、必死で自分を守っていたんだよ。あの頃の君はいつも何かに怯えているようだった。今はずいぶんマシになったがね」

「いやはや、学生時代の話なんてするものではないな」

晩餐が始まってからというもの、アイリーン・アドラーは決してホームズと目を合わせない。どう扱えばいいのか分からないという感じだった。彼に話しかけようとする瞬間を何度か見たが、そのたびに彼女は躊躇《ためら》って、結局その口をつぐんでしまうのである。

モリアーティ教授はマスグレーヴ氏の左隣に腰かけていて、私のいるテーブルの端からはよく見えない。彼の向かい側には二人の人物が腰かけていた。ひとりは霊媒のリッチボロウ夫人。もうひとりは彼女の「心霊的調査」に立ち会うべくやってきた物理学者、カートライト君である。

リッチボロウ夫人に付き添って館を訪ねてきたカートライト君を見たとき、モリアーティ教授はひどく失望したようであった。カートライト君にしても、こんな状況で恩師に再会するとは思わなかったらしく、顔面蒼白になっていた。恩師と弟子はろくろく言葉も交わしていない。

リッチボロウ夫人が甲高い声でアイリーン・アドラーに問いかけた。

「アドラーさんは私を詐欺師と考えていらっしゃるんでしょう」

「ええ、そうです。心霊主義なんてインチキです」

「私はあなたのような人が好きですよ。あなたのような懐疑家《かいぎか》ほど、ひとたび納得すれば心強い仲間になってくれますからね。きっとそうなりますよ、アドラーさん」

それはどうかしら、とアイリーン・アドラーは挑戦的に言った。

リッチボロウ夫人はマスグレーヴ氏に微笑みかけた。

「それにしても用意周到でいらっしゃいますね。ホームズさんとアドラーさんは名探偵、モリアーティ教授は著名な科学者。錚々たる顔ぶれではありませんか」

「あなたにとっては良い機会でもあるはずですよ。これだけの立会人の前で、心霊現象が本物であることを証明できるなら、私も喜んで自分の誤りを認めましょう」

「それは賛成できませんぞ、マスグレーヴさん」

モリアーティ教授が言った。「降霊会に科学的厳密性などまったくない！」

「あなたたちのような科学者はいつもそうです」とリッチボロウ夫人。「自分の意に染まぬものには、すぐにインチキというレッテルを貼りつけて、正面から向き合おうとしない。未知の世界に対してそんなふうに心を閉ざしてしまうのが、どうして科学的態度と言えましょう。もちろんあなたはちがいますよ、カートライトさん。開かれた態度で心霊現象に取り組もうとなさっていますからね」

「僕は社会に貢献したいと思っているだけなんです」

「社会に貢献したいのなら研究室へ戻りたまえ、カートライト君」

「モリアーティ先生、僕たちに必要なのは人間の魂と結びついた科学なんです」

「いったい何を言っているんだ、君は」モリアーティ教授は仰天《ぎょうてん》したように叫んだ。「私たちの魂と切り離されているからこそ、科学は普遍性を持つのだ」

「その普遍性と引き換えに魂を失ってしまえばどうなります。僕たちは何を信じて、なんのために生きていくのでしょう。だから僕は心霊現象研究協会に入会して、心霊現象を研究することにしたのです。もしも心霊的な現象を科学的に扱うことができるなら、魂と自然の間に横たわる深淵《しんえん》に橋をかけることができるかもしれない。目的は現代科学の修正なんです」

「失望したよ、カートライト君。君には失望した！」

モリアーティ教授が吐き捨てると、カートライト君は哀しげに俯いた。

「いずれモリアーティ教授も考えをお改めになりますよ」

リッチボロウ夫人が言った。「カートライトさんは心霊主義と現代科学の融合を成し遂げようとなさっているのです。そのためには私も助力を惜しみません」

「それで何をしようというんだ。こっくりさんか？　自動書記か？」

「小道具は一切使いません。そのようなことをしても、みなさまのような懐疑家は、あれこれと難癖をつけるだけですからね。私はみなさまと心をひとつにして、心霊の世界に呼びかけるだけです。そのためには場所を変える必要がありますけれども」

そのときになって、マスグレーヴ氏が口を開いた。

「じつは旧棟の二階、東の端に古い部屋がありましてね。〈東の東の間〉という奇妙な名前のついた部屋です。あそこは旧棟の中でもとりわけ古い部分で、十六世紀にこの館が建てられる以前、この地にあった旧領主の屋敷を建材に使っているらしいのです。昔から何かと噂のつきまとう部屋でした。ブラントンは館の歴史に詳しいですから、〈東の東の間〉にまつわる怪談をいくつも知っていますよ。今では誰も立ち入らない。いわば『開かずの間』です」

「その部屋で降霊会を開くのです」

「気に入らんな。妙な小細工をしてあるんだろう」

モリアーティ教授が言うと、マスグレーヴ氏がブラントンに目配せした。

「ご心配には及びません、モリアーティさま」とブラントンは言った。「徹底的に調べましたが、不審なものは見つかっておりません。降霊会の下準備をしましてからは厳重に施錠し、信用のおける使用人たちに交代で見張らせております。前もって細工することはできません」

「ハールストン館の〈東の東の間〉。そこは私たちのように心霊世界を追求する人間にとって、この世界の謎の中心、いわば聖地なのですよ」

リッチボロウ夫人はその声に力をこめて言った。

「みなさまは『竹取物語』をご存じでしょう。竹から生まれた美しい姫君が、幾人もの求婚者たちを退けて、月へ帰っていく物語。マスグレーヴ家にはそのもっとも古い写本が所蔵されています。私はこう考えているのです。『竹取物語』とは、マスグレーヴ家の祖先が体験した心霊現象を象徴的に語ったものであるとね。この物語で語られている月の世界とは、心霊世界のことなのです。かつてマスグレーヴ家の姫君が〈東の東の間〉から心霊世界へ旅立った。そのできごとが『竹取物語』という寓話《ぐうわ》として後世へ伝えられたにちがいありません」

リッチボロウ夫人の目はうつろで、その顔はいよいよ不気味な仮面のように見えた。

「〈東の東の間〉には心霊世界への扉がある」

リッチボロウ夫人は続けた。「私たちはそう信じて、長年〈東の東の間〉を調査することを夢見てまいりました。けれども、マスグレーヴ家の先代は決してお許しにならなかったのです。このようなことを申し上げるのは気が引けますが、ロバートさまは浅薄《せんぱく》な科学万能主義に毒されておいでだった。十二年前にレイチェル・マスグレーヴさまが失踪なさったときでさえ、私どもの力を借りようとはなさらなかった。愚かしい決断だったと言うほかありません」

「言葉に気をつけてください、リッチボロウ夫人」

マスグレーヴ氏が厳しい声で言った。「無礼ですぞ」

「きっとホームズさんも私の考えに同意なさるはずですわ」

リッチボロウ夫人はホームズへと話しかけた。「マスグレーヴ嬢が失踪なさったとき、ロバートさまはマスグレーヴ家の謎に正面から向き合われるべきでした。この世界にはどんな名探偵にも解けない謎があって、それは私たち心霊主義者の領分なのです。いかがです、ホームズさん」

ホームズは冷ややかに言った。

「あなたにはその謎が解けるというんですか」

「もちろんですわ」

リッチボロウ夫人はニンマリと笑った。

「十二年前、レイチェルさまは心霊世界への扉を発見なさったのです」

○

晩餐会が終わり、私たちは〈東の東の間〉へ向かうことになった。

夜が更けるにつれてハールストン館はいっそう古色蒼然として見えてきた。ランプの光の届かない暗がりは、マスグレーヴ家の暗い歴史の染みのようでもある。古い戦斧《せんぷ》や槍の飾られた廊下を歩いていくと、まるで長い歴史をさかのぼっていくような気がする。

リッチボロウ夫人のお手なみは鮮やかというほかなかった。竹取物語、マスグレーヴ家の〈東の東の間〉、マスグレーヴ嬢の失踪事件という三つの要素をたくみに結びつけ、彼女は参加者たちの胸に不気味な物語を刷りこんだのである。

実際、廊下を歩いていく人々は、みんな胸底に湧いてくるひそかな不安を、めいめいが押し隠そうとしているかのようだった。リッチボロウ夫人が霊媒として名高いのも当然だと私は思った。たとえ彼女がインチキ霊媒だとしても、ここまで心理的なお膳立てをされると、人は見るはずのないものを見てしまうものかもしれない。

　ホームズと私は、暗い廊下をゆく行列の最後尾についていた。

「リッチボロウ夫人はどうして君にあんなことを言ったんだ？」

「さあね」

「なあ、ホームズ。引退するつもりなんてないんだろう？」

　私はひそかに考えていたことをぶつけてみた。「わざわざ洛西へ引き籠もったのは、十二年前の事件にもう一度挑むためだったんだろう？」

「そんなやる気は残っていないよ」

「それならリッチボロウ夫人の好きにさせておくのか？」

「やりたいようにやらせるしかないだろう」ホームズは肩をすくめた。「何が起こるにしても、僕はマスグレーヴのそばにいてやるつもりだ。ウィリアムさんに頼まれたからね」

　妙に気にかかる言い方だった。ホームズは心霊世界の存在など認めていないはずだし、先ほどの晩餐会でもリッチボロウ夫人には終始冷淡だった。にもかかわらず、彼は何らかの不吉な予感を抱いているらしい。「君は何かが起こると考えているのか？」

「ああ。ふしぎなことが起こるだろう」

「どういう意味だ。真相を見抜いたのか？」

「しつこいぞ、ワトソン。僕はもう探偵じゃないんだ」

　ホームズはうるさそうに手を振ると、それきり口をつぐんでしまった。

私たちはビリヤード室や図書室の前を通りすぎた。やがて旧棟に入ったことは、空気がいっそう冷え冷えとしたことで分かった。石造りの建物には明かりも少なく、まるで古い遺跡へ足を踏み入れたかのようだ。私たちは階段をのぼって二階へ出ると、板張りの廊下を歩いていった。

その廊下のつきあたりにマスグレーヴ家の〈東の東の間〉がある。

古びた扉の前に小さなテーブルと椅子が置かれ、見張り番の屈強な男たちがランプの光を掲げていた。男たちは強張った顔でブラントンに歩み寄ると、小声で何かを耳打ちした。ひどく怯えていることが遠目にも分かる。「どうしたんだ？」とマスグレーヴ氏が問いかけると、「部屋の中から物音がしたそうです」とブラントンが言った。

「ピアノです」と見張り番のひとりが言った。「ピアノの音が」

「それから光も」もうひとりが言った。「ドアの下から光が洩れて」

「それはそうだろう」ブラントンが言った。「暖炉に火が入っている」

「あれはそんな光じゃありませんです。絶対にそんなものじゃない」

見張り番の男たちは途方に暮れたように口をつぐんだ。よほど恐ろしかったらしい。ブラントンは溜息をついて、「とにかく誰も出入りしていないんだな？」と念を押した。「それはもう間違いないです」と男たちは頷いた。「ずっとここで見張っていたんで」

リッチボロウ夫人は期待に満ちた目で扉を見つめている。

〈東の東の間〉の扉の中央には、比較的新しい真鍮《しんちゅう》の板がはりつけてあった。竹林と月が浮き彫りになっている。マスグレーヴ家の紋章だろう。

「かまわん」とマスグレーヴ氏が言った。「開けてくれ」

ブラントンは大きな鍵束《かぎたば》を取りだして扉を開けた。

マスグレーヴ家の〈東の東の間〉は大きな長方形の部屋であった。

ほとんど何もないがらんとした部屋で、家具らしきものは中央に置かれた黒光りする円卓と、ぐるりとそれを取り囲んでいる木製の椅子だけである。床は黒ずんだ板張りで、とくに絨毯などは敷かれていない。天井はいわゆる格天井《ごうてんじょう》というもので、ひとつひとつの升目に絵が描いてある。神社の古い奉納絵馬のように色褪せているが、どうやら『竹取物語』を描いたものらしい。嵌《は》め殺しの窓は小さく、窓硝子だけは比較的新しい。裏手に茂っている樫の枝葉が硝子越しに黒々と見えた。

手分けして室内を調べてみたが、何者かが出入りしたような痕跡はなかった。

「とくに怪しいところはありませんね」とアイリーン・アドラーが言った。

見張り番が聞いたというピアノの音、謎めいた光の正体は不明のままだった。

マスグレーヴ氏が言った。「それでは始めましょう、リッチボロウ夫人」

ブラントンは壁際の暖炉に焚き木を足し、大きな燭台を円卓の中央に置いた。いかにも降霊会らしい雰囲気になった。マスグレーヴ氏はブラントンに廊下で待機するように命じた。ブラントンは緊張した面持ちで頷くと、廊下に出て、ソッとドアを閉めた。

〇

「みなさん。これから私が心霊へ語りかけます」

リッチボロウ夫人が言った。「何が起こっても席をお立ちにならないように」

カートライト君は革紐で肩から提げていた木箱を円卓に置いた。上部にはいくつかの小さな風車がついていて、側面には湿度計や寒暖計、水平器などの目盛りが見える。室内の物理的条件の変化を観測するつもりらしい。

リッチボロウ夫人の指示に従って、私たちは円卓を囲んで腰かけた。

私の左隣にはホームズ、右隣にはメアリが腰かけている。ちらちらと瞬く燭台の光が参会者たちの顔を照らしていた。その表情はさまざまだった。カートライト君は真摯な目で計器類を見つめていたし、モリアーティ教授はウンザリしたような表情を浮かべ、マスグレーヴ氏とアイリーン・アドラーはリッチボロウ夫人を油断なく見張っている。

夫人は淡々と呼びかけを続けた。

——心霊よ、どうか私たちの呼びかけにお応えください。

リッチボロウ夫人の声に耳を澄ましていると、この長い一日で見聞きしたさまざまな事柄が脳裏をよぎった。十二年前に起こったマスグレーヴ嬢の失踪、ロバート・マスグレーヴの月ロケット計画、マスグレーヴ家の広大な竹林、ふしぎな竹林管理人・ウィリアム、マスグレーヴ家の秘密を伝えているという『竹取物語』、そして〈東の東の間〉。それらの謎めいた断片はつながるようでつながらず、とりとめもなく私の頭の中を漂っていた。

やがてそれらが深い闇へと呑みこまれてしまうと、美しい満月の姿が浮かんできた。それはまるで漆黒の天蓋《てんがい》に穿《うが》たれた明るい穴のようだった。

そのとき、メアリが私の手を強く握りしめた。

装置の風車がくるくると回転し、燭台の光がゆらめいている。

どこから吹いてくるかも知れない風に乗って、かすかなピアノの音が聞こえてきた。それは先ほど見張り番の男たちが聞いたものにちがいない。私は室内を見まわしたが、もちろんピアノはどこにもなかった。私たちの頬を撫《な》でている風と同じく、そのピアノの音色は虚空《こくう》から湧きだしてくるようだった。

「レイチェルの好きな曲だ」

マスグレーヴ氏が沈痛な声で呟いた。

その顔は強張っている。懸命に動揺を抑えようとしているのだろう。

次第に落ち着きを失っていく参加者たちの中で、リッチボロウ夫人だけが淡々と心霊への呼びかけを続けている。いや、もうひとり、この状況を平然と受け容れている人物がいた。シャーロック・ホームズである。彼は彫像のように身じろぎもせず、先ほどから部屋の隅の暗がりを一心に見つめている。やがて彼は「ワトソン君」と耳打ちしてきた。

「あの隅をよく見てみたまえ」

私はホームズの視線の先へ目をやった。そこは燭台や暖炉の光も届かない暗がりで、はじめのうちは何も見えなかった。それでも目を凝らしていると、あぶりだしのように小さな人影が浮かび上がってきた。私は背中に水を浴びせられたようにゾッとした。

「そこに誰かいるぞ」

私が声を上げると、みなが一斉にそちらを向いた。

マスグレーヴ氏が小さな呻き声を上げた。思わず立ち上がろうとする彼を、リッチボロウ夫人が引き留めた。「動いてはなりません、マスグレーヴさま」

「あれはレイチェルだ。レイチェルだ」

マスグレーヴ氏は茫然としたように言った。

私はその人影を魅入られたように見つめた。月光を浴びたように青白い顔、きちんと結い上げた金色の髪。それはうら若い十代の乙女の顔だった。それが失踪当時の顔かたちであるなら、マスグレーヴ嬢にとって、この十二年という歳月はほとんど無に等しいものだったのだろう。彼女はやわらかな笑みを浮かべ、どこか夢見るような遠い目をしている。

「思ったとおりですわ」

リッチボロウ夫人が勝ち誇ったように言った。

「この〈東の東の間〉は心霊世界への入り口なのです」

ほとんど恍惚《こうこつ》として見えるリッチボロウ夫人に対して、血の気の失せたモリアーティ教授の横顔は痛ましかった。それまで固く信じていた世界が崩壊していく恐怖を味わっていたのだろう。突然、モリアーティ教授は勢いよく立ち上がった。倒れた椅子が大きな音を立てた。

「どうせ役者か何かだろう。正体を暴いてやる！」

モリアーティ教授はそう言うと、部屋の隅に向かって猛然《もうぜん》と突進した。

しかしモリアーティ教授がマスグレーヴ嬢に向かって手を伸ばしたとたん、彼女の姿は消えてしまった。そのかわり、それまで彼女の姿があった場所には、冴え冴えとした白い光を放つ球体が浮かんでいた。それは少女の背丈と同じぐらいの大きさの月だった。クレーターのひとつひとつがはっきりと見え、手を伸ばせば触れることさえできそうだった。

モリアーティ教授は怯えたように後ずさりした。

あたかも高潮が一気に押し寄せてきたかのように、異様な緊張が〈東の東の間〉に漲ってきた。すさまじい風に円卓に置かれた燭台の火はたちまち吹き消されてしまった。暖炉は大きな野獣が吠え立てるような音を立て、焚き木がバチバチと火花を吹き上げている。月の光はますます強まり、円卓を囲んでいる人々の恐怖に凍りついた顔を明々と照らしだした。

メアリが悲鳴を上げて、それをきっかけにあちこちで椅子の動く音がした。あたりは真っ白な光に包まれて何も見えなくなった。カートライト君が恩師へ呼びかける声、リッチボロウ夫人が皆を宥めようとする声、マスグレーヴ氏がブラントンたちに助けを求める声。室内が恐慌状態に陥る中、鍵盤《けんばん》を殴りつけるようなピアノの音が響き渡った。

大混乱に終止符を打ったのは、ランプを掲げて飛びこんできた執事だった。

「みなさん、ご無事ですか？」

ブラントンの声によって、私たちは現実へ引き戻された。

私はあたりを見まわして愕然とした。部屋の様子は何ひとつ変わっていない。円卓の燭台には火がともり、暖炉の炎は穏やかに燃えている。どこからも風は吹きこんでおらず、ピアノの音も途絶え、マスグレーヴ嬢は姿を消し、謎めいた月も浮かんでいない。

モリアーティ教授は気を失い、板張りの床に長々と伸びていた。

○

私は急いでモリアーティ教授の手当てをした。

連日の寝不足と、降霊会の心理的ショックが原因だろう。軽い目眩《めまい》を起こしただけで命に別状はなさそうだった。ゆっくりと呼吸させて、ブラントンの持ってきてくれたブランデーを飲ませると、少しずつ頬に血の気が戻ってきた。

「いったい何が起こったのです?」

マスグレーヴ氏がリッチボロウ夫人に問いかけた。

「モリアーティ教授の振るまいが心霊の怒りに触れたのです」

リッチボロウ夫人は教授を叱りつけるように言った。「どうしてあんなことをなさったんです、モリアーティさん。私は決して動かないでくださいと申し上げたはず。あなたのつまらない猜疑心のせいで、すべてが台無しになってしまったんですよ」

モリアーティ教授は言い返すこともできず、うなだれていた。

いずれにせよ、私たちは〈東の東の間〉の心霊現象に圧倒されていた。もう一度降霊会をやり直そうという者はひとりもいなかった。マスグレーヴ氏は降霊会の終了を告げた。リッチボロウ夫人は不満そうではあったが、思いのほかあっさりと引き下がった。あれだけ有無を言わせぬ心霊現象を見せつけてやれば、懐疑論者たちを打ち負かすには十分だと踏んだのだろう。

「どうか後援の約束をお忘れなく」

リッチボロウ夫人はマスグレーヴ氏に念を押した。

私たちはふたたび暗い廊下を辿って旧棟から新棟へ戻った。リッチボロウ夫人、カートライト君は一足先にそれぞれの客室へ引き上げた。

その後、マスグレーヴ氏は残りの参加者たちを書斎へ招いた。いわば反省会のようなものであった。しかし私たちは暖炉を囲んで椅子に腰を下ろしたまま、しばらく口をきくこともできなかった。それほどまでに、先ほどの降霊会で経験したことは論理的に説明のつかないことだった。モリアーティ教授の顔は紙のように白い。

「リッチボロウ夫人が小細工するような機会はまったくなかった」

マスグレーヴ氏は考えこみながら言った。「ブラントンはもちろん、見張り番の連中も信用のおける者たちです。降霊会が始まったあとは、私も、アドラーさんも、夫人から片時も目をはなさなかった。夫人は何ひとつ小細工はしていません。アドラーさんはどう思われます？」

「今のところはまだ何とも申し上げられません」

アイリーン・アドラーは言った。悩ましげな声だった。

「リッチボロウ夫人は想像より遥かに手強い相手でしたね」

マスグレーヴ氏は淡々と言った。「アドラーさん、ホームズ君、そしてモリアーティ教授。これだけ猜疑心の強い人物たちが居合わせていたにもかかわらず、夫人はまんまと私たちの目を欺いたんです。今宵の降霊会が成功したら、マスグレーヴ家は心霊主義の普及活動を後援すると私は夫人に約束している。彼女のインチキを暴くことができなければ、リッチボロウ夫人は約束の履行《りこう》を迫ってくるでしょう。あまり時間の余裕はありませんが……」

アイリーン・アドラーは悔しそうに俯いた。「ええ。承知しています」

マスグレーヴ氏は立ち上がると、沈痛な面持ちで暖炉の火を見つめた。

「あれは間違いなくレイチェルだった。十二年前のままだった」

息苦しい沈黙が続く中、シャーロック・ホームズはひょいひょいと書斎を歩きまわっていた。書棚の本を抜きだしてめくったり、壁に掲げられた月面図の〈豊穣《ほうじょう》の海〉を指でなぞったりしている。いくら世を捨てたといっても、あまりにも心ない態度というべきであった。

「ホームズ、少しは君も謎解きに力を貸してくれよ」

「謎を解こうとするからいけないんだ」

ホームズはこちらへ背を向けたまま言った。

「ふしぎなことは起こるんだよ。魔法は存在する」

私たちはギョッとして顔を見合わせた。物証を重んじ、推理を重んじ、現実の法則を重んじるホームズらしくもない言葉だった。どんな奇怪なできごとも「魔法」の一言で片がつくなら、探偵なんて無用の長物ではないか。アイリーン・アドラーが憤然《ふんぜん》として立ち上がった。

「どういうつもりなんですか、ホームズさん」

彼女は問いかけた。「あなたは心霊主義を信じるんですか？」

「そんなことは言っていない。僕は心霊主義なんて信じません」

アイリーン・アドラーは眉をひそめてホームズの背中を見つめた。しかし彼は何の説明もしようとせず、「それではそろそろ失礼しましょう」と言った。「今宵はウィリアムさんのところで月見酒を飲む約束なんだ。マスグレーヴ、君も気が向いたら顔を見せるといい」

ホームズは私たちに軽く一礼すると、さっさと書斎から出ていった。私はあわてて彼のあとを追いかけた。玄関ホールへ行くと、ホームズはブラントンから角灯《かくとう》を受け取っているところだった。私は彼の腕をつかんで、「待ってくれ」と強い口調で引きとめた。

「ずいぶん不人情じゃないか。マスグレーヴ氏を助けてやらないのか」

「だから月見酒に誘ったろ？」

「それだけか」

「いいかげんにしてくれ、ワトソン」

ホームズは私の手を振り払って背を向けた。

「僕はもう探偵ではない。何度言えば分かるんだ！」

その声には哀切な響きがあった。私は何も言えなかった。

そしてホームズは角灯を提げ、夜の海のように波打つ芝生を遠ざかっていった。

私は肩を落として書斎へと引き返した。マスグレーヴ氏も、アイリーン・アドラーとメアリも口をつぐんでいた。完全に手詰まりのようだった。アイリーン・アドラーに天才的なひらめきが訪れないかぎり、リッチボロウ夫人を打ち倒すことはできないだろう。

マスグレーヴ氏が「明日にしましょう」と言った。

そして私たちはめいめいの客室へ引き上げたのである。

○

それから一時間後、私は寝間着《ねまき》姿で客室の窓から外を眺めていた。

夜の更けたハールストン館はひっそりとしていた。すでに各自が割り振られた客室へ引き上げ、それぞれのベッドで眠りについているはずだ。しかし私は降霊会の興奮が冷めやらず、とても眠る気になれなかった。その部屋の窓からは、青白い月光に照らされる芝生を見渡すことができた。彼方には鬱蒼《うっそう》とした竹林が広がっている。

そのとき、ドアを遠慮がちにノックする音が聞こえた。

「あなた?」というメアリの声がした。「ちょっといい?」

急いでドアを開けると、寝間着にローブを羽織ったメアリが滑りこんできた。

「どうしても眠れなくて」

「分かるよ。僕も眠れなくて困っていた」

私たちはベッドにならんで腰かけた。しばらくの間、メアリは何も言わなかった。

考えてみれば、マスグレーヴ家で思いがけず顔を合わせたときも、晩餐会の席上でも、降霊会の最中も、メアリとはろくに言葉を交わしていない。この洛西の地においても、シャーロック・ホームズをめぐる「ワトソン家の冷戦」は継続していた。

しかし、そうして腰かけていると、メアリの身を覆っていた堅い鎧《よろい》が消えているのが感じられた。私たちは二人とも、ひどく不安になっていたのだろう。

私がメアリの肩を抱くと、妻はソッともたれてきた。

「君に謝りたいと思っていた」

「どうして？」

「僕はホームズを救おうと必死だった」

私は窓硝子を見つめた。そこには私と妻の姿が映っている。

「そのためには僕たちの暮らしを犠牲にするのもやむを得ないと思っていた。どうしてそんなに必死になるのか、自分でもふしぎなぐらいだった。そういうとき、いつもあの宝箱のことが頭に浮かんでくるんだよ。憶えているだろう。あのインドの財宝がつまった宝箱だよ」

「忘れるわけがないでしょう。人生最大の事件だもの」

メアリは微笑んだ。それは私たちの出会いのきっかけでもあった。

その「四人の署名」事件は、当時フォレスター夫人の屋敷で家庭教師をつとめていたメアリが、寺町通221Bを訪ねてきたことから始まった。今から四年前のことだ。

彼女の父親の失踪をめぐって始まった捜査は、古い館の屋根裏から発見されたインドの財宝やら、毒矢を使った殺人事件やら、木の義足をつけた謎の男やら、奇怪な要素が入り乱れる波《は》瀾万丈《らんばんじょう》の大冒険へと発展した。そしてホームズが真相へ迫っていくのと並行して、メアリと私の恋の駆け引きも進行していた。寺町通221Bを訪ねてきたメアリを一目見た瞬間から、私は激しい恋に落ちていたのである。

——君は事件捜査を口実にして奥さんを籠絡《ろうらく》したんだな。

私がメアリに求婚したあと、ホームズはそう言ってからかったものだ。

たしかに私は何がなんでもメアリにいいところを見せようと躍起《やっき》になっていた。

警視庁の高速艇に乗って鴨川を下り、大阪湾へ逃れようとする犯人を追いかけているときでさえ、私の心の半分はメアリの面影を追っていた。犯人が盗みだした宝箱の中身、少なくともその一部はメアリのものであるはずだった。メアリのために私はその財宝を取り戻さねばならなかったのである。

私たちは高速艇に乗って川を下り、木津川《きづがわ》・宇治川《うじがわ》・桂川《かつらがわ》がひとつになって淀川《よどがわ》となる三川合流地点において、ついに真犯人に追いつき、インドの財宝がつめこまれた宝箱を取り戻した。

「君は京都でも指折りの大富豪になれるはずだったんだ」

「そうですね」

「しかし宝箱は空っぽだった」

あの日、宝箱を開けた瞬間の衝撃を今でも忘れることができない。犯人は取り押さえられる直前に宝箱の中身を淀川にぶちまけたのである。

「そのかわりに君が手に入れたのは僕だけだ。なんとかして埋め合わせをしなければならないと思ってきた。インドの財宝に見合う人間にならねばならないと思ってきた。しかしホームズを失ってしまえば僕は何者でもない。そのことが僕にはとても怖ろしい。君まで失ってしまうような気がしてね」

「ホームズさんがいなくてもあなたはあなたですよ」

「そうだろうか」

「そうです」

「僕にはどうしてもそう思えない。怖いんだよ」

メアリは眉をひそめて溜息をついた。けれども怒っているふうではなかった。

しばらくの間、私たちは黙って窓を眺めていた。やがてメアリが言った。「降霊会のあとでホームズさんがへんなことを言っていたでしょう。あれには深い意味があるはずだって、アイリーンは考えこんでいるんです」

「アドラーさんが気にするとは意外だな」

「アイリーンはホームズさんを買いかぶってるのよ。とっくに彼女のほうが名声も実力も上まわっているのに、胸に染みこんだ崇拝《すうはい》の念が消えないんです。今日だってホームズさんに良いところを見せようと張り切っていたんだと思う。それなのにどうしても〈東の東の間〉で起こったことが説明できないものだから、アイリーンはすっかり自信を失っている」

メアリは大きな溜息をついた。そして哀しそうに言った。

「アイリーンにはいつまでも自信家でいてほしい。寄宿学校にいた頃、といっても私たちがいっしょだったのはほんの短い間だったけれど、アイリーンはいつも自信に満ちていた。彼女といっしょにいれば私も元気が出てきて、自分たちにはなんでもできると思えたんです」

「分かるよ、メアリ」私は頷いた。「その気持ちはよく分かる」

ふいに妻はこちらを向いて、真剣な目で私を見つめた。

「あなたに内緒にしていたことがあるんです」

「なんだい？」

「マスグレーヴ嬢が失踪した日、私たちはここにいたんです」

思いがけない言葉に私はポカンとした。メアリの目が妖しく煌めいていた。

そのとき、まるで示し合わせていたようにノックの音がした。「アドラーです。メアリはこちらにいますか？」という声がした。私はベッドから立ち上がってドアを開けにいった。暗い廊下にアイリーン・アドラーが立っていた。

「部屋にいなかったので、こちらかと思ったんです。夫婦水入らずのところ、お邪魔して申し訳ありません。でも本当に行きづまっていて……」

「いいえ、いいえ、いいんですよ。どうぞ入ってください」

アイリーン・アドラーは夢遊病者のような足取りで入ってきた。かつてホームズが難事件に取り組んでいたとき、よくそんなふうに部屋をうろうろしていたものだ。あまりにも事件のことを考えすぎて、頭脳が空転を始めているのだろう。

私が椅子を勧めると、アイリーン・アドラーはぐったりと腰かけた。服装は晩餐会のときのままだったが、全身に漲っていた自信は雲散霧消《うんさんむしょう》し、ひとまわり小さくなったように思えた。

メアリが「追いつめられているみたいね」と言った。アイリーン・アドラーは目をぐるりとまわし、「降参よ」と言った。「わけが分からない！　ほんとにもう、イライラする！」

アイリーン・アドラーは駄々っ子のように叫ぶと、途方に暮れたように頭を抱えた。メアリはベッドから立ち上がり、彼女の傍らに跪《ひざまず》いて、その肩を優しく撫でてやった。

「ねえ、アイリーン。昔のことをジョンに話そうとしていたんです。十二年前、私たちがここで何を見たか」

「レイチェルさんが消えた日のことね」

アイリーン・アドラーは小さな声で言った。

そして彼女たちは、寄宿学校時代のことを語ってくれた。

○

今から十二年前、ちょうど十二月上旬のことである。

当時メアリとアイリーンの暮らしていた鹿ヶ谷の寄宿学校は、マスグレーヴ家がその創設にかかわっており、歴代当主が理事をつとめることになっていた。

「マスグレーヴ家のお茶会」という伝統行事も、そのような関係から始まったものだという。半年に一度、選ばれた生徒たちが洛西のマスグレーヴ家へ招かれる。ハールストンへ招待されるのは名誉なことであったから、「我こそは」と自負する生徒たちが、僅かな出席枠をめぐって毎回のようにしのぎを削った。

「私たちは招待されるなんて思ってなかった」

メアリが言うと、アイリーン・アドラーも大きく頷いた。

「選ばれるのは裕福な家の生徒か、飛び抜けて成績の良い生徒で、私たちはそのどちらでもなかったから。新聞委員の活動が物議《ぶつぎ》を醸《かも》して、先生たちからも煙たがられていましたしね。堅《かた》物《ぶつ》のアップルヤード校長がマスグレーヴ家に送りこむような生徒じゃなかった」

ところがその日のお茶会の招待客には、彼女たちも含まれていたのである。

嵐山駅から馬車でマスグレーヴ家へ向かうとき、メアリはマスグレーヴ家の令嬢に対して、良い印象を持っていなかった。そもそも「マスグレーヴ家のお茶会」という伝統行事に反感を持っていたし、深窓のご令嬢なんてイヤなやつに決まっていると思っていた。

生徒たちをのせた馬車は広大な竹林を抜けてハールストン館に到着した。

わざわざ玄関先で彼女たちを出迎えてくれたマスグレーヴ嬢は、メアリの予想に反して、物静かで優しい人であった。メアリの猜疑心は彼女とお茶を飲むうちに薄れていった。

マスグレーヴ嬢には高慢さなどかけらもなく、どんな生徒に対しても親切で、そのうえ好奇心旺盛だった。引っかかる点といえば一つだけ、マスグレーヴ嬢には、時折ぷつりと黙りこんで遠くを見つめる癖があったことである。そんなときはまるで空っぽの部屋を覗きこんでいるような感じがしたという。

マスグレーヴ嬢はメアリたちの新聞委員の活動について熱心に知りたがった。

とりわけマスグレーヴ嬢が興味を持ったのは、「開かずの間」特集である。それは当時アイリーンが凝っていた「錠前破り」の腕を生かして、寄宿学校の立ち入り禁止の扉を開けてまわるという破天荒《はてんこう》な企画だった。生徒たちから没収された禁制品の隠し場所、教師たちの秘密の喫煙所、アップルヤード校長の葡萄酒コレクションの在処《ありか》などが続々と明らかになったので、生徒たちは拍手喝采したが、たいへんな物議を醸し、新聞委員は謹慎処分となった。

「アドラーさんはどうしてそんなことができるんですか？」

「それはもちろん毎日練習したからです」

アイリーンは胸を張った。「なんでも身につけておかないとね」

そのあと、マスグレーヴ嬢はメアリたちをマスグレーヴ家の図書室へ案内してくれた。

メアリもアイリーンもその豪華さに圧倒された。寄宿学校にも図書室はあったが、その豪奢な部屋とはくらべものにならない。背に金文字の煌めく蔵書の詰まった書棚は天井に達し、それが窓以外のすべての壁を埋め尽くしている。ペルシア絨毯の敷かれた中央には大きなテーブルがあって、何冊もの読みかけの本と、読書用のランプが置いてあった。

「蔵書の管理は私の仕事なんです」とマスグレーヴ嬢は言った。

メアリとアイリーンが周囲を見まわしていると、マスグレーヴ嬢は蝶が舞うようにひらひらと図書室を横切っていき、ひとつの書棚の前に立った。上段から一冊だけ飛びだしている歴史書の背表紙を摑んで手前に引いた。すると書棚の一角が扉のように開いて、稀覯書《きこうしょ》が保管されている小部屋への通路が現れた。その奥から彼女が持ちだしてきたのは革装の大きな本である。

「マスグレーヴ家に代々伝わる『竹取物語』の写本です」

マスグレーヴ嬢はテーブルにその本を広げて、ゆっくりとめくって見せた。順々にページがめくられていき、写本の末尾まできたとき、メアリは思わず声を上げた。

「あら、この文章は何ですか?」

竹から生まれた姫君が月へ帰ってしまったあと、彼女が残していった「不死の妙薬」を、王様は使者に命じて富士の山頂で焼かせる。その煙は今なお立ち上っている——そこで『竹取物語』は終わるはずだが、この写本にはそのあとに謎めいた追記があった。

そは何人のものなりしや。
去りし人のものなり。
そを得るは何人なりや。
やがてくる人なり。
われらなにをさしだすべきや。

われらの持てるすべてを。

なにゆえにそをさしだすべきや。

大いなる目覚めのためにこそ。


古典の授業で習ったときは、そのような文章はなかったはずだ。

マスグレーヴ嬢はメアリの記憶力を褒め、その追記はマスグレーヴ家の所蔵する写本にしかないのだと教えてくれた。そのふしぎな問答文は、歴代当主が成人する際の儀式で暗唱される習わしだったが、それが何を意味しているのか、今となっては誰にも分からないという。

「姫君が月へ昇った場所は洛西だと言われています」

マスグレーヴ嬢は思わせぶりに声をひそめた。

「どう思いますか？」

「とても興味深いですね」

メアリも釣られて声をひそめていた。

「この館の旧棟に〈東の東の間〉という部屋があるんです」

マスグレーヴ嬢は続けた。「昔からいろいろと妖しいことが起こる部屋で、今では誰も近づかない。とっくに鍵も失われてしまった。けれども先日、図書室で見つけた祖先の日記を読んでいたら、面白いことが書いてあったんです。〈東の東の間〉には月への通路が隠されている、『竹取物語』の姫君はそれを通って月へ帰ったんですって」

いつの間にかアイリーンもマスグレーヴ嬢の話に引きこまれていた。いかにもそれはアイリーンの探偵魂をくすぐる話だったのである。

「私なら開けられる。道具は肌身離さず持ってます」

アイリーンが言うと、マスグレーヴ嬢はにっこりと微笑んだ。

あの日から十二年間、メアリはたびたび当時のことを思い返して、「すべてはレイチェルさんの企みだったんだろうか」と自問してきた。彼女がメアリとアイリーンをじきじきに指名してお茶会に招待したのも、〈東の東の間〉を開けるためだったのだろうか。あらかじめ入念に考えておいたのでなければ、あんなふうにことは運ばなかったはずだ。

彼女たちは他の生徒たちに気づかれないように一人ずつ抜けだし、使用人の目を盗んで旧棟へ忍びこみ、薄暗い階段で落ち合った。

旧棟の二階の廊下の突き当たり、〈東の東の間〉のドアがあった。

マスグレーヴ嬢が緊張した声でささやいた。「この部屋です」

月と竹林——マスグレーヴ家の紋章が刻まれた真鍮の板が張りつけてある以外は、とくに何の変哲もない古びたドアである。メアリはどことなく不吉な印象を受けたが、それは『昔からいろいろと妖しいことが起こる』というマスグレーヴ嬢の言葉と、旧棟の静けさのせいかもしれなかった。いずれにせよ、アイリーンはそんな雰囲気に呑まれるような人間ではない。いそいそと埃だらけの廊下に跪き、古びた錠前と格闘した。やがて彼女は「開きました」と立ち上がり、かたわらのマスグレーヴ嬢に頷いてみせた。

マスグレーヴ嬢は緊張した面持ちで頷き、ドアの取っ手を摑んだ。

彼女が〈東の東の間〉のドアを開くにつれて、さらさらと水の流れるような音が聞こえてきた。室内から生ぬるい風が吹いてきて、三人の少女の頰をやさしく撫でた。目前のドアが完全に開かれたとき、メアリは茫然として言葉を失った。

ドアの向こうでは美しい竹林が風にそよいでいたのである。

「なんてふしぎなんだろう！」

うっとりと呟いて、マスグレーヴ嬢は歩み入っていく。

メアリとアイリーンも恐る恐る彼女のあとに続いた。アイリーンが青竹の幹に触れて、「本物だ」と呆れたように呟いた。足もとは降り積もった竹の葉に埋もれ、巨人の太い血脈のように竹の根が走り、床板はまったく見えなかった。しかし目を凝らしてみると、竹林の奥には淡い光を洩らす小さな窓が見えていた。梢を見上げると、風に揺れる枝葉の隙間から、古びた絵に彩られた格天井がのぞいている。たしかに彼女たちは室内にいるらしかった。

ふしぎなのは、マスグレーヴ嬢がまったく怯えていないことだった。どうしてあんなふうに平気でいられるのだろう。

やがてマスグレーヴ嬢は一本の青竹に片手を添えて、そのまわりをくるくるとめぐりながら、「そは何人のものなりしや」と小さな声で歌いだした。彼女は『竹取物語』の写本を持ち、その末尾にある謎めいた問答文を読み上げているのだった。メアリはなんとも不安な気持ちになったが、マスグレーヴ嬢は陶然《とうぜん》と歌っている。「われらなにをさしだすべきや、われらの持てるすべてを……」

ふいにアイリーンが竹林の奥を指さした。

「メアリ、あれを見て」

そこには立派な手すりのついた古めかしい階段があった。メアリたちはゆっくりとその階段に近づいて、冷たい手すりに触れてみた。いかにも古い屋敷に似つかわしい、どっしりとした黒光りする階段である。しかし奇怪なことに、その階段はどこへも通じていないのだ。それは竹林の梢を抜けて伸び、天井の手前でぷつんと途切れてしまっている。

メアリとアイリーンが階段の下に佇んでいると、マスグレーヴ嬢は彼女たちの脇をすり抜けて、ゆっくりと階段をのぼりだした。

マスグレーヴ嬢が階段をのぼるにつれて、竹林を揺らす風が強まってきた。

自分たちは室内にいるはずなのに、どうしてこんなふうに風が吹くのだろう。その風には人《ひと》膚《はだ》めいた不気味な温もりがあった。青竹の擦れ合って軋む音が大きくなって、あたりには異様な気配が漲ってきた。まるで〈東の東の間〉が妖しい期待に身を震わせているかのようだ。なんだかとてもいやな気持ちがする、とメアリは思った。こんなことは間違っている。

――レイチェルさんを行かせてはならない！

メアリは衝動的に階段を駆けのぼり、マスグレーヴ嬢を力尽《ちからず》くで引き戻した。

アイリーンが「ここから出よう！」と叫んだ。彼女たちは生命をもったように蠢《うごめ》く竹林を駆けた。自分たちに摑みかかろうとする何かの気配を感じたが、決して振り返らなかった。部屋から飛びだしてドアを閉めた瞬間、巨人の溜息のように虚ろな音が響き渡った。

それきりあたりは静まり返った。まるで一切が夢であったかのように。

○

——決してこのことは他言しないように。

新館へ戻る途中、マスグレーヴ嬢はメアリとアイリーンに固く口止めをしたという。

その日のお茶会の終わりにマスグレーヴ嬢が姿を見せなかったとき、メアリたちは不吉な予感に駆られた。あの人は自分たちと別れたあと、もう一度、あの部屋へ戻ったのではないか。しかし寄宿学校の生徒たちは慌ただしく追い返されてしまったので、マスグレーヴ嬢の失踪をメアリたちが知ったのは、京都警視庁《スコットランド・ヤード》の事情聴取が始まってからのことであった。

私はアイリーン・アドラーに訊ねた。

「〈東の東の間〉のことを警察には伝えたんですか?」

「なるべく現実的に聞こえる部分だけです」

アイリーン・アドラーは言った。「もちろん警察は〈東の東の間〉も調べたけれど何も見つからなかった。だけど私はどうしても自分の手で調べてみたかった。だから真夜中に忍びこむことにしたんです。私は寄宿学校の馬を盗んで洛西へ出かけました」

「アイリーンは私にも黙っていたんですよ」

「だって、あなたを巻き添えにしたくなかったんだもの」

その判断のおかげで、メアリは放校処分を免れることになったのである。

アイリーン・アドラーは夜陰《やいん》に乗じてハールストン館へ侵入することには成功したが、〈東の東の間〉を調べることはできなかった。ドアには何重にも板が打ち付けられて、すでに厳重に封鎖《ふうさ》されていたのである。「しかも間の悪いことに、ハールストン館にはレジナルドさんに雇われた探偵が張りこんでいたの。それがホームズさんだった。彼は私のことをマスグレーヴ嬢だと思いこんで大騒ぎしたんです」

「あの探偵趣味の少女はあなただったのか！」

「ホームズさんはとっくに忘れているでしょうけどね。べつに恨みに思っているわけではありませんよ。あの人はあの人の仕事をしただけですから。とにかく私は捕まって、ロバート・マスグレーヴの前へ引き出されました。まだ存命中だった先代です」

アイリーン・アドラーは薄暗い一階の書斎でロバートと対面した。

当時権力の絶頂にあったロバート・マスグレーヴは、赤ら顔の大柄な男で、ふさふさと伸びた髪がまるで獅子のようだった。燃えさかる暖炉がパチパチと音を立てていた。ロバートは怒りに満ちた目でアイリーンを見つめ、「おまえのことは知っている」と言った。「レイチェルをそそのかして、あの部屋へ忍びこんだ小娘だな。何をこそこそと嗅ぎまわっていた？」

アイリーンは無言でロバートを睨み返した。口を割らないアイリーンに苛立って、ロバートはどすんどすんと足音を立てて、大熊のように暖炉の前を行き来した。

その姿をじっと見つめているうちに、彼女は「この人は怯えているのだ」と直感した。「洛西の獅子」とさえ呼ばれた男が何をそんなに怖れているのか。

そのとき、厳重に板を打ちつけられたドアが頭に浮かんできた。

「あなたは〈東の東の間〉が怖いのでしょう」

アイリーンは言ってみた。

その言葉はロバートの心臓を正確に射貫き、ほとんど息の根を止めかけたように見えた。彼はポカンと口を開き、その顔はみるみる灰色になった。ロバート・マスグレーヴは胸の痛みに耐えるように目を閉じると、低い声で言った。

「出ていけ。二度と姿を見せるな」

アイリーンは慌ただしく馬車に乗せられて、寄宿学校へ送り返された。

鹿ヶ谷へ到着すると、同行した執事のブラントンはアップルヤード校長を叩き起こし、マスグレーヴ理事からの命令を伝えた。アイリーン・アドラーの不法行為について監督責任は問わない。そのかわり当該生徒を放校処分とし、この一件については一切外部に洩らしてはならない。

アイリーンが寄宿学校を去ったのはそれから一週間後のことである。

十二月の冷たい灰色の空のもと、校門まで見送ったのはメアリひとりだった。舞台演出家をしている叔父のところへ行く、とアイリーンは言った。

「きっと何か面白いことが見つかるでしょう」

「またどこかで会える？」

「もちろん会える。またいっしょに冒険しましょう」

彼女たちの約束は、それから十二年後に果たされることになる。

○

「探偵として名を上げて、ようやく機が熟したと思った」

アイリーン・アドラーは悔しそうに言った。

「正々堂々、正面からマスグレーヴ家へ乗りこんでやろうと思ったんです」

リッチボロウ夫人の「心霊的調査」に立ち会ってほしいというレジナルド・マスグレーヴからの依頼は、アイリーンにとってまさに渡りに船だったのである。

にもかかわらず、マスグレーヴ家の謎はいっそう濃い霧に包まれてしまったように見える。

十二年前の事件はアイリーン・アドラーの挫折というだけではない。それはシャーロック・ホームズの挫折でもあったのだ。私にはマスグレーヴ家が不気味な暗礁に囲まれた島のように感じられてきた。その謎めいた力によって名探偵たちを引き寄せ、次々と難破させていく――。

「ホームズさんは何かに勘づいている。そう思いませんか、ワトソン先生？」

そのとき私が思い返していたのは、ホームズの書いた事件記録の最後に記されていた一文のことであった。「そは何人のものなりしや」から始まるその謎めいた問答文は、マスグレーヴ家所蔵の『竹取物語』の末尾に記されているものだ。その同じ問答文がホームズの十二年前の捜査ノートにも記されている。それは何を意味しているのか？

「あの人を買いかぶりすぎなのよ、アイリーン」

「ああ、メアリ！　どうしてあなたはそんなふうにホームズさんに冷たいの？」

「あの人は自分がスランプに苦しんでいるものだから、うまくやっている人間が許せないんです。今回だってあんなふうに思わせぶりなことを言って、あなたの足を引っ張ろうとしている。心を乱されてはいけないわ、アイリーン。あなたまでスランプになってしまう」

「そんなこと言ったって、相手は天下のシャーロック・ホームズなのよ！」

アイリーン・アドラーは悲痛な声で叫んだ。「シャーロック・ホームズは史上最高の名探偵なんです。あのスランプだってどこまで本当か分かったものじゃない。もしかすると何か深い考えがあって、スランプのふりをしているのかもしれない。そうして私が悪戦苦闘しているのを見物しているのよ。それなのに私には何ひとつ打つ手がない。ああ、馬鹿だった！　どうしてホームズさんを挑発なんてしたんだろう！」

ひとしきり呻いて、アイリーン・アドラーは頭を抱えこんでしまった。

メアリは溜息をついた。「ホームズさんのことになるといつもこれ」

気まずい沈黙を救ってくれたのはノックの音だった。まったく今夜は千客万来だ。

立ち上がってドアを開けにいくと、そこにいたのはモリアーティ教授だった。少し眠って気分が良くなったとは言うが、それでも蠟人形のような顔色をしている。

「お邪魔していいかね？」

「ええ、かまいませんよ。メアリとアドラーさんもいますけど」

部屋に入ってきたモリアーティ教授は、ションボリとうなだれているアイリーンの姿を見て驚いたようだった。「どうしたんだね？」と言った。アイリーン・アドラーは顔を上げると、「あなたに謝らないといけません」と力のない声で言った。「お会いしたとき、私はずいぶん偉そうなことを言いました。けれどもあんなことを言う資格は私にはなかったんです」

「そんなことはない。私の方こそ、あなたに謝罪しなければならん」

モリアーティ教授は椅子に腰かけてアイリーン・アドラーに話しかけた。

「たしかに夕方書斎で会ったとき、あなたの言い草にはひどく腹が立った。しかし落ち着いて考えてみれば、あなたの意見は傾聴《けいちょう》にあたいする。自分でもそのことに気づいていたからこそ、あんなに腹が立ったのだろう。もちろん私はホームズ君に深い友情を感じている。しかしその友情が彼の足を引っ張っていないか、つねに気になっていた」

「でも、モリアーティさん」

最後まで聞いてくれ、とモリアーティ教授は言った。

「〈東の東の間〉で私たちは驚くべき経験をした。マスグレーヴ嬢の幽霊は、失踪当時の姿のままだった。正直に申し上げれば、私は心の底から恐怖を覚えた。自分の信じてきた世界が根底から揺さぶられ、今にも崩壊してしまうような気がしたのだよ。もしもこの世界に探偵が解くべき謎があるとすれば、マスグレーヴ家の謎をおいて他にない。それなのにホームズ君はその謎に立ち向かおうともしなかった」

　モリアーティ教授はアイリーン・アドラーを励ました。

「しかしあなたは逃げなかった。その不屈の精神こそが大切なのだ。探偵の役割とは、この世界に秩序をもたらすことだ。その聖なる義務を果たさない人間に探偵の資格はない。ホームズ君は謎に立ち向かう気概を失い、その義務をみずから投げ捨ててしまった。もちろん彼をそんなふうにしてしまったことには、私にも責任の一端はある。だからこんなお願いができる立場ではないのだが、なんとかマスグレーヴ家の謎を解いてほしい。私たちが頼れるのはあなただけだ」

　モリアーティ教授の切実な訴えはめざましい効果があった。

　アイリーンの背筋は伸び、表情は引き締まり、その目は光を取り戻した。それはまるで、糸が切れて放りだされていた繰り人形に、生命が吹きこまれていくようであった。

　アイリーン・アドラーはしばし考えてから言った。

「私たちは〈東の東の間〉でふしぎな現象を目撃しました。ピアノの音、マスグレーヴ嬢の幽霊、そしてふしぎな月。あのピアノの音は、たとえば別室で演奏しているものを伝声管で伝えていたのかもしれません。あのときマスグレーヴさんが『レイチェルの好きな曲だ』と仰った。そのために私たちは一種の暗示にかけられてしまった。あの暗さですからね、それらしい少女が姿を見せたら、誰だってマスグレーヴ嬢だと思いこんでしまう。そして天井の一部が開閉できて、電灯をしかけた月の模型を吊り提げられるなら——」

「しかしそれには大がかりな仕掛けが必要だ」

私は言った。「リッチボロウ夫人にそんな用意ができるとは思えない」

「リッチボロウ夫人だけを疑ってかかったのが間違いだったんです」

アイリーン・アドラーは勢いこんで言った。「黒幕はリッチボロウ夫人ではない。十二年前、先代のロバート・マスグレーヴは何かを怖れて〈東の東の間〉を封鎖した。その先代が亡くなってから、レジナルド・マスグレーヴは〈東の東の間〉の封鎖を解いてリッチボロウ夫人を招いた。主導権を握っているのは、つねにマスグレーヴ家の当主なんです」

「マスグレーヴ家こそが黒幕だというんですか？」

私が驚いて言うと、アイリーン・アドラーは頷いた。

「もう一度、あの部屋を調べてみましょう。マスグレーヴ家の人たちには内緒でね」

◯

いったん自室へ戻って身支度《みじたく》をし、私たちは階段の降り口で落ち合った。

私は角灯とマッチ、アイリーン・アドラーは小さな革鞄を持っていた。その中には彼女が愛用している探偵道具が入っているという。

「ブラントンが夜の見まわりをしているかもしれない」

アイリーンは私たちにささやいた。「見つからないように気をつけて」

私たちは足音を忍ばせて、歴代当主の肖像画が飾られている階段を下りた。

一階の玄関ホールには高い窓から淡い月光が射し、大きな水槽の底のように冷え冷えとしていた。マスグレーヴ家の歴史を物語る展示物が薄闇に沈んでいる。一階へ下りても、幸いなことにブラントンの姿はなく、あたりは無人の館のようにひっそりとしていた。

廊下を伝った先にある旧棟は、ほとんど真っ暗闇だった。私は手持ちの角灯を掲げて、みんなの先頭に立って階段をのぼった。しかし二階の廊下に出て右へ折れたとき、私はギョッとして足を止めた。〈東の東の間〉のドアの下から、かすかなランプの明かりが洩れている。

ドアに近づいて耳を澄ますと、室内から話し声が聞こえてきた。どうやらリッチボロウ夫人とカートライト君のようだった。アイリーン・アドラーがドアを開いた。

「そこで何をしているんです？」

〈東の東の間〉はあいかわらず殺風景だった。がらんとした板敷きの部屋の中央には、降霊会で用いられた円卓がそのままになっており、大きなランプが置かれている。カートライト君が計測器を机上に設置しているところで、背後にはリッチボロウ夫人が立っていた。その顔には一瞬驚きがよぎったが、すぐに彼女は気を取り直し、私たちに微笑みかけてきた。

「あら、みなさんおそろいですね」

「こんな真夜中に何をしているのだ、カートライト君」

モリアーティ教授が問いかけると、青年は気まずそうに俯いた。

「リッチボロウ夫人がもう一度、調査をしたいと仰るものですから」

「怪しいものだな。仕掛けの後始末にきたのではないか」

「あれにはタネもしかけもありませんよ、モリアーティ教授」

リッチボロウ夫人は嘲笑うように言った。しかしメアリが円卓に歩みより、そこに置かれた古い本を手に取ると、わざとらしい笑顔は水が砂地に吸われるように消えてしまった。「これは『竹取物語』の写本でしょう」とメアリが言った。「この写本はマスグレーヴ家の図書室に厳重に保管されているはず。どうしてあなたが持っているんですか」

「今から十二年前のことです」

リッチボロウ夫人は冷たい声で言った。

「マスグレーヴ嬢が失踪を遂げたあと、京都警視庁《スコットランド・ヤード》はこのマスグレーヴ家の領地を池の底まで調べました。もちろんこの〈東の東の間〉もね。けれども彼らは何の手がかりも見つけることができなかった。しかしマスグレーヴ嬢が姿を消したとき、この〈東の東の間〉には『竹取物語』の写本が残されていた。それは捜査に先んじて持ち去られたのです」

「持ち去ったのはロバート・マスグレーヴね」

アイリーン・アドラーが言った。

リッチボロウ夫人は笑みを浮かべ、不気味な声で続けた。

「私たち心霊主義者は、マスグレーヴ家の〈東の東の間〉と、『竹取物語』のかかわりに目をつけていました。月は彼岸《ひがん》の象徴です。〈東の東の間〉には心霊世界への扉がある。その扉を開く鍵こそマスグレーヴ家写本に存在する追記なのです。歴代当主の成人式でその問答文が唱えられるならわしであったのも、それがマスグレーヴ家にとって最大の宝物だったからに他なりません。けれども愚かなロバート・マスグレーヴは鍵の管理者としての責任を果たそうとはしなかった。マスグレーヴ嬢の失踪から十二年、私たち心霊主義者は、その扉を開くことを夢見て待ち続けてきたのです」

「くだらん妄想をするのは勝手だがね」

モリアーティ教授が言った。「マスグレーヴ氏が知ったら何と言うだろうな」

「まだお分かりにならないのですか、モリアーティ教授。これはすべてマスグレーヴ氏も承知の上のことなのです。彼は心霊主義者ですもの」

モリアーティ教授は目を見開いた。「そんな馬鹿な！」

リッチボロウ夫人は勝ち誇ったように続けた。「あなたのような科学者たちはこの世界の神秘を何もかも解き明かせると思い上がって、物質を崇《あが》める神殿に立て籠もってきた。しかしあなたたちが立て籠もっているのは砂上の楼閣にすぎないのです。彼岸《しがん》と此岸の垣根が取り払われるとき、神秘的なものが復権し、この世界は真の秩序を取り戻すことになるのよ」

室内に不穏な気配が潮のように満ちてくるのが感じられた。ランプの光の届かない暗がりに何者かが身をひそめ、ゆっくりと息をしているようだった。私は角灯を掲げて部屋の隅を照らしてみたが、ただ荒涼とした空間があるだけである。

「みなさん、絶対にその場を動かないように」

リッチボロウ夫人が言った。

そして彼女は厳《おごそ》かに問答文を読み上げた。


そは何人のものなりしや。

去りし人のものなり。

そを得るは何人なりや。

やがてくる人なり。

われらなにをさしだすべきや。

われらの持てるすべてを。

なにゆえにそをさしだすべきや。

大いなる目覚めのためにこそ。


彼女がその言葉を唱え終わった瞬間、円卓の向こうに大きな階段が現れた。

それは今から十二年前、メアリとアイリーンが目撃した階段にちがいなかった。立派な手すりのついた古めかしい階段は天井近くまで伸び、そこでぷつんと途切れている。いくら前もって仕掛けをしていたとしても、こんなにも巨大な階段を一瞬で室内に出現させる方法なんてあるはずがない。

「ついに見つけた！」

リッチボロウ夫人は歓喜の声を上げ、階段に足をかけた。

アイリーン・アドラーも、モリアーティ教授も、目の前で起こっている現象をなすすべもなく見守っていた。私がメアリの手を握ると、妻も私の手を握り返した。

まるで吹きさらしの荒野に立っているかのように生暖かい風が吹き寄せてきた。その不気味な風は、この世の外から吹きつけてくるように感じられた。

リッチボロウ夫人が階段をのぼりきって天井に触れると、目映い光があたりを包んだ。目の前が真っ白になって、しばらくは何も見えなかった。

ようやく目が光に馴れたとき、〈東の東の間〉の天井は消えていた。

それどころか四方の壁も消え去って、マスグレーヴ家の広大な竹林を見渡すことができた。昼間のように明るいのは、見たこともないほど巨大な満月が地表に迫っているからだ。その異様な月は夜空の半分ほどを占め、月面の凸凹が触れられそうなほどありありと見える。ふしぎな大階段は天井があったところを突き抜けて、まっすぐその月へと通じていた。燦然《さんぜん》と輝く月が逆光になって、階段をのぼっていくリッチボロウ夫人の姿は、影絵芝居の人形のように見えた。

「信じられない。まったく信じられない」

モリアーティ教授はへたへたと座りこんでしまった。

これがマスグレーヴ家の秘密だったのか、と私は息を呑んだ。

その神秘的な架け橋は、今から何百年も昔に『竹取物語』の姫君が辿った道であり、マスグレーヴ嬢が辿った道でもあるのだろう。今から十二年前、シャーロック・ホームズがレイチェル・マスグレーヴ失踪の謎を解き明かせなかったのも当然だった。それは非探偵小説的な謎であって、そもそも探偵の手に負えるものではなかったのである。

ところが、ふいにあたりが暗くなってきた。

それまで煌々《こうこう》と輝いていた月が不吉な翳りを帯びてくる。

何か異変が起こりつつあることには、リッチボロウ夫人も気づいたようだった。彼女は階段の半ばで立ち止まって、怪訝そうに行く手を見つめていた。月はみるみる光を失い、その周縁から中心に向かって、死人の膚《はだ》のように色褪せていく。私は階段下に駆け寄って、「早く戻れ！」と叫んだ。しかしリッチボロウ夫人は茫然と立ちすくんでいる。

階段を駆け上がろうとすると、メアリが必死で腕にしがみついてきた。

「ダメよ、あなた！　間に合わない！」

巨人の溜息のような虚ろな音が響き渡った。あたりは一気に暗くなって、かたわらにいるメアリたちの姿も、満月へ向かう大階段も、リッチボロウ夫人も、すべてが闇に沈んでいく。私は魅入られたように真っ暗な空を見つめた。満月の剝がれ落ちた跡には、底知れぬ大穴が口を開いていた。夜の闇よりも冥《くら》い穴だった。今にも天地が逆転し、その底知れぬ穴に向かって、この世界全体が崩れ落ちていきそうな気がした。

遠くからリッチボロウ夫人の悲鳴が聞こえてきた。

気がつくと、〈東の東の間〉は何もかも元通りになっていた。

円卓に置かれたランプと角灯が、あいかわらず光を投げかけている。メアリは私の腕にしがみついており、アイリーン・アドラーは茫然と天井を見つめ、カートライト君は円卓に突っ伏し、モリアーティ教授は床にうずくまっていた。

私は角灯を手に取って部屋を照らした。リッチボロウ夫人の姿はない。

私たちが経験したものが幻覚であったとしたら、それはあまりにも生々しいものであった。かといって、すべてが現実であったとしたら、それはあまりにも不可思議だ。なんとか光明をもたらしてほしいと思って私はアイリーン・アドラーを見つめたが、彼女はただ茫然としているだけだった。それはモリアーティ教授も同じだった。なんとか冷静さを保っているのはカートライト君だけであった。

「リッチボロウ夫人は心霊世界へ行かれたんでしょうか?」

「分からない。しかし、どうもそんな気はしないな」

念のために〈東の東の間〉を隅々まで調べたが、リッチボロウ夫人はいなかった。部屋を出て廊下を調べたが、そこにも彼女の姿はない。そのとき、廊下の向こうにヌッと黒い影が現れた。執事のブラントンだった。彼は角灯を掲げて、私たちの姿に目を丸くした。

「いったい何ごとでしょうか?」

「ブラントン、リッチボロウ夫人が消えてしまった」

私は言った。「説明はあとまわしだ。どこかに裏口はないかね」

ブラントンの案内でハールストン館の裏手へまわっていくと、黒々とした樫の木立《こだち》が見えてきた。私たちが角灯を掲げてリッチボロウ夫人の名を呼んでいると、頭上から「助けて」という弱々しい声が降ってきた。「あそこだわ」とアイリーン・アドラーが梢を指さした。

リッチボロウ夫人のものらしき脚がのぞいている。どうやら彼女は必死で枝にしがみついているようであった。

ブラントンが急いで梯子《はしご》を持ちだしてきて、なんとかリッチボロウ夫人は助け下ろされたが、もはや見る影もなく憔悴《しょうすい》していた。擦り傷程度で済んだのは不幸中の幸いというほかない。

ブラントンがリッチボロウ夫人に手を貸して館へ戻ろうとしたとき、「ちょっと待って」とアイリーン・アドラーが言った。「あなたに訊きたいことがあります、ブラントン」

「なんでございましょう、アドラーさま」

「どうしてあなたはあそこにいたの?」

「夜まわりをしていて通りかかったものですから」

「それは嘘です。あなたがリッチボロウ夫人を〈東の東の間〉に入れたのね」

ブラントンはたちまち石地蔵のように冷たい顔になった。言われてみれば、それ以外に可能性はなかった。ハールストン館の鍵はすべて執事が管理している。リッチボロウ夫人が錠前破りの達人でもないかぎり、ブラントンが手引きしたと考えるのが自然であった。「どういうことですか、ブラントン。これは領主に対する裏切り行為でしょう」

彼女に問いつめられても、ブラントンは表情を変えなかった。

「私からは何も申し上げられません」

「ということは、つまりマスグレーヴさんの命令なのね」

アイリーン・アドラーは澄んだ目でブラントンを見つめた。ブラントンは目をそらし、「どうかお許しください」と言った。「私からは何も申し上げられません」

「それならマスグレーヴさんにお訊ねしましょう」

「レジナルドさまは外出なさっております」

「どちらへ？」

「シャーロック・ホームズさまのもとへ」

どうしても会いに行かなければ、とアイリーン・アドラーは言った。

ブラントンの口ぶりからして、マスグレーヴ氏が重大なことを私たちに隠しているのは明らかであった。私も翌朝までのんびり待つ気にはなれなかった。しかしリッチボロウ夫人はもちろん、樫の木陰で座りこんでいるモリアーティ教授も、今から竹林へ出かける元気はなさそうだ。カートライト君とメアリが館に残って、彼らを世話すると請け合ってくれた。

アイリーン・アドラーが角灯を掲げた。

「行きましょう、ワトソン先生！」

そして私たちはハールストン館をはなれ、真夜中の前庭を歩いていった。

行く手には月光に照らされた芝生が砂丘のようにうねっていた。点在する冬枯れの灌木は、打ち上げられた難破船の残骸《ざんがい》を思わせる。あたりは凍りついたような真夜中の静寂に包まれ、澄んだ空には満天の星が煌めいていた。そんな寂寞《せきばく》たる風景の中を歩いていると、ひどく遠いところへきてしまったような気がした。下鴨の診療所や寺町通221Bが懐かしかった。ホームズとの冒険を振り返ってみても、これほど異様な事件に出くわしたことはない。あたかも謎そのものが生命を持ち、世界を食い荒らしていくかのようである。

——マスグレーヴ家の謎は私たちの手に負えるものなのだろうか。

私はそう思いながら、かたわらを歩いているアイリーン・アドラーを見た。彼女はその不安をひしひしと感じているはずだった。その横顔は厳しく張りつめている。

「あなたはどう考えているんですか？」

「正直に言うと、まったく訳が分かりません」

アイリーン・アドラーは言った。「現実的な事柄だけに限定するなら、マスグレーヴさんが隠しごとをしているのはたしかです。そしてブラントンも加担している。だけどそんなことが明らかになったところで何になります？　私たちの経験したことはまったく説明できない」

アイリーン・アドラーは白い息を吐いて身を震わせた。

「あの真っ黒な穴を見ましたか、ワトソン先生」

「ええ、見ました」

「あんなに怖ろしいものを見たことがない。怖くてしょうがなかった」

「気をしっかりもってください、アドラーさん。あなただけが頼りなんだから」

そう言いながら、私は情けない気持ちになった。結局おまえは他人頼みなのかと思った。

「たまには自分の頭で考えてみたまえ」というホームズの声が聞こえてくる。

夜の竹林というものはたいへん不気味なものである。角灯をどちらへ向けても、無数の青竹が白々と光って、その奥は濃い闇に沈んでいる。厩番見習いの少年がつけた目印をひとつひとつ慎重に辿って、私たちはホームズの庵のある窪地まで辿りついた。しかし庵はもぬけの殻だった。冷め切った鍋からマトンカレーの匂いが漂っているが、焚き火は消えている。

私は降霊会のあとでホームズの言ったことを思いだした。

――今宵はウィリアムさんのところで月見酒を飲む約束なんだ。

私は竹林管理人・ウィリアム氏のことを思い浮かべた。そのふしぎに澄んだ目や、竹林を揺らす風のような声。彼は竹林の奥で暮らしているという。おそらくホームズはウィリアム氏の住まいを訪ねており、誘われたマスグレーヴ氏もそちらへ合流したのだろう。そんなことを考えていると、アイリーンがハッとしたように顔を上げ、角灯を掲げて竹林の奥を見つめた。

「ホームズさんの笑い声が聞こえたような」

「気のせいではありませんか？」

「この奥へ行ってみましょう、ワトソン先生」

「無茶ですよ、アドラーさん。この竹林は何人も遭難者が出ているそうだ。ホームズたちを見つけるどころか、竹林で夜を明かすことになってしまう」

するとアイリーン・アドラーは肩に掛けていた革鞄から小さな巻き尺のようなものを取りだした。探偵七つ道具の一つであろう。彼女は巻き尺から引き出した細い糸を手近な青竹に結びつけた。

「犯人の追跡用に開発したものなんです。この糸をたぐれば戻ってこられます」

かくして私たちは糸を引きながら竹林の奥へ進んだ。落葉の積もった丘をのぼったり、窪地をくだったりしたが、視界に入るものといえば、角灯の光が届く範囲を取り巻いている、のっぺらぼうの青竹ばかりである。「モリアーティ教授は大丈夫でしょうか」とアイリーン・アドラーが心配そうに言った。「ずいぶん弱っておられましたね」

〈東の東の間〉を出たあと、モリアーティ教授は一言も口をきかなかった。リッチボロウ夫人の救出劇や、ブラントンとの問答にも、まるで興味を示さなかった。ひどく思いつめた感じで、自分の殻の中へ閉じこもっているようだった。私のせいだわ、とアイリーンは言った。

「モリアーティ教授は怖がっておられました。そして私を頼ってくれた。私には探偵として、教授の期待に応える責任があったんです。それなのに何もできなかった」

「そんなに自分を責めることはない」

「今でも五里霧中なんですよ、ワトソン先生」

アイリーン・アドラーは悔しそうに続けた。

「私は何の説明もしてあげられなかった。これでは十二年前と何も変わらないじゃありませんか。それどころか、もっと、もっと、分からなくなっている。どうしてこんなに無力なんだろう。私だってホームズさんに負けないぐらい、いくつもの難事件を解決してきたんですよ。でもそんな経験、なんの役にも立たないんです。ほんとうに何の役にも立たない！」

アイリーン・アドラーの孤独が身に染みるように伝わってきた。

おそらくそれは名探偵シャーロック・ホームズの孤独でもあったろう。

シャーロック・ホームズとはこれまでに多くの冒険をともにしてきたが、どんなときでも私はホームズをあてにして安心していた。いつだって彼が謎を解いてくれると信じていた。

自分なりの推理を組み立ててみたことはあるにせよ、そんなものはお遊びにすぎない。ホームズが行きづまって苦しんでいるとき、「それなら俺が代わりに解決してやろう」と、奮起したことが一度でもあったろうか。

私はホームズの苦悩をかたわらで眺めているだけであった。ホームズに解決できないことが自分に解決できるわけがない――そうひらきなおって安閑《あんかん》としていた。なぜなら自分はワトソンであって、記録係にすぎないのだから。ホームズの天才を信じるといえば聞こえはいいが、そうやって私はすべての責任をホームズに押しつけてきたのだった。

「ホームズがスランプになった理由が分かるような気がしますよ。結局のところ、私はホームズに頼りきりだった。いつだってホームズ任せだった。どんな謎が私たちの世界を脅《おびや》かしても、彼がきっと秩序を取り戻してくれるだろうと思っていたんです」

「それが名探偵の役割ですから」

「ホームズはそんな責任を押しつけられることにウンザリしていたんだ」

私は竹林の奥を見つめながら言った。「ホームズにだって心があるんですよ、アドラーさん。彼は推理機械でも神様でもない。そのことをもっと分かってやるべきだった」

アイリーン・アドラーはしばらく黙っていた。

「けれども私は信じています」

ややあって、彼女は絞りだすように言った。

「きっとホームズさんは凱旋します。偉大な探偵なんですから」

ずいぶん歩いてきたはずだが、まわりの風景にはまったく変化がなかった。まっすぐに進んでいるのかどうかも分からない。角灯をどちらへ向けても無数の青竹がならんでいて、それらはまるで不気味な神殿の柱のように感じられた。竹林の梢がざわざわと夜の風に鳴っていた。

自分たちは今どこにいるのだろう。

アイリーン・アドラーが闇の奥に叫んだ。

「どこにいるんですかーッ！　ホームズさーん！」

そうして耳を澄ましていると、やがて遠くから「おーい」という声が聞こえた。アイリーン・アドラーの顔が角灯の光の中で嬉しそうに輝いた。私が「ホームズ！　聞こえるか！」と叫ぶと、ふたたび「こっちだぞーう」という声がした。拍子抜けするほど暢気《のんき》な声であった。

「あっちから聞こえた！　行きましょう！」

アイリーン・アドラーは弾かれたように駆けだした。

私たちは竹林を抜けて広々とした草原へ出た。

そこはクレーターのような大きな窪地になっており、その円形の縁はぐるりと竹林に取り囲まれていた。月と星の明かりで足下の枯れ草はうっすらと銀色を帯びている。草原の中心には煉瓦造りのタケノコのような塔がそびえ、その手前でマスグレーヴ氏とウィリアム氏、そしてシャーロック・ホームズが焚き火を囲みながら酒を酌み交わしている。

私たちが草原を横切って近づいていくと、彼らは焚き火と酒精《しゅせい》で赤くなった顔をこちらへ向けた。ホームズがマシマロを刺した長い枝を振りながら、「これはこれはおふたりさん」と陽気に言った。「月の宴へようこそ！」

ウィリアム氏がさっそく毛布を広げてくれたので、アイリーンと私は腰を下ろした。

そんなふうに星空の下で焚き火を囲んでいると、なんだか少年時代へ還ったような気持ちがした。今は亡き兄といっしょに家の裏庭でキャンプしたことを思い出す。

「これは月ロケットの発射基地だったんですよ」

マスグレーヴ氏は煉瓦造りの塔を見上げながら言った。

「先代のロバートが竹林を切り開いて建造したんです。父が亡くなって計画を凍結して、ほとんどの機器類は撤去したが、この塔だけは残しておいた。夢の残骸がひとつぐらいあってもいいですからな。今ではウィリアムの住まいになっています」

「僕ひとりで住むには広すぎるけれどもね」

ウィリアム氏はそう言いながら、草地の彼方にある竹林を眺めている。ぶかぶかのへんてこな帽子からは髪がはみだし、無精髭も伸び放題だった。それでも本人の悠々とした雰囲気のせいか、みじめな印象はまったくなかった。焚き火を囲んでいる私たち五人のうち、彼ひとりだけが別の時空にいるようにも感じられる。

アイリーン・アドラーもウィリアム氏に興味をそそられたらしく、マシマロを危なっかしく頬張りながら、ふしぎな竹林管理人を横目で観察していた。

「本当に私たちは初対面ですか？」

アイリーン・アドラーは言った。

「お顔をどこかで拝見したような気がするんですけど」

「気のせいだと思いますよ」とウィリアム氏は言った。自分はこの竹林に引き籠もって暮らしていて、ハールストン館の使用人にさえ滅多に会わないのだから、と。しかしアイリーン・アドラーは何か心あたりがあるらしく、真剣な眼差しでウィリアム氏を見つめている。

「じつに楽しいな、マスグレーヴ」

ホームズが酒杯を飲み干して言った。

「僕たちに必要なのはこういう時間なのだよ。にもかかわらず、現代社会はあの手この手を使って、僕たちに雑用を押しつけてくる。シャーロック・ホームズは事件を解決せねばならず、ジョン・H・ワトソンは探偵小説を書かねばならず、レジナルド・マスグレーヴは領地経営に力を尽くせというわけだ。そして僕たちは人生の本質を忘れてしまう」

「人生の本質って何かね？」

「決まってるだろう。友人、焚き火、月見酒さ」

ホームズとレジナルド・マスグレーヴは穏やかに話していた。

しかし今にして振り返ると、それはホームズの旧友に対する気遣いだったのだろう。

そのふしぎな焚き火のまわりに漂っている穏やかさは、彼らの諦念から生まれてくるものだった。先ほどアイリーンと私が竹林から姿を見せたとき、おそらくマスグレーヴ氏は自分の「計画」が失敗に終わったことを悟ったのだ。そして旧友の「計画」をひそかに見抜いていたホームズは、あらかじめウィリアム氏の頼んだとおり、その諦念に寄り添ってやろうとしていたにちがいない。

「先ほど〈東の東の間〉でふしぎなことが起こりました」

アイリーン・アドラーが口火を切った。

「そのことをお知らせにきたんです」

「そうですか。リッチボロウ夫人はどうなりました？」

マスグレーヴ氏が静かに言った。すでに万事心得ているという口ぶりだった。「ご無事です」とアイリーンが言うと、マスグレーヴ氏は小さく頷いた。

「すべてあなたが仕組んだものだということは分かっています」

アイリーン・アドラーはそう言って、マスグレーヴ氏を見つめた。

「けれども他のことは何ひとつ分からない」

「分からなくて当然なのですよ、アドラーさん」

マスグレーヴ氏は慰めるように言った。「あなたを招いたのはリッチボロウ夫人の化けの皮を剝いでもらうためではなかった。長年私たちを苦しめてきた謎が、探偵の領分を超えたところにあるということを、私自身はっきりと確信したかったからなんです。あなたの力不足というわけではない。たとえホームズ君にだって、この謎を解くことはできないでしょう」

「そいつはどうだろうな、マスグレーヴ」

ホームズが焚き火に手をかざしながら言った。

マスグレーヴ氏の顔に驚きの色が浮かんだ。

「君には謎が解けたというのか」

「僕はべつに謎を解こうとはしなかった」

ホームズは焚き火を見つめながら淡々と語りだした。

「なにしろ僕は隠居した探偵だからね。いっさい謎を解こうとせず、身のまわりで起こる出来事をボンヤリと眺めていたんだ。そうすると、マスグレーヴ家の謎は風に散るように消えていった。アドラーさんが苦戦するのも当然のことなんだよ。探偵としての役割を誠実に果たそうとすればするほど、マスグレーヴ家の謎は解きがたいものになる。謎を生みだしているのは、僕たち探偵の側なのだ。推理はいらない。科学もいらない。心霊主義もいらない。ふしぎなものをふしぎのままに受け容れてしまう。僕たちにできることはそれだけなのだ」

　私たちはあっけにとられたようにホームズを見つめていた。その口ぶりは静かな気迫に充ちていて、黄金期のホームズが突如として復活したように思われた。

　アイリーン・アドラーが「ホームズさん」と緊張した声で問いかけた。

「あなたは十二年前の事件も解決したと仰るんですか？」

「それを解決と呼ぶべきか疑問ですがね」

「それならマスグレーヴ嬢はどこへ行ったんです？」

「どこへも行っていません。彼女は今もあの部屋にいるんです」

　マスグレーヴ氏が静かに問いかけた。

「どうしてそう考えたんだ、ホームズ君」

「それ以外に可能性がないということはすでに分かっていた。領内から出ていくのを目撃した人間はいないし、死体も見つからなかった。十二年前のあの日、彼女はハールストン館から出ていない。それから〈東の東の間〉で僕たちの見たものを考えてみよう。マスグレーヴ嬢の愛した音楽。マスグレーヴ嬢自身の姿。そして月――これもマスグレーヴ嬢が愛した天体だ。幼い頃、君はよく彼女といっしょに天体観測を楽しんでいたそうじゃないか、マスグレーヴ。そうすると自然に分かったんだよ。マスグレーヴ嬢は〈東の東の間〉で長い眠りについているんだとね。今夜の降霊会で僕たちが見たものは、マスグレーヴ嬢が見ている夢だったんだ」

「ちょっと待ってください、ホームズさん」

アイリーン・アドラーが眉をひそめながら言った。

「〈東の東の間〉は大昔からふしぎなことが起こる部屋だったはずです。百万歩譲って、私たちが今夜見たものがマスグレーヴ嬢の夢であったとしても、彼女が失踪したのは十二年前のことです。それ以前のことはまったく説明がつかないじゃありませんか」

アイリーン・アドラーの念頭にあるのは十二年前のことだろう。アイリーンとメアリは〈東の東の間〉でふしぎな現象に出くわした。マスグレーヴ嬢もいっしょにいたのである。

「もっともなご指摘です」ホームズは微笑んだ。「マスグレーヴ家の〈東の東の間〉の由来を象徴的に語っているのが『竹取物語』だ。その部屋では昔からふしぎな現象が目撃されてきた。それらがすべて〈東の東の間〉で眠りについている人の夢であったとしたらどうだろう。この十二年間はマスグレーヴ嬢だった。それなら彼女が眠りにつくよりも前、あの部屋で眠っていたのは誰か。その人はどんな夢を見ていたのか」

アイリーン・アドラーが茫然としたように呟いた。

「……竹林だわ」

私たちの視線は、ともに焚き火を囲んでいる竹林管理人に吸い寄せられた。

「あなたはマスグレーヴ家の人間なのでしょう、ウィリアムさん」

ホームズは竹林管理人に話しかけた。「あなたは長い間、〈東の東の間〉で眠りについていた。そしてマスグレーヴ嬢が眠りについたとき、あなたが代わりに目覚めたのでしょう」

焚き火に照らされたウィリアム氏の顔には、安堵《あんど》のようなものが浮かんでいる。

これは本当に現実なのだろうかと私は思った。焚き火のまわりの草地が地表から切り離されて、宇宙空間へ漂いだすような気がする。これまでに信じていた世界が崩れていくような不安があり、新しい世界が生まれていくような高揚《こうよう》があった。

「君の言うとおりだよ、ホームズ君」

レジナルド・マスグレーヴが言った。

「ウィリアムは曽祖父《そうそふ》の弟だ。信じる者はいないだろうがね」

「実際、先代のロバート・マスグレーヴは信じてくれませんでしたよ」

ウィリアム氏は焚き火を見つめながら言った。

「僕はマスグレーヴ家の名を騙る詐欺師扱いされて問答無用で叩きだされた。〈東の東の間〉で眠っていた間に世の中はすっかり変わっていたし、身ひとつで放りだされて、たいへんな思いをした。けれども僕は幼い頃から竹林を愛していたし、手入れの技術も心得ていた。親切な庭師に拾われて仕事を手伝うようになったんです。全国の竹林を渡り歩いて仕事をしているうちに、いつの間にか長い歳月が経っていた。そして昨年になって、久しぶりに京都へ戻ってくると、ロバート・マスグレーヴは亡くなっていた」

ウィリアム氏はかたわらのレジナルド・マスグレーヴに目をやった。

「そこで初めて、僕はレイチェルの失踪を知ったんです」

「ロバート・マスグレーヴの振る舞いは不可解だった」

シャーロック・ホームズは焚き火を見つめながら語った。

「よく調べもせずにウィリアムさんを領地から追放しただけではない。僕がハールストンへ調査にやってきたときも、決して良い顔をしなかった。〈東の東の間〉を厳重に封じたうえ、寄宿学校に圧力をかけてアドラーさんの口も封じた。そうやってすべてを闇に葬ることによって、ロバート氏は自分の娘を救う可能性をことごとく握り潰していったんだ。彼はひどく怯えていた。僕は一度ならず、彼自身が娘の失踪にかかわっているのではないかと疑ったほどだよ」

父は〈東の東の間〉の伝説をきらっていた、とマスグレーヴ氏は言った。

「あの部屋には昔から奇怪な噂がつきまとっていたが、使用人がそんな噂をしていると知ったとき、父は烈火《れっか》のごとく怒ったものだ。そんなものは迷信やお伽噺《とぎばなし》のたぐいだと言ってね。人類の進歩と調和。それがマスグレーヴ家の家訓であって、父が私たちに押しつけたものだ。しかしそれは世間で思われているような気高い理想だろうか。結局のところ、自分の思うとおりにすべてを支配したいという思い上がった欲望かもしれない。得体の知れないもの、己の意のままにならないもの、そういったものを父は激しく嫌悪していた。レイチェルの謎めいた失踪は、まったく許しがたい、自分への裏切りに感じられたことだろう」

マスグレーヴ嬢の失踪から十一年後、ロバート・マスグレーヴは世を去る。

そして先代の葬儀から間もない昨年の夏の終わり、ウィリアムがハールストンを訪ねてきた。それが十一年前にロバートによって追放された人物だということには誰ひとり気づかなかった。彼の竹林管理人としての評判はたしかなもので、領内の竹林の荒れ具合に頭を痛めていたレジナルドは、ウィリアムをさっそく雇うことに決めたのである。

「レジナルドに真実を打ち明けるべきか。それが問題だった」

ウィリアム氏は言った。「僕はずいぶん悩んだんです。しかしこうして竹林で暮らしながら、レジナルドと言葉を交わすうちに、この男なら真実を語ってもいいだろうと思うようになった。彼は先代のように僕を追いだすことはないだろう。何よりも彼はかつての事件に苦しめられてきた。僕は真実を伝えねばならなかった」

その秋の夕暮れ、ウィリアムは一日の仕事を終えて、この草地に佇んでいた。澄んだ秋の空に薄い骨のかけらのような月が浮かび、煉瓦造りの月ロケット発射基地がそびえていた。薄青く染まった円形の草地に、秋の虫の声が響いていた。

そこへレジナルドがやってきた。彼はウィリアムと馬が合い、時々こうして訪ねてきては、世間話をするようになっていたのだ。その日レジナルドは先代ロバートの推し進めた無謀な月ロケット計画の話をした。晩年のロバート・マスグレーヴが何かに取り憑かれたようになっていったこと。それは十二年前の妹の失踪から始まったこと。

「そこで僕はレジナルドに真実を打ち明けたんです」

「君はすぐにそれを信じたのか？」

ホームズの問いかけに、マスグレーヴ氏は首を振った。

「いや、はじめはとても信じられなかった。レイチェルが失踪して以来、恩着せがましく『真相』を押しつけてくる連中にはウンザリしてもいたしね。記者、素人探偵、占い師……リッチボロウ夫人のような心霊主義者もそのたぐいだ。とはいえ、ウィリアムがデタラメを言っているとはどうしても思えなかった。調べてみると、たしかにハールストンの図書室には、曽祖父の弟が謎の失踪を遂げたという記録が残っていたんだよ。ウィリアム自身の日記もあって、その日記帳にはレイチェルが押し花で作った栞《しおり》が挟んであった。彼女が失踪する前、ウィリアムの日記を読んでいたことは間違いない」

マスグレーヴ嬢の失踪後、〈東の東の間〉はロバート・マスグレーヴの命令によって厳重に封鎖され、何者も立ち入ることができなくなった。ときおり怪談話のタネになるほかは、そんな部屋があることも話題にのぼらなくなっていた。その夜更け、レジナルドはひとりで旧棟へ向かい、ドアに打ち付けられていた板を剝がし、〈東の東の間〉の封印を解いた。

「私はウィリアムの言葉が真実だと信じた。この十二年間、ずっとレイチェルは封印された〈東の東の間〉で眠っていたのだとね」

レジナルド・マスグレーヴは枯れ枝を焚き火へ放りこんだ。

「今では妹が〈東の東の間〉へ吸い寄せられた理由も分かる。彼女は使用人たちにも親切で、父の言いつけを忠実に守り、いつでも私の味方だった。マスグレーヴ家を本当に支えていたのは父でも私でもなく、レイチェルだったんだ。マスグレーヴ家の令嬢という役割を完璧に演じようとして、妹は自分をすり減らしていったのだろう。父が強引に進めようとした婚約話も追い打ちをかけたにちがいない。レイチェルは遠くへ行ってしまいたいと願っていたんだよ」

〈東の東の間〉の封印を解いた翌日、レジナルド・マスグレーヴ氏は竹林の奥へ向かった。ウィリアム氏が待っていた。そうして彼らは計画を練ることにした。

「私は妹を連れ戻すつもりだった」

「リッチボロウ夫人を生け贄《にえ》にしてもかね」

ホームズが言うと、マスグレーヴ氏は目を伏せた。

「〈東の東の間〉ではつねにひとりの人間が眠りについている。この十二年間はマスグレーヴ嬢、その前はウィリアムさんだった。君はリッチボロウ夫人を身代わりにして、マスグレーヴ嬢を連れ戻そうと考えたんだね。だからブラントンに命じて、夫人が〈東の東の間〉へ入るように仕向けたんだ。幸い、思惑どおりにはならなかったようだが」

マスグレーヴ氏は悄然《しょうぜん》として首を垂れていた。ウィリアム氏も同じだった。

そのときアイリーン・アドラーが口を開いた。

「ホームズさんはすべて分かっていたんですか」

ホームズは返事をしなかった。

「どうして傍観《ぼうかん》していたんです？」

彼女は畳みかけた。「そんな計画は阻止すべきだった」

「アドラーさん、あなたは今ここで語られたことを信じるつもりなんですか？」

ホームズはアイリーン・アドラーを見つめて言った。

「それがどういうことになるか、よく考えてみるといい。マスグレーヴ嬢失踪事件の真相を明らかにするためには、〈東の東の間〉のふしぎを信じなければならない。しかしそのふしぎを受け容れるなら、あなたはもう探偵ではいられない。この世界に〈東の東の間〉というふしぎが存在しているというのに、どうして自分の推理に自信を持つことができるんです。どんな奇怪なできごとも『魔法』の一言で片がつくなら、探偵なんて無用の長物だ。だからこそ十二年前、僕はマスグレーヴ嬢失踪事件から手を引いたんです。僕だってロバート・マスグレーヴと同罪なんだ。すべてを闇に葬った。探偵としての自分を守るためにね」

「私にも同じことをしろと仰るんですか？」

「あなたはこの事件にかかわるべきではなかったんです。今夜は何も起こらなかった。あなたは何も見なかった。この世界には解こうとしてはならない謎というものがあるんです」

アイリーン・アドラーは正面からホームズを見返していた。

焚き火の明かりが彼女の顔を黄金色に染めていた。その顔に浮かんでいるのは失望であり、怒りであり、哀しみだった。やがて彼女の唇が頑是ない子どものようにゆがんだ。切れ長の目に涙が浮かび、焚き火の光に煌めきながら頬を伝った。それほど正直に感情をあらわした顔を私は久しく見たことがなかった。アイリーン・アドラーは拳でその涙を拭いながら、「忘れられるわけがないではありませんか」と小さな声で言った。

「アドラーさんの言うとおりだよ、ホームズ君」

レジナルド・マスグレーヴが言った。「忘れられるわけがない」

彼は竹林に囲まれた円形の草地を見まわし、背後にそびえている月ロケット発射基地の黒々とした影を見上げた。星空には月が輝いていた。

「晩年の父は月ロケット計画に取り憑かれていた」

レジナルド・マスグレーヴは言った。

「今では父の苦しみがよく分かる。〈東の東の間〉の謎は父にとって、歴史の彼方の闇へ葬り去られるべきもの、忘れ去られるべき迷信だった。まさかそれが闇の中から手を伸ばしてきて、自分の娘を連れ去ってしまうなんて、思いもよらなかったことだろう。父には〈東の東の間〉のふしぎを受け容れることができなかった。だからこそ父は〈東の東の間〉を封印させ、ウィリアムを問答無用で追放し、関係者たちの口を封じ、すべてを忘れてしまおうと躍起になった。そうして問題が解決したと思うかね？　するわけがない。晩年の父が月ロケット計画に取り憑かれたのは、レイチェルが月を愛していたからだ。あの人はあの人なりに、必死でレイチェルを取り戻そうとしていたのだろう。そして失意のうちに死んでいったよ」

レジナルド・マスグレーヴは沈痛な面持ちで口をつぐんだ。

私たちは何も言うことができず、燃え上がる焚き火を見つめていた。

○

ハールストン館へ戻ったアイリーン・アドラーと私を執事のブラントンが迎えた。

玄関ホールの大時計は午前三時を指していた。ブラントンにリッチボロウ夫人の容態を訊ねると、とくに問題なく、客室で休んでいるということであった。モリアーティ教授と妻のメアリもそれぞれの部屋へ引き取ったという。それらの報告を済ませたあと、ブラントンは物問いたげだったが、アイリーン・アドラーはマスグレーヴ氏との面会について触れるつもりはないらしかった。

「おやすみなさい、ブラントン」

彼女はそっけなく言って、二階への階段をのぼっていく。

ブラントンは肩を落として廊下の奥へ引き下がろうとした。私は「ひとつ訊きたいことがあるんだが」と声をかけた。「なんでございましょう?」とブラントンは振り返った。

「マスグレーヴ氏はマスグレーヴ嬢を取り戻そうとしていた。君はそんなことができると本当に信じていたのか?」

ブラントンは一瞬ためらうような素振りを見せてから言った。

「信じておりました」

「そうか」

「お嬢さまは素晴らしい人でした。どうしてこのままにしておけましょう」

ブラントンがそう言って立ち去ったあと、私は薄暗い玄関ホールを見まわした。

マスグレーヴ家の歴史を物語る数々の品が展示されている。万国博覧会の目玉であった「クリスタル・パレス」の模型は、月の光を浴びて魔法の城のように輝いていた。

万博といえば我が帝国が誇る科学技術の一大展示場だった。先代ロバート・マスグレーヴの豪腕によって実現したという国家的規模の祭典は、「人類の進歩と調和」というスローガンを掲げていた。そのマスグレーヴ家の奥底に〈東の東の間〉という奇怪な謎が隠されていたのは皮肉としか言いようがない。

二階への階段をのぼろうとすると、アイリーン・アドラーが踊り場に佇んでいた。高い窓から射してくる月光が、その横顔をぼんやりと浮かび上がらせている。彼女が見つめているのは、壁に掲げられているマスグレーヴ家の肖像画のひとつだった。

「何を見ているんです？」

私は彼女の隣にならんで、その視線の先にある一枚の絵を見つめた。それは古風な肖像画だった。二人の凜々《りり》しい青年貴族が芝生に立っている。美しい庭園の彼方にはハールストン館の灰色の旧棟が見えている。描かれた青年たちの顔だちはよく似ているから、おそらく兄弟なのだろう。やがて私は、彼女がその絵を一心に見つめている理由に気づいた。その絵に描かれている若い方の貴族の顔に見覚えがある。日焼けさせ、無精髭を生やせば……。

「ウィリアムさんに会ったとき、どこかで見かけたような気がしたんです」

アイリーン・アドラーは溜息をつき、力のない足取りで階段をのぼっていった。

私はひとり部屋に戻ってベッドにもぐりこんだが、この長い一日に経験した異様なできごとが脳裏を渦巻いて、なかなか眠ることができなかった。目をつむると、あの竹林に囲まれた円い草地で、焚き火を囲んでいるホームズたちの姿が浮かんでくる。それはまるで月面に取り残された人々のように淋しげに見えた。はたして彼らの語った物語は『真実』なのだろうか。

マスグレーヴ家の〈東の東の間〉とは何なのだろう。

シャーロック・ホームズも、アイリーン・アドラーも、十二年前のマスグレーヴ嬢失踪事件にかかわっていた。モリアーティ教授も仕事を通じてマスグレーヴ家とかかわっていた。私たちが今夜ここへ集うことになったのは偶然なのか。そこには何らかの魔力が働いていないか。まるでマスグレーヴ嬢の失踪によって世界に穿たれた穴が今もそこにあって、不気味な引力で当時の関係者たちを吸い寄せているようではないか。

そのとき、ソッとドアの開く音がした。私は身を起こした。

「メアリかい？」

「……そう、わたし」

白っぽい影が部屋を横切り、ベッドに滑りこんできた。

メアリは私を抱きしめて深い溜息をついた。竹林の奥から私が帰ってくるのを待っていたのだろう。メアリはよけいなことを訊ねなかったし、私もよけいなことは言わなかった。そうやっておたがいの温かみを感じていると、それまで脳裏を渦巻いていた奇怪な想念は消えていった。

おやすみなさい、とメアリが柔らかな声でささやいた。

○

翌朝、私が目を覚ますと、すでにメアリはベッドを抜けだしていた。

使用人の持ってきてくれた湯で顔を洗ってから、私は窓を開けて身を乗りだし、冷たい初冬の空気を胸いっぱいに吸いこんだ。冴え返った青空には一点の曇りもなかった。朝日に照らされた広大な芝生は光り輝き、その彼方には美しい竹林が広がっていた。

朝の光を浴びていると、昨夜のすべてが悪い夢だったように思えてくる。

心霊主義だの、降霊会だの、マスグレーヴ家の〈東の東の間〉だの……どうしてあんな怪奇小説のような非現実的な事柄に心を奪われていたのだろう。こうして新鮮な朝を迎えてみれば、身のまわりの美しい世界には何ひとつ変わりがないように思える。

おそらく寺町通221Bの屋上ではハドソン夫人が日課のダンベル体操をしており、四条烏丸のビジネス街では陰気な顔つきの人々が事務所への階段をのぼっており、清冽《せいれつ》な糺ノ森では下鴨神社の宮司《ぐうじ》がおごそかに祝詞《のりと》を上げていることであろう。新しく動きだす一日を前に、昨夜の異様な経験はすっかり色褪せて感じられた。

私が身支度を終えた頃、メアリとアイリーン・アドラーがやってきた。アイリーン・アドラーは兎のように赤い目をしており、メアリもしきりにあくびをしている。

「モリアーティ教授にも声をかけたほうがいいかしら？」

「もう少し寝かせておいてあげよう。何日も不眠で苦しんでいたからね」

私たちは連れだって階下の食堂へおりていった。朝の光が明るく射しこむ食堂では、マスグレーヴ氏とカートライト君がテーブルについていた。大きな窓の向こうにはゆったりと波打つ芝生が見えている。私たちは二人に挨拶して席についた。リッチボロウ夫人の姿は見えない。カートライト君も、マスグレーヴ氏も、まだ夢を見ているようにボンヤリとしていた。

やがてリッチボロウ夫人が姿を現した。

「おはようございます」と消え入りそうな声で言った。

そうして彼女はよろよろとテーブルへ近づいてきたが、その姿は昨夜とはまるで別人のようであった。髪は乱れ、化粧気のない顔は土気色《つちけいろ》で、頰の肉は垂れ、目はどんよりと濁っている。そこにいるのはすっかり気力を失った人間だった。昨夜〈東の東の間〉で起こったことが彼女の心を打ち砕いてしまったのだろう。彼女は力なく椅子に腰かけて虚空を見つめた。

そこへ執事のブラントンがやってきて、マスグレーヴ氏に何かを耳打ちした。マスグレーヴ氏は小さく頷くと、「ちょっと失礼します」と言い、足早に食堂から出ていった。私たちは痛ましい思いでリッチボロウ夫人を見つめていた。

引退すべきなのでしょうね、とリッチボロウ夫人は呟いた。

「かつて私の力は本物でした。心霊と言葉を交わすことは私にとってたやすいことでした。けれども霊媒として名が上がっていくほど、そのふしぎな力は消えてしまった。アドラーさんの仰るとおりですの。もう何年もの間、私はずっとインチキでしのいできた。マスグレーヴ家の〈東の東の間〉は最後の希望だったのです。心霊世界への扉を開くことができれば、もう一度あの力が自分に戻ってくる。私はそう期待していた。けれどもそれは私の勝手な思いこみだった」

リッチボロウ夫人の顔にまざまざと恐怖の色が浮かんだ。

「あんな怖ろしい目には二度と会いたくない。私は罰を受けたんです」

カートライト君が哀しげに言った。

「我々の夢はどうなるのです？」

「夢って？」

「魂と結びついた科学です」

「もっと有意義なことをなさるといいわ。たとえば恋をするとかね」

リッチボロウ夫人が弱々しく言ったとき、廊下の方から大勢の人間たちの慌ただしい足音が近づいてきた。なにごとかと思っていると、やがて深刻な顔つきのマスグレーヴ氏が食堂に姿を見せ、そのうしろから灰色の外套を着たレストレード警部が入ってきた。警部は何人もの制服警官を引き連れていたので、朝の食堂は一転して緊迫した雰囲気になった。

レストレードは私たちの姿を見て驚いたようだった。

「おや、ワトソン先生！　メアリさんにアドラーさんまで」

「これは何の騒ぎだね、レストレード?」

「朝早くからお騒がせして申し訳ありません。しかしこれも公僕としての義務ですから、どうかご勘弁ください。そちらにいらっしゃるのはリッチボロウ夫人ですね」

レストレードは厳粛《げんしゅく》な顔つきで咳払いした。

「リッチボロウ夫人、あなたを逮捕します」

○

朝の逮捕劇はあっけないほど静かに終わった。

レストレードから説明を受けている間、リッチボロウ夫人は抜け殻のようになっていて、何ひとつ抗弁しようとはしなかった。彼女が連行されていったあと、レストレードはその場に残って、逮捕に至るまでの経緯を簡単に説明した。

「アドラーさんの助言で内偵を続けてきたんです」

ここ数年の心霊主義ブームによって、洛中洛外には霊媒の数が増え続けていたが、その中でもリッチボロウ夫人の活躍は目立っていた。セント・サイモン卿をはじめとする有力貴族の後押しもあって、彼女は南禅寺界隈の豪邸で暮らし、降霊会や個人相談で莫大な利益を上げてきた。四条烏丸のビジネス街には複数のあやしげな関連会社も経営していた。レストレードはアイリーン・アドラーの助言を受けて、リッチボロウ夫人の身辺を調べてきた。そして詐欺、恐喝、不動産の不正取得などの証拠を固め、ようやく逮捕に踏み切ったのだという。

「それにしても、あんなに素直にお縄につくとは意外でしたな」

レストレードはふしぎそうに言った。「もっと大騒ぎするかと思っていたが」

「お手柄でしたな、レストレード警部」

レジナルド・マスグレーヴが言うと、レストレードは嬉しそうにお辞儀をした。

「光栄です。ご協力に感謝いたします」

「この逮捕で、少しは心霊主義ブームも落ちつくといいのだがね」

「とはいえ、ここからがたいへんなのです。セント・サイモン卿は腕の立つ法廷弁護人をお雇いになるでしょうからね。リッチボロウ夫人の信奉者には上流階級の方々も大勢いらっしゃいます。いやはや、心霊主義の人気はたいへんなものですな」

そうしてレストレードは勝利の余韻《よいん》に浸っているのだが、朝の食堂には何か白々とした空しいものが広がっていた。たしかにレストレードの登場によって、現世的な意味ではひとつの「事件」が解決したのであろう。しかし結局のところ、救われた人間は一人もいなかった。

レジナルド・マスグレーヴはマスグレーヴ嬢を取り戻すことができず、アイリーン・アドラーは探偵として大きな挫折に遭い、カートライト君の夢は潰え、シャーロック・ホームズは竹林に引き籠もっている。ここにいるすべての人間が、〈東の東の間〉に打ち負かされてしまったのである。

「みなさん、ずいぶんお疲れのようですな」

レストレードが言った。「ワトソン先生はどうしてこちらへ？」

ホームズがマスグレーヴ家の竹林に引き籠もっていることを知ると、レストレードはたちまち顔を曇らせて、「今もホームズさんはお怒りでしょうな」と言った。「私がアドラーさんと手を組んだと分かったとき、ホームズさんに呼びだされましてね。裏切り者と言われました。しかしどうしようもないではありませんか。私には公僕としての義務があるんですから」

「ホームズだって本当は分かっているよ」

「そうだといいんですがね」

レストレードは溜息をついて窓から外を眺めた。

「しかし私はシャーロック・ホームズの復活を信じていますよ。あの人はこのまま竹林で余生をすごすような人じゃない。あの人は偉大な探偵なんだ。もちろんそんなことはワトソン先生が一番分かっているでしょうが。いやはや、かつてのホームズさんの活躍ときたら――」

そこでレストレードは口をつぐんだ。

窓に向かって首を伸ばして、怪訝そうな声で呟いた。

「あのお嬢さんは何をしているんです、あんなところで」

食堂の入り口近くに控えていた執事のブラントンが窓の方へ歩み寄っていく。

私たちも振り返って、レストレードの視線の先へ、大きな窓の向こうへと目をやった。

朝の陽射しがハールストン館の広大な庭を照らしている。白いドレスを着た少女がひとり、ゆるやかに盛りあがった芝生の丘に佇んでいた。両腕をいっぱいに広げて、太陽の光を浴びている。自分が今ここにいるという喜びを全身で味わっているように見える。その姿を見ているだけで、こちらも幸せな気持ちになった。すべてが光り輝いて、美しく、生き生きとしている。その葉を金属のように煌めかせる樫の木も、広々とした青い芝生も、少女の白い吐息も。

突然、ブラントンが「旦那様！」と叫んだ。

その声は、ほとんど悲鳴に近かった。

それと同時に、マスグレーヴ氏が食堂から飛びだしていった。

○

私たちはマスグレーヴ氏を追いかけ、ハールストン館の正面玄関から外へ飛びだし、食堂の外にある芝生へと走っていった。私たちが追いついたとき、レジナルド・マスグレーヴは芝生の丘を駆け上がっていくところだった。執事のブラントンがよたよたした足取りで追いかけていく。丘の上に立っている少女は、彼らを見つめながら、胸元で両手を握りしめている。

「あれはマスグレーヴ嬢なのか？」

私は信じられない気持ちで言った。

「本当に彼女なのか？」

「間違いない。レイチェルさんだわ」

メアリは呟いたが、アイリーン・アドラーは絶句していた。

レジナルド・マスグレーヴは少女の前まで行って白い息をついた。追いついたブラントンは、まるで怒ったように顔をしかめ、領主のかたわらで神妙にしている。

レジナルドは呼吸をととのえると、少女に向かって手をさしのべ、「おかえり」と言ったようだった。少女の顔に驚きの色が浮かんだ。そのときになってようやく、彼らの間に横たわっている時間の断裂《だんれつ》に気づいたのだろう。彼女は十四歳の少女のままであるのに、レジナルド・マスグレーヴとブラントンの顔には、きっかり十二年分の歳月が刻まれているのだから。

やがて彼女はおずおずと兄の手を取った。

——ただいま。

と、言ったようであった。

それから彼女は嬉しそうにブラントンに微笑みかけた。

そのとたん、初老の執事は両手で顔を覆い、おいおいと声をあげて泣きだした。

いつの間にかレストレードが私のかたわらに立っていた。「マスグレーヴ嬢が帰ってきたんだ」と私が言うと、彼は「そんな馬鹿な!」と呟いた。「あの事件から十二年も経っているんですよ。いったい今までどこにいたんです?　どうやって生きていたんです?」

「魔法なんですよ、レストレード警部」

アイリーン・アドラーが茫然と呟いた。「魔法なんです」

そうやって私たちがささやき合っている間にも、ハールストン館からは次々と使用人たちが駆けだしてきた。その中にはこの館に長く勤め、マスグレーヴ嬢と面識のある者も多かった。

彼らは彼女の姿を見て驚きの声を上げ、私たちを押しのけるようにして走っていく。たちまちマスグレーヴ嬢のまわりには人垣ができ、ブラントンの嗚咽も彼らの歓声に掻き消されてしまった。

そのとき広い芝生の彼方、竹林の方角から、二人の人影が近づいてきた。

ひとりはホームズ、もうひとりはウィリアム氏だった。ウィリアム氏はホームズに頷いてみせると、マスグレーヴ嬢を囲む人垣のほうへ歩いていく。

ホームズは彼と別れ、まっすぐにこちらへ歩いてきた。

「ホームズ！」私は呼びかけた。「マスグレーヴ嬢が帰ってきたぞ！」

しかしシャーロック・ホームズはどこか沈痛な面持ちだった。十二年前の事件が解決したというのに、どうしてそんな哀しそうな顔をしているのだろう。

「モリアーティ教授はどこにいる？」

ホームズは言った。その言葉を聞いて、私たちは息を呑んだ。

○

モリアーティ教授の部屋はもぬけの殻で、ベッドに寝た形跡もなかった。

私たちはハールストン館の神殿のように静まり返った長い廊下を抜け、旧棟の〈東の東の間〉へ急いだ。窓から朝の光の射しこんでいる〈東の東の間〉は、ひっそりと静まり返っていた。部屋の中央に置かれた大きな円卓の上に、モリアーティ教授愛用のステッキが置かれている。

「昨夜、彼はもう一度、ここへ来たようだね」とホームズが言った。

そのステッキを重しにして、紙切れが重ねてあった。携帯用の手帳を破り取って、急いで走り書きしたものらしい。ホームズはそれを手に取った。

「僕に宛てた手紙だ」

そう言うと、彼はその文面を読み上げた。

○

親愛なるシャーロック・ホームズ君

私がこのような手段を選んだからといって、貴君やワトソン夫妻、そしてアドラー氏が気に病む必要はまったくない。昨年の秋にスランプに陥ったときから、私の人生は、この〈東の東の間〉を目指すように運命づけられていたのだと思う。

私の発見した「真相」について語り合えないのは残念だが、マスグレーヴ嬢を救いだす方法はこれしかないと確信している。

どうかみなさんに私からの感謝の意を伝えてほしい。寺町通221Bの私の住居については、カートライト君に整理を一任したい。数学や物理学の蔵書は今後の研究に役立つだろう。彼は素晴らしい弟子だった。己の天職に打ちこんでくれることを祈っている。

そして何よりも、貴君の友情に深く感謝したい。すっかり絶望して闇の世界をさまよっていた私にとって、貴君との出会いは天から射してきた一条の光であった。さぞかし鬱陶《うっとう》しい同居人だったろうが勘弁してほしい。ともに取り組んできた「スランプ」という謎を解き明かすことはできなかったにせよ、あの寺町通221Bで貴君と語り合った時間を忘れることはないだろう。

それでは、さようなら。どうか元気で暮らしてくれたまえ。

君の忠実なる友
ジェイムズ・モリアーティ

第四章　メアリ・モースタンの決意

洛西から洛中へ帰ってくると、ふたたび「日常」が戻ってきた。

それは一見、今までどおりのようであった。私は淡々と診療や往診をこなし、メアリは事件記録の執筆に勤しむ。しかし何かが決定的に変わっていた。のんきに浅瀬を泳いでいるつもりが、知らぬ間に沖合いに流されていたようなものだ。ふと気がつくと、まわりの水がひどく冷たい。そして足の下には底知れぬ深淵が広がっている。

仕事の合間、しばしば私はあの洛西の長い一日のことを思い返した。

リッチボロウ夫人の降霊会、〈東の東の間〉に出現した階段、あたりを白昼《はくちゅう》のように照らしだす巨大な月、月ロケット発射基地の草原、リッチボロウ夫人の逮捕、マスグレーヴ嬢の帰還……奇怪な夢の断片のようだが、たしかに私たちが経験したことなのである。

モリアーティ教授は姿を消し、寺町通221Bへは戻らなかった。

○

洛西から寺町通221Bへ帰還したシャーロック・ホームズを迎えたのは、「被害者の会」の人々であった。事務職員やタイピスト、青年貴族、屈強な労働者、有閑《ゆうかん》マダムとその付き添い、年金暮らしの隠居夫婦など、被害者たちの顔ぶれは多彩だったが、彼らは社会的な立場や貧富の差を超えて、「ホームズへの怒り」によって団結していた。

被害者の会の人々は玄関先に押しかけて怒声を上げた。

「それでも探偵のつもりか？　恥を知れ！」

見まわりの巡査がくる、新聞記者がくる、野次馬もどんどん増えてくる。

マクファーレン巡査は解散するように命じたが、人々はいよいよ興奮し、駆けつけてきた記者たちを相手に、ホームズの「許すべからざるグータラ探偵ぶり」を訴えた。

ホームズが玄関先に姿を見せたのは、彼らの興奮が最高潮に達したときである。その手にピストルが握られているのを見て、マクファーレン巡査は仰天した。あわてて制止しようとしたが間に合わなかった。ホームズはピストルを空に向けて引き金を引いた。

「諸君の怒りは理解できる」

いっとき静まった人々に向かって、シャーロック・ホームズは語りかけた。

「ようするに諸君は自分自身に腹を立てているのだ。怠け者だの、無能だの、役立たずだの、そうやって僕を非難しているが、それは諸君だって同じではないか。自分で自分の尻を拭うこともできないからこそ、僕のところへ相談にきたのだろう。僕たちはみんな怠け者で、無能で、役立たずなんだ。人類なんてそんなものだ。おたがいに寛大になろうじゃないか」

そのような詭弁は火に油を注ぐことにしかならなかった。かえって依頼人たちは怒り狂って、ぐいぐいと包囲の輪を縮め、ホームズを玄関のドアに押しつけた。「わけのわからん言い訳はよせ！」「なにが寛大な心だ！」「プロならプロらしく働け！」と口々に言った。

そのとき、通りを挟んだ向かいの事務所のドアが開かれた。

「みなさん、どうか落ち着いてください」

アイリーン・アドラーの澄んだ声が街路に響いた。

「みなさんの悩みごとは、すべて私が解決してさしあげます」

そのときアイリーン・アドラーの提示した解決策は、洛西のマスグレーヴ家を去るとき、ホームズとアドラー氏が結んだ業務協定に基づいていた。それはホームズが抱えこんでいる未解決事件をアドラー氏が引き継ぎ、そのかわり彼は彼女の指揮に従うというものであった。

○

十二月下旬、私は寺町通221Ｂへ出かけた。洛西から戻って以来、初めてである。

ホームズの下宿を訪ねる頃、霧はいよいよ濃くなってきて、寺町通の彼方は霧の海に溶けていた。まだ日没には早いはずだったが、あたりは黄昏どきのように薄暗く、221Ｂの玄関先に立って見上げると、二階の窓を覆うブラインドが淡い橙《だいだい》色に光っていた。モリアーティ教授の部屋の明かりがともっているのは、カートライト君が片付けをしているのだろう。

「それにしても薄情なお話じゃありませんか」

ハドソン夫人は私の外套を受け取りながら言った。

「いやしくも私は大家なんですよ。思い立ったが吉日《きちじつ》とは言いますけれど、挨拶もなく湯治へ出かけてしまうなんて、モリアーティさんも勝手な人です」

「勘弁してやりなさいよ。教授はひどく疲れていたんだから」

モリアーティ教授が失踪したことを表沙汰にすれば厄介なことになる。そういうわけで関係者一同が口裏を合わせ、教授は有馬温泉へ湯治に出かけたことになっていた。

シャーロック・ホームズは暖炉の前に毛布を敷き、積み重ねたクッションの上に、仙人風にあぐらをかいていた。ゆったりとした寝間着に灰色のガウンを羽織り、ロシアケーキをもぐもぐやりながら、黒い陶器のパイプを吹かしている。私が長椅子に腰かけると、ホームズは薄目を開けてこちらを見やった。「やあ、ワトソン」と言った。「もうヘトヘトだよ」

「アドラーさんはずいぶん人使いが荒いようだな」

「業務協定を結んだのだから文句は言えないがね。この一週間、ゆっくり下宿で眠る暇もなかった。出町柳の阿片窟《アヘンくつ》へ侵入して、大原の里へ聞きこみに出かけて、南禅寺水路閣《すいろかく》で無政府主義者と格闘して……。いやはや、たいへんな一週間だった」

「しかし顔色はずいぶん良くなったようだよ」

「実際、気楽だもんな」

ホームズは暢気な声で言って、パイプの煙を吹いた。

「どんな事件もアドラーさんが解決してくれるんだ。正直、ここまで気楽とは思わなかったよ。

こんなことなら、もっと早く彼女に助けを求めればよかった」

　それはかつてのホームズからは考えられない発言であった。なぜなら彼は、いついかなるときも挑戦しがいのある謎を求めていたからだ。全力を尽くして謎に取り組んでいるときだけ魂が安らぐ、というのがホームズの「探偵としての業」であるはずだった。しかし今のホームズは、アイリーン・アドラーに下駄を預けて、すっかり心安らいでいるらしい。

「なあ、ホームズ。アドラーさんは君のライバルなんだぞ」

「だからどうした？」

「探偵としての自立心まで失うなと言っているんだよ。たしかにアドラーさんはすぐれた探偵だが、その彼女だってマスグレーヴ家の事件には手も足も出なかったじゃないか。あの事件の全貌を見抜いていたのは君だけだったろう」

「その話はしない約束だぞ、ワトソン」

　ホームズは苛立たしげに手を振った。

「そもそもあれは『事件』ではないし、『探偵』の出る幕でもない。〈東の東の間〉は触れてはならないこの世の神秘なんだ。さわらぬ神に祟《たた》りなしっていうだろ」

「それなら君はモリアーティ教授を見捨てるのか？」

　マスグレーヴ嬢の帰還によって十二年前の迷宮入り事件は解決したように見える。しかしそれはモリアーティ教授の失踪によってもたらされたものである。古い迷宮入り事件が、新しい迷宮入り事件に置き換えられたにすぎないのだ。

ホームズは眉をひそめて暖炉の火を見つめ、「助けようと思えば助けられるさ」と言った。「べつの誰かを犠牲にすればね。しかしそれでは何の解決にもならないことぐらい君にも分かるだろう。〈東の東の間〉に爆薬でも仕掛けてみるかね？　しかし下手なことをしたら、モリアーティ教授は二度と帰ってこないかもしれないんだぞ」

ホームズは立ち上がると、肘掛け椅子にドサリと座りこんだ。

「これはどう考えても僕たちの手に余る問題だ」

「どうしようもないっていうのか」

「どうしようもない。忘れるしかないんだよ」

今のところ、マスグレーヴ家で起こったことは世間に洩れていなかった。マスグレーヴ嬢の帰還は公になっていないし、モリアーティ教授は世間との交わりを断って暮らしていたから、ハドソン夫人さえ言いくるめてしまえば、彼の所在を気にする者はいない。法廷へ引き出されたリッチボロウ夫人が何か言ったところで、こんな奇怪な話を真に受ける者がいるわけもない。

そのときノックの音がして、カートライト君が顔を覗かせた。

「どうもこんにちは。ホームズさん、ワトソン先生」

「やあ」ホームズが言った。「整理は進んでいるかね」

カートライト君は長椅子に腰を下ろして溜息をついた。

ひどく疲れている様子だった。淡い栗色の髪はバサバサで、青白い頬には埃がつき、金縁眼鏡の奥にある気弱そうな目がショボショボしている。丸一日、モリアーティ教授の蔵書やメモと格闘していたのだから無理もあるまい。しかも先日マスグレーヴ家で起こったことは、この内省的な青年に計り知れない衝撃を与えたはずであった。〈東の東の間〉の怪現象は言うにおよばず、心霊学研究の協力者であったリッチボロウ夫人は逮捕されるし、大学の恩師・モリアーティ教授は失踪を遂げてしまった。まさに踏んだり蹴ったりである。

「まあ、のんびりやることだよ、カートライト君」

「そういうわけにもいきませんよ。モリアーティ先生はじきじきに僕を指名なさったんですからね。きちんと先生の仕事を整理して、引き継がなくては」

「だからといって焦りは禁物《きんもつ》だ。君までスランプになってしまう」

「モリアーティ先生が戻ってくださるなら、それが一番良いのですが」

カートライト君は額に手をあてて悩ましそうな顔をした。「今でも洛西で起こったことが僕には何ひとつ分からないんです。あの〈東の東の間〉にはどんな力が宿っているんだろう。心霊現象のようなものとはまったく別次元のものかもしれません。けれどもレイチェルさんが十二年ぶりに帰ってこられたからには、その不思議な力を信じるほかないし……」

そこでカートライト君は思いついたように言った。

「そうだ。少し気になったことがありまして」

「なんだね」

「先生の寝室に鍵がかかっているんです」

「鍵？」ホームズは眉をひそめた。「ハドソン夫人が開けてくれるだろう」

「それがですね。ハドソン夫人は三階の寝室に鍵をつけたおぼえはないと仰るんです。つまりモリアーティ教授が個人的に取り付けられたものなんですよ。しかもベッドは居間に置かれていて、先生はそちらで寝起きされていたようなんです」

「それなら寝室には何があるんだ？」とホームズが言った。

○

「勝手に先生の部屋に入るのはイヤなものです」

カートライト君はモリアーティ教授の部屋のドアを開けながら言った。

そこはかつて私が使っていた部屋だが、空き家のような黴《かび》と埃の匂いが漂い、まるで雰囲気が変わっていた。黒光りする樫材《かしざい》の長机が窓辺に置いてあるほかは、小さな書棚と黒板、簡易ベッドぐらいしか家具はなかった。絨毯には書棚から溢れた書物が積んである。隅に置かれた木箱には、彼の名声を不動のものにした物理学書『小惑星の力学』、ベストセラーとなった自己啓発本『魂の二項定理』、「月ロケット計画」の計画書、物理学会賞の賞状、ヴィクトリア女王から下賜《かし》されたメダルなど、これまでの輝かしい業績が十把一絡《じっぱひとから》げに放りこまれていた。

「なんとも荒涼たる住まいだな」

ホームズが部屋を見まわしながら呟いた。

「モリアーティ教授は研究以外に何の興味もなかったらしい」

カートライト君が暖炉に石炭を足し、ガス灯の明かりを強めたが、さして明るい雰囲気にはならなかった。窓の外は夕暮れの赤みを帯びた霧でぼんやりとしている。

私は窓辺の机に積み上げられた膨大《ぼうだい》な紙片を見まわした。

びっしりと数式や図形が書きこんであって、モリアーティ教授が仕事を放棄したわけではなかったことが見てとれる。ひとり机に向かって、なんとかスランプを脱出しようと悪戦苦闘している教授の姿を思い浮かべると、なんともいたましい気持ちになった。

カートライト君は居間の隅にあるドアに近づき、ノブをまわしてみせた。

「こちらが問題の寝室です。ごらんのとおり、鍵がかかっているんですよ」

ドアの向こうには居間よりも小さな部屋がある。私がここで暮らしていた頃は、その部屋にベッドや衣装簞笥《だんす》を置いて寝室にしていた。しかしカートライト君も言うとおり、モリアーティ教授は基本的に居間で寝起きしていたように見える。

「モリアーティ教授はいったい何を隠しているのかな」

ホームズは床にひざまずいて鍵穴を覗きこんだ。

「こいつは興味深い」

「何が見える？」

「なんともふしぎなものだよ、ワトソン君」

ホームズが脇によけたので、私もひざまずいて鍵穴を覗いた。

小さな穴の向こうはうっすらと明るかった。裏庭に面した窓から光が入ってくるのだろう。

目を凝らしていると、奇怪なシルエットが浮かんできた。びっしりと建てこんだ屋根、林立する煙突、それらの彼方にひときわ高く聳えている時計塔《ビッグ・ベン》。どういうことだろう。鍵穴の向こうは室内であるはずなのに、淡い光の中に「京都の街」が浮かんでいる。

私は鍵穴から目を離してホームズを見た。彼は真剣な顔で頷いた。

ホームズは久しく使っていなかった錠前破りの道具を取りだすと、細い金属の棒を鍵穴にさしこんだ。間もなく「カチリ」と鍵の開く音がした。ホームズは「スランプ」に陥っているが、こういう技術は衰えていないのである。彼は立ち上がって、ドアノブに手をかけた。

「それでは諸君。覚悟はいいかね?」

ホームズはドアを開け、私たちは室内へ足を踏み入れた。

いくつかのテーブルが部屋の中央に集められ、その上に「模型の街」が作られていた。大小さまざまな木製のブロックがびっしりとテーブルを埋め尽くし、それらの小さな建物の合間に、大きな川があり、時計塔があり、宮殿があり、青々とした公園がある。裏庭から射しこんでくる淡い光が、その偽物の街に本物らしい陰影を与えていた。先ほど鍵穴から覗いたとき、本物の遠景のように見えたのも当然であった。こいつはすごい、と私は嘆息した。

「いつの間にこんなものを作っていたんだろう」

しばらくその模型の街を眺めているうちに、ふしぎなことに気がついた。

街の中央を流れる川沿いに国会議事堂が壮麗な姿を横たえ、その川にかかる橋のたもとに時計塔《ビッグ・ベン》が聳えている。だとすればその橋は四条大橋であるはずだが、鴨川の対岸には南座の劇場がない。そのことに気づいたとたん、その模型の街と「京都」のちがいがありありと浮かび上がってきた。そもそも鴨川が妙にうねくっているし、上流にさかのぼっても賀茂川と高野川《たかのがわ》の合流点が見あたらない。官庁街やビジネス街、ヴィクトリア女王の王宮の配置もまるでちがう。大文字山や比叡山《ひえいざん》の姿も見えない。なによりも神社仏閣らしい建物がひとつもなかった。

カートライト君がテーブルの高さに視点を合わせながら言った。

「つまりこれは架空の街というわけですか」

「京都によく似ているがね」

「それにしても精巧だ。こんな街がどこかにありそうです」

ホームズのパイプの煙が、鴨川の霧のように模型の街をたゆたっている。

モリアーティ教授はしつこい不眠症に悩まされていた。無心に手を動かすことは心を落ち着けてくれるものだ。眠れぬ長い夜、モリアーティ教授はこの小さな部屋に籠もって、架空の街を組み立てながら、気を紛らわせていたのだろうか。

「諸君、ちょっと手を貸してくれないか」

ふいにホームズが言った。彼は目を細めて天井を見上げていた。その視線の先には、天井から糸で吊り下げられた、檸檬《レモン》ぐらいの大きさの月があった。

「あの月を調べてみたい。何か小さな字が書いてあるようだ」

私はカートライト君と腕を組んでホームズを持ち上げた。ホームズは天井に向かって腕を伸ばし、吊りさげられた小さな月に触れた。それはクルクルと回転した。しばらく彼は目を細めてそれを睨んでいたが、やがて「ロンドン」と呟いた。

「ロンドン？　ロンドンって何だ？」

「さあね。ここにロンドンと書いてあるんだよ」

ホームズはふしぎそうに言って、小さな月を見つめていた。

○

私は寺町通221Bを後にして、辻馬車で夜の街を走っていった。

雲海《うんかい》を思わせる濃い霧に沈んだ京都の街路を眺めていると、神秘的な夢の世界を通り抜けていくような気がする。ヴィクトリア女王の宮殿の長い塀に沿って、ぼんやりと霧に滲んだ街灯の光が、まるで宝石のように連なっている。そうして辻馬車に揺られている間も私はずっと、モリアーティ教授の寝室で見つけた模型の街のことを思い返していた。

そのうち、突拍子もないことが頭に浮かんだ。

――もしもあの街がどこかに実在しているとすればどうだろう？

そこは「ロンドン」という街だ。大きな川が流れ、いくつもの橋があり、時計塔があり、街路を馬車が行き交っている。その街にもシャーロック・ホームズが暮らしている。当然、相棒のジョン・H・ワトソンもいるだろう。たとえば「ベーカー街221B」なんていうのはどうだろう。もちろん大家はハドソン夫人だ。そしてこれが何よりも肝心なことだが、ロンドンのシャーロック・ホームズ氏はまったくスランプには縁がない。難事件を次から次へと解決していく。
――ロンドンのシャーロック・ホームズ。

考えれば考えるほど、そのアイデアに強く惹きつけられていった。

下鴨の診療所へ戻ってみると、メアリはまだ戻っていなかった。寝室へ行こうと思ったが、胸がざわざわとして落ち着かなかった。私は診察室へ行って明かりをつけた。そのとたん、いま感じている胸のざわめきが、久しく忘れていた執筆意欲であることに気づいた。

私は背後の戸棚から、ホームズ譚の原稿を取りだしてみた。

これまで「ストランド・マガジン」に掲載された短編は二十四篇にのぼり、『シャーロック・ホームズの勝利』『シャーロック・ホームズの栄光』という二冊の短編集にまとめられている。言うまでもなく、それらは京都におけるホームズの冒険を記録したものである。

原稿をめくって自筆の文章を拾い読みしていくと、事件の内容のみならず、それらを執筆した状況までもが脳裏に浮かぶ。寺町通221Bでホームズの化学実験の悪臭に悩まされながら書いたもの、捜査に出かけた地方の宿の一室で書いたもの、メアリと結婚してからこの診察室で書いたもの……。

私はそれらの原稿を戸棚にしまうと、真っ白の原稿用紙を机に置いた。

この一年間、シャーロック・ホームズは洛中洛外でさまざまな事件に取り組み、ことごとく解決に失敗してきたのだった。しかし彼の見抜いた真相や、その結論へ至る推理が、まったく無価値なものであったとは思えない。「海軍条約文書」事件にせよ、「くちびるのねじれた男」

事件にせよ、「青い柘榴石《ざくろいし》」事件にせよ、あれほどの名推理が現実に蹴散らされておしまいだなんて、あまりにも悔しいではないか。発想を逆転するんだ、と私は思った。

この世界がホームズの推理を否定するというのなら、彼の推理に合わせて、世界そのものを創造してしまえばいい。

しばし考えこんでから、

「赤毛連盟」

と、タイトルを書いた。なんだか闘志のようなものが湧いてきた。

その事件は昨年の秋、シャーロック・ホームズを打ちのめし、深刻なスランプの始まりを決定づけた、痛恨の大失敗だった。敢えてその事件を題材に選んだのは、その大失敗を大成功へと書き直すことによって、この現実世界へ一矢報《いっしむく》いてやりたかったからだ。

自分でも驚くほど、ペンはすらすらと紙の上を走りだした。大岩を打ち砕く正しい筋目を見つけたような、豊かな水脈を掘りあてたような、はっきりとした手ごたえがあった。全身に生命力が漲ってくる。私が猛然と走らせるペンの先から、ロンドンの街が、ベーカー街221Bが、そしてもうひとつの世界を生きているホームズの姿が生まれてくる――。

「あなた、何をしているの?」

どこか遠くから柔らかな声が聞こえてきた。

ふいにロンドンから現実世界へ引き戻されて、私は顔を上げた。診察室の戸口を見ると、外套姿のメアリが心配そうな顔をして立っている。さっきから何度も私に呼びかけていたらしい。

執筆に夢中になるあまり、妻が帰ってきた音にも気づかなかったのだ。

私は身を起こすと、なかば茫然としながらメアリを見つめ、「やあ」と言った。

「新作を書き始めたんだよ」

「……新作？」

メアリはポカンとしたように私を見つめた。

しばらくの間、私たちは何も言わずに見つめ合っていた。

ふいにメアリは足早に診察室に入ってきて、暖炉に石炭を足して火をつけた。そのときになって気づいたのだが、私は火の気もなく冷え切った診察室で、外套を着たまま机に向かっていたのである。ペンを置いて、かじかんだ手に息を吹きかけていると、メアリが身をかがめて私の頰に接吻し、「お茶を淹《い》れてきます」と言った。その顔には微笑みが浮かんでいた。

メアリが出ていったあと、私は机上の原稿を見つめた。

「よし」

そう呟くと、私はふたたびペンを手に取った。

かくして、ロンドン版「シャーロック・ホームズ」は誕生したのである。

◯

読者は「デイリー・クロニクル」の探偵対決を覚えているだろうか。

アイリーン・アドラーの堂々たる挑戦によって始まった「名探偵」の称号をめぐる対決は、アドラー氏の圧倒的な勝利によって幕を引かれた。もちろん彼女が解決した事件の一部はホームズから引き継がれたものであり、ホームズ自身が助手として協力していたのであるが、世間の人々が知ることはなかった。

勝者発表当日の紙面には、アイリーン・アドラーがこれまでに手がけた事件を紹介する特集記事や、京都警視庁《スコットランド・ヤード》のレストレード警部による談話が掲載されたが、敗者ホームズへの言及は意外なほど気遣いのあるものであった。あまりにもホームズの敗北が徹底的だったので、新聞社としても今さら蹴飛ばすのは気が引けたのかもしれない。それはシャーロック・ホームズという存在が、いよいよ本格的に世間から見切りをつけられつつあるということでもあった。

「いっそせいせいしたよ」

ホームズはその記事を読みながら言った。

「はっきりと敗北をつきつけられたほうが諦めがつく。ずっと気持ちが楽になったな」

探偵対決の終了後、河原町御池のランガム・ホテルの大広間において、アイリーン・アドラーの勝利を祝う会が新聞社主催で開催された。もちろんホームズも私もそんなところへ駆けつけるほど自虐的な人間ではないが、メアリはアドラー氏の助手として、素敵なドレスを着て参加してきた。その夜、ベッドに入ってから、妻は祝賀会の様子を語ってくれた。

「大広間が人でいっぱいでしたよ。まるで祇園祭みたいだった」

その祝賀会には、たんなる新聞企画の「打ち上げ」という意味を超えて、アイリーン・アドラーという「名探偵」の誕生を慶賀《けいが》する意味があったのだろう。彼女が手がけた事件の依頼人や新聞雑誌の関係者ばかりでなく、京都警視庁《スコットランド・ヤード》の幹部たち、貴族や政治家、各界の著名人たちがランガム・ホテルへ押しかけてきたという。「みんなアドラーさんと顔をつないでおきたいんだろう」と私は言った。「有名な探偵と知り合いになっておいて損はないから」

「でも、ああいうのはなんだかむなしいものね」

「それはそうだよ」

「アイリーンはずっと揉みくちゃになっているし、誰が誰やら分からないし」

元舞台女優だったアイリーン・アドラーとちがって、メアリはそんなふうに派手な場所へ出ていくことに慣れていない。もの珍しくはあったが、あまり楽しい経験ではなかったらしい。

ふいにメアリは寝返りを打って私の方を向いた。

「そういえば、セント・サイモン卿が会場に現れましたよ」

「セント・サイモン卿？」

私も寝返りを打ってメアリを見つめた。

「リッチボロウ夫人を支援している貴族かい？」

リッチボロウ夫人の裁判は年明け早々に始まる予定であった。

名高い霊媒として数多くの降霊会を主催し、有力な後援者も多かっただけに、リッチボロウ夫人の逮捕は洛中洛外に波紋を広げていた。「当局による心霊主義への弾圧だ」と主張する人々も現れてきた。そのような動きに乗じて、リッチボロウ夫人を救うべく奔走しているのがセント・サイモン卿だった。彼は支持者たちから資金を集め、有能な弁護士に声をかけている。

「どうしてそんな人間を招待したんだろう」

「招待するわけがないでしょう。強引に会場へ入りこんできたんですよ」

セント・サイモン卿が会場へ乗りこんできたとき、アイリーン・アドラーとメアリは大広間の中央で大勢の人々に囲まれていた。セント・サイモン卿はそれらの人垣を平気な顔で押しのけてくると、なれなれしくアイリーンに話しかけてきた。

「素晴らしい手腕です。感服しましたよ、アドラーさん！」

セント・サイモン卿は鼻の高い白皙《はくせき》の男で、その身なりには非の打ちどころがなかった。上等の夜会服、雪のように白いチョッキ、ピカピカと煌めくエナメルの靴。その華やかな服装のせいで、遠目には若々しい青年のように見えるのだが、その実、四十歳をすぎている。頭髪には白いものがまじり、よく見れば顔の色艶《いろつや》も年相応のものであることが見てとれる。

アイリーンはかたわらのメアリを紹介したが、セント・サイモン卿は「ふん」と小さく頷いただけで、メアリと目を合わせもしなかった。自分と対等に話す資格があるのはアイリーン・アドラーだけであって、助手なんぞに興味はないと言いたげだった。ひとしきりセント・サイモン卿はぺらぺらと喋って、アイリーン・アドラーの手腕を褒めそやした。

「今日こちらへうかがったのは、ぜひとも御礼を申し上げたかったからです」

セント・サイモン卿は言った。「リッチボロウ夫人の逮捕に一役買われたそうですな。おかげで助かりましたよ。私もあの霊媒にはまんまと一杯食わされていたんです」

しかしそれはまったく信用できない言葉だった。アイリーン・アドラーの見るところ、セント・サイモン卿はリッチボロウ夫人に便宜《べんぎ》を図ることによって、さまざまな利益を得てきたはずなのだ。裁判にそなえて奔走しているのも、リッチボロウ夫人のためではなく、我が身に火の粉がふりかからないように手をまわすためにちがいなかった。

「自分を騙した人間の裁判を支援なさるなんて」とアイリーン・アドラーは言った。「とても情け深くていらっしゃいますね、セント・サイモン卿」

「リッチボロウ夫人にも同情すべき余地はありますからな」

「それは仰るとおりと存じます」

「もちろん詐欺行為は許されるものではないが、すべてが悪意から出たものとは思われない。実際、リッチボロウ夫人に救われた人間も大勢いるのですよ。彼女にはせめて正当な裁判を受けさせてやりたいと思いましてね。お分かりでしょう」

「ええ、分かります。裁きは正当であるべきです」

「いや、お会いできて光栄でしたよ、アドラーさん！」

セント・サイモン卿は満面の笑みを浮かべ、気取った仕草で頷いてみせた。

「あなたのように偉大な探偵は人類の宝だ。末永い御活躍を祈っていますよ」

そして彼はふたたび人垣を押しのけるようにして歩み去っていった。

メアリはあっけにとられていた。セント・サイモン卿の弁舌《べんぜつ》には真実を感じさせる手応えがまるでなく、あたかも喋り散らす自動人形のようだった。彼が身をひるがえす瞬間、その顔から拭い去られるように笑みが消えたのも不気味だった。

ソッとかたわらを見ると、アイリーン・アドラーは刺すような眼差しで、歩み去っていくセント・サイモン卿の後ろ姿を見つめていた。

「卑怯者！」

アイリーンが吐き捨てるように呟くのをメアリは聞いた。

○

その年の暮れから正月にかけて、ワトソン家は平和そのものであった。

私はひたすら診察室に籠もって机に向かい、ロンドン版ホームズ譚を書いていた。メアリは久しぶりに机をはなれて、慈善委員会の会合へ顔を出したり、かつて家庭教師をしていたセシル・フォレスター夫人の屋敷を訪ねたりしていた。

そして夜になると、居間の暖炉の前で、書き上げたばかりの探偵小説について、メアリといっしょに語り合った。激流を命からがら下ってきたボートが、ふいに広々とした湖へ滑り出たような、なんとも穏やかで静かな年越しになった。

赤毛の男だけが加盟できるという組織をめぐる奇想天外な事件――「赤毛連盟」。鵞鳥《がちょう》の腹から出てきた貴重な宝石をめぐる冒険譚――「青い柘榴石」。阿片窟の殺人と奇妙な物乞いが結びつく物語――「くちびるのねじれた男」。もちろんホームズの「名推理」あってこそだが、いずれも珠玉《しゅぎょく》の名作であって、我ながら惚れ惚れするような仕上がりである。

はじめは「異世界のシャーロック・ホームズ」という設定に戸惑っていたメアリも、一篇また一篇と読み進めるにつれて、次第に目の色が変わってきた。たとえ風変わりな世界が舞台であっても、それらが探偵小説の傑作であることをメアリは認めてくれた。妻に太鼓判を押してもらったことで、私はいっそうロンドン版ホームズ譚に自信を持つことができた。

「それにしても『ロンドン』なんて！」

メアリは原稿をめくりながらクスクス笑ったものである。

「はじめは何がなんだか分からなかったけど、読んでいるうちになんだかこんな世界が本当にあるような気がしてきたわ。不思議なものね」

正月の朝、メアリと私は下鴨神社へ初詣《はつもうで》に出かけた。空は洗い清められたように晴れていて、うららかな陽射しが家々の門松《かどまつ》を照らしていた。糺ノ森は清冽の気に充ちていた。私たちは本殿に参拝したあと、通りすがる顔見知りと新年の挨拶を交わしながら、長い参道を歩いていった。普段は森閑としている砂利道も、初詣の参拝客で賑わっていた。

メアリが歩きながら私を励ますように言った。

「今年はきっと良い一年になります」

「そうかなあ」

「そうですよ。あなたの新作もあるんだから」

「ロンドン版ホームズ譚なんて世に出せるとは思えないがね」

○

リッチボロウ夫人の裁判が開廷したのは、一月十五日のことである。

午前十時、私は辻馬車に乗って丸太町通へ出かけていった。王立司法裁判所は丸太町通をはさんで、ヴィクトリア女王の宮殿の南側にある。裁判所前で馬車を降りると、砂埃の舞う通りの向かいには宮殿の長い石塀が見え、老樹の梢がのぞいていた。すぐそばに堺町《さかいまち》御門《ごもん》があって、立派な鉄製の門の両脇には、赤い軍服に黒い帽子をかぶった近衛兵の姿がある。

王立司法裁判所には、かつてシャーロック・ホームズが手がけた事件の裁判を傍聴するために、何度も足を運んだことがある。白い石造りの壮麗な建物で、いくつもの尖塔がある。その内部には通路が迷路のように走っており、数えきれないほどの事務室や法廷があった。

裁判所の正門前にはちらほらと人だかりができていた。彼らは寒そうに身をゆすりながら、ひそひそとささやき合っていた。私が御者に支払いをして、正門を通り抜けようとすると、彼らは一斉に口をつぐんで私を見つめた。何やら薄気味悪かった。

その視線を背中に感じながら、足早に馬車まわしを横切って玄関ホールに入ると、折良くレストレードと出くわした。リッチボロウ夫人を逮捕したあとも、レストレードの活躍はとどまるところを知らない。言うまでもなく、彼の勝ち星はアイリーン・アドラーの勝ち星と連動している。

「門前にいるのはリッチボロウ夫人の信者たちですよ」

法廷へ向かって廊下を歩きながら、レストレードが教えてくれた。

「この事件は心霊主義者たちの間でたいへんな話題になっているんです。リッチボロウ夫人は霊媒として尊敬を集めていましたからね」

私たちが法廷へ入っていくと、傍聴席はほとんど埋まっていた。

アイリーン・アドラーとメアリは先に到着して席についていた。レジナルド・マスグレーヴやカートライト君の姿も目に入った。

私はレジナルド・マスグレーヴのとなりに腰かけ、あらためて傍聴席を見まわした。大御所の霊媒、心霊現象研究協会の重鎮《じゅうちん》、心霊主義に批判的な科学者など、著名な人物の顔がちらほらと目につく。それだけこの裁判が注目を集めているということだろう。

右斜め前にはセント・サイモン卿の姿もあった。本人を見るのは初めてだったが、そのきざったらしい服装と、滲みでる貴族の風格から、それがサイモン卿であることは一目で分かった。

彼は金縁眼鏡をかけ、退屈そうな顔で新聞を読んでいる。

私はかたわらのレジナルド・マスグレーヴに訊ねた。

「セント・サイモン卿とはお知り合いですか」

「ええ。あの男のことは昔から知っています」

マスグレーヴ氏はセント・サイモン卿の背中を見つめながら言った。

「こうして法廷で顔を合わせることになるとは思いませんでしたが」

二人の廷吏《ていり》にはさまれて、リッチボロウ夫人が被告人席へ姿を見せた。

リッチボロウ夫人は粗末な鼠色の服を着て、色艶のない髪を無造作に束ねている。

その姿を見るのはハールストン館の逮捕劇以来だったが、留置場暮らしのせいか、あるいは意気消沈しているせいか、ひとまわり小さくなったように感じられた。その変貌《へんぼう》ぶりを見ると長い歳月が過ぎたように感じられるが、ハドソン夫人とポンディシェリ・ロッジを訪問し、リッチボロウ夫人の水晶玉トリックに翻弄されたのは、ほんの二ヶ月前のことなのである。

正面の高い席に裁判長がつき、右手の陪審員席に陪審員たちが入ってきた。

書記官が立ち上がり、起訴状を朗読した。詐欺、恐喝、不動産の不正取得。リッチボロウ夫人は三つの犯罪の首謀者として起訴されている。それらの事件は大規模で複雑に絡み合っているので、判決が出るまでには長い時間がかかるだろう。

「被告人、起訴内容を認めるか？」

裁判長が問いかけた。

「いいえ」

リッチボロウ夫人は抑揚を欠いた声で言った。

「否認いたします。私はただの霊媒にすぎません」

私は、リッチボロウ夫人が起訴内容を否認したことに驚かされた。

どう考えてもこれは負け戦でしかない。アイリーン・アドラーとレストレードによれば、あらゆる証拠と証人がそろっており、検察側はリッチボロウ夫人がそれらの犯罪を主導したことを完璧に立証するだろう。いやしくも王立司法裁判所が「心霊世界」を考慮に入れて判決をくだすわけがない。素直に罪を認めた方が、裁判長や陪審員に与える印象も良くなるはずだ。

しかし検察側の立証に耳を傾けているうちに、べつの考えが浮かんできた。

すべての黒幕はセント・サイモン卿にちがいない。リッチボロウ夫人はすっかり抜け殻になっていて、彼の言いなりになっているのだろう。この法廷で彼女が霊媒という役割を演じ通せば、「この裁判は心霊主義者への弾圧である」という印象を強められる。それは洛中洛外の心霊主義者たちへの恰好の宣伝になるだろう。たとえリッチボロウ夫人が投獄されても、彼女の霊媒としてのカリスマ性はかえって高まり、今後いかようにも利用できるというわけだ。

その日の審理が終わってリッチボロウ夫人が退廷したとたん、傍聴席はざわめきに包まれた。「不当だ！」と憤る声もあれば、「茶番だ！」と罵る声もあった。心霊主義者たちと反心霊主義者たちは、退廷をうながす廷吏の声にも耳を貸さず、ひたすら口角《こうかく》泡を飛ばして議論している。

アイリーン・アドラーとメアリがこちらへ呼びかけていたが、あたりの喧噪に掻き消されて、何を言っているのか聞き取れなかった。

「厄介なことになりそうですな」

レストレード警部が言った。

――これではセント・サイモン卿の思うつぼだぞ。

そう思いながら傍聴席を見まわしたが、サイモン卿の姿はどこにもなかった。この騒動をしかけた張本人は、さっさと法廷から抜けだしていた。

○

「ストランド・マガジン」編集部は四条烏丸の瀟洒《しょうしゃ》なビルの四階にある。

かつては河原町丸太町の煤けた漆喰塗りの建物にあったのだが、ホームズ譚の大ヒットによって、繁華なビジネス街の中心へ移ることができたのである。いわばこの雑誌社の所在地そのものが、シャーロック・ホームズの黄金時代の遺産のようなものであった。

その日、私は「ストランド・マガジン」編集部を訪ねた。四条烏丸の交差点は霧と煤煙にかすんで、黒々とした人ごみと、行き交う馬車でごった返している。すっかり正月気分も抜けきって、ビジネス街は殺伐《さつばつ》とした雰囲気に戻っていた。

硝子戸を押し開けて、雑然とした室内へ入ると、

「ワトソン先生！」

奥の机からヴァイオレット・スミス嬢が呼びかけてきた。

担当編集者のスミス嬢の席は、交差点が見下ろせる大きな窓の前にあって、書籍やゲラ刷りの山に埋もれていた。錬鉄《れんてつ》ストーブの熱気が籠もった室内は暑いほどで、普段でも血色のいいスミス嬢の頰は林檎《りんご》のように赤かった。彼女は「赤毛連盟」「青い柘榴石」「くちびるのねじれた男」の原稿を大切そうに胸に抱えていた。前もってそれらの原稿を彼女に届け、掲載できるかどうか検討を頼んでおいたのである。スミス嬢のかたわらには編集長が立っており、毛深い

手を額にあてている。

——やはりむずかしいようだな。

編集長の顔つきから、私はそう判断した。

「ワトソン先生。ここではなんですから、あちらの部屋で」

編集長はそう言って、私をとなりの小さな応接室へ案内した。

私が長椅子に腰を下ろすと、テーブルを挟んで向かいに編集長とスミス嬢が腰を下ろした。

「新作を拝読いたしました」と編集長は丁重な声で言った。「たいへん斬新《ざんしん》な素晴らしい探偵小説ということで、編集部の意見は一致しております。しかしながら……」

しばらく私たちは話し合いを続けたが、折り合いはつかなかった。

ホームズのスランプによって無期限休載に追いこまれているとはいえ、ホームズ譚は大切な人気シリーズである。もちろん新作は喉から手が出るほど欲しいが、それはあくまで現実の事件記録であって、「ロンドン」という異世界の物語ではない。それは大半の読者たちも同じ気持ちだろう。ロンドン版を世に出すことによって読者にそっぽを向かれたら、ホームズ譚の人気そのものが失墜してしまう。そのような危険は冒せない、というのが編集長の意見であった。

私は雑誌社の玄関から四条烏丸の雑踏へ出ていった。

乗客を満載した乗合馬車がギクシャクと曲がっていくのをやりすごしてから、行き交う馬車の隙間を駆け抜けるようにして烏丸通を東へ渡った。あたりはひどい混雑で、道路を渡るのも命がけである。南を見ると、霧に霞んだビル街の彼方に、煉瓦造りの京都タワーが見えていた。

私は横町に入って、ビルの谷間を歩いた。

——メアリはガッカリするだろうな。

このことはしばらく妻には黙っておこう、と私は思った。

ロンドン版ホームズ譚の掲載を断られて、失望していないといえば嘘になる。

しかしこうなることは、ある程度予想していたことでもあった。ジョン・H・ワトソンがこれまで書いてきた作品は、多少の潤色《じゅんしょく》はあるにせよ、現実の事件の記録であった。いきなり現れた「ロンドン」という世界に戸惑うのは、編集者としても当然であろう。

年末から年明けにかけて、私は猛烈な勢いでロンドン版ホームズ譚を書いてきた。

一篇また一篇と書き上げるにつれて、ロンドンという異世界も存在感を強めていき、今ではまるで本物の思い出のような気がする。たとえば構想を練りながら歩いているとき、京都とロンドンが二重写しのように見えることがよくあった。何気なく街角を曲がれば、現実と妄想の境目を越えて、ロンドンへ迷いこんでしまいそうな気がするのだ。そして辻馬車をつかまえ、ベーカー街221Bを訪ねていけば、スランプ知らずの名探偵ホームズが待っている……。

そんなことを考えながら歩くうちに、私は錦市場に入りこんでいた。

東西に延びる長大なアーケードの下は、買い物客や観光客がいっぱいで、すれちがうのも一苦労だった。通りの両側には間口の狭い商店がぎっしりと軒を連ねている。ぼんやりと考えごとをしながら歩いていたので、横町から現れた男にぶつかりそうになった。

「や、失敬」

危ういところで身をかわし、私はそのまま通りすぎた。

少し歩いたところで、背後から「ワトソンじゃないか？」と声をかけられた。

先ほどぶつかりそうになった男が追いついてきた。ピカピカのシルクハットをかぶり、コテコテに口髭をかため、上等の黒い外套に身を包んでいる。いやに馴れ馴れしい態度で、ニヤニヤしながらこちらを見つめている。私が戸惑っていると、相手は私の肩を叩いて、「なんだよ、ワトソン。恩人の顔を忘れたのか」と言った。私はアッと声を上げた。

「スタンフォードか！」

「そうだよ。薄情なやつだな」

「いや、すまない。ずいぶん印象が変わったから」

「あれから俺にも色々あってね。しかし人生っていうのは不思議だな。アフガニスタン帰りの君と出くわしたのが、この錦市場だったじゃないか」

そう言われて、十年前のことが鮮やかによみがえってきた。

「あの頃の君はよっぽど淋しかったんだろうな」

スタンフォードは腕を伸ばして、私の肩を軽く叩いた。

「俺がこうして肩を叩いたら、大喜びしてくれたじゃないか。そのあと俺が君を病院の解剖学教室へ連れていって、シャーロック・ホームズに引きあわせてやったんだ。それからというもの、君は順風満帆の人生だった。つまり俺は君の大恩人になるわけだよ。それなのに『緋色《ひいろ》の研究』以来、俺のことなんて君は一文字も書いてくれないんだからな」

いささか恩着せがましい言い方だったが、私は何も言い返せなかった。ホームズとの同居生活、ホームズ譚の大ヒット、メアリとの結婚、診療所の開業という人生の転変が続く間、スタンフォードのことを思い出しもしなかったのは事実だったからだ。

「君だってずいぶん羽振りが良さそうに見えるがね」

「まあ、手広くやっているよ。ようやく俺にも運が向いてきたようだ」

スタンフォードはニヤリと笑った。

「そういえば、ずいぶん長い間、ワトソン先生の新作を見かけないな。シャーロック・ホームズは何をしているんだ？　かつての君たちは飛ぶ鳥を落とす勢いだったが、今ではアイリーン・ナントカっていうのが大きな顔をしているじゃないか」

私が言い返せないでいるうちに、スタンフォードは懐中時計を覗いて、「や、こいつはいかん！」と言った。「これから往診なんだ。またいずれ、ゆっくり会おう」

そして彼は身を翻し、錦市場の人混みの向こうへ歩み去った。

しばらく私は茫然としていた。まるで一方的にやりこめられたような気分だった。

そのときになって、荒神橋のクラブで友人のサーストンから聞いた噂話を思いだした。スタンフォードは心霊主義と現代医療の融合を唱えて、「心霊医師」を自称しているらしい。

——スタンフォードはリッチボロウ夫人を熱烈に信奉している。

と、サーストンは言っていた。

私は錦市場から歩いて、寺町通221Bへ向かった。

洛西から戻って一ヶ月、ホームズから引き継いだ未解決事件をアイリーン・アドラーがすべて解決してくれたということで、今宵は寺町通221Bでささやかな内輪の祝賀会が開かれることになっていたのである。到着してハドソン夫人に外套を預けている間も、階上から楽しげなざわめきが伝わってきた。ホームズの笑い声がひときわ大きく聞こえる。

「ホームズのやつ、えらくご機嫌だな」

「おかげさまで『被害者の会』も解散になりましたからね。これで依頼人の皆さんに吊し上げられる心配もなくなりました。まあ、ホームズさんもよく頑張られたと思いますよ。このところアドラーさんの下働きで、あっちへこっちへ走りまわっておられましたもの」

二階の部屋のドアを開けるなり、「ワトソン君だ！」という陽気な声が響いた。

ホームズは肘掛け椅子にあぐらをかいていた。向かいの長椅子にはアイリーン・アドラーとメアリが腰かけ、暖炉の前にはレストレード警部が立っている。彼らはサイドテーブルにならんだ料理をつまみながら語らっていたらしい。ホームズは私を手招きしながら言った。

「アドラーさんの人使いの荒さについて話していたところだよ」

「あなたに文句を言う資格はありませんよ、ホームズさん。もとはといえば、すべてあなたが引き受けた依頼だったんですからね。『被害者の会』を黙らせるには、多少乱暴な手を使っても、早く解決しなければならなかったんです」

「それにしたって、まさか錦鯉《にしきごい》に変装させられるとはね」

ホームズは溜息をついた。「僕は危うく琵琶湖《びわこ》へ放りこまれるところだった」

「ちゃんと助けに行ったじゃありませんか」

「あれは面白い事件でしたね」

メアリがクスクス笑うと、アイリーン・アドラーもつられて笑いだした。

私はレストレードに声をかけた。「君も招かれていたとは意外だったよ」

「先日ホームズさんがわざわざ京都警視庁《スコットランド・ヤード》へお越しになって、『そろそろ仲直りするか』と仰ったんです。考えてみれば、ホームズさんとアドラーさんが手を組んでいるのに、私たちが絶交したままっていうのもおかしな話ですからね。ようやく破門が解けましたよ」

そのうちハドソン夫人も加わって、祝いの宴は和やかに楽しく進んだ。

この寺町通221Bがこんなにも温かい空気に包まれたのは久しぶりのことであった。

ホームズがスランプに陥ってからというもの、この部屋にはつねに陰鬱な霧のようなものが垂れこめていた。しかし今こうして、アイリーン・アドラーとホームズが丁々発止《ちょうちょうはっし》とやりあっているのを見ていると、長く垂れこめていた濃い霧が晴れていくような気がする。

曇った窓硝子から寺町通を見下ろすと、街灯と飾り窓の明かりに彩られた石畳の舗道を、冬装束に身を包んだ人々が白い息を吐きながら行き交うのが見えた。ふと舗道に足を止めて、まるで遠い花火を眺めるように、こちらの窓を見上げる人の姿もある。

ランガム・ホテルの祝賀会にくらべれば、この寺町通221Bの集まりはささやかなものだろう。貴族もおらず、各界の著名人もおらず、新聞記者もいない。この居心地の良い部屋に集まっているのは、ホームズが「名探偵」であろうとなかろうと、変わらずに身近にいるであろう人々だった。しかし、ホームズのもっとも身近に寄り添っていた人物がここにはいない。

——モリアーティ教授。

そのとき、ハドソン夫人が大きなケーキを持って戻ってきた。

ケーキには小さな赤い蠟燭《ろうそく》がいっぱい立ててあった。ハドソン夫人が「よっこらせ」とケーキをテーブルに置くと、ホームズはサッと立ち上がってマッチを擦り、それらの蠟燭にいそいそと火をつけた。「これはアドラーさんへの御礼のケーキなんですよ。あなたが僕に代わって解決してくれた事件の数だけ、蠟燭が立ててある。御礼を申し上げます、アドラーさん」

アイリーン・アドラーはキョトンとしてから赤くなった。

ホームズにうながされて彼女が蠟燭を吹き消し、私たちは拍手をした。

「やれやれ。これでようやくさっぱりしたな！」

ホームズは暖炉を背にして立ち、いそいそと両手をこすり合わせた。

「今夜はぜひ、みなさんにも御礼を言わせてもらいたい。ハドソン夫人、このワガママで厄介な下宿人を、よくぞ追いださずに今まで辛抱してくれましたね。ありがとう。それからレストレード警部、身勝手な理由で絶交を言い渡したりして申し訳なかった。君の助力あってこそ、僕はこれまで多くの事件を解決することができたんだ。ありがとう。そしてメアリ。僕は君の夫を自分のスランプに巻きこんで、さんざんひどい目に遭わせてきた。どうかお詫びさせてほしい。そしてワトソン君。君がいなければ名探偵シャーロック・ホームズは存在しなかった。ワトソンなくしてホームズなしだよ」

私は胸がつまって何も言うことができなかった。ホームズがそんなふうに率直に私に対する感謝を伝えてくれたことなんて、それまでに一度もなかったからだ。その場に居合わせた他の人々も同じ気持ちだったはずだ。アイリーン・アドラーも、ハドソン夫人も、レストレード警部も、メアリも、ホームズの温かい言葉に胸を打たれ、ほとんど涙ぐんでいるように見えた。

「以上、僕からの最後の挨拶としよう」

ホームズは晴れやかな顔で私たちを見まわした。

「諸君、これまでありがとう。本日をもって、僕は引退する」

○

しばらくの間、私たちは凍りついたように黙っていた。

ホームズの「引退宣言」は、それまでの幸福な空気を一撃で粉砕してしまった。

「すでに新聞各紙には伝えてある。明日には記事が出るだろう」

「どうして相談してくれなかったんだ?」

「相談したら君はどうせ引き留めたろ」

「それはそうだよ！」

「そらみろ。だから相談しなかったのさ」

ホームズの口ぶりは爽やかで悲壮なところはまるでない。今から大文字山へピクニックに出かける小学生のように楽しそうであった。

「スランプに陥ってからというもの、この選択肢はずっと僕の念頭にあった。けれども、なかなか踏ん切りがつかなかった。僕にだって人間的感情というものがあるからね。洛西の竹林へ隠遁《いんとん》したときでさえ、本音を言えば未練タラタラだったのさ。しかし、今はもう迷いはない。洛西から戻ってきて、アドラーさんに助けられて未解決事件の後始末をしているうちに、自然と引退を受け容れる気持ちになれたんだ」

「私のせいだっていうんですか？」

「とんでもない。あなたには感謝しているんですよ、アドラーさん」

アイリーン・アドラーは長椅子から立ち上がると、ホームズにつめよった。

「ホームズさん。私が事件を引き継いだのは、あなたを引退させるためじゃない。スランプを抜けだす手助けがしたかったんです。こんなのまるで騙し討ちだわ。ようやく『被害者の会』も解散して、これからっていうところじゃないですか。どうして諦めてしまうんです。あなたには名探偵としての社会的責任があるでしょう！」

「ずいぶん前から僕はもう名探偵ではありませんでしたよ」

ホームズは言った。「あなたが名探偵なんです、アドラーさん」

アイリーン・アドラーはホームズを睨んでいたが、サッとこちらへ振り向いた。その怒りに燃える目はまっすぐ私に向けられていた。「なんとか言ってください、ワトソン先生。まさかこのままホームズさんを引退させるつもりじゃないでしょうね」

しかしそのとき、私はとっさに答えることができなかった。

ここでシャーロック・ホームズを思いとどまらせるのは本当に正しいことなのだろうか。一昨年の秋以来、ホームズは「スランプ」に苦しんできた。その得体の知れない謎は、ホームズを苦しめ、私を苦しめ、そしてメアリを苦しめてきた。

いったい何のためにこんなことをしているのだろう。探偵小説を書くためか？　私たちの黄金時代を取り戻すためか？　名探偵としての社会的責任を果たすためか？　しかしホームズを「名探偵」という役割から解放してやることが、私たちにとって最善の選択かもしれないではないか。何も「探偵」ばかりが人生ではない……。

「どうして黙っているんです？」

アイリーン・アドラーが厳しい声で言った。

「ワトソン先生！　どうして何も言わないんですか！」

「それぐらいにしておきなさい、アイリーン。もう許してあげて」

メアリが立ち上がって、アイリーン・アドラーと私の間に立ちふさがった。「この人たちがどれほど苦しんできたか、あなたは分かっていないんです」と言った。思いがけない反抗に、一瞬、アイリーン・アドラーは気圧《けお》されたように見えた。しかしすぐに気を取り直した。

「メアリ、あなたがワトソン先生の肩を持つのは分かるけど……」

「私はずっとそばで見てきたんです。もうたくさんよ」

「だからホームズさんには、さっさと引退してもらいたいっていうの？」

アイリーン・アドラーはそう言ってから、かすかに眉をひそめた。メアリの顔を見つめながら、何かを考えこんでいる。やがて、「それが狙いだったの？」と呟いた。

「あなたはホームズさんに諦めてもらいたかった。だから私を焚きつけたのね」

メアリは何も答えず、まっすぐアイリーン・アドラーを見返していた。その態度は告発を認めたも同然だった。メアリは一切言い逃れをしようとしないのである。

「メアリを責めるつもりはありませんよ」ホームズが言った。「自分のスランプに巻きこんで、ワトソン君を追いつめたのは僕なんです。メアリはずっとはらわたの煮えくり返る思いをしてきた。なんとかして一矢報いてやろうと考えるのも当然ですよ」

ややあって、アイリーン・アドラーは静かな声で問いかけた。

「あなたはこれで満足なんですか、ホームズさん」

「ええ。せいせいしています」

「それではもう引き留めません。どうぞお好きになさってください」

アイリーン・アドラーはそっけなく言うと、足早に部屋を横切った。ドアに手をかけて振り返り、もう一度メアリを睨みつけた。「あなたを許しませんからね、メアリ」

そして彼女はドアを叩きつけるようにして出ていった。

○

翌日の「デイリー・クロニクル」には次のような記事が掲載された。

「シャーロック・ホームズ氏、引退を表明」

名探偵シャーロック・ホームズ氏は、寺町通221Bの事務所において記者会見を開き、探偵業から引退することを正式に表明した。十年以上にわたって、ホームズ氏は数多くの難事件を解決してきたが、一昨年の秋以来、深刻な不振が続いていた。

ホームズ氏は記者団に対して、自身が捜査に乗りだすことによって、かえって事態を混迷させる事例がたびたびあったという事実を認め、「公共の利益のためにも潔く身を引くべきだ」と述べた。ホームズ氏は悪質化する現代の犯罪について一定の懸念を示しつつ、自身の不在をおぎなって余りある才能の持ち主として、とくにアイリーン・アドラー氏の名を挙げた。

身辺整理の後、ホームズ氏は南洋の島へ旅立つ予定であるという。

シャーロック・ホームズ引退のニュースは洛中洛外に波紋を広げた。

それまではホームズの迷走ぶりを面白がっていた人々が、今さらになって態度を豹変《ひょうへん》させたのは笑止《しょうし》であった。「たしかに近年はいささか不調であったが、年齢的に考えても引退という決断はあまりにも残念であり……」云々。そんなに彼の才能が大切だったのであれば、ホームズが苦闘を続けていたとき、もっと温かい言葉をかけてやればよかったのである。

新聞各紙の紙面はホームズの華麗な活躍を回顧する記事で埋まった。

診療所へも記者たちが取材に押しかけてきたが、私は何を語る気にもなれなかった。巨大な肩の荷を下ろしたような安堵感があり、ぽっかりと胸に穴があいたような空しさもあり、ホームズへの失望もあり、またホームズを引き留められなかった情けなさもあった。

シャーロック・ホームズの引退によって、アイリーン・アドラーの存在がいっそうの注目を浴びることになったのは言うまでもない。かつてはホームズの担っていた「名探偵」という役割を、名実ともに彼女が引き継ぐことになったのだから。しかしホームズの引退をもっとも惜しんでいたのは、当のアイリーン・アドラーだったのである。

だからこそ彼女のメアリへの怒りもひとしおであった。

——あなたを許しませんからね、メアリ。

このままでは済まないだろうと、メアリも私も分かっていた。

その予感が的中したのは、ホームズの引退宣言から一週間後のことである。

私が診察室でカルテの整理をしていると、窓の外の下鴨本通を黒い影が猛スピードで走り抜け、自転車のブレーキをかける耳障《みみざわ》りな音が聞こえてきた。「ストランド・マガジン」編集部のスミス嬢であることはすぐに分かった。私が玄関先へ出ていくと、彼女はゼイゼイと息をしていた。四条烏丸の雑誌社から、自慢の自転車で直行してきたらしい。

「ワトソン先生とメアリさんに至急ご相談が」

私は庭に面した居間へスミス嬢を迎え入れ、メアリが紅茶の用意をした。

「先ほどアイリーン・アドラーさんから編集部に申し入れがありました」

スミス嬢は深刻な顔つきで言った。「メアリ・モースタンはアイリーン・アドラーの記録係を解任された。ついては『アイリーン・アドラーの事件簿』の連載即時停止を求めると」

そうですか、とメアリは淡々とした声で言った。

「そういうことになるかもしれないとは思っていました」

「おかげで編集部は大騒ぎです。来月号はアイリーン・アドラー特集で、もうすぐ印刷所へまわすところでした。だからといって、アドラーさんの意向を無視することはできませんし」

「メアリへの報復のつもりなんだろう」と私は言った。

「アイリーンが怒るのは当然です。私はあの人を利用していたんだから」

そしてメアリは、アイリーン・アドラーを唆してホームズを追いつめた顛末について、スミス嬢に語ってきかせた。「ホームズさんを引退へ追いこんだのは私なんです」

「それはちがうよ、メアリ。そもそもの原因はホームズのスランプにある。引退は時間の問題だった。それはホームズ自身が認めていることじゃないか」

「ホームズさんが許しても、アイリーンは許してくれません」

冷え冷えとした居間は重苦しい沈黙に包まれた。スミス嬢は溜息をつき、ワトソン家の庭へ目をやった。折しも風に流されてきた雲が太陽を隠し、あたりは日蝕《にっしょく》のような薄青い暗さに沈んでいく。スミス嬢が必死に考えているのが見てとれた。

つい昨日まで、スミス嬢は壮大な野望を抱いていたはずである。「アイリーン・アドラーの事件簿」の大成功は、ホームズ譚の休載という痛手を十分おぎなってくれるものだった。現在までに掲載された短編はいずれも傑作、掲載を予定している残り九作についても原稿はすでに完成している。名探偵アイリーン・アドラーの世評はいよいよ高まり、今年の秋に刊行予定の第一短編集は未曽有の売り上げを記録するだろう。まさに油田を掘り当てたようなもので、野望は広がるばかりであったにちがいない。第二短編集、第三短編集、そしてゆくゆくは長編を……その壮大な野望がもろくも崩れ落ちていく。

やがてスミス嬢は意を決したように口を開いた。「アドラーさんを説得できるまで『アイリーン・アドラーの事件簿』の掲載は見合わせます。けれども悪いことばかりではありません。これはワトソン先生からお預かりした原稿を世に出す千載一遇《せんざいいちぐう》のチャンスです」

「君はロンドン版ホームズのことを言っているのか？」

私は驚いて問い返した。「しかし編集長は納得していないんだろう」

「ワトソン先生が編集部へお見えになったときとは状況がちがいます。アイリーン・アドラー特集を中止するなら雑誌に大きな穴があく。他の原稿を用意している時間はありません。しかもホームズさんが『引退宣言』を出したばかりで話題性は十分です。編集長を説得します。引退したシャーロック・ホームズを『ロンドン』で復活させましょう」

シャーロック・ホームズの凱旋です、とスミス嬢は言った。

○

「シャーロック・ホームズの凱旋か」

シャーロック・ホームズは感心したように唸った。

その日、編集長がスミス嬢の主張を容れ、次号の「ストランド・マガジン」にロンドン版ホームズ譚が掲載されることに決まったのである。誌面を急遽《きゅうきょ》「ロンドン版シャーロック・ホームズ特集」に差し替えるべく、編集部は大車輪で動きだした。

寺町通221Bへそのことを知らせに行くと、ホームズは素直に喜んでくれた。ロンドンを舞台にしてホームズを活躍させるというアイデアは、ホームズ自身もおおいに気に入ったようであった。君も面白いことを考えたな、と彼は言った。

「モリアーティ教授の置き土産が思いがけず役に立ったわけだ」

次号に掲載されるのは「赤毛連盟」「青い柘榴石」「くちびるのねじれた男」の三篇である。それらを一挙に掲載するという破格の扱いは、アイリーン・アドラー特集の中止で生じた大きな穴を埋めるためだが、スミス嬢の作戦でもあった。読者は「ロンドン」という異世界に馴染みがない。「こんなものはホームズ譚ではない」と反発する人もいるだろう。一挙に三篇を掲載するのは、頑固な探偵小説愛好家たちを物量でねじ伏せるためであった。

「これで君も探偵小説家として復帰できるね、ワトソン」

「それはいいんだがね。心配なのはメアリのことだよ。君が『引退宣言』をした夜以来、アドラーさんとメアリは絶交状態だ。アドラーさんはメアリを記録係から解任してしまったし、メアリはずっと自分を責めている。なんとか仲直りしてくれるといいんだが」

「僕たちだってさんざん喧嘩してきたじゃないか」

「そりゃそうだがね」

「喧嘩するほど仲が良いっていうだろ。心配するな」

ホームズは朗らかに言った。「いずれアドラーさんも分かってくれるさ」

引退宣言をめぐる騒動も一段落したので、ホームズは大掃除中だった。

あたりには整理中のガラクタや書類の山が、南洋の群島のように散らばっていた。新聞記事の膨大なスクラップ、拡大鏡やら巻き尺やら錠前破りの道具、化学実験器具。女王陛下から下賜されたメダル、干からびた猿の手、奇怪な海外の彫刻、孤独な発明家が造った永久機関など、これまでにホームズが手がけた事件の記念品も多い。

「なんだか夢を見ていたような気がするな」

ホームズはそれらのガラクタを見まわしながら呟いた。

「僕は本当に名探偵だったんだろうか？」

「あたりまえだろ。山ほど事件を解決したじゃないか」

ホームズは肘掛け椅子に腰を下ろし、パイプに火をつけた。

「今となっては、どうしてあんなことができたのかさっぱり分からないね。ガムシャラだったことは憶えているし、自信に満ちていたことも憶えている。しかしその一方で、何もかもただの偶然だったような気もする。ほんのしばらくの間、たまたま世界が僕を中心にまわっていた。僕の努力や才能なんて何の関係もなかった。そんな感じがしてならないんだよ」

ホームズは哀しんでいるふうには見えなかったし、強がっているふうにも見えなかった。自分の人生にそういう黄金時代があったことを、ただ純粋にふしぎがっているようであった。

その気持ちは分からないではなかった。黄金時代のホームズには超人的な力が漲っていた。ホームズが事件の真相を見抜くのではなく、ホームズの見抜いた真相だけが真相たり得る——そんなあべこべの印象を抱いたことさえあったのである。そのような超人的な力が、ホームズの言うように彼個人の努力や才能を越えたものであったとしたら、「スランプから抜けだそう」という私たちの努力が無駄に終わったのは当然のことであったのかもしれない。

「なあ、ホームズ。本気で南の島へ行くつもりなのか？」

「そういえば記者会見でそんなことを言ったっけ。ほんの出まかせだったんだが、考えてみると悪くない。なにしろもう、都会にも、犯罪にも、鴨川の霧にもウンザリしているからね。できるだけ人のいない小さな島がいいね。解決すべき事件もないだろうし」

ホームズは悪戯《いたずら》っぽい目つきで私を見た。

「君も一緒に来るかね」

「そんなことできるわけないだろう」

私がびっくりして言うと、ホームズは「冗談だよ」と朗らかに笑った。

「君には診療所があるし、メアリもいる。なによりも君には『ロンドン版ホームズ譚』を書くという重要な任務があるんだからね。それはいいことだよ、ワトソン。いいことだ。僕はひとりで南の島へ行って、これからどうやって生きていくか、のんびり考えてみるとしよう」

寺町通221Ｂの部屋へ、南国の光が射してきたような気がした。

抜けるように青い空、椰子の木、白い砂浜、海に浮かぶ遠い島々。それはシャーロック・ホームズという人物にはまったく似合わない世界のはずだった。しかしそのとき私には、南の島のホームズの姿をありありと思い浮かべることができたのである。ホームズはまっさらな麦わら帽子をかぶって、爽やかな風に吹かれながら、白い砂浜をどこまでも歩いていく。

そのとき、ハドソン夫人が戸口に姿を見せた。

「お客さまがいらしていますよ、ホームズさん」

ホームズは顔をしかめて手を振った。

「もう僕は探偵じゃないんですよ。記者も依頼人も追い返してください」

しかしハドソン夫人は戸口から動かなかった。

「追い返すわけにはいきませんよ。マスグレーヴ家のお嬢さまなんですから」

○

レイチェル・マスグレーヴ嬢と対面するのは、昨年の帰還劇以来のことであった。

とはいえ、あの日、私たちはゆっくり言葉を交わすこともなかった。ハールストン館はたいへんな騒ぎになっていたし、私たちはモリアーティ教授の失踪に大きな衝撃を受けてもいた。十二年前の未解決事件がそのようなかたちで「解決」したことに、ホームズは割り切れない思いを抱いているようでもあった。そしてホームズは逃げだすように洛西をあとにしたのである。

ハドソン夫人に案内されて、レイチェル・マスグレーヴが戸口に姿を見せた。

「お忙しいところ申し訳ありません、ホームズさん」

「いやいや、ちっとも忙しくはないんですよ。グータラしているだけなんです。なにしろ僕はもう探偵を引退した身ですからね。さあ、どうぞおかけください」

ホームズは陽気に言って、暖炉の前の長椅子を勧めた。

〈東の東の間〉に閉じ籠められていた十二年という歳月は、マスグレーヴ嬢の外見に何ひとつ変化を与えていない。簡素な白いドレスに身を包んだ姿は、どう見ても十代の少女にしか見えなかった。寄宿学校時代のメアリやアイリーン・アドラーもこんな少女だったのだろう。それでいて彼女には、透明な固い殻に守られているような、どこか超然とした雰囲気が漂っていた。

「ぜひ一度、ご挨拶にうかがいたいと思っていたんです」

「街中へ移られたそうですね」

「ええ。ご忠告にしたがって、今は烏丸御池の別邸におります」

「たいへんよい決断をなさったと思いますよ。あんなことがあったんですから、ハールストン館をはなれたほうがよいでしょう。街中の暮らしには少しずつ馴れていけばいい」

その思いやりの籠もった口ぶりからは、マスグレーヴ嬢がホームズにとって特別な存在であるということが伝わってきた。同窓生の妹というだけではない。彼女は十二年前、駆け出し時代のホームズが、救いだすことのできなかった相手なのである。

ホームズはレジナルド・マスグレーヴの近況を尋ね、彼との学生時代の思い出や、昨年マスグレーヴ家の竹林に庵を結んだ顚末を面白おかしく語ってきかせた。マスグレーヴ嬢の緊張をほぐしてやろうとしていたのだろう。ハドソン夫人が持ってきてくれた紅茶を飲む頃には、彼女の表情もやわらいできたようであった。

「ワトソン先生はメアリさんとご結婚なさったんですね」

「ええ。メアリが依頼人としてホームズを訪ねてきたのがきっかけでしてね」

「メアリさんたちがお元気そうで本当によかった」

レイチェル・マスグレーヴは微笑んだ。しかし、すぐに顔を曇らせた。

「彼女たちには本当に申し訳ないことをしました。図書室でウィリアムの日記を見つけて、『竹取物語』の追記を読み返したときから、私は〈東の東の間〉に惹きつけられていた。メアリさんたちをお茶会に招いたのは、彼女たちなら私の計画に協力してくれると思ったからなんです」

レイチェル・マスグレーヴは口をつぐみ、しばらく暖炉の火を見つめていた。

何か言いたいことがあるのだが、どう切り出せばいいのか分からないようだった。ホームズも無理に促そうとはせず、彼女と同じように暖炉の火を見つめている。

やがてマスグレーヴ嬢は小さな声で言った。

「自分の身に何が起こったのか、今でもよく分からないんです」

〈東の東の間〉の十二年間は、彼女にとって一夜の眠りのようなものだった。その長い夜の間に彼女が経験したことは、朝の光に照らされて消えてしまったという。

「あのふしぎな階段をのぼっていったことは憶えているんです。その先で何かが起こった。それなのに私は、自分の身に何が起こったのか、ほとんど何も分からない。『竹取物語』の書かれた時代から、あの〈東の東の間〉は、まるで呪いのようにハールストン館につきまとってきました。ウィリアムや私、そしてモリアーティ教授も、その謎に魅入られてしまったのだと思います。ホームズさんはどうお考えですか。どうしてこの世にあんなものがあるのでしょう。そもそもあれは何なのでしょう」

「その謎にとらわれてはなりませんよ」

ホームズは真剣な声で言った。

「あなたは帰ってきたのだし、生きていかねばならないんです」

「でも、ときどき怖くなるんです、ホームズさん」

レイチェル・マスグレーヴは身を乗りだして言った。

「分からなくなってしまうんです。本当に私は帰ってきたんでしょうか?」

洛西のハールストン館から遠くはなれて、烏丸御池のマスグレーヴ家の別邸へ移ってからも、あの旧棟の奥にある荒涼とした部屋の幻影が自分を追いかけてくる。十二年前のお茶会の日のことをたびたび夢に見る。その夢の中で、彼女はメアリやアイリーンといっしょに薄暗い廊下を抜け、〈東の東の間〉の扉をふたたび開こうとしているのだった。

汗だくになって目覚めるたびに、〈東の東の間〉が自分を呼んでいるような気がした。どこまで歩いても、すぐ足もとには底知れぬ大穴が口を開けていて、彼女が足を踏みはずすのを待ちかまえているようだった。これは十二年間も〈東の東の間〉に閉じ籠められていた後遺症なのだろうか。それとも、自分を救ってくれたモリアーティ教授への罪悪感がそんな妄想を生みだすのだろうか。いずれ時間が経てば、この悪夢に悩まされることもなくなるのだろうか——。

そうしてマスグレーヴ嬢は虚空を見つめた。私は慄然とした。その視線の先に〈東の東の間〉の浮かんでいることが、ありありと伝わってきたからである。

「もうひとりの私が、まだあの部屋に取り残されているような気がするんです」

マスグレーヴ嬢の顔が水に沈んでいくように翳ったかと思うと、ゆらりと上体が揺らいだ。次の瞬間、ホームズが肘掛け椅子から飛びだして、倒れかかる彼女の身体を抱きとめていた。

私たちは彼女を長椅子に寝かせて、頭にクッションをあてがった。私がレイチェル・マスグレーヴを介抱している間、ホームズはかたわらに立って、痛ましそうな顔をしていた。

「大丈夫かね？」

「とくに心配はないだろう。強い不安のせいだと思うよ」

やがて彼女は目を開けたが、その眼差しはまるで夢を見ているようだった。ホームズは長椅子のかたわらに跪いて、彼女の手を取った。

「もう安心ですよ、レイチェルさん」

やがて彼女はふわりと微笑み、静かな声でこんなことを語った。

今日ホームズさんを訪ねて寺町通へやってきたとき、221Bの窓の明かりを見て、胸の内が温かくなるようだった。日の暮れた荒野をさまよっている旅人が旅籠の明かりを見つけたときには、きっとこんな気持ちになるのだろう。かつてホームズさんのもとを訪ねてきた大勢の依頼人たちも、みんな自分と同じような気持ちを味わったにちがいない、と。

「ホームズさんにお礼が言いたかったんです」

レイチェル・マスグレーヴは半ば目を閉じて、夢うつつのように続けた。

「十二年前、ホームズさんは私の失踪事件を捜査してくださったそうですね。レジナルドが教えてくれました。けれども私にはちゃんと分かっていたんです。〈東の東の間〉で眠りについている間も、ホームズさんが私を見つけだそうとしてくださっていることが分かっていた」

しばらくの間、ホームズは息を呑んだように彼女を見つめていた。そのふしぎな言葉に戸惑っているようでもあり、強く胸を打たれているようでもあった。やがて彼の顔が引き締まり、その目が鋭く煌めいたように見えた。しかしそれはほんの一瞬のことだった。

「僕だけではありませんよ。みんながあなたを探していたんです」
と、ホームズは言った。

○

「ストランド・マガジン」が発売されたのは二月上旬のことである。担当編集者のスミス嬢に尻を叩かれるようにして、「赤毛連盟」「青い柘榴石」「くちびるのねじれた男」の改稿と校正をしている間、私はひたすら夢中になっていた。雑誌発売までほとんど時間がなく、考えこんでいる暇もなかったのである。しかしひとまず入稿し、あとは雑誌の発売を待つばかりという段になると、だんだん不安が強まってきた。

なにしろホームズ譚の新作が掲載されるのは一年半ぶりのことである。

洛中洛外の探偵小説愛好家たちは、ホームズ譚の新作を待ち望んできた。しかし彼らが求めているのは、あくまでホームズが現実に手がけた事件の記録であって、ロンドンなどという妄想世界の物語ではない。考えれば考えるほど、ロンドン版ホームズ譚が好意的に受け容れられるとは思えなくなってきた。私は気が重くなり、食事も喉を通らなくなった。きっと読者は怒り狂うだろう。暴徒と化した探偵小説愛好家たちに、診療所を焼き討ちされる夢さえ見た。

「しばらく身を隠したほうがいいかもしれない」

「どうしてあなたが隠れなければならないの？」とメアリ。

「どうせ非難囂々《ひなんごうごう》に決まっているからさ。ホームズ譚の愛読者には、ホームズのスランプを僕のせいにしていた連中もいたんだよ。ただでさえホームズが引退して彼らはガッカリしているのに、ロンドン版なんて発表したら何を言われるか分かったものじゃない」

「久しぶりの新作だから神経質になっているんですよ」

メアリは私の背中を叩いた。「クヨクヨしないで。大丈夫ですよ」

発売日が近づくにつれて、次号の「ストランド・マガジン」の特集が急遽差し替えになったという噂が広がった。さらにそれがホームズ譚であることが明かされると、洛中洛外の探偵小説愛好家たちは俄然《がぜん》色めきたった。「引退の真相が明かされるのだ」という人もあれば、「引退が撤回されるのだ」という人もあった。私は身の縮む思いであった。

そして、ついに「ストランド・マガジン」の発売日を迎えた。

人里はなれた鞍馬の宿にでも潜伏したい心境だったが、診療所の仕事を放りだすわけにもいかない。私は淡々と仕事を続けた。夕方、街中の書店へ敵情視察に出かけたメアリが帰ってきて、「売れているみたいです」と言った。私は何も言わなかった。

発売から三日後、スミス嬢から電報が来た。


売れ行きとどまるところを知らず。増刷決定。ヴァイオレット・スミス

しかし私はそれぐらいで安堵するような楽天家ではない。

――どうせホームズの過去の名声のおかげだ。

と、私は思っていた。

おいおい失望の声が広がりだすに決まっている。

探偵小説の愛好家たちはこんな「似非《えせ》探偵小説」を求めてはいない。

ふりかえってみれば、ひたすら読者の支持を失っていく一年であった。

ホームズのスランプによって連載が中断されて以来、休載が長引くにつれて非難の声は高まるばかりだった。シャーロック・ホームズへの失望は、ジョン・H・ワトソンへの失望でもあったのだ。そんなところへ、ロンドン版ホームズ譚などを発表すれば、洛中洛外の読者たちはジョン・H・ワトソンを完全に見かぎるだろう。

私は被害妄想に追いつめられ、ほとんど読者を憎み始めていた。

――いくらでも失望するがいい、読者諸君よ。サヨナラだけが人生だ。

そしてロンドン版ホームズ譚の発表から一週間が経った夕方のことである。私が一日の診療を終えて、診察室で暖炉の火を見つめながら鬱々としていると、窓の外の下鴨本通をスミス嬢の自転車が猛スピードで通りすぎた。彼女は呼び鈴も鳴らさずに診療所のドアを開けると、「ワトソン先生！　ワトソン先生！」と大声で呼びながら、まっすぐ診察室へやってきた。

「どうして返事をしてくださらないんですか！」

こちらに答える暇も与えず、彼女は興奮して喋りだした。

「発売初日からものすごい売れ行きで、ちっとも勢いが衰えないんです。それどころか、いくら増刷しても間に合わない。デイリー・クロニクル紙は読まれましたか？　『ロンドン版シャーロック・ホームズは探偵小説か否か』、大論争になっているんです。いろいろと難癖をつける人もいますけど、話題になればこっちのものですよ。それでロンドン版ホームズ譚の続きは書いてますか？　書いてない？　どうして書かないんです！　書いてください！　書いてください！　次号から連載を開始して、今年中には短編集にまとめて出版しましょう。タイトルは『シャーロック・ホームズの凱旋』です！」

彼女は一気にまくしたてると、風のように去った。

しばらくの間、私は茫然としていた。

——ということは、本当に評判がいいのだろうか？

そのときになって、ようやく私は書店へ出かけてみる気になった。

冬の日は早くも暮れかかっていた。薄青い夕闇が下鴨の町を浸しており、通りの向かいの糺ノ森は黒い影になっていた。点灯夫が街灯を点すたびに、揺らめく光のまわりに新しい夜が生まれていく。その情景がたいへん美しく感じられて、私はしばらく道に佇んで眺めていた。下鴨本通を南へ歩いて葵橋へ出ると、仄《ほの》かな明るみを残す空が頭上に広がった。

葵橋を渡って少し歩くと、枡形《ますがた》商店街のアーケードがある。その入り口にある書店を覗いてみると、「シャーロック・ホームズの凱旋」と大書きされた垂れ幕が下がっていた。しかし木製の大きな売り台は空っぽだった。顔馴染みの店主によれば、今日になって入荷した分も、アッという間に売り切れてしまったということである。私が信じられない気持ちで佇んでいると、八の字髭を生やしてシルクハットをかぶった紳士に声をかけられた。

「失礼ですが、ワトソン先生でいらっしゃいますか？」

「そうですが」

「お会いできて光栄です」

紳士は澄んだ目をキラキラさせて言った。

「新作を拝読したばかりです。まさかシャーロック・ホームズが異世界で復活するとは！　それにしても『ロンドン』という世界のリアリティには驚くばかりですな。読んでいると、本当にそんな世界が存在しているような気がしてきます。ありありと眼前に見えてくる。どうやってロンドンなどという世界を思いつかれたんでしょう。まったく驚異的です。傑作ですよ！」

「いや、それはどうも。ありがとうございます」

私は紳士と握手して、そそくさと書店をあとにした。

——傑作ですよ！

その言葉が私の胸の内を温かくしていた。

ゆっくりと喜びを噛みしめたいと思って、葵橋のたもとから賀茂川の岸辺へ下りてみた。冷たく晴れ渡った空は異国の器のような瑠璃《るり》色で、川べりの情景も水底に沈んだような青みを帯びている。左手には冬枯れの土手が長々と延び、右手には暗い川面を挟んで下鴨の町の灯が煌めいている。あたりは森閑として人影もなかった。そんなにも世界が美しく見えるのは久しぶりのことである。私は口笛を吹きながら、ぶらぶらと北へ歩いた。

しばらくすると、背後から呼びかける声があった。

「ジョン・ワトソン！」

振り返ると、メアリが立っていた。

「おや！　いつからそこにいたの？」

「さっきからずーっと後ろにいたんですよ」

メアリは嬉しそうに笑って、スキップするように追いついてきた。枡形商店街で買い物をしていたら、書店から出てくる私を見かけたというのである。

「邪魔するのは気が引けたんですけど」

「べつに邪魔ではないよ」

「だって、とても幸せそうでしたから」

メアリは私の腕を抱き、いっしょに賀茂川沿いを歩きだした。

○

その夜、私は馬車で寺町通へ向かった。

冷えこみは厳しく、星影は見えず、今にも雪が降りだしそうだった。

寺町通221Bの前で馬車を止め、私は凍りついたような舗道へ降り立った。ホームズは不在らしく、二階の窓の灯は消えていた。しかし私が訪ねようとしていたのは寺町通221Bではなかった。私は通りを反対側に渡って、緑色のドアの呼び鈴を鳴らした。

「ジョン・ワトソンです。アイリーン・アドラーさんにお会いしたい」

私は二階の居間へ通された。アイリーン・アドラーの仕事部屋を訪ねるのは初めてだったが、まるで初めてのような気がしなかった。というのも、そこはホームズの部屋とよく似ていたからだ。もちろん化学実験器具やヴァイオリンはないし、几帳面に整理整頓されている。しかし、暖炉の前に置かれた長椅子や肘掛け椅子といい、窓際の書き物机といい、辞典や人名簿の収められたキャビネットといい、まるで鏡合わせのようによく似ていた。窓のブラインドは上がっていて、寺町通りを挟んで向かい側にあるホームズの部屋の暗い窓が見えた。

アイリーン・アドラーは暖炉の前に立っていた。

「どのようなご用件でしょう」

「メアリのことです」

彼女は皮肉な笑みを浮かべた。

「謝ってきてくれとメアリに頼まれたんですか？」

「いや、そうじゃない。あくまで私の独断でお願いにきたんです」

ホームズの引退宣言の夜以来、アイリーン・アドラーとメアリの絶縁状態は続いていた。話し合いに行くべきだと私は何度も忠告してきたが、メアリは頑なにそれを拒んだ。メアリはアイリーン・アドラーとの友情をとっくに終わったものと諦めているように見えた。アイリーンが許してくれることは絶対にない。それだけのことを自分はしたのだから。「所詮、私はただょう」

の記録係だったんだもの。私がいなくたって、アイリーンは立派に探偵としてやっていくでし

――そんなことはない。決してそんなことはない。

私はアイリーン・アドラーに向かって言った。

「メアリを許してやってくれませんか」

「よくそんなことが言えますね、ワトソン先生」

アイリーン・アドラーの声は穏やかで、だからこそかえって怖ろしかった。

彼女は不動明王のように全身から怒りの火花を散らしていた。暖炉を背にして、冷たくこちらを睨みすえているその姿は、かつてホームズといっしょにモリアーティ教授を尾行した翌朝、寺町通221Bへ乗りこんできたメアリの姿を彷彿とさせた。あたかも彼女たちは通底管《つうていかん》でつながっていて、メアリの「怒り」がそっくりアイリーン・アドラーへ乗り移ったかのようである。

「メアリはホームズさんを憎んでいたんです。自分の夫があの人のスランプに振りまわされているのが許せなかった。けれども自分の力だけではホームズさんを追い払えない。だから私に近づいて、私の才能を自分の目的のために利用した。ひどい裏切りです」

「たしかにホームズにお灸《きゅう》を据えてやろうという気持ちはあったでしょう」

私は言った。「しかし最初のきっかけがどうであれ、メアリはあなたとの冒険を楽しむようにになっていたし、『アイリーン・アドラーの事件簿』を一生懸命書いていた。途中から、ホームズのことなんて、どうでもよくなっていたんです。それにあなただって、メアリに支えられ

てきたはずですよ。すべてを自分の才能だけで成し遂げたと思っているならそれは違う」

「私が傲慢だっていうんですか」

「あなたにはメアリが必要だと言っているんです。メアリはあなたを傷つけてしまったことを悔やんでいる。許してもらえるはずがないと諦めている。しかしあなたとメアリは袂を分かつべきじゃない。あなたたちはホームズと私のようなものじゃありませんか。私たちは二人三脚でやってきた。私にはホームズが必要だったし、ホームズには私が必要だった」

「ワトソンなくしてホームズなし、というわけですか？」

アイリーン・アドラーは窓辺の書き物机に歩み寄った。机上に置かれていた一冊の雑誌を手に取って、犯罪の証拠のように私の眼前に突きつけた。それはロンドン版ホームズ譚の掲載された、最新号の「ストランド・マガジン」であった。「新作を拝読しました」とアイリーン・アドラーは言った。「こんなものを書くのが先生の仕事でしたっけ？」

「ホームズだって喜んでいますよ」

「ばかばかしい！　ロンドン版シャーロック・ホームズなんて！」

アイリーン・アドラーは雑誌を暖炉へ投げこんだ。「あなたとメアリは二人がかりで偉大な名探偵を引退へ追いこんだんです。まったくたいした連携プレーですよ。夫婦そろってどうかしている。なにがロンドン版ホームズですか。こんなニセモノ、私は絶対に認めません！」

アイリーン・アドラーは荒い息をついて、窓の外へ目をやった。さすがに言い過ぎたことを後悔しているらしかった。その横顔には無力感が滲んでいる。彼女の視線の先には、向かいのホームズの部屋があったが、その窓はうつろな穴のように真っ暗だった。私はやるせない気持ちで暖炉に目をやった。鉄格子の向こうで、「ストランド・マガジン」が燃えていく。

やがてアイリーン・アドラーはぽつんと言った。

「私の秘密を見せてあげます、ワトソン先生」

そしてアイリーン・アドラーが私を連れていったのは三階の小さな部屋だった。

「ここにはメアリも入れたことがないんです」彼女は鍵を開けながら言った。「秘密の研究室です」

そして彼女はドアを開け、ガス灯を点した。

彼女に促されて、私はゆっくりと足を踏み入れた。

まず目に入ったのは正面の壁際に置かれた大きな四角いテーブルだった。そこにはメモを書きこんだ紙きれやノートが積んであった。テーブルの前の壁は、赤インクで丸印や矢印を書きこんだ洛中洛外の詳細な地図や、写真や図面で埋め尽くされている。左手には裏庭に面した窓があり、右手には暖炉があるが、それ以外の壁はすべて資料棚になっていた。

あたりを見まわしているうちに、その部屋に集められている資料が、すべてシャーロック・ホームズにかかわるものだということが分かってきた。

貼りだされた地図にはホームズの手がけた事件の発生地点が書きこんであるし、重要な事件の切り抜きが額縁におさめて飾ってある。資料棚には私が執筆した事件記録の単行本は言うに及ばず、「ストランド・マガジン」のバックナンバー、ホームズにまつわる新聞記事や雑誌記事を切り抜いたスクラップ・ブックがならんでいる。暖炉のマントルピースには、数年前のクリスマスに発売された子ども向けのホームズ&ワトソン人形、ホームズ愛用のパイプ、ホームズが煙草入れに使っているペルシア・スリッパまであった。

まるで「シャーロック・ホームズ博物館」である。

アイリーン・アドラーはテーブルの前の椅子に腰を下ろした。

「まだ女優として舞台に立っている頃から、私はホームズさんの探偵手法を研究してきました。ワトソン先生の事件記録を読むだけではなくて、実際に事件現場へも足を運んだ。どのようにしてホームズさんは事件を解決へ導いたのか、その推理の跡を自分でも辿り直すためにね。そうやって自分を鍛えてきたんです」

彼女はそう言って、論文の抜き刷りを手に取った。

その「各種煙草の灰の識別について」というタイトルには見覚えがあった。事件現場に残された煙草の灰から手がかりをつかむのはホームズお得意の手法であり、その論文は自慢の一篇だったのだ。その論文の他にも、暗号分析や、入れ墨、足跡の型、「職業が手のかたちに及ぼす影響について」の論文もあった。いずれも丹念に読まれた形跡があった。

あれから十二年になるんです、とアイリーン・アドラーは言った。

「私はハールストン館へ忍びこんで、ホームズさんに捕まった。それから間もなく、ワトソン先生の事件記録が発表されるようになった。それからずっと、私はホームズさんのあとを追いかけてきた。あの人と正々堂々と渡り合える探偵になりたかった」

「どうして教えてくれなかったんです?」

「そんなこと言えるわけがないでしょう、恥ずかしくって」

アイリーン・アドラーは微笑んだ。「メアリにさえ打ち明けてないんです」

その部屋にはホームズと私がともにしてきた冒険のすべてがあった。しかしホームズが引退した今となっては、それらは華々しい偉業というよりも、沈没船から引き揚げられた遺物のように色褪せて見えた。アイリーン・アドラーの孤独と不安が、こちらの胸にも染み通ってきた。

「ホームズさんは私の心のよりどころだったんです」

アイリーン・アドラーは言った。「たとえ今はスランプだとしてもね」

そのとき私が思いだしたのは、洛西の夜の出来事であった。

〈東の東の間〉で恐るべき経験をしたあと、アイリーン・アドラーと私は暗い竹林を抜けて、ホームズのもとを目指した。アイリーン・アドラーはマスグレーヴ家の解きがたい謎に直面して、自分の無力さに絶望していた。

——ほんとうに何の役にも立たない!

その悔しそうな声が、今でも耳によみがえってくる。

あのとき彼女が味わっていたのは「名探偵」としての孤独だったのだと思う。

かつて洛中洛外のあらゆる人たち、手に負えない謎を抱えた人々は、みんな寺町通221Bを訪ねてきた。ホームズはあらゆる謎を解き明かし、この世界に秩序を取り戻してくれた。それはどんなに心強いことだったろう。ホームズは私たちを謎と混沌《こんとん》から守ってくれる砦だった。しかし彼が「名探偵」としての役割を投げ捨てた今、その役割はアイリーン・アドラーがひとりで担っていかなければならない。

「ホームズさんはこれからどうするつもりなんですか？」

「南の島へ旅に出ると言っていますよ」

「だけどマスグレーヴ家の事件はまだ解決していない」

アイリーン・アドラーは言った。「ホームズさんが引退宣言をして以来、ずっとそのことが頭にひっかかっているんです。昨年の秋、リッチボロウ夫人の屋敷へ乗りこんだとき、あの人が言いましたよね。マスグレーヴ家の謎から逃れることはできないって」

「あんな霊媒の言うことを真に受けるんですか？」

私はギョッとした。「彼女のインチキを証明したのはあなたなんですよ」

リッチボロウ夫人の裁判は明日結審し、判決が言い渡される予定であった。

「たしかにリッチボロウ夫人はインチキでした」とアイリーン・アドラーは言った。「けれども〈東の東の間〉はインチキではなかった。あの夜に何が起こったのか、今でも私には分からないんです。マスグレーヴ家の事件は終わっていない」

私は口籠もった。

ずっと考えていたんです、とアイリーン・アドラーは続けた。

「今から十二年前、レイチェル・マスグレーヴが〈東の東の間〉に消えた。ホームズさんはその謎を解決できなかった。そしてロバート・マスグレーヴが〈東の東の間〉を封印し、事件は闇に葬られました。その後、ホームズさんはワトソン先生と出会い、名探偵として華々しい活躍を始めている。けれども一昨年の秋頃から、ホームズさんは深刻なスランプに陥ってしまった。気になりませんか、ワトソン先生。レジナルド・マスグレーヴが〈東の東の間〉の封印を解いたのも、ちょうど一昨年の秋頃だったはずです」

「それは単なる偶然でしょう。考えすぎですよ」

そう言ってから、私はハッとした。

たしかモリアーティ教授がスランプに陥ったのも「一昨年の秋頃」だった——。

アイリーン・アドラーは椅子に腰かけて、力なく背を丸め、じっと虚空を見つめていた。そのうつろな顔つきは、先日ホームズを訪ねてきたマスグレーヴ嬢を思わせた。

「〈東の東の間〉のことを考えると冷静でいられなくなるんです」

アイリーン・アドラーは溜息をつき、両手で顔を覆った。

「とにかく私が悔しいのは、ホームズさんは真相を見抜いているっていうことですよ。それなのにあの人は何もしようとしない。どうでもいい事件はぜんぶ私に押しつけておいて、マスグレーヴ家の事件だけは引き継ごうとしない。〈東の東の間〉の真相は自分ひとりの胸にしまって、このまま引退するつもりなんです」

私は途方に暮れて壁に目をやった。そこには額縁に入れたシャーロック・ホームズの写真が飾ってあった。黒い外套に身を包み、シルクハットをかぶり、高慢そうな微笑みを浮かべてこちらを見つめている。自信に満ち溢れていた頃のホームズの姿である。彼のかたわらには、ジョン・H・ワトソンが寄り添っている。ホームズと同じように自信に満ち溢れている、かつての私が。

気がつくと、アイリーン・アドラーも顔を上げて、その写真を見つめていた。髪が乱れ、あどけない少女のような顔つきだった。

「ホームズさんをこのまま南の島へ行かせるんですか？」

アイリーン・アドラーは掠《かす》れた声で言った。

「本当にそれでいいんですか、ワトソン先生」

○

アイリーン・アドラーの家から外へ出たとき、不穏な思いが胸を騒がせていた。

私は通りの向かいにある寺町通221Bへ目をやった。しかし相変わらず二階の窓に明かりはともっていない。「まったく、どこをほっつき歩いているんだ」と私は舌打ちした。

かといって、そのまま下鴨へ帰る気にもなれなかった。私は通りかかった辻馬車を拾って、荒神橋のクラブへ向かった。

大きな暖炉のある天井の高い談話室へ入っていくと、すでに人影はまばらだった。

医師会の仲間たち三人が窓際の肘掛け椅子に腰かけて、のんびりとグラスを傾けている。私の姿を見て、彼らは「ワトソンじゃないか」と意外そうな声を上げた。私は挨拶して椅子に腰を下ろした。年が明けてから何かと慌ただしく、こうしてクラブへ顔を出すのも久しぶりのことであった。大きな窓の外には鴨川の河川敷が広がって、ぽつんと点った外灯が冬枯れの木立を照らしていた。

「どうしてそんな浮かない顔をしているんだね」

仲間のひとりが言った。「ロンドン版ホームズ譚、えらく評判になっているじゃないか。ちっとも顔を見ないと思っていたら、新作を書いていたんだな」

「うちの患者の間でも話題になっている」

「メアリさんも喜んでいるだろう」

「さあ、乾杯しよう。我らがジョン・ワトソンの凱旋に！」

そうして医師仲間たちが祝ってくれても、私の気分は晴れなかった。

ともすれば私が黙りこんでしまうので、仲間たちの会話も途切れがちであった。

窓の外の鴨川を眺めていると、モリアーティ教授のことを考えずにはいられなかった。彼は今もなお、洛西ハールストン館の奥深く、あの〈東の東の間〉に閉じ籠められている。にもかかわらず、ホームズはマスグレーヴ家の謎に触れようとせず、すべてを闇に葬ろうとしている。アイリーン・アドラーがホームズを非難するのも当然と思われた。しかし、ホームズの沈黙にも、それなりの理由があるはずだった。「〈東の東の間〉は触れてはならないこの世の神秘なんだ」と彼は言った。いったい〈東の東の間〉とは何なのだろう？

しばらくすると、談話室の隅の椅子からユラリと黒い影が立ち上がるのが見えた。

その人物はそれまで暗がりで息をひそめるようにしていたので、今までそこに人がいたことにさえ気づかなかった。その黒い影は談話室を横切って近づいてくる。室内灯の仄かな光をうけて、天鵞絨のチョッキと固めた口髭が黒曜石《こくようせき》のように光っていた。

「やあ、ワトソン。会いたいと思っていたんだ」

スタンフォードが声をかけてきたとたん、仲間たちの顔が強張った。気まずい沈黙が続いたあと、ひとりが「何の用だね、スタンフォード」と言った。

「諸君に用はないよ。俺はワトソンに用があるんだ」

仲間たちはたがいに視線を交わすと、ゆっくりと肘掛け椅子から立ち上がった。

ひとりが身をかがめて、「気をつけろ」と私に耳打ちした。そして彼らが談話室から出ていってしまうと、スタンフォードは苦笑しながら向かいの椅子に腰を下ろした。「俺は嫌われ者なんだ」と肘掛けを撫でながら自嘲的に言った。「そうらしいね」と私は応えた。心霊医師を自称するようになってから、スタンフォードは医師仲間から敬遠されている。

このところ忙しくてね、とスタンフォードは言った。

「明日にはリッチボロウ裁判の判決が出る。夫人は投獄されるだろう。そういうわけで、セント・サイモン卿は代わりの霊媒を探しているんだよ。おかげで俺もこきつかわれている。サイモン卿には世話になってきたから文句は言えないがね」

「なあ、スタンフォード。君は本気で心霊主義を信じているのか？」

スタンフォードは顔を上げると、ふしぎそうにこちらを見た。「信じているかって？　さあ、どうだろうな。俺にもよく分からない。インチキかもしれないが、真実かもしれない。探偵小説とはちがうのだから、そんなものはハッキリ答えが出る問題でもないだろう。まあ打ち明けて言うと、俺はべつにどちらでもかまわないんだよ。それが役に立つのであればね」

「呆れたな。君には信念というものがないのか？」

「まあ、そう言うなよ、ワトソン。信念なんて何の役に立つ？」

スタンフォードはニヤリと笑って身を乗りだした。「そんなことより噂の新作を読ませてもらったよ。それにしても『ロンドン』とはな！　さすがの俺も意表を突かれた。よりにもよって、まさか名探偵シャーロック・ホームズの相棒が心霊主義に鞍替《くらが》えするとはね」

「いったい何の話だ？」私はびっくりした。「心霊主義者になったおぼえはないぞ」

「おいおい、今さら何を言ってるんだ。セント・サイモン卿の降霊会にモリアーティ教授の霊が現れてからというもの、心霊主義者の間では『ロンドン』が流行語なんだぞ」

――降霊会？　モリアーティ教授の霊？

私があっけにとられていると、スタンフォードは怪訝そうに説明した。

リッチボロウ夫人が洛西で逮捕されて以来、セント・サイモン卿は新しい霊媒を見つけるために、自邸でたびたび降霊会を催してきた。年明け、その降霊会に「モリアーティ教授」の霊が現れたというのである。教授は霊媒の口を借りて、自分はマスグレーヴ家の〈東の東の間〉を通って、今いる世界へやってきたと述べた。そこはひとつの巨大な街であって、「ロンドン」と呼ばれているという。たちまちその街の名は、心霊世界の異名として、心霊主義者たちの間に広がった。そこへ発表されたのが、私の書いたロンドン版ホームズ譚だったのである。

「もちろん君はそれを承知のうえで書いたんだろう。心霊主義者たちは大喜びだよ。著名な探偵小説家が『ロンドン』について語りだしたんだからな」

「いや、待ってくれ。さっぱり訳が分からない」

「セント・サイモン卿もぜひ君と話がしたいと言っている」

　スタンフォードは続けた。「どういう魂胆で君があんなものを書いたのか、サイモン卿は気になってしょうがないのだよ。もちろんあいつ自身はただのインチキ野郎で、心霊主義なんてカケラも信じてないんだがね。それなのに妙なことが次々起こるから、不安でしょうがないんだろう。心霊主義者たちはロンドンのことばかり話しているし、探偵小説家の君までもがロンドンを書く。リッチボロウ夫人も留置場で君の書いた心霊小説を読んで、ひどく感銘を受けていたそうだ」

「馬鹿なことを言わないでくれ、スタンフォード」

　私は肘掛け椅子から立ち上がった。

「あれはただの探偵小説だ」

「いやいや、その手は食わんよ」

　スタンフォードは笑って取り合わなかった。「あれがただの探偵小説なら、こんなに売れるわけがないだろう。まったく君は世渡りのうまいやつだよ、ワトソン。名探偵ホームズが引退を表明したとたん、『心霊小説』へ乗り換えるなんてな」

がらんとした談話室にいるのは私たち二人だけだった。

「手を結ばないか、ワトソン。俺はそのために君を訪ねてきたんだ」

ふいに自分が吹きさらしの荒野に佇んでいるような気がした。それまで信じていた世界が打ち砕かれ、その亀裂《きれつ》の向こうから何かが顔をのぞかせている。

そこから先のことはよく憶えていない。おそらく私は無我夢中で荒神橋のクラブから逃げだしたのだろう。

気がつくと、森閑とした夜の街を駆けるように歩いていた。煤けた煉瓦の家並みが続く河原町通は、まるで暗いトンネルのようだった。心霊主義者、降霊会、モリアーティ教授、ロンドン、心霊小説、〈東の東の間〉……。風に吹き散らされた木の葉のように、それらの言葉が頭の中を飛び交っている。まったく君は世渡りのうまいやつだよ、ワトソン。

新作を発表した高揚感は跡形もなく消え去っていた。

やがて賀茂川の土手へ出ると、私は白い息を吐きながら立ち止まった。闇の底からは賀茂川の水音が聞こえ、彼方には比叡山の黒々とした山影が浮かんでいる。目の前を白いものがちらちらと舞っていた。葵橋を渡りかけて、私は茫然とあたりを見まわした。

屋根や煙突が影絵のように広がる京都の街に、しんしんと雪が降っていた。

雪は夜明け頃まで降り続いて、街の風景を一変させてしまった。

翌朝、玄関から外へ出てみると、どんよりと曇った空から射す淡い光が、家々の白い屋根を照らしていた。下鴨本通も真っ白で、子どもたちが歓声を上げて雪玉を投げ合っている。向かいの糺ノ森からは、木々の枝から雪の落ちる音が聞こえてきた。

その日の午後、リッチボロウ夫人に判決が言い渡される予定であった。

メアリと私が診療所を出る頃には、ふたたび雪が舞い始めていた。私たちは辻馬車に乗って、丸太町通の王立司法裁判所へ向かった。賀茂川の土手は雪に覆われ、東山も粉砂糖をまぶしたように見えた。曇天《どんてん》のせいもあって、まるで世界から色彩が失われたように感じられる。

二輪馬車は葵橋を渡って、河原町通を下っていった。

「どうかしたの？」

メアリが怪訝そうにささやいた。

「なんだか朝からずっとボンヤリしているようだけど」

「いや、昨夜あまり眠れなくてね。クラブで遅くまで話しこんでいたから」

そのとき私が考えていたのは昨夜スタンフォードに言われたことであった。ロンドン版ホームズ譚が「心霊小説」だなんて！　スタンフォードは小説の成功をねたんで、悪質な冗談でからかったにちがいない。どうしてあんなやつの言うことを真に受ける必要があるのか。しかし喉に刺さった小骨のように、どうしても厭《いや》な予感を振り払うことができない。

　馬車が河原町丸太町の交差点を右手へ折れたとき、王立司法裁判所が異様な雰囲気に包まれているのが分かった。玄関前の広場を黒々とした群衆が埋め尽くし、丸太町通へ溢れそうになっている。「何かあったのかしら?」とメアリが言った。

　馬車が近づくにつれて、警戒している制服姿の巡査たちの姿も目に入った。ふしぎなのは、それだけの群衆が集まっているにもかかわらず、あたりが驚くほど静かなことだった。人々は神妙な顔つきで口をつぐみ、羊のように身を寄せ合っている。

　裁判所の手前で馬車を降りると、私はマクファーレン巡査に声をかけた。

「やあ、マクファーレン君。これはいったい何の集まりだね」

「これはどうも、ワトソン先生」マクファーレンは制帽に手をかけて言った。「この人たちはみんな心霊主義者なんですよ。リッチボロウ夫人に判決がくだるってことで、朝から集まってきましてね。どうせ法廷へは入れないんですが、いくら帰れと言っても聞かないんです」

「困ったな。これでは裁判所へ入れないじゃないか」

　そのとき、私たちのやりとりを誰かが聞きつけたらしい。「ワトソン先生だ」「ワトソン先生だ」という小さなささやき声が、さざ波のように裁判所前の群衆に伝わっていく。やがて目の前の群衆が整然と二手に分かれ、私たちのために道を空けてくれた。

　メアリと私が思わず顔を見合わせると、近くにいた若者が「どうぞ、ワトソン先生」と促した。人々はふしぎな期待の籠もった、真摯な眼差しでこちらを見つめている。

私たちは戸惑いながらも、「ありがとう」と礼を言って、裁判所の玄関へ向かった。群衆の間をすり抜けていくとき、こちらを見つめている人々の中に、八の字髭でシルクハットをかぶった紳士の姿を見かけた。その風貌に見覚えがあると思ったら、昨日、枡形商店街の書店で「傑作ですよ！」と褒めてくれた人物だった。

リッチボロウ裁判の法廷はたいへんな熱気に包まれていた。すでに傍聴席はいっぱいで、立ち見も出ている始末だ。真冬にもかかわらず、室内は暑いぐらいだった。前方にいるレストレード警部が「ワトソン先生、こちらです」と手招きした。彼が確保しておいてくれた隙間に、メアリと私は身を寄せ合って腰を下ろした。私はレストレードに耳打ちした。

「えらく盛況だね。裁判所前にも群衆が集まっていた」

「まったく困ったもんですよ」

レストレードはウンザリした声で言った。

「暴動は勘弁してもらいたい。巡査たちに警戒させていますがね」

私は伸び上がって傍聴席を見まわした。レジナルド・マスグレーヴの姿は見えなかった。ひとしきり視線をさまよわせていると、アイリーン・アドラーと目が合った。青ざめた顔が傍聴席の中で浮き上がって見える。彼女はこちらへ小さく頷いてみせた。

「アドラーさんも来ているよ」

私がささやいても、メアリは「そう」と淋しそうに微笑むだけだった。

しばらくすると、ひとりの人物が人混みを押しのけるようにして近づいてきた。セント・サイモン卿だった。相変わらず洒落た恰好をしているが、ひどく顔色が悪く、目は血走っている。前回この法廷で見かけたときよりも、ずっと老けこんで見えた。

彼は「ワトソン先生ですな？」と笑いかけてきたが、まるで鉄板をねじ曲げて作ったような不自然な笑顔だった。私が立ち上がると、彼はこちらへ手を差し伸べて握手を求め、「ロンドン版ホームズ譚を拝読しました」と言った。

「それは光栄です。セント・サイモン卿」

「感服しました。じつに素晴らしい作品でしたよ！」

そう言ってから、セント・サイモン卿は手に力をこめ、私をグイと引き寄せた。危うくよろめきそうになった私の耳元で、サイモン卿は「どういうつもりだ。どうしてあんなものを書いた？」とささやいた。その声には苛立ちが籠もっていた。傍聴席は騒がしかったので、メアリとレストレードにその声は聞こえなかったはずだ。私はギョッとして相手の顔を見直した。サイモン卿は何ごともなかったかのように笑みを浮かべた。

「いずれゆっくりお話をうかがいたいものですな」

サイモン卿が歩み去ったあと、私は茫然としながら腰を下ろした。

――ひょっとしてスタンフォードが言っていたことは事実なのか？

私が考えこんでいると、かたわらでメアリがささやいた。

「どうしたの、あなた。顔色が悪いわ」

「昨夜スタンフォードから厭な噂を聞いたんだ」

私はメアリに打ち明けた。「心霊主義者たちはロンドンが心霊世界だと信じているらしい」

メアリは怪訝そうに眉をひそめた。「でもロンドンはあなたの創った世界だわ」と言った。

「あれは探偵小説でしょう。心霊世界とは何のかかわりもない」

「セント・サイモン卿の屋敷で開かれた降霊会にモリアーティ教授の霊が現れたんだ。そのとき彼は『自分はロンドンにいる』と語ったらしい」

「でもモリアーティさんは」

メアリはあたりを見まわして声を低めた。

「〈東の東の間〉に閉じ籠められているはずでしょう？」

「そのことはかぎられた人間しか知らないはずだけどね。とにかく心霊主義者たちはロンドンとは心霊世界のことだと思いこんでいる」

「それならロンドン版ホームズ譚を読んでいるのは」

「探偵小説愛好家たちじゃない。心霊主義者たちなんだ」

私の新作が「心霊小説」として心霊主義者たちに受け容れられているというなら、セント・サイモン卿の言動も理解できる。ロンドンという異世界の出現と、心霊主義者たちの熱狂は、サイモン卿にとってまったくの計算外だったのである。彼は心霊主義者たちの動きが制御できなくなってきていることに焦りを覚えているのだろう。

今にして思えば、裁判所前に集まっている群衆の態度も奇妙であった。あの期待が籠められた真摯な眼差しは、「探偵小説家のジョン・ワトソン」ではなく、「心霊小説家のジョン・ワトソン」に向けられたものだったのではないか？

「いったいどういうことなの？」メアリは呟いた。

「僕にも分からない」私は言った。「何か妙なことが起こっている」

そのとき廷吏が開廷を告げ、弁護士たちや陪審員が法廷へ入ってきた。そしてリッチボロウ夫人が二人の廷吏に挟まれて、正面の被告席へ姿を見せた。裁判が始まった頃には抜け殻のようになっていた彼女が、打って変わって生気を取り戻していることに驚かされた。その背筋は堂々と伸び、物腰も落ち着いていた。彼女は振り向いて、ゆっくりと傍聴席を見まわした。あまりにも堂々たる態度だったので、傍聴人たちは息を呑んだように静まり返った。

私は慄然とした。リッチボロウ夫人が私に微笑みかけたからだ。

○

「陪審員のみなさん」

裁判長は右手の陪審員席に向かって語りかけた。

「みなさんは長い時間をかけて、検察側と弁護側の立証に耳を傾けてこられました。これからご審議に入っていただきますが、その前に今一度、被告人に対して提出された容疑について、いくつか重要な点を整理して、申し上げておきたいと思います」

　そうして裁判長は、リッチボロウ夫人が起訴されている容疑について、検察側と弁護側の主張を要約しつつ、順序よく明快に説明していった。陪審員も傍聴人も真剣な顔で聞き入っていた。リッチボロウ裁判の経過については、私も新聞で読んでいるぐらいだったが、裁判長の説明は簡潔にして要を得ていた。たとえリッチボロウ夫人に不利な点が多くても、ことさらにそれを強調するようなことはなく、それなりに公平な態度だったと言えるだろう。

「被告人にいかなる評決をくだすか、それはみなさんの手に委ねられています。検察側の立証について、正当かつ合理的な疑念を持たれるのであれば、ご審議にあたって無罪を表明してください。いかなる人間も不十分な証拠や憶測《おくそく》によって有罪とされてはならないからです。念のために申し上げておきたいのは、当法廷はあくまで事実のみを問題にするということであります。みなさんもご存じのとおり、被告人は心霊主義という分野において活躍し、洛中洛外で広く名を知られてきた人物です。しかしながら、いわゆる『心霊の世界』というものが存在するか否かは、みなさんが審議すべき問題ではありません。被告人は現世を生きている人間であって、私たちと同じように、現世の法に従わねばならないのです。どうかそのことをお忘れなく、慎重なご審議をお願いいたします」

　陪審員たちが審議のために退廷すると、法廷はざわめきに包まれた。例によって、傍聴人たちは心霊主義陣営と反心霊主義陣営に分かれている。

　レストレードが「心配いりませんよ」と言った。「リッチボロウ夫人に勝ち目はありません。まさか陪審員も心霊主義の業績を考慮に入れて評決を下すなんてことはないでしょう。万が一そんなことになれば、私は京都警視庁《スコットランド・ヤード》を辞職して、明日から霊媒に転職しますよ」

「もちろんリッチボロウ夫人が無罪放免になるとは思えないが……」

レストレードは怪訝そうに私を見つめた。

「何か気がかりなことでも？」

「どうもよく分からない。なんだか厭な予感がするんだよ」

私はそう言いながら、傍聴席の前方へ目をやった。セント・サイモン卿は傲然と胸をそらし、いまいましそうに被告人席を見つめている。その白皙の横顔には不安と怒りが見てとれた。いかにも飼い犬に手を噛まれたという風情だ。その一方、リッチボロウ夫人は平然としていた。その堂々たる後ろ姿は自分たちの勝利を確信しているように見える。

——彼女はこの裁判の結果なんて気にもとめていない。

そう思ったとたん、裁判所前につめかけている群衆の姿が浮かんできた。彼らは今この瞬間も、寒空の下、雪にまみれながら身を寄せ合っているだろう。彼らもまた、判決以外の何か、もっと大きな何かの到来を待ち受けているように思える。

陪審員たちは半時間ほどで法廷へ戻ってきた。

「評決をお願いします」

書記官が言うと、法廷は静かになった。

陪審長は緊張した面持ちで咳払いして述べた。

「陪審員は多数決によって、検察側の申し立て通り、被告人を有罪と認めます」

傍聴席にざわめきが広がった。書記官が評決を記録している間も、傍聴席の喧噪は大きくなる一方だった。突然、その喧噪を切り裂くように「裁判長！」という声が響いた。リッチボロウ夫人が椅子から立ち上がって、裁判長に向かって呼びかけていた。

「発言してもよろしいでしょうか？」

「それは認められません」

「このような裁判は無意味だと申し上げたいのです」

「被告人！」裁判長は叱責した。「発言は認められません」

しかしリッチボロウ夫人は裁判長の言葉を無視した。奇怪なことに、弁護士たちはおろか、両脇に立っている廷吏たちでさえ、彼女を制止することができなかった。まるで彼女の威光に圧倒されて、金縛りにあっているかのようであった。

「世界の終わりが近づいているのです」とリッチボロウ夫人は言った。「現世は夢のようなもの。間もなく彼岸への扉が開かれ、私たちは真の世界へ、ロンドンへと還ってゆくことでしょう。この世界はロンドンの影にすぎない」

リッチボロウ夫人は振り返って、まっすぐに私を見つめた。

「そうですわね、ワトソン先生？」

法廷中の視線がこちらへ集まるのが感じられた。

裁判長が「廷吏！」と厳しい声で言い、リッチボロウ夫人を黙らせようとした。

しかし廷吏たちは怯えたように周囲を見まわすばかりだった。というのも、そのとき薄暗い午後の法廷に異様な気配が漲ってきたからだ。

　雷雲の押し寄せてくる荒野に佇んでいるように、全身の毛がぞわぞわと逆立つのが感じられた。傍聴席からは不安そうなざわめきが湧き起こり、壇上の裁判長が怯えたような顔で身を引くのが分かった。セント・サイモン卿やアイリーン・アドラーは青ざめた顔で周囲を見まわしている。メアリが無言のまま、私の手を強く握りしめた。

　巨人の溜息のような音が響き渡り、まばゆい光が法廷を包んだ。

　そのとき私が思いだしたのは、マスグレーヴ家の〈東の東の間〉の経験だった。あの不思議な階段の先に浮かんでいた巨大な満月。そのとき法廷を包みこんだ光は、あのとき〈東の東の間〉を昼間のように照らしだした月光と同じものであった。あちこちから悲鳴が上がった。

　ようやく視力が戻ってきたとき、「誰かいるぞ！」という叫び声が聞こえた。身を起こして法廷の真ん中へ目をやると、そこにはひとりの人物が佇んでいた。法廷には似つかわしくない風体だ。黒い髪は乱れ、寝間着の上から灰色のガウンを羽織っている。

　それはシャーロック・ホームズだった。ガウンのポケットに手を入れて、今にも嚙みつきそうな目で虚空を睨んでいる。まるで生涯の宿敵と対峙しているような顔つきだった。

「言い分があるなら五分だけ聞きましょう、モリアーティ教授」

　次の瞬間、法廷は悲鳴と驚愕《きょうがく》の声に包まれた。ホームズの姿がぐにゃりと歪み、まるで溶けた蠟燭のように不気味なものになったからだ。たちまちそれは別人の姿に変貌した。モリアーティ教授だった。黒いマントに身を包み、青白い顔を蛇のように揺らしている。

「今すぐ手を引きたまえ、ホームズ君。さもないと貴君は悲惨な最期を遂げることになる」

法廷に出現したホームズとモリアーティ教授を、その場に居合わせたすべての人間が目撃したのである。

唐突に法廷に現れた幻影は、同じように唐突に消え去った。

法廷は大混乱に陥った。奇怪な現象に怯えて逃げだそうとする者、幻影の現れた地点へなんとか近づこうとする者、わけもわからず騒ぎ立てる者。この事態を制御できる人間は誰もいなかった。裁判長は壇上でほとんど失神しかけていたし、弁護士も廷吏も腰を抜かしていた。セント・サイモン卿は顔面蒼白で身じろぎもしない。

恐怖と興奮が渦を巻く法廷にあって、リッチボロウ夫人は微笑みを浮かべて佇んでいた。まるでこうなることを予期していたかのようだった。

アイリーン・アドラーの叫ぶ声が耳に入った。

「ワトソン先生！　メアリ！　外へ出ましょう！」

彼女は人波に揉まれながら法廷の出口を指さしている。

私は大きく頷いてみせると、メアリの手を引いてそちらへ向かった。

◯

メアリと私はなんとか法廷から抜けだすと、裁判所の玄関へ走った。

すでに玄関ホールには雪まみれの心霊主義者たちが押し寄せていた。逃げだしてきた者から法廷で起こった「心霊現象」について知らされた彼らは、制止する巡査たちを押しのけて、リッチボロウ夫人のもとへ駆けつけようとしていたのである。彼らはこちらへ摑みかかるようにして、「ワトソン先生！」と呼びかけてきた。「何が起こっているんです？」

「なんでもない！　なんでもない！　みなさん、落ち着いて！」

私は大声で叫んだが、興奮する人々を宥めることはできなかった。

スタンフォードやリッチボロウ夫人の言うとおりだとすれば、彼らはロンドン版ホームズ譚を「心霊小説」として読んでいるのだった。ロンドンこそが心霊の世界だと思いこんでいる。彼らはすがりつくような目で私を見ていた。私は慄然とした。いつの間にか、私は「心霊主義の伝道師」のようなものに祭り上げられてしまっている。

そうして玄関ホールで心霊主義者たちと押し合っているところへ、あとから法廷を抜けだしたアイリーン・アドラーが追いついてきた。

「ワトソン先生！　メアリ！」と彼女が叫んだ。「目を覆って！」

わけもわからず彼女の言うとおりにすると、シュッと花火を打ち上げるような音がして、玄関ホールに押し寄せた群衆が悲鳴を上げるのが聞こえた。目を開けてみると、周囲の人々が頭を抱えてしゃがみこんでいる。アイリーン・アドラーが私たちの背を押しながら、「ちょっと驚かせただけです。心配はいりません」と言った。どうやら照明弾のようなものを使ったらしい。

そうして群衆が怯んだ隙をつき、私たちは裁判所の玄関から駆けだした。外は雪が降り続けており、ヴィクトリア女王の森は真っ白に煙って見えた。

王立司法裁判所からホームズの住まいはさほど離れていない。

私たちは丸太町通を東へ向かい、寺町通を南へ折れた。しんしんと雪の降る寺町通は人通りも少ない。馬車道は雪に覆われ、両側に軒を連ねる煉瓦や漆喰塗りの家々もひっそりとしている。あまりにも静かなので、まるで不気味な夢の中にいるかのようだ。

私たちが221Bの呼び鈴を鳴らすと、ハドソン夫人がドアを開けた。彼女は雪まみれの私たちの姿を見て目を丸くした。「おやまあ！　どうなさったんです？」

アイリーン・アドラーが外套の雪を払いながら訊いた。

「ハドソンさん、こんにちは。ホームズさんはいらっしゃいます？」

ハドソン夫人は「いいえ」と首を振った。「ホームズさんは旅行に備えて買い出しをしてくると仰って、昨日の昼すぎにお出かけになりました。それきりお戻りにならないんです」

「もう南の島へ旅立ったんじゃないでしょうね？」

「そんなはずありませんよ。旅行鞄は全部そのままですもの」

私たちは階段を上がってホームズの部屋へ行ってみた。窓にはカーテンが引かれ、暖炉の火は消えている。室内は薄暗く冷え冷えとしていた。ハドソン夫人がカーテンを開くと、床に置かれた旅行鞄が淡い光に照らしだされた。旅支度には古ぼけたヴァイオリンケースも含まれている。金魚のワトソンは、ホームズに頼まれて、すでにハドソン夫人が預かっているという。

「どうなさったんです？　ホームズさんに何かあったんですか？」

あまりに私たちが深刻な顔をしているので、ハドソン夫人も心配になってきたらしい。

私は茫然として空っぽの部屋を見まわした。それがかつてホームズとともに暮らした部屋だとは思えなかった。この部屋はすでに生命力を失っている。そのとき私はハッキリと確信した。シャーロック・ホームズはもうこの世界にはいない。

「ホームズは〈東の東の間〉に入ったんだ」

私が言うと、アイリーン・アドラーは唇を噛んでこちらを見つめた。

彼女自身も同じことを考えていたのだろう。それでも彼女はあらがうように、「そうと決まったわけじゃありません」と言った。「たとえホームズさんが〈東の東の間〉へ入ったのだとしても、どうしてさっきみたいな現象が起こるんですか。これまでそんなことは一度も起こっていません。ウィリアム・マスグレーヴやレイチェルさんのときは……」

「つまり、これまでになかったことが起こっているということですよ」

「マスグレーヴ家に問い合わせてみましょう」とメアリが言った。

階段を下りているとき、玄関の呼び鈴が鳴った。誰かが必死でドアを叩いていた。

先に階段を下りたハドソン夫人がドアを開けると、雪まみれの少女が飛びこんできた。その顔は血の気が失せ、陶器のように白かった。

アイリーン・アドラーが少女を抱きとめた。

「レイチェルさんじゃありませんか！　どうしたんです？」

「助けてください。ハールストンで何かが起こっているんです」

レイチェル・マスグレーヴは喘ぎながら言った。「何か怖ろしいことが！」

○

私たちが嵐山駅に到着したとき、冬の日はほとんど暮れかかっていた。

灰色の雲の垂れこめた空からは絶え間なく雪が降っており、秋にはあれほど賑わっていた駅前の土産物屋街も閑散《かんさん》としていた。まるでべつの街みたい、とメアリが呟いた。

改札を出てすぐのところに、マスグレーヴ家の紋章をつけた箱馬車がとまっていて、窓からランプの光が洩れていた。馬車の脇に佇んで雪にまみれていた男が、私たちの姿をみとめると、角灯を掲げて足早に雪を踏んできた。マスグレーヴ嬢が「ウィリアム！」と駆け寄った。

竹林管理人のウィリアム氏は窶れた顔をしていた。彼はレイチェル・マスグレーヴに微笑みかけると、私たちに「よくいらしてくださいました」と言った。「この馬車でハールストンまでお連れします。厄介な事態になっていて、レジナルドは館を離れられないのです」

「ホームズは〈東の東の間〉に入ったんですね」

私はウィリアム氏に訊ねた。「何が起こっているんです？」

「詳しいことはレジナルドが語ってくれるでしょう。さあ、乗ってください」

ウィリアム・マスグレーヴは私たちを馬車に乗せて御者席についた。

すぐさま馬車は嵐山駅をはなれて、桂川にかかる渡月橋を渡っていった。

広い川面が鈍い銀色に光って、静かに降る雪を吸いこんでいた。夕闇の向こうには、雪化粧をした嵐山が巨大な白鯨《はくげい》のように浮かんでいた。あたりはひっそりとして、まるで森羅万象が息を呑んでいるかのようだった。それは嵐の前の静けさを思わせた。

私はメアリと身を寄せ合うようにして、馬車の座席に腰かけていた。向かい側にはアイリーン・アドラーとマスグレーヴ嬢が腰かけている。私は口をつぐんで窓の外を眺めた。馬車はハールストン館に向かって古い街道を走っていた。農家や旅籠の明かりが流れていく。

街道沿いの家並みが途切れると、雪の積もった牧草地が広がった。そのとき、雪原の向こうに佇んでいる人影を見た。

——ホームズ！

それは間違いなくホームズだった。法廷で見かけたときと同じ姿で、足跡ひとつない雪原の真ん中に、幽霊のように佇んでいる。馬車が行き過ぎるにつれて、その姿はモリアーティ教授へと変わり、やがて遠ざかっていく。私が息を呑んでいると、向かいのマスグレーヴ嬢が「ごらんになりましたか、ワトソン先生」とささやいた。彼女の顔は蒼白だった。

妄想と現実の境目が曖昧《あいまい》になってきているような気がした。

——この世界はロンドンの影にすぎない。

リッチボロウ夫人の不気味な声が耳によみがえってくる。

馬車はマスグレーヴ家の領内に入って、暗い竹林を抜けていった。

やがてハールストン館の敷地に入ると、ぽっかりと空がひらけ、あたりが青白い光に包まれた。ゆるやかに波打つ芝生は一面の雪に覆われている。雪に埋もれた庭に天幕が張られ、焚き火やランプの光が煌めいていた。人々がハールストン館の外へ避難しているらしかった。

ハールストン館に何らかの異変が起こっていることはすぐに分かった。窓という窓から月光のような妖しい光が洩れ、内部からは大勢の人間の声が聞こえてくる。その不気味な声はひとつに溶け合い、まるで館そのものが唸り声を上げているかのようだ。

馬車は焚き火のそばに止まって、私たちは雪に降り立った。

ちらちらと舞う雪の中、焚き火を背にしてレジナルド・マスグレーヴが立っていた。その姿はまったく途方に暮れているように見えた。マスグレーヴ嬢が駆け寄ると、レジナルド氏は妹の手を取って、悩ましげな顔つきで私たちに頷いてみせた。

○

「ホームズ君が訪ねてきたのは昨日の午後のことです」

レジナルド・マスグレーヴは焚き火の炎を見つめながら語りだした。

「突然の訪問で驚きましたが、私はとても嬉しく思いました。年明けにホームズ君が引退宣言をしてからというもの、ずっと心配していたからです。館に泊まってもらうことになって、晩餐のあとは書斎の暖炉の前で話をしました。ホームズ君は昨年訪ねてきたときよりもずっと元気そうだった。全身に力が漲っていた。とても引退したとは思えませんでしたよ」

ホームズはひとしきり、計画中の南の島への旅行について語ったという。

夜も更けた頃、ホームズがふと真剣な顔になり、「旅立つ前にどうしても解決しなければならない事件があるのだよ」と言った。未解決事件はすべてアイリーン・アドラーに引き継いだが、ひとつだけ自分の手元に残しておいた事件がある。なぜならそれは、「いかなる名探偵にも解決できない」事件だからだ。

言うまでもなく、マスグレーヴ家の〈東の東の間〉をめぐる事件である。

「それは通りかかる船を必ず難破させる暗礁のようなものだ」とホームズは言った。「そんな呪われた事件をアドラーさんに引き継ぐわけにはいかない。僕が始末をつけなければ」

「どうするつもりなんだ？」

「これから〈東の東の間〉へ入ろうと思う」

ホームズは身を乗りだした。「そしてモリアーティ教授を連れ戻す」

レジナルド・マスグレーヴは仰天した。

「無茶だ。無事に帰ってこられる保証は一切ないぞ」

「なんとか見て見ぬふりをしようとしてきたが僕には無理だ。その謎は、今もなお君たちを脅かしているじゃないか。〈東の東の間〉の謎を外から解くことはできない。十二年前に僕が失敗した理由はそこにある。その謎は内側からしか解けないんだよ」

マスグレーヴ氏は思いとどまるように説得したが、ホームズの決意は固かった。

ホームズが旧棟の〈東の東の間〉へ向かったあと、レジナルド・マスグレーヴは書斎の暖炉の前で待ち続けた。不安は募る一方だった。時間は刻一刻と経ったが、シャーロック・ホームズは戻ってこない。夜明け近くになって、レジナルド・マスグレーヴは気づかぬうちに眠りこんでいたらしい。ハッと身を起こすと、あたりはしんと静まり返っている。カーテンの隙間から白い光が射しこんでいた。窓に近づいてカーテンを開けると、外は一面の雪景色だった。

マスグレーヴ氏が暖炉に焚き木を足しているとき、背後に人の気配がした。振り向くと、書斎の中央にシャーロック・ホームズが立っていた。しかし様子がおかしかった。髪は乱れているし、いつの間にか服装も変わっている。なによりもマスグレーヴ氏を不安にさせたのは、まるで生涯の宿敵を睨むような、その憎しみに充ちた目つきだった。「言い分があるなら五分だけ聞きましょう、モリアーティ教授」とホームズが言った。マスグレーヴ氏が茫然としていると、ホームズの姿がモリアーティ教授の姿に変貌し、「今すぐ手を引きたまえ、ホームズ君。さもないと貴君は悲惨な最期を遂げることになる」と言った。

そのとき、「これは幻影だ」とマスグレーヴ氏は悟った。

――これまでになかった異変が起こっている。

書斎から駆けだしたマスグレーヴ氏が見たものは、玄関ホールや階段の踊り場、旧棟へ続く廊下に点々と佇んでいるホームズとモリアーティ教授の幻影たちだった。ホームズからモリアーティ教授へ、モリアーティ教授からホームズへ。それらは絶え間なく姿を変えながら、先ほど書斎で聞いた台詞を口にしている。

あたりに反響する幻影の声が不気味なざわめきとなって、あちこちから使用人たちの悲鳴が聞こえてきた。ハールストン館は幻影に乗っ取られたのだった。

マスグレーヴ氏がその奇怪な話を語っている間、私たちは息をつめたように黙りこんでいた。あたりの情景はいよいよ現実感を失いつつあった。真っ暗な空には星ひとつ見えず、ハールストン館は唸り声を上げながら、不気味な灯籠のように輝いている。館から避難した使用人たちは天幕の下で不安そうに身を寄せ合い、マスグレーヴ家の人々を見守っている。

「ワトソン先生」

レジナルド・マスグレーヴが言った。

「ホームズ君から、あなたへの手紙を預かっています」

○

親愛なるワトソン君

万が一にそなえて、マスグレーヴにこの手紙を託す。

まずは君に何の相談もしなかったことを謝っておきたい。

このように無謀な冒険に君を巻きこむわけにはいかなかった。どうか許してくれ。

今だから打ち明けるが、アドラーさんにすべての事件を引き継いだのも、引退宣言をしたのも、こうして〈東の東の間〉に挑戦するためだった。そうやって身辺を整理しなければ、どうしても踏ん切りがつかなかったんだよ。

実際、こうして〈東の東の間〉へ入る直前になっても、「すべてを忘れて南の島へ旅立つ」という選択肢にいささか未練を覚える。とはいえ、やはりモリアーティ教授を見捨てるわけにはいかないし、僕自身、どうしようもなく〈東の東の間〉の謎に惹かれている。所詮は負け戦かもしれないが、やれるだけのことはやってみたい。

もしも僕が戻ってこられなかった場合、寺町通221Bの後始末は君に任せる。個人的資産のようなものはほとんど残っていない。その代わりと言ってはなんだが、例のブリキの櫃に君と出会う前に手がけた事件の記録が入っている。新作の執筆に役立ててくれたまえ。それにしても、ロンドン版ホームズ譚の続きが読めないとしたら残念だ。あれは傑作だからね。

それではさようなら。メアリとアドラーさん、ハドソン夫人によろしく。

僕の心はつねに君とともにあることを忘れないでほしい。

君の忠実なる友　シャーロック・ホームズ

手紙から顔を上げると、まわりの人々が静かにこちらを見守っていた。マスグレーヴ家の人々、アイリーン・アドラー、そしてメアリ。パチパチと燃える焚き火の炎が、彼らの顔を夕闇の底に明々と浮かび上がらせている。私はハールストン館を見上げた。妖しい光に包まれた館からは、相変わらず不気味な唸り声が聞こえてくる。すでに私の心は決まっていた。

「ホームズを助けに行かなければ」

「それは無謀ですよ、ワトソン先生！」

アイリーン・アドラーが言った。「あなたまで戻れなくなったら……」

「今こんなふうに予想外の異変が起こっているのは、ホームズがモリアーティ教授を連れ戻そうと戦っているからだ。彼には相棒が必要なんです」

そのとき、私の胸にはふしぎな確信が広がった。

大昔から言い伝えられるマスグレーヴ家の〈東の東の間〉の謎も、一昨年の秋から始まったホームズのスランプも、モリアーティ教授の創りだした「ロンドン」という異世界も、リッチボロウ夫人をめぐる心霊主義騒動も、すべてが水面下でつながっている。

これらはべつべつの事象ではなく、たったひとつの「非探偵小説的事件」であり、私たちは今その核心に迫りつつあるのだ。

○

アイリーン・アドラーがメアリの腕に触れた。

「あなたはどう思うの、メアリ。なんとか言ってちょうだい」

メアリは私を見つめた。潤んだ目の中で焚き火の炎が踊っていた。

どうしてあなたが行かなければならないの、とメアリの目は語っていた。あなたはホームズさんの記録係にすぎない。もう十分あの人には苦しめられてきたでしょう。あの人が無謀な冒険に出たからといって、どうしてあなたまで道連れにならなければならないの。

しかし、それらの言葉が口にされることはなかった。

「必ず帰ってきてください。約束ですよ」

メアリはそう言うと、しっかり私を抱きしめた。

「約束するよ、メアリ」と私は言った。「必ず帰ってくる」

第五章　シャーロック・ホームズの凱旋

私はびくりと身体を動かした。

――ここはどこだ？

ゆっくりと身を起こして、周囲を見まわした。

そこは船倉のような屋根裏部屋だった。斜めになった低い天井、軍医時代を思い起こさせる簡易ベッド、肘掛け椅子と小さなテーブル、飾り気のない暖炉……。正面にある屋根窓から仄かな光が入ってくる。とはいえ、煤けた硝子窓からの眺めは心楽しいものとはいえない。石畳の中庭を挟んで、四階建ての煉瓦造りの住宅が陰気な壁のようにならんでいるだけだ。空は煤煙にかすんで、のっぺりとした灰色だった。そして窓辺の机には、分厚い原稿の束、インク壺や羽根ペン、吸い取り紙、灰皿などが雑然と散らばっている。

どうやら机に向かっている間に眠りこんでしまったらしい。

私は大きく伸びをしてから、原稿の最後のページを読み返した。

メアリは私を見つめた。潤んだ目の中で焚き火の炎が踊っていた。

どうしてあなたが行かなければならないの、とメアリの目は語っていた。あなたはホームズさんの記録係にすぎない。もう十分あの人には苦しめられてきたでしょう。あの人が無謀な冒険に出たからといって、どうしてあなたまで道連れにならなければならないの。

しかし、それらの言葉が口にされることはなかった。

「必ず帰ってきてください。約束ですよ」

メアリはそう言うと、しっかり私を抱きしめた。

「約束するよ、メアリ」と私は言った。「必ず帰ってくる」

『シャーロック・ホームズの凱旋』第四章はそこで終わっている。

小説の執筆が行き詰まってから、すでに一週間が経っていた。その先の展開をどうすべきか分からないということもあるし、どうしてもメアリのことを考えてしまうからでもある。その場面を読み返すたびに、メアリの温もりを思いだして、胸を締めつけられるような思いがする。

そうして原稿を見つめていると、ドアをノックする音がした。

「ワトソン先生？」

大家の柔らかな声が聞こえた。

「いらっしゃいますか？　リッチボロウです」

私は椅子から立ち上がって部屋を横切り、廊下に面したドアを開けた。リッチボロウ夫人の大きな白い顔が覗いた。「お邪魔でしたか？」

「いえいえ、かまいませんよ。リッチボロウ夫人」

「あんまり根をつめるのは身体に毒ですよ、ワトソン先生。余計なお節介をするつもりはありませんけど、以前このお部屋に住んでいた学生さんは机に向かいすぎたせいで、すっかりおかしくなってしまったんですからね。たまには息抜きなさってください」

「ちょうど気晴らしに出かけようと思っていたところですよ」

私は言った。「それで、どういったご用件です？」

リッチボロウ夫人の用件は、今夜開かれる降霊会への誘いであった。

この下宿屋の大家は心霊主義の熱心な信奉者だった。しばしば一階の自室に霊媒を招いて降霊会を主催しており、そのたびに下宿人たちに参加を呼びかけている。彼女が心霊主義に触れたのは夫や妹を亡くしたのがきっかけだと聞いていた。

心霊趣味をのぞけば、リッチボロウ夫人は文句のつけようのない家主だった。品があるし、面倒見は良いし、家賃も手頃である。降霊会への勧誘にしても、気の毒な下宿人たちに魂の平安をお裾《すそ》分けしたいと思っているだけなのであろう。押し問答をするのも億劫だったので、

「それでは顔を出します」と私は言った。リッチボロウ夫人はにっこりと笑った。

「楽しみにしています。きっと素晴らしい会になりますよ」

そしてリッチボロウ夫人は、いそいそと階段を下りていった。

私はドアを閉め、窓辺の机に歩み寄った。身体の節々が痛み、腹も空いていた。このまま机に向かっても、『シャーロック・ホームズの凱旋』は書き進められそうもない。今しがたリッ

チボロウ夫人に言ったとおり、気晴らしに出かけたほうがいいだろう。

私は外出着に着替えて階段を下り、下宿屋の玄関から外へ出た。

石畳の小さな中庭では近所の子どもたちが石蹴り遊びをしており、その声が黄色い煉瓦の壁に響いている。遠くから手まわしオルガンの音が聞こえてきた。

○

大英博物館から脇に延びた通りの一角に小さな食堂がある。

自在扉を押して中に入ると、昼どきの賑わいも終わって、薄暗い店内は空いていた。隅の席で商人風の男たちが、沈鬱な声で世相を論じているばかりだ。私は馴染みの席についてマトンパイと珈琲を注文した。そうやって食事をしていても、私に関心を払う者などいない。

ずいぶん長い間、ジョン・H・ワトソンは世間から姿をくらましていた。

一世を風靡した『シャーロック・ホームズの冒険』の著者、名探偵シャーロック・ホームズの相棒にして伝記作者であるワトソン氏が、ブルームズベリーの屋根裏部屋で暮らし、安食堂の片隅で油っぽいマトンパイを囓っているなんて、誰が想像するだろう。たまに世間話を交わす店主にしても、私のことを「食いつめた三文文士」だと信じている。

しかし本当のところ、今の私には「三文文士」と呼ばれる資格さえないのだ。

この半年間、私は発表するあてもなく、『シャーロック・ホームズの凱旋』を書いてきた。

このような荒唐無稽な小説をホームズ譚の愛読者たちが受け容れるはずもないから、出版社もわざわざ世に出そうとは思わないだろう。そのうえ、この小説は完全に行き詰まっていた。

ヴィクトリア朝京都のジョン・H・ワトソンは、シャーロック・ホームズを救うべく、マスグレーヴ家の〈東の東の間〉へと乗りこんでいく。はたして〈東の東の間〉の正体は何なのか、その「向こう側」にはどんな世界が広がっているのか、さっぱり思い浮かばない。私は途方に暮れていた。今となっては、どうしてこんな小説を夢中になって書いてきたのかも分からなくなっている。

食事を終えたあと、私は食堂を出て、トテナムコート通りの方へ延びる裏通りを歩いていった。煤けた煉瓦に切り取られた狭い空は、あいかわらず陰鬱に霞んでいた。菓子店の飾り窓に浮浪児たちが食いつくように張り付いていて、私が近づくと厭そうな顔をして逃げ散った。

その裏通りからトテナムコート通りへ出る角に一軒の古書店があって、その前を通りかかるときにはいつも懐かしい気持ちになる。私はその店先で足を止め、小説本のいっぱい詰まった樽《たる》を覗きこんだ。ロンドン大学に通っていた医学生時代、僅かな楽しみといえば、均一本の樽をあさって拾い上げてきた小説本を読みふけることであった。あの頃ほど乱読した時代はなく、昼食を買うはずだった金を投じることもしばしばだった。名探偵ホームズの「伝記作者」として必要な知識や技術はすべて、古書店の樽から釣り上げたと言っていいのである。

そうやって古書を眺めていると、声をかけてくる者があった。

「失礼ですが、ワトソン先生でいらっしゃいますか？」

相手は黒いフロックコートに身を包み、シルクハットをかぶっていた。口髭を生やした美貌の青年紳士である。「どこかでお会いしましたか?」と訊ねると、「ウェストミンスターのセント・ジェームズ・ホールで」と青年は言った。

「公開朗読会で一度、お目にかかりました」

「ああ、そういうことですか。それはありがとう」

私は軽く頷いてみせて、そそくさとオックスフォード街の方へ歩きだした。

しかし青年は嬉しくてたまらないらしく、目をキラキラさせながらついてくる。「お会いできて光栄です。家族そろってホームズ譚の大ファンでして。ストランド・マガジンに掲載された短編は欠かさず拝読しておりますし、『緋色の研究』も『四人の署名』も買いました。新作はいつ頃になりますか?」

「新作は二度と出ませんよ。私はもうホームズの相棒ではありません」

冷たくあしらうのは気の毒だったが、私は心底ウンザリしてもいた。ホームズと袂を分かってから、すでに一年が過ぎようとしている。今さらあの頃へ引き戻されたくはない。私は足を速めたが、青年はよほど熱心な愛読者らしく、「でもそんな」「ワトソン先生」と哀しげな声を上げて追いすがってきた。「それでは昨日の爆破事件もご存じないんですか?」

「爆破事件?」

私は青年を振り返った。「なんのことです?」

青年は答える代わりに、向こうのオックスフォード街の角を指さした。そこには新聞の立ち売りが出て、鈴を鳴らしていた。売り台に「シャーロック・ホームズ氏、襲撃される！」と書いた紙が貼りだされている。私は急いで新聞を買って、路上で広げた。

「昨日の午後二時頃、著名な名探偵シャーロック・ホームズ氏の自宅で爆発があり、昼下がりのベーカー街は一時騒然となった。家主の女性は外出しており、九死に一生を得た。スコットランド・ヤードのレストレード警部は本紙の取材に対し、本件はシャーロック・ホームズ氏を狙った暗殺未遂事件であると述べた。現場から遺体は発見されなかったものの、依然としてホームズ氏の行方は不明であり、その安否が気遣われる」

私が紙面を睨んでいると、青年が気の毒そうに言った。

「本当にご存じなかったんですか、ワトソン先生？」

○

久しぶりに訪ねたベーカー街は、一見、以前のとおりだった。

懐かしい煙草屋や理髪店、白い漆喰塗りの住宅、通りの北の果てにはリージェントパークの緑が見えている。表向きはいかにも平和そのものだ。

しかし221Bの玄関先に立つと、昨日の爆破事件の生々しい傷跡が見てとれた。かつてブラインドにホームズの影を映していた二階の窓は砕かれ、歩道の敷石には粉砕された硝子の破片が煌めいている。呼び鈴を鳴らすと、ハドソン夫人がドアを開けてくれた。

「やあ、ハドソンさん。久しぶりだね」

「ワトソン先生！」

しばらくの間、ハドソン夫人は息を呑んで私を見つめていた。

やがてその目に涙が浮かび、「メアリさんは本当にお気の毒なことでした」と言った。「どうして姿を見せてくださらなかったんです。ホームズさんだって、それはもうワトソン先生のことを心配なさっていたんですよ」

「心配をかけてすまなかった」

私はハドソン夫人の手を取った。

「新聞で読んだよ。あなたもたいへんだったろう」

二階のホームズの部屋は惨憺たるありさまであった。ベーカー街に面した窓は砕け散って、冷たい風が吹きこんでくる。壊れた椅子やテーブルが部屋の隅に寄せてある。壁に飾られていた肖像画や写真は残らず吹き飛び、化学実験器具もガラクタの山に成り果てていた。かつてホームズとともに暮らし、幾多の冒険の出発点となった部屋だとは到底思われない。

「ちょうど私が外出から戻ってきたところでした」

ハドソン夫人が買い物を終えてベーカー街を歩いてきたとき、昼下がりの街路に突然ドーンという音が響いて、221Bの窓から煙が立ちのぼるのが見えた。舗道を行き交っていた人々が棒立ちになり、あちこちから悲鳴が上がった。ハドソン夫人は茫然としていたが、ふいにホームズのことが頭に浮かんで、よろけながら走りだした。221Bのドアを開けたが、まだ天井からは粉塵《ふんじん》が降っており、階段の上は真っ白に煙って何も見えない。「ホームズさん！」と叫んで階段を駆け上ろうとしたところを、爆発音を聞いて駆けつけてきた巡査に引き留められたという。

「ホームズさんがいらっしゃらなかったのは不幸中の幸いでしたわ」

私は焼け焦げた絨毯からホームズ愛用のストラディバリウスの残骸を拾い上げた。

ベーカー街221Bの爆破——現在ホームズが身をさらしている危険には、今までとは比較にならぬほど強大で、悪意に充ちた「敵」の存在が感じられる。

「ホームズのやつ、よほど危険な相手を敵にまわしたようだ」

「本当に怖ろしいことです」

「それで彼は今どこにいるのかね？」

「ずいぶん前からホームズさんはお戻りになっていないんです」

ハドソン夫人は不安そうに言った。「ご無事だとよいのですけれど」

こんな部屋ではお茶も飲めないので、私たちは一階のハドソン夫人の居間へ行った。いかにもハドソン夫人らしい簡素で古風な居間で、窓にかかったレースのカーテン越しにベーカー街の雑踏が透けて見えた。私は花柄の長椅子に腰かけ、紅茶とスコーンを味わった。

「こんなところではあなたも安心して暮らせないだろう」と私は言った。ホームズの手がけている事件が片付くまでベーカー街をはなれてはどうかと提案したが、ハドソン夫人は首を振った。シャーロック・ホームズが無事に帰ってくるまで、この221Bを守るのが天から与えられた使命と考えているらしい。

考えてみれば、ハドソン夫人も風変わりな大家であった。

シャーロック・ホームズほど厄介な下宿人もいない。生活は不規則だし、気分の浮き沈みも激しく、そのうえ途方もない不精者である。ひっきりなしに来訪客があり、その中には素性の知れない無頼漢や浮浪児たちも含まれている。平凡な大家であれば、とっくに契約を打ち切って、ホームズを追いだしていたことだろう。ハドソン夫人のいささか常軌《じょうき》を逸《いっ》した辛抱強さがなければ、ホームズの生活と職業は成り立たないのである。そんなことを私が言うと、ハドソン夫人は少し胸を張ってみせたが、その顔つきはやはり暗いままであった。

「ホームズさんはこの『事件』に取り憑かれておいでなんです」

「事件？　どんな事件だね？」

「分かりません。とにかく、たいへんな難事件のようですわ」

半年ほど前からホームズは新しく引き受ける事件を減らし、とりわけここ三ヶ月ほどは依頼人と面会しようとさえしなかったという。にもかかわらず、ホームズの仕事量は増えていく一方で、ほとんど寝る暇もないような暮らしをしていた。猛烈にパイプ煙草を吹かして物思いに耽っているかと思えば、唐突に出かけていって何日も戻らない。ようやく帰ってくると、身体を引きずるようにして階段をのぼり、ふたたび自室に籠もって考え始める。

とびきり難解で、神経をすり減らすような事件に取り組んでいるらしいことは、ハドソン夫人にもおぼろげに分かった。

シャーロック・ホームズという男は、ひとたび面白い事件に夢中になると、文字通り寝食を忘れて仕事に没頭する人間だ。その驚異的な集中力、「謎を解くこと」に対する常人離れした執着こそ、ホームズを希代の名探偵たらしめてきたのである。とはいえ、こんなふうに何ヶ月も緊張状態が続くのは、ハドソン夫人の知るかぎり初めてのことであった。まともに食事を取ろうともせず、ホームズの顔は日に日に窶れていく。当初は静観していたハドソン夫人も、さすがに心配になってきた。

「今から二週間ほど前のことです」

真夜中に何か物音がしたような気がして、ハドソン夫人がランプを掲げて寝室から起きだしていくと、ホームズが暗い階段の中ほどでうずくまっているのが見えた。深夜に帰宅して自室へ向かおうとしたものの、途中で力尽きたらしかった。彼女は階段をのぼってホームズを助け起こした。ランプの光に照らされたその顔を見て、ハドソン夫人は慄然とした。ホームズのげっそりと頰のこけた顔には血の気がなく、まるで死期の迫った老人のように見えた。

ホームズは弱々しい声で「ハドソンさん」と言った。「水とパンをもらえませんか」

ハドソン夫人は急いで階下へ取ってかえし、たっぷり水を注いだコップと、パンと冷肉をのせた皿を持ってきた。ホームズは階段に座りこんだまま、喉を鳴らして水を飲み、飢えた人間のようにガツガツと食べた。そんな彼の姿を見守りながら、ハドソン夫人は哀しくてたまらなくなった。どうして名探偵シャーロック・ホームズともあろう人が、ここまで自分を追いつめなければならないのだろうか。そうまでして取り組まなければならない事件とはどんなものなのだろう。

「ホームズさん、こんな生活を続けていてはいけませんよ」

ハドソン夫人は言い聞かせた。「すぐに休暇を取ってください」

「そいつは無理な相談ですよ、ハドソンさん。休んでいる暇なんてありません」

ホームズは疲れ切った声で言った。「こうしている間にも敵はちゃくちゃくと次の手を打ってくる。一日でも遅れを取ったら、今までの苦労がすべて水の泡になる。いいですか、ハドソンさん。いま僕が戦っている敵こそ悪の根源なんです。やつを打ち倒すことができるなら、たとえ命を捨てることになっても悔いはない」

ハドソン夫人はなんとかホームズを宥めてベッドに入らせたが、翌朝起きて二階へいってみると、すでにベッドはもぬけの殻だった。それきりホームズは帰らず、ハドソン夫人の不安は募っていった。いずれたいへんなことが起きるような気がした。その不吉な予感は、昨日の爆破事件によって裏付けられたのである。

「ホームズさんとはこれきりもうお会いできないような気がするんです」

「心配いらないよ、ハドソンさん。これまでだって何度も危険な犯罪者たちとやりあってきたんだ。きっとうまく切り抜けるさ」

「今回はこれまでとは違うと思います」

ハドソン夫人は何か胸に秘めていることがありそうだった。

しかし彼女はそれ以上何も語ろうとせず、私も敢えて訊かなかった。

私は冷めかけた紅茶を飲み、窓の外のベーカー街へ目をやった。そこには普段どおりの無味乾燥な情景が広がっていた。しかしホームズはそのような情景の裏に隠された世界、ロンドンの迷宮化した舞台裏へ入りこみ、恐るべき敵を狩りだそうとしている。私が屋根裏部屋に引き籠もって妄想に耽っている間も、彼はひとりで孤独な戦いを続けてきたのだろう。

「どうしてもっと早くいらしてくださらなかったんです」

ふいにハドソン夫人が責めるように言った。

「ワトソン先生がそばにいてくださったらと、何遍思ったか知れません」

私は俯いてティーカップの底を見つめた。

「だめだよ、ハドソンさん。ホームズにとっては事件がすべてなんだ。解くべき謎さえあればいい。しかし私は彼とはちがう人間だ。私には私の人生がある。もう二度とホームズの巻き添えになるつもりはない」

「それなら、どうしてわざわざ訪ねてみえたんです？」

そんなふうに問われると、私は何も言えなかった。巻き添えになりたくないのなら、ホームズのことなんて放っておけばよかったのである。しかしオックスフォード街で爆破事件の記事を読んだとたん、私は矢も盾もたまらなくなってベーカー街へ駆けつけてきた。

ひそかに私は恐れていたのだ——このままではメアリだけでなく、ホームズまでも失うことになるかもしれないと。

「ホームズさんにはワトソン先生が必要なんです」

ハドソン夫人は言った。「ワトソンなくしてホームズなし、です」

「ベーカー街をはなれる気はないんだね」
別れ際、私はもう一度ハドソン夫人に問いかけてみた。彼女は微笑んで首を振った。ホームズが戻ってきたとき、迎える人間がいないのは気の毒だというのである。

「さようなら、ワトソン先生」

「さようなら、ハドソンさん。あなたも気をつけて」

私がベーカー街の雑踏を歩きだしてからも、ハドソン夫人は玄関先の敷石に佇んで、いつまでも私を見送っていた。ハドソン夫人は、私たちが元の鞘におさまって、ふたたび共同生活を開始すれば、すべてが良い方向へ向かうと信じている。喧嘩別れした兄弟を見守る母親のような気持ちなのかもしれなかった。

○

それから日が暮れるまで、私はひとりハイドパークを歩いた。

公園には青々とした芝生が広がって、栗や楡《にれ》のこんもりとした木立が不思議な島々のように点在していた。人々は思い思いに夕暮れのひとときを楽しんでいる。

メアリと結婚してケンジントンに診療所を開いたあとも、ホームズに電報で呼びだされてベーカー街へ向かうときは、よくこの公園を駆け抜けていった。そんなとき、私はいかにも意気軒昂に見えたことだろう。ホームズとともに立ち向かう冒険のことを想って、いつだって胸を高鳴らせていた。それこそが自分の生き甲斐なのだと信じていた。

ハドソン夫人は知らないかもしれないが、ホームズに一度だけ、

「ベーカー街へ戻ってこないか」

と、誘われたことがある。

それは今から半年前の晩秋、メアリの葬儀の日のことであった。

埋葬が終わって僅かな参会者たちが帰路についたあと、ホームズと私は墓地を歩きながら言葉を交わした。ハーリー街の専門医が診断を下して以来、私はベーカー街を訪ねなかったので、彼と話をするのも半年ぶりだった。ひどく寒い日だった。霧のような雨があたりを煙らせ、墓地のはずれには落葉した木立が影絵のように浮かんでいた。

「今すぐにというわけではないが」

ホームズはそう前置きして、ベーカー街へ戻ってこないかと言った。

しかしメアリを亡くした日から私の世界は様相を変えていた。その中心にはぽっかりと穴があいていた。ベーカー街へ戻ったところで、その穴をふさげるわけがない。そんなことができると考えることさえ、私には許しがたいことだった。

というのも、私がシャーロック・ホームズの「伝記作者」として、熱心にベーカー街へ通っていた時期こそ、メアリの胸に巣くった病魔が、ひそかに勢いを増していく時期だったからだ。それまで私を魅了していたものはことごとく憎むべきものに変貌していた——推理も、冒険も、探偵小説も、そしてシャーロック・ホームズも。

「僕はもう君の相棒ではないよ、ホームズ」

私はホームズを墓地に置き去りにし、雨に煙る教会へ引き返した。

「許してくれ、ワトソン」

ホームズの声が追いかけてきた。

「どうすれば君を救えるか分からないんだよ」

その日以来、ホームズとは一度も顔を合わせていない。

ワトソンなくしてホームズなし――そんなことを信じているのはハドソン夫人ぐらいだろう。私たちが縁を切ったあとも、ホームズは立派に仕事をこなしてきた。昨年末には、フランス政府から依頼を受けて、大陸へ渡っていたという噂だ。「ジョン・H・ワトソン」という相棒を失ったところで、ホームズの名探偵としての仕事ぶりに変化はなかった。たしかに今は手強い敵と戦っているようだが、彼のような人間にはそんな状況こそが生き甲斐なのである。

つねづねシャーロック・ホームズは手ごたえのある事件を求めていた。名探偵としての自分にふさわしい事件、自分と対等に渡り合える犯罪者、芸術的なまでに美しい謎……。その欲求があまりに激しいため、ホームズは気骨ある天才的犯罪者の登場を待望していた。善良なる一般市民には到底受け容れがたい話だが、それがシャーロック・ホームズという男なのだ。

「ホームズはうまくやるだろう。私の助けなんて必要ないさ」

美しい夕暮れの公園を眺めながら、自分にそう言い聞かせた。

サーペンタイン池をひとめぐりして、オックスフォード街へ戻ってくる頃には、西空は夕陽に燃えていた。広々とした芝生も、新緑の木立も、パークレインの高層住宅街も、すべてが血を浴びたような色に染まっている。オックスフォード街は家路を急ぐ人々や馬車で埋め尽くされている。

暗い気持ちを抱えながら、私はオックスフォード街の雑踏を歩いた。もの思いに耽っていたせいだろう、たびたび人にぶつかった。通りを北へ渡るときには危うく辻馬車に轢《ひ》かれそうになり、御者の罵声を浴びた。よろめいて舗道に立ち止まり、通りの向かい側に目をさまよわせたとき、ある人物の姿が目に入った。ブラッドレイの煙草屋の軒先に佇んで、まっすぐこちらを見つめている。夕陽に照らされたその顔はくっきりと明暗に分かれている。それは先ほど古書店の前で私に声をかけてきた美貌の青年だった。

ちょうどそこへ乗り合い馬車が通りかかった。馬車が通りすぎると、青年の姿は消えていた。

──何だったのだろう？

まさか幽霊とも思えないが、奇妙な印象が残った。

オックスフォード街から横町に折れると、表通りの賑わいは遠ざかった。建物の谷間は、早くも藍色の夕闇に沈んでいた。

○

下宿屋へ戻ると、玄関ホールにはガス灯が明々と点っている。

リッチボロウ夫人の降霊会は夜九時から始まる予定だった。いったん屋根裏部屋で休もうと思って、私は薄暗い階段をのぼっていった。三階にさしかかったとき、足音を聞きつけたカートライト君がドアを開けた。「ワトソン先生、こんばんは」と声をかけてくる。

「おや、ずいぶん早いな。もうハムステッドから戻ったのかね」

「なにしろ降霊会の夜ですからね」

そう言って、彼はしかつめらしい顔をしてみせた。

カートライト君はまだ二十歳そこそこの若い画家である。ロンドンの画壇に新風を吹きこむという大望を胸に秘めつつ、亡き父親から引き継いだ絵画教師の仕事で身を立てており、週末になるとロンドン郊外で暮らす母と妹を訪ねていく。この下宿屋へ引っ越してきたばかりの頃、リッチボロウ夫人に紹介されて、この好青年とはすぐに親しくなった。薄い紅茶をがぶがぶ飲みながら、夜を徹して彼の絵画論を聞くのは私にとって唯一の気晴らしだったのである。

「今夜はワトソン先生も参加されますよね?」

「たまには顔を出さないとリッチボロウ夫人が気の毒だからね。私は心霊主義に興味はないし、君ほどの情熱は持ち合わせていないけれども」

カートライト君は気まずそうに咳払いした。

じつのところ、カートライト君の目的が本当に心霊主義にあるのか、はなはだ怪しいものだと私は思っていた。出会ったばかりの頃には、彼も私と同じく、心霊主義に対しては懐疑的な態度を取っていたのである。しかしリッチボロウ夫人がレイチェルという若い霊媒に入れあげるようになってから、にわかに青年は態度を豹変させ、熱心に降霊会へ参加するようになった。少しでも私がそのことを仄めかすと、カートライト君は決まって口籠もってしまう。

「よろしければ僕の部屋に寄りませんか？」

「べつにかまわないが」

「ちょうど新しい肖像画が完成したんですよ」

カートライト君は嬉しそうに言って、私を自室へ招き入れた。

粗末な家具や画材で雑然とした部屋には、絵具の匂いが染みついていた。硝子窓から仄かに射す夕明かりが室内を薄青く染めている。カートライト君は部屋の隅から完成した肖像画を持ってきて、部屋の中央に置いたイーゼルに立てかけた。

「どう思われますか、ワトソン先生？」

キャンバスに描かれているのは、ひとりの初老の男だった。

その人物は黒っぽいフロックコートを着て、後ろ手にシルクハットを持っていた。右斜め前を睨みつけるようにして、酷薄そうな薄い唇を引き結んでいる。肩周りも胸板も薄っぺらく、ひどい猫背なのだが、その鋭い眼光のために、弱々しい印象はまったくない。今にもこちらへ噛みつきそうな野性味を漂わせつつ、青い白く秀でた額は奥深い知性を感じさせる。

「これはモリアーティ教授だね」

「なかなかいいでしょう？」

モリアーティ教授はときどきリッチボロウ夫人を訪ねてくる人物だった。

リッチボロウ夫人の亡き夫が世話になった人物らしいが、詳しいことはよく分からない。青白い蛇のような顔を揺らしながら、嚙みつくように相手を見つめる癖がある、なんとも不気味な人物だった。リッチボロウ夫人に引き合わされたとき、モリアーティ教授はまるで重大な秘密を打ち明けるように、「私は探偵小説の愛好家なのですよ」と耳打ちしてきた。私の書いたホームズ譚も残らず読んでいると言った。しかし不気味な印象は消えず、どうしても親しみが持てなかった。

カートライト君は肖像画を眺めながら得意そうに言った。

「きっと気に入ってもらえると思います。モリアーティ教授は各界に顔が利くそうだし、出世の糸口がつかめるかもしれない。運が向いてきましたよ」

「というと、ヨークシャーの件は断るつもりなのかい？」

それはカートライト君が、教え子の親から紹介された仕事だった。

ヨークシャー在住の大地主のもとで住みこみの絵画教師をするという話で、仕事の内容は二人の娘たちへの水彩画の教授、屋敷で所蔵している美術コレクションの整理と目録作りである。屋敷の一室を与えられて生活は保障されるし、給料も飛び抜けて高い。カートライト君のような青年にとって、名家の美術コレクションに触れることも勉強になるはずだ。

私は「ぜひ行くべきだ」と勧めていたが、カートライト君は推薦状を先方へ送ろうともせず、いつまでもぐずぐずしているのだった。

「たしかにあれも良い話ではありますけどね。だけどヨークシャーへ行ってしまったら、モリアーティ教授の伝手を頼ることもできないから」

「そいつはおすすめできないな。モリアーティ教授なんかに頼らなくたって、君はじゅうぶんやっていける。どうしてもっと自分の力を信じないんだね」

「あなたは自分の力だけでやってきたと仰るんですか？」

「いや、とてもそんなことは言えないが……」

「ほら、ごらんなさい」

カートライト君は朗らかに笑った。

「立身出世のためならなんでも利用してやりますよ」

なんとなく不安な気持ちになって、私はふたたび肖像画に目を戻した。

この人物にはどうもひっかかるところがあるのだ、と私は思った。この下宿屋で顔を合わせるたびに、まるで中身のない虚ろな人形を前にしているような印象を受けた。にもかかわらず、『シャーロック・ホームズの凱旋』を書くとき、どうしてモリアーティ教授に「ホームズの同居人」という重要な役どころを与えたのか、自分でもよく分からないのである。

「たしかに不思議な人ですけどね。うなるほど金を持っていて、各界にも隠然たる影響力を持っている。どうしてそれほどの人物がひっそりと世間を避けて暮らしているんだろう。ご自宅へうかがっても、いつも森閑としていて、訪ねてくる人もほとんどいないんですよ」

「何か裏がありそうに思えるがね」

「きっとモリアーティ教授があまりに偉大だからですよ。あの人にとっては俗世間の人間たちがやっていることなんて児戯《じぎ》に等しいことなんです。宇宙の果てから、人間の心の奥底まで、モリアーティ教授の洞察《どうさつ》が及ばぬところはありません。あの人はすべてが計算できるんです。ロンドンで一番えらい人かもしれない。現代のアリストテレスというべきだな」

カートライト君はすっかり彼に心酔しているらしかった。

○

その日の夜九時、私が屋根裏部屋を出て階段を下りていくと、玄関ホールでカートライト君がレイチェルと立ち話をしているところだった。ガス灯の光に照らされて、ボンネットに包まれた小さな青白い顔が浮かんでいた。彼女はおずおずと上目遣いでこちらを見た。

「こんばんは」と小さな声で言う。

この霊媒の少女とはこれまでにも何度か顔を合わせている。

レイチェルはグレイト・オーモンド街に店舗をかまえる雑貨商の娘である。霊媒として知られるようになったのはここ半年ほどだが、それより以前から、近隣住民の間ではその不思議な力がたびたび話題になっていたという。父親は信心深い保守的な人物で、そんな噂を疎ましく思っていたが、今では雑貨店の客にも支持者が増えて、黙認せざるを得なくなったらしい。

彼女の名声を支えているのは、リッチボロウ夫人のような市井の人々だった。レイチェルは彼らの招きに応じて近隣をまわり、お茶の間で降霊会を開いている。代価を要求することは決してない。それも彼女が信頼される理由なのだろう。

「こんばんは。今夜は私も参加しますよ」

　私が挨拶すると、彼女は困惑したように顔を伏せた。

「あまり期待なさらないでください。うまくいくかどうか分からないんです」

　その自信のなさそうな様子はいつもどおりだった。場数を踏んだ霊媒ともなれば、もっと堂々としていて良さそうなものだ。しかしレイチェルは、いつも自分の不思議な力を持てあまし、不安に思っているような印象を与える。穿った見方をするなら、そのように控えめな態度を見せるのも、霊媒としての信用を獲得するための策略なのかもしれなかった。

　リッチボロウ夫人の部屋を訪ねると、彼女は嬉しそうに私たちを招き入れた。居間の大きなテーブルには燭台が置いてあった。リッチボロウ夫人はお茶を注ぎながら言った。「それで、カートライトさん。家庭教師の件はお引き受けになったんでしょう？」

「いや、それがですね」

　カートライト君は咳払いをした。

「正直なところ、まだ迷っているんです」

「あら！　その相談でハムステッドへいらしたのではなかったんですか」

　リッチボロウ夫人はおおげさに目を丸くした。「いつまで迷っていらっしゃるんです。素敵なお屋敷に暮らして、身分の高い方々との御縁もできて、画家として勉強もできて……いいことずくめじゃありませんか。こんなお話はめったにあるものじゃありませんよ！」

「そう仰いますけれどもね。ようやく今の仕事に手応えを感じてきたところなんですよ。いくら条件が良いからといって、生徒たちを放りだす気にはなれませんね。それに僕がヨークシャーへ行ってしまったら、母や妹はどうなるんです？」

「お母さまはなんと仰っているんです？」

「僕の望むようにすればいい、と言っていますよ」

ヨークシャー行きをめぐって、リッチボロウ夫人とカートライト君が言い合いをしている間、レイチェルは口をつぐんで俯いていたが、時折、心配そうな目つきでカートライト君を見つめた。そのことにはカートライト君も気づいているらしかった。若い二人の無言のやりとりに気づいていないのは、リッチボロウ夫人だけである。

カートライト君は背筋を伸ばして咳払いした。

「とにかく今はロンドンを離れたくないんですよ」

その言葉を聞いて、レイチェルはひそかに安堵したようであった。

○

『シャーロック・ホームズの凱旋』に登場するリッチボロウ夫人は、心霊主義者であると同時に詐欺師でもあって、不気味なカリスマ性の持ち主である。しかし現実のリッチボロウ夫人は、いささかお節介ではあるものの、いたって心優しい大家なのだ。

リッチボロウ夫人が心霊主義に目覚めたのは、夫や妹の死がきっかけだったと聞いている。打ちひしがれていたとき、下宿人に誘われて降霊会へ出かけた。そこで夫や妹の霊と語り合うことによって、ようやく心の平安を得ることができたのだという。彼女が私たちを降霊会に招きたがるのも、自分自身が心霊主義に救われたことがあるからであった。私は心霊主義を信じていないが、ある人々にとってそれが支えになることまで否定するつもりはない。

リッチボロウ夫人がカーテンを引いてガス灯を消したので、居間は薄闇に包まれた。丸テーブルの中央に置かれた燭台の火が、テーブルを囲む参加者たちの顔を照らしている。

リッチボロウ夫人の指示にしたがって、私たちはテーブルの上に両腕を置き、両隣の人間と手をつないだ。私の左隣はカートライト君、右隣はリッチボロウ夫人である。

「それでは始めていただきましょう」

リッチボロウ夫人が厳かな声で言った。

霊媒の少女は目を閉じて俯き、祈りの言葉を唱え始めた。

しばらくの間、私たちは黙ってレイチェルの声に耳を傾けていた。リッチボロウ夫人は期待をこめた眼差しで少女を見つめている。カートライト君も同じぐらい真剣な目つきだった。

レイチェルの頭が深く垂れていき、祈りの声も小さくなった。

以前この降霊会に参加したときは、リッチボロウ夫人の妹や、カートライト君の大伯父を名乗る霊が現れた。霊たちが少女の口を通して語ったことは誰にでも言えるようなことばかりで、心霊主義を信じる気持ちにはなれなかった。だからといって、レイチェルが意図的に人を欺いているとまで言うつもりはない。この少女は人一倍自己暗示にかかりやすいのであろう。

しばらくすると、レイチェルはゆっくりと顔を上げた。蠟燭の火が揺らめいた。その顔からは先ほどまでの不安の色は消えて、どこか妖艶《ようえん》な雰囲気さえ漂っている。彼女は瞼《まぶた》を閉じたまま、テーブルの向かいにいる私へ顔を向けた。「ワトソンさん」と静かな声で言った。

「あなたと話したがっている霊がいます」

テーブルを囲む人々の視線が自然とこちらへ集まった。

私が黙っていると、リッチボロウ夫人が訊ねた。

「それはどんな霊ですか？」

「若い女性です」

「お名前は？」

「メアリさんです。ワトソンの妻だと仰っています」

レイチェルが妻の名を口にしたとき、私が感じたのは嫌悪感であった。

ほとんど面識もない少女が私の過去を知っているはずがない。ということは、リッチボロウ夫人か、カートライト君が、前もって彼女の耳に吹きこんでおいたのだろう。死者を冒瀆《ぼうとく》されたような気がして、私は思わず立ち上がった。その瞬間、カートライト君が手を伸ばして、私の左腕をがっしりとつかんだ。まるで万力で締め上げられるような力だった。

「どうぞそのまま座っていらしてください、ワトソン先生」とリッチボロウ夫人が言った。

「この下宿屋に越してきて以来、あなたはずっと苦しんでこられた。メアリさんの霊と向き合うことを怖れておいでなんです」

　霊媒の少女がテーブルの向こうからこちらへ呼びかけてきた。

「どうして私を怖れるの、ジョン。私の声を聞いてください」

　私は背筋に水を浴びたようにゾッとした。

　それは先ほどまでとはまるで別人の声だった。暗い荒野の向こうから呼びかけてくるような声である。部屋の空気が真冬のように冷たくなった。リッチボロウ夫人は厳粛な顔つきで頭を垂れ、カートライト君もソッと私の左腕から手を放す。

　私はよろよろと後ずさった。ほとんど息もできなかった。

「許してくれ、メアリ。僕は愚か者だった」

「どうしてそんなことを言うの？」

「僕は夫だった。医者だった。それなのに君を救えなかった」

　往診を頼んだハーリー街の専門医の厳しい顔が浮かんできた。彼はメアリの診察を終えて寝室から出てくると、「どうしてこんなになるまで放っておいたんです？」と言った。診断は奔《ほん》馬性結核《ばせいけっかく》だった。肺の片方はすでに機能しておらず、もう片方も結核に冒されている。もって三ヶ月という彼の見立てを告げられて、私は足下に暗い穴が開いたような恐怖を覚えた。

　――ねえ、あなた。ホームズさんとのお仕事を少し控えることはできない？

　診断が下る少し前、メアリにそう言われたのを憶えている。

　――こんなに忙しくては倒れてしまいます。

――大丈夫だよ、メアリ。最近は脚の具合も良いしね。

その頃、名探偵シャーロック・ホームズの名声はいよいよ高まっていた。ベーカー街221Bへは、英国内のみならず、欧羅巴《ヨーロッパ》の各地から、面白そうな事件の依頼が次々と舞いこんできた。「ストランド・マガジン」に連載中の事件記録も、読者大衆の熱狂的な支持を得ていた。ホームズが華々しい冒険を繰り広げているというのに、どうして伝記作者たるワトソンがのんびり休んでいられよう。私はメアリの訴えに耳を貸さなかった。シャーロック・ホームズから電報が来るたびにベーカー街へ駆けつけ、事件現場へ足を運び、夜更けまで帰らないこともしばしばだった。ケンジントンの診療所の経営も投げやりになりつつあった。

――こんな生活はどこかで破綻するだろう。

そんな思いがちらりと頭をよぎったことは否定できない。

しかし決定的な破局が、妻の病というかたちで襲ってくるとは思いもしなかった。

メアリが亡くなるまでの半年間、私はベーカー街には近づかず、妻の看病に専念した。それまでの狂騒的な日々とは打って変わって、静かで平穏な日々だった。メアリは私を責めなかった。二人だけで過ごせるようになって、かえって幸せそうな時さえあったほどだ。私はそれまでの自分の愚かさを呪ったが、もう取り返しはつかなかった――。

メアリの霊はテーブルの向こうから話しかけてきた。

「私はあなたを恨んでなんかいない。ホームズさんとのお仕事はあなたの生き甲斐だった。私たちの縁を結んでくださったのもホームズさんだった。あなたをあの人から引き離す権利なんて、初めから私にはなかったんです」

私は身をひるがえすと、リッチボロウ夫人の居間から逃げだした。「ワトソン先生！」というカートライト君の声が追いかけてきたが、私は立ち止まらなかった。ガス灯のともった玄関に出て、薄暗い階段を駆け上がった。

屋根裏部屋に飛びこむと、ドアに背をつけて息をついた。

○

リッチボロウ夫人の降霊会にあらわれたメアリの霊は、これまで私が目をそらそうとしてきた思い出を胸によみがえらせた。それまで私は心霊現象など信じたことはなかったが、レイチェルの口を通して霊界から届いたメアリの声は私を打ちのめした。

しばらくの間、私は暗がりの中で痛みに耐えるように目を閉じていた。

——コツコツ。

小さな音が聞こえた。

何かが窓硝子を叩くような音であった。

私はゆっくりと窓辺の机に近づくと、マッチを擦ってランプに火を灯した。たしかにその音は、カーテンを引いた窓の向こうから聞こえてくる。カーテンを開くと、薄汚れた硝子に自分の顔が映った。そこへ二重写しになって、シャーロック・ホームズの顔が浮かんでいる。一瞬、私はギョッとして後ずさったが、ホームズはコツコツと窓硝子を叩きながら、「開けてくれ」と小さな声で言っているのだ。どうやらそれは幻覚ではないらしい。

急いで私が屋根窓を開けると、ホームズが滑りこんできた。

「ホームズ！　こんなところで何をしているんだ？」

「君を現実へ連れ戻しにきたんだよ」

ホームズはそう言って窓辺の机から床へ下りると、素早い身のこなしで屋根裏部屋を横切った。ドアに耳をつけて、廊下の物音に耳を澄ましている。

「何をしているんだ？」

「今の僕はお尋ね者でね。用心に越したことはない」

ホームズは外套のポケットから煙草を取りだすと、机上のランプに近づいた。かがみこんで火をつけ、フーッと煙を吹きだした。

私が寝台に腰かけると、ホームズは木の椅子に腰かけた。

ホームズの頬はげっそりとして、目ばかりが爛々と光っていた。ハドソン夫人が心配していたように、「最大の敵」との戦いで神経をすり減らす日々が続いているのだろう。

「ひどい顔色をしているよ、ホームズ」

「あまり眠れないんだ。眠ったら眠ったで妙な夢ばかり見るしね」

それはスイスかどこかの巨大な滝の夢だという。ごうごうと凄まじい水音が響き、あたりは水飛沫《みずしぶき》に煙っている。ホームズは魅入られたように断崖絶壁に吸い寄せられていく。はるか眼下の滝壺は激しく泡立ち、その深淵に向かって世界全体が永遠に崩れ落ちているかのようだ。そのとき、背後から真っ黒な影が忍び寄ってきて、ホームズをその滝壺へ突き落としてしまうのである。

「いつも同じ夢なんだ。ウンザリするよ」

「相当追いつめられているようだな」

「しょうがない。何年も取り組んできた事件が重大局面を迎えているんだ」

ホームズは言った。「君がこの屋根裏部屋でひっそりと余生を送りたいというなら、もちろん僕にそれを止める権利はない。その意志を尊重してソッとしておくのが、友人として望ましい態度かもしれない。しかしそうも言っていられなくなってね」

「どういうことだ？」

私が言うと、ホームズは身を乗りだして問いかけてきた。

「君はモリアーティを知っているね」

「リッチボロウ夫人の知り合いだろう？」

私は言った。「ときどきこの下宿屋を訪ねてくるよ」

これまで君には話したことがなかったが、とホームズは語りだした。

「何年も前から、僕はロンドンで起こる多くの犯罪の背後に、ある種の力が働いていることに気づいていた。何らかの組織的な力が、悪党たちの仕事を手助けし、司法の手から保護しているのだ。

その謎めいた力はあまりにも繊細《せんさい》に、巧妙に行使されていて、証拠は何ひとつなかった。いくつもの痕跡をつなぎあわせて、ボンヤリ推測できるというのが関の山だ。だから君にも打ち明けられなかったんだよ。僕自身の妄想かもしれないと思ったことも一度や二度じゃない。それでも僕は諦めきれなかった。正義感というよりは知的好奇心に近いものだった。この奇怪な犯罪組織は誰が、どのように作りあげたのか。どうしてもそれが知りたかったんだ。

しかし僕の実力をもってしても、その謎めいた犯罪組織の全貌を明るみに引きだすことは困難をきわめた。何者かの意図が働いているはずなのに、よくよく調べていくと、すべてが偶然の悪戯としか思えなくなってしまうんだ。それはまるでロンドンの中心に真っ暗な穴が開いているようだった。どんなに懸命に探索の糸をたどっても、すべてがその虚ろな穴へ吸いこまれていく。いくら闇の奥に目をこらしても、ひそんでいる者の姿は見えてこない。ようやく謎の核心に辿りつくことができたのは、昨年の秋のことだった。それがモリアーティ教授だったんだ」

「モリアーティ教授が犯罪組織の首領《しゅりょう》だというのか？」

「そうとも」

「まさか！　彼はただの引退した大学教授だよ」

「誰もがそう思っている。というより、ほとんどの人がモリアーティ教授の名前さえ聞いたことがないだろう。それがもっとも恐るべき点なのだ。僕がレストレード警部を巻きこむまでは、スコットランド・ヤードさえ、モリアーティ教授を疑ったことは一度もなかった。もしも僕が気づかなければ、この先もずっとそうだったろう。そして何十もの迷宮入り事件だけが残り、その謎は永遠に闇へと葬られたろう。

この僕でさえ、今でも信じられないくらいなんだよ。この大都会で起きる計画的犯罪のうち、およそ半分が、たったひとりの人間によって企てられたものだなんてね。

モリアーティ教授は巣の中心に居座っている邪悪な蜘蛛《くも》なんだ。その糸はロンドン中に張り巡らされている。犯罪といっても、彼自身は指一本動かさない。ただペルメル街にある自宅の書斎で計画を練り、あとは他人を操るだけなんだ。もちろん手先は無数にいる。たとえば書類を盗むとか、人ひとり消してしまうとか、何か犯罪を実行しようとモリアーティ教授が思いつけば、それらの手先がたちまちやってのけてしまう。しかしその手先たちでさえ、バラバラの手駒にすぎない。全貌を把握し、すべてを操っているのはモリアーティ教授ただひとりだ。

モリアーティ教授にとっては人間そのものが計算可能なのさ。彼はあらゆる人間を方程式のように操作できる。だからこそ彼の組織は隅々まで統制され、あたかも生命体のように滑らかに動き、いかなる犯罪も実行できる。ようするにそれは、彼の意図を実現することだけを目的とした完璧な機械なんだよ。そんな組織を彼はたったひとりで作り上げた。僕は畏怖《いふ》の念さえ覚えるね。彼のような犯罪者はこれまで現れたことがなかったし、これからも決して現れないだろう。モリアーティ教授は不動の中心なんだ。誰もが彼の掌の上で踊らされている」

ホームズの口ぶりには何かこちらを慄然とさせるものがあった。

——ホームズさんはこの『事件』に取り憑かれておいでなんです。

私はベーカー街で聞いたハドソン夫人の言葉を思い浮かべた。

「まるでモリアーティ教授を賞賛しているように聞こえるぞ」

「ようやく僕は全身全霊で立ち向かうべき相手を見つけたんだよ」

ホームズは微笑んだ。「彼は犯罪界のナポレオンだ。その才能には敬意を表したい」

この半年間、ホームズはモリアーティ教授を逮捕すべく、死力を尽くしてきたという。スコットランド・ヤードの協力も取りつけ、教授の身辺に網を張り巡らせてきた。

「モリアーティ教授は自分の身に危険が迫っていることを察知して、血眼で僕の行方を追っている。ベーカー街221Bが爆破されたことは知っているだろう?」

「今日の午後、顔を出してきたよ。ひどいありさまだった」

「ハドソン夫人には気の毒なことをした。この二週間、僕はずっと地下に潜伏してきたんだ。どうしても僕を見つけることができず、モリアーティ教授は苛立っている。いっそ彼らが検挙されるまで大陸へ逃れていることも考えたんだが、そういうわけにもいかない」

「どうして?」

「君がいるからだよ、ワトソン君」

ホームズは言った。「君の身にモリアーティの手が迫っている」

君はずっと監視されていたんだ、とホームズは言った。

「モリアーティ教授がこの下宿屋に出入りしていたのはそのためだ。リッチボロウ夫人も、カートライト君も、霊媒のレイチェルも、みんなモリアーティ教授の手下なんだよ。君は今夜、リッチボロウ夫人の降霊会へ招かれたのではないか？」

「どうして知っている？」

「それぐらいのことは予想できるさ」

ホームズは言った。「彼らは心霊詐欺グループのメンバーなんだ。インチキ降霊会という手法を使って人を操り、モリアーティ教授の組織に貢献してきた。今夜の降霊会も、以前から入念に準備されていたものだろう。メアリの霊があらわれたんだろう？」

「あれはすべてインチキだったというのか！」

「それなら君は、メアリの霊が現れたと本気で信じているのか？」

ホームズは私の腕をつかんで力づけるように揺さぶった。

「しっかりするんだ、ワトソン。あらかじめ準備しておけば、メアリの霊を演じるなんて誰にでもできる。君はメアリへの罪悪感に苦しんできた。彼らはインチキ降霊会という手段を使って、君の弱みにつけこもうとしたんだ。そんなことをする理由は、もちろん君がシャーロック・ホームズの元相棒だからさ。なにゆえ僕たちが袂を分かったか、モリアーティ教授はすべてお見通しだ。彼は君の哀しみや怒りを利用してコントロールし、僕に対抗する手札にしようとしている。それが教授のやり口なんだ」

ホームズは立ち上がって暖炉に近づいた。吸い殻を火床へ投げ入れると、マントルピースに背をつけてうなだれた。疲れ果てているように見えた。

窓から吹きこんでくる微風が、ランプの火を揺らしていた。

「君が僕を憎んでいるのは分かっている」

ホームズは静かな声で言った。

「だから『シャーロック・ホームズの凱旋』を書いたんだろう?」

そう言われて、私は窓辺の机に目をやった。そこには分厚い原稿の束が置いてある。「読んだのか?」と私が言うと、ホームズが「ああ」と頷いた。

「これまでに何度か忍びこんで読ませてもらった」

ホームズはそう言うと、マントルピースから身を起こした。

「『シャーロック・ホームズの凱旋』はじつに奇妙な探偵小説だ。これまで君が『ストランド・マガジン』に発表してきた事件記録とはまったくちがう。物語の舞台はヴィクトリア朝京都という異世界だが、僕や君、ハドソン夫人やメアリ、アイリーン・アドラー、挙げ句はモリアーティ教授さえ登場する。なんのために君はこんな小説を書いたのか、僕は強く興味を惹かれた。読んでいるうちに分かってきたのは、これが探偵小説という形式を偽装した、べつの何かだということだった。君には探偵小説を書くつもりなんてなかったんだ。君の狙いはむしろ正反対のところにある」

ホームズは暖炉からこちらへ歩いてくると、ふたたび椅子に腰かけた。

「シャーロック・ホームズから名探偵としての力を奪い去るために、君はヴィクトリア朝京都という世界を創りだしたんだろう。なにゆえホームズはスランプに陥ったのか――それはこの世界の原理そのものであって、問うても意味のない問いなんだ。それが作者の意図なのだから、登場人物たちには手も足も出ない。したがって、シャーロック・ホームズの『凱旋』なんてあり得ないんだよ。ホームズがスランプに苦しんでいるかぎり、ヴィクトリア朝京都という不滅の王国で、君はいつまでもメアリとともに生きていけるはずだった。そうじゃないのか？」

私は息をするのも忘れて、ホームズの声に耳を傾けていた。

ホームズが私の書いた小説をそのように読み、熱をこめて語ってくれるのは初めてのことだった。追いつめられた犯罪者のような悔しさを感じる一方で、大きな肩の荷を下ろしたような安堵感もあった。初めてホームズが私のことを本当に理解してくれたような気がした。

「しかし、君の狙いどおりにはならなかった」

ホームズは身を前へかがめて膝に両肘をつき、まっすぐ私を見つめた。

「どんなにヴィクトリア朝京都という世界が生き生きと感じられたとしても、それは所詮、君の願望が創りだした世界、現実逃避の手段でしかない。ペンを止めて周囲を見まわせば、君自身は相変わらず現代のロンドンにいる。いくら作中のメアリに命を吹きこんでも、現実のメアリがよみがえることはない。こんなにつらいことはないだろう。書き進めるにつれて、君は自己欺瞞《ぎまん》に耐えられなくなっていく。自分の創りだしたヴィクトリア朝京都という世界を愛しながら、同時に激しく憎むようになる。その憎しみがマスグレーヴ家の〈東の東の間〉という不条理な亀裂を生みだし、この小説を破綻へ追いこんでしまったんだ」

私は茫然としながら、屋根裏部屋を見まわした。

それなりに愛着を感じてきたその部屋が、今ではまるでちがった風に見えた。

窓辺の書き物机、古ぼけた衣装簞笥、粗末な茶器を載せた丸テーブル、煤だらけの暖炉……ランプの火に照らしだされるそれらが、砂浜に打ち上げられた難破船の積み荷のように色褪せて見える。それればかりでなく、あらためて部屋の息苦しさにも驚かされた。低い天井は斜めに傾いで、窓といえば小さな屋根窓がひとつだけである。それでも気にならなかったのは、この部屋で暮らしていた半年間、私の心がべつの世界を生きていたからだ。屋根窓の向こうへ現実のロンドンを閉め出し、「舞台裏の迷宮」をさまよっていたのは私自身だった。

私は立ち上がって机に近づき、『シャーロック・ホームズの凱旋』を手に取った。

その分厚い原稿の重みは、この屋根裏で過ごした半年間の重みだった。この紙の束の中にヴィクトリア朝京都があり、寺町通221Bがあり、美しい鴨川が流れている。川べりの夕景を思い浮かべると、かたわらを歩むメアリの姿が見えた。妻は私の手を握り、夕陽に頰を染めて笑っている。私たちはどこまでも一緒に歩いていく。

涙のように温かな哀しみが胸の内に広がった。終わってしまったんだ、と私は思った。もう二度とあの京都へ戻ることはできないのだと。

「ベーカー街へ帰ろう、ワトソン君」

シャーロック・ホームズは言った。

「ジョン・H・ワトソンの凱旋だ。もう一度、二人で新しく始めるんだよ」

○

そのときになって気づいたのだが、下宿屋は異様にひっそりとしていた。リッチボロウ夫人やカートライト君は何をしているのだろう。まるでこの下宿屋全体が息を吞んで、私たちの会話に聞き耳を立てているかのようだ。ホームズを見ると、彼の顔にも緊張の色が見えた。

そのとき、ドアをノックする音がきこえた。

「ワトソン先生？」

リッチボロウ夫人の声だった。

ホームズが立ち上がって、唇に指をあててみせた。

ホームズは机に近づくと、ランプの火を吹き消した。ひらりと机の上に乗り、屋根窓をソッと押し開いた。その間もリッチボロウ夫人はしつこくドアを叩き続けている。その声に焦りと苛立ちが募ってくるのが感じられた。「ワトソン先生？　いらっしゃるんでしょう？」と彼女は言った。「どうかこのドアを開けてください。とても大切な用件があるんですから」

ホームズは屋根窓を抜けて外へ出ると、こちらへ手をのべた。

「ワトソン君、いっしょに来てくれるだろう?」

私は机に這い上がり、ホームズに続いて窓の外へ出た。

窓の外はゆるやかに傾斜した瓦屋根で、煉瓦造りの煙突が突き出している。夜気は冷たく、ぼんやりとした月光が射している。窓枠に手をかけて屋根裏部屋を覗きこむと、まるで世界の外へ出たような感じがする。そのとき、リッチボロウ夫人がドアを開けて入ってきた。彼女は窓の外にいる私の姿を見るなり、「何をしているの!」と悲鳴を上げた。

ホームズは四つん這いになって屋根をのぼっていく。

「転げ落ちるなよ、ワトソン君」

彼のあとを追って屋根を這い上がっていると、屋根裏部屋の騒ぎが洩れ聞こえてきた。バタバタと歩きまわる音、椅子を蹴倒す音、「どこへいった?」「外よ!」という緊迫した声。カートライト君が窓から身を乗りだして、「ワトソン先生!」と呼びかける声が聞こえた。

「戻ってください!　モリアーティ教授があなたをお待ちなんです!」

かまわずに私が先を急ぐと、青年画家は「ちくしょう!」と叫んで、呼び子の笛を音高く鳴らした。中庭に角灯の光が揺らめき、「あそこだ!」という怒声と、慌ただしい足音が反響した。下宿屋の周辺にモリアーティ教授の手下たちが待機していたらしい。

あたりは火事場のように騒然となった。周囲の建物の窓から、近隣の住人たちが「なにごとか」と顔を覗かせている。

ホームズと私は屋根の頂きを走り、屋根から屋根へと飛び移っていく。

「これではまるで僕たちが犯罪者みたいじゃないか！」

私は叫んだ。「どうしてさっさとモリアーティを逮捕しなかったんだ？」

「やむを得なかったんだよ」ホームズは飄々と言った。「たとえモリアーティを逮捕しても、手下たちは蜘蛛の子を散らすように逃げてしまう。それでは法廷でモリアーティの有罪を立証できない。どうしても組織を丸ごと生け捕りにしなければならなかった」

「このままではこちらが生け捕りにされそうだよ、ホームズ」

眼下にはぎっしりと建てこんだロンドンの裏町が広がっていた。ランプの明かりを洩らす小さな窓、船の甲板のような物干し台、複雑に入り組んだ屋根や無数の煙突……。それらはまるで精巧な影絵のように見え、神秘的な謎を秘めているように感じられる。

ホームズが左手を指さした。「こっちだ、ワトソン！」

私たちは傾斜する屋根を滑り下りると、隣の建物の屋上へ飛び移った。

仄かな月明かりに物干し台や煙突が照らされている。屋上の隅にある階段口から中へ入り、私たちは足音を忍ばせて階段を下りた。住人は眠っているようだった。一階は埃だらけのガラクタを土間に積み上げた古道具屋で、通りに面した硝子戸から射すガス灯の光が、ひび割れた三面鏡や、時代遅れの簞笥やテーブルを照らしている。私たちは身をかがめながら、古道具の間をすり抜けていった。ホームズは甲冑《かっちゅう》の脇に立てかけてある錆びついた剣を手に取った。

ちょうどそのとき、追っ手の一団が硝子戸の向こうを通りかかった。

追っ手のひとりが硝子戸に額を押しつけて、ジロリと店内を見まわした。ホームズは剣を抱えて暗い床に伏せ、私は箪笥の陰に身をひそめた。しばらく息を殺していると、相手は諦め、そのまま通りすぎるかに思われた。ところがそのとき、店の奥から眩しい光が射した。店主とおぼしき老人が角灯を掲げていた。しわがれた声で、「そこにいるのは誰だ?」と言った。

そのとたん、四人の男が硝子戸を蹴破って入ってきた。

「ひゃあ!」

老人が角灯を放りだして奥へ逃げだす。

ホームズは床から跳ね起きると、錆びついた剣を振って、たちまち二人を殴り倒した。私は箪笥を押し倒し、敵がひるんだ隙をついて、渾身の力で体当たりした。相手は倒れ、崩れ落ちてきた古道具に埋もれてしまった。

仲間を失った最後のひとりは、這々《ほうほう》の体《てい》で古道具屋の外へ転げ出ると、「ここにいたぞ!」と叫んだ。路地の向こうからバラバラと不穏な足音が近づいてくる。

ホームズと私は、暗い迷宮のような裏町を必死で駆けだした。

○

ようやく息がつけたのは、オックスフォード街へ出てからだった。繁華街にはガス灯や酒場の明かりが連なって、夜とはいえ人通りも多い。

ホームズは口笛を吹いて辻馬車を呼び止めた。

「スコットランド・ヤードへ！」

すぐさま馬車はオックスフォード街を西へ走りだした。

そうしてホームズといっしょに馬車に揺られていると、彼と出会ってからの冒険の日々が走馬灯のように脳裏を流れた。一八八一年、命からがらアフガニスタンから帰国して、ロンドンへ流れついたときの心細さは今も忘れることができない。冷たい雨に濡れた街衢《がいく》はどこまでも陰気で、駅頭を行き交う人々は誰もが疲れ果てているように見えた。銃創《じゅうそう》とチフスで役立たずになったアフガニスタン帰りの元軍医のことなど、誰が気に掛けてくれるだろう。この煤煙で薄汚れた大都会で、これからどうやって生きていくべきかと、私は途方に暮れていた。

そんな状況を一変させたのが、シャーロック・ホームズとの出会いだった。

ホームズに出会う前のロンドンと、ベーカー街221Bで暮らし始めてからのロンドンは、まったく別の世界のように感じられる。前者は冷たく非人間的でよそよそしい街であり、後者はあらゆる冒険の可能性に満ちた不思議の街だった。

薄汚れたドックや荷上げ場のひしめくテムズの川岸や、迷路のように入り組んだ街中の暗い横町、夜の底に連なる青白いガス灯、観劇帰りの男女でひしめく広場の雑踏。そういった情景のひとつひとつが胸躍る冒険への扉となった。いつの間にか灰色のロンドンは、ハールーン・アッラシード王が身をやつして彷徨《さまよ》うバグダードのような、魅惑的で不思議な都市へと変わっていた。シャーロック・ホームズはロンドンに魔法をかけたのである。

馬車はチャリング・クロス通りへ出て、南へ走っていく。

「モリアーティ教授も年貢の納め時さ」ホームズは言った。「週明けにはモリアーティ教授と組織の幹部たちは一斉に検挙される手筈になっている。今世紀最大の刑事裁判が開かれ、何十件もの迷宮入り事件が解決し、全員が絞首刑になるだろう」

「おめでとう。大手柄だな、ホームズ」

「もちろん最後まで油断はできないがね。モリアーティ教授は僕の息の根を止めようとしているし、実際、数え切れないぐらい襲撃を受けた。しかし、やつを敵にまわしたからには、それぐらいのことは覚悟の上だ。たとえ僕の身に何かあっても支障はない。捜査資料はスコットランド・ヤードの捜査本部に引き渡してあるし、レストレードが万事心得ている」

思えばレストレード警部とも長い付き合いだった。初めて会ったのはロリストン・ガーデンズの怪事件、すなわち私が『緋色の研究』と題して発表した事件である。以来、レストレードとは数多くの事件の現場で顔を合わせてきた。

ホームズはレストレードの推理力にはさんざん辛辣なことを言っていたが、彼の刑事としての誠実さや粘り強さは評価してきた。モリアーティ教授と対決するにあたって、レストレードと手を組んだのも、それだけ彼を信頼しているからだろう。

「モリアーティ教授が君の命を狙うのは分かるよ」

私は考えながら言った。「しかし、どうして私の身柄を抑えようとするんだろう？　私を仲間に引き入れたからといって、たいして役に立つとも思えない。正直なところ、リッチボロウ夫人やカートライト君がモリアーティの手下だったなんて、今でも信じられない」

「長い間、僕はモリアーティ教授の犯罪を明らかにしようとしてきた」

ホームズは馬車の行く手を見据えながら言った。

「こういう場合、僕がしばしば採用する手法を君は知っているはずだ。犯罪者の立場になって考えてみるんだよ。自分がモリアーティになったつもりで、やつの思考を辿ってみる。当然、モリアーティも同じことをしている。彼もまた、自分がシャーロック・ホームズになったつもりでこちらの思考を読んでいる。僕にはモリアーティの考えが読めるし、モリアーティにも僕の考えが読める。シャーロック・ホームズにとってジョン・H・ワトソンがどれほど大切な存在であるか、モリアーティほど理解している人間はいないんだよ」

ホームズの言葉を聞いて、私は胸がいっぱいになった。

「ワトソンなくしてホームズなしか」

「ハドソン夫人の言うとおりさ、ワトソンなくしてホームズはない」

ホームズは朗らかに言って、微笑んだ。

「僕はつねに傲慢にふるまってきた。もしもこの世界が探偵小説であるならば、主役は自分であり、ワトソンは忠実な記録係であるべきだと思いこんでいた。取り返しのつかない誤りだったと今では思う。君には君の人生があり、愛する人があり、僕のために犠牲を強いられてよいわけがない。メアリのことは心からすまないと思っている。この一年間、モリアーティ教授と戦いながら、僕は本当に孤独でつらい思いをしてきた。君がそばにいてくれたら、どんなに心強いだろうと幾度も思った。君だけが僕を僕たらしめてくれる。その点を思い知らせてくれたことだけでも、モリアーティには感謝しなくてはならないね」

爽快な夜風が私たちの頰を撫でた。夜の街を快調に走る馬車は、馬車や人々で賑わうトラファルガー広場を抜け、ホワイトホールの壮麗な官庁街にさしかかった。右手には海軍省や大蔵省の建物がならんでいる。スコットランド・ヤードが近づくにつれて、ホームズの顔は緊張に引き締まってきた。これから始まる大捕物《おおとりもの》のことを考えているのだろう。

ホームズの目は街の灯を映して、少年のように煌めいていた。

○

スコットランド・ヤードの門前で馬車を降りると、テムズ川の堤は濃い霧に沈んで、川沿いに連なるガス灯が青白い球になって滲んでいた。湿った夜気が身体にまとわりついてくる。ウェストミンスター橋の方角には国会議事堂の時計塔が黒々と聳えていた。

私たちは足早に門を通り抜けて正面玄関へ向かった。煉瓦造りの広壮な庁舎には煌々と明かりがともっていた。あたりは霧に包まれてひっそりとしている。

ふいにホームズが足を止めた。

「妙だな」

「どうしたんだ？」

「いやに静かじゃないか。まるで誰もいないみたいだ」

ホームズの言うとおりだった。いかに夜も更けているとはいえ、スコットランド・ヤードがこれほどの静寂に包まれているのは異様である。玄関から入っていくと、ロビーも受付も空っぽで、当番の警官の姿もない。ホームズは受付のカウンターに近づき、「誰かいないのか？」と声をかけたが、その声は事務室の高い天井に空しく響くばかりである。

ホームズは眉をひそめ、カウンターをコツコツと叩いた。

「とにかく捜査本部へ行ってみよう」

私たちはロビーから右手へ延びる廊下を進み、二階へ上がった。

しかし二階の廊下はやはり不気味なほど森閑としていた。漆喰塗りの冷たい壁に、灰色のドアが単調にどこまでもならんでいる。私は犯罪捜査部の一室を覗いてみた。古びたキャビネットや机がところ狭しとならび、その奥には刑事の名が掲げられた執務室がある。煌々と明かりがともっているのに、人影はまったくない。まるで何か怖ろしいものがやってきて、みんな慌てて逃げだしたように見える。

やがてホームズはひとつのドアの前で立ち止まった。

「ここだよ」

そう言って、彼はドアを開けた。

私は室内へ足を踏み入れるなり、ギョッとして立ちすくんだ。

捜査本部は暗く、ほとんど空っぽだった。まるで荒涼とした暗い野原に出たようだ。

がらんとした部屋の中央に、ひとつだけ机が置いてあり、緑色の傘のついたランプがともっていた。ひとりの男がこちら向きで机に向かっていた。机に両肘をつき、両手で顔を覆っていた。まるで途方に暮れているようだった。

窓の外にはテムズの川霧が悪夢のように蠢いている。

「これはどういうことだ?」

私は茫然として呟いた。

机に向かっていた男がびくりと身体を震わせて顔を上げた。ランプの光の中にレストレード警部の顔が浮かび上がった。頬はげっそりとして、無精髭が伸び、死人のように血の気がない。その顔を覆っているのは深い絶望だった。

ワトソン先生、と彼は消え入りそうな声で言った。

「いったい何の用です?」

私はレストレードのもとへ駆け寄った。

「何をしているんだ。捜査本部はどうなった?」

「解散しましたよ」

「なんだって?」

「解散したと言ったんです。捜査は打ち切られました」

レストレード警部はそっけなく言って立ち上がった。ランプの光から離れると、レストレードの姿は黒い影になった。私が歩み寄ろうとすると、彼は腕を振りながら身を引いた。まるで部屋の暗がりに身を隠そうとしているかのようだった。

「それではモリアーティ教授の犯罪はどうなる？」

「モリアーティ教授の犯罪？　そんなものはないんですよ」

レストレードは怯えたように声をひそめた。「警視総監も、内務大臣も、みんなモリアーティ教授の手先なんです。あの人は英国政府そのものなんだ。そんな人間をどうやって逮捕しろというんですか。捜査は打ち切られ、証拠はすべて処分されました」

「どうかしているぞ、レストレード！」

「どうかしているのはこの世界の方ですよ。モリアーティ教授がすべてを牛耳《ぎゅうじ》っているんです。やつの手先がそこらじゅうにいる。つねに見張られているし、同僚は誰ひとり信じられない。ホームズさんに連絡を取ろうにも、どこへ消えたか分かりやしない。私は孤立《こりつ》無援《むえん》だったんですよ。世界を丸ごと敵にまわして、どうやって戦えというんです？」

「何を言ってる。ホームズならここにいるじゃないか」

私は振り返って愕然とした。

背後には誰もいなかったのである。

深い穴の底へ突き落とされたような気がした。

「ホームズ？　どこにいるんだ！」

「夢でも見ているんですか、ワトソン先生。ホームズさんは二週間前に姿を消したきりです。とっくに国外へ逃亡したか、テムズ川の底に沈んでいるんでしょうよ」

「馬鹿なことを言わないでくれ」

「もちろんワトソン先生には受け容れがたい話でしょうがね。しかし、それもずいぶん身勝手な話じゃありませんか。ホームズさんが命がけで戦っている間、あなたはどこで何をしていたんです？　今さらのこのこ現れて、偉そうなことを言わんでください」

私が怒りにまかせて突き飛ばすと、レストレードはよろめいて尻餅《しりもち》をついた。哀しげに頭を垂れたまま、立ち上がろうとはしなかった。まるで糸の切れた繰り人形のようだった。

捜査本部が解散されたということは、モリアーティ教授一味の検挙は不可能だ。ホームズの目論見《もくろみ》は水泡《すいほう》に帰し、形勢は逆転したのだ。私は後ずさりながら、「ホームズ！」と叫んだ。しかし返事はなかった。

私はレストレードをその場に残して、捜査本部を飛びだした。廊下はがらんとしており、ホームズの姿はどこにもない。まるで初めから存在しなかったかのように。

私はホームズの名を呼びながらスコットランド・ヤードの庁舎をさまよった。

やがて空しく玄関ホールへ戻ったとき、私は自分が敵の手に落ちたことを知った。そこでは大勢の刑事や制服警官がひっそりと私を待ち受けていた。

彼らの中央にすらりとした細身の紳士が佇んでいた。

「こんばんは、ワトソン先生」

青年はシルクハットに手をやって会釈した。

その美しい顔を見た瞬間、今日の午後、古書店の軒先で「朗読会に参加しました」と声をかけてきた青年であることに気づいた。それはまた、夕暮れのオックスフォード街で煙草屋の軒先からこちらを見つめていた青年でもあった。おそらくモリアーティ教授に命じられて、ずっと私を監視していたのだろう。青年が合図すると、警官たちが私を包囲した。

私が茫然としていると、青年が近づいてきた。

「モリアーティ教授から招待状を預かっています」

そう言って、彼は一枚のカードをさしだした。しっかりした厚手の紙で、闇夜のような黒い地に、白字で「黒の祭典」と書いてある。裏返すと、「ピカデリー・サーカス　クライテリオン劇場」とあった。今夜、モリアーティ教授の組織のメンバーが初めて一堂に会するという。

「どうして私が？」

「あなたはシャーロック・ホームズの記録係でしょう」

青年は微笑んだ。「結末に立ち会っていただかなければ」

◯

謎の青年に促されて、私はスコットランド・ヤードの玄関を出た。

あたりはいっそう霧が深くなったようで、テムズ川の向こう岸は幽霊たちの暮らす霧の国のように見える。庁舎の門を通り抜けると、一台の馬車が私たちを待っていた。二頭立ての豪華な四輪箱馬車で、窓から車内灯の光が洩れている。

「クライテリオン劇場へ」

青年は御者に声をかけると、私を馬車の中へ招き入れた。

そうして馬車がピカデリー・サーカスに向かって夜の街を走りだしたとき、ビッグ・ベンの時鐘がロンドンの街に響き渡った。聞き慣れているはずの鐘の音が、今夜はまったくちがうものに聞こえる。それは世界の外から届くような、不気味で、虚ろな響きだった。

——君を現実へ連れ戻しにきたんだよ。

屋根裏部屋を訪ねてきたとき、シャーロック・ホームズはそう言った。

しかし、いま私が経験しているのは本当に「現実」なのだろうか。スコットランド・ヤードはモリアーティ教授の軍配に屈し、突然シャーロック・ホームズは煙のように消えてしまい、そして私は豪華な馬車に乗って「黒の祭典」へ運ばれていく。『シャーロック・ホームズの凱旋』という夢からさめて、よりいっそう奇怪な悪夢の奥深くへと迷いこんでいくようだ。

向かいに腰かけている青年がシルクハットを脱いだ。口髭をはがし、髪留めを取ると、豊かな金色の髪が流れ落ちた。そのときになって、ようやく私は相手の正体に気がついた。

「アイリーン・アドラー！」

「憶えていてくださったんですね」

アイリーン・アドラー。その名を忘れたことはない。

彼女はホームズを打ち負かした唯一の女性であり、彼はつねに敬意をこめて「あの人」と呼んでいた。だからこそ、私は『シャーロック・ホームズの凱旋』にホームズのライバル探偵として彼女を登場させたのである。しかし私が現実に彼女の姿を見たのは、「ボヘミアの醜聞《しゅうぶん》」事件の一度きりである。彼女の男装を見抜けなかったのも致し方ないことであろう。

アイリーン・アドラーは気怠《けだる》そうに向かいの座席に身を沈めた。

車内灯に照らされた青白い顔は美しかった。しかしその美しさは脆《もろ》い人形を思わせる。両肩を摑んで揺さぶれば、ばらばらに壊れてしまいそうだった。

「お久しぶりですね、ワトソン先生」

「あなたは大陸に渡って幸せに暮らしていると思っていたが」

「そう思わせるのが狙いだったんです」と彼女は微笑んだ。「うまくいったでしょう？　本当は何ひとつ解決していないというのに、ボヘミア王も、ホームズさんも、これで問題は片付いたと思いこんだわ。この女は『真実の愛』とやらを見つけて幸せになり、もう二度と自分たちを煩《わずら》わせるようなことはないだろうと。たしかにゴドフリーは役に立つ人でしたけど、良き伴侶《はんりょ》でもないし、たがいに愛し愛されてもいませんでした。そんなものを私は求めていない。愛なんて、弱さから目をそむけるための詭弁ですもの。私は強い人間になりたかった。他人の意のままになるなんてまっぴらです」

「だからモリアーティ教授と手を結んだのかね」

「ええ、そうです」

そっけなく言って、彼女は窓外へ目をやった。

四輪箱馬車はトラファルガー広場を抜けて、リージェント街に入った。

両側に連なる建物の窓という窓に漆黒の旗が掲げられていた。「あれはモリアーティ教授の勝利を祝うための旗です」とアイリーン・アドラーが言った。その不気味な旗の行列は延々と続き、その先に待つ「黒の祭典」へ私たちを導いているかのようである。

「モリアーティ教授ほど偉大な人はいません」

アイリーン・アドラーは黒い旗を見上げながら誇らしげに言った。

「あの人にとってはすべてが計算可能で、あらゆる人間を思いどおりに動かせる。唯一の例外がシャーロック・ホームズだった。彼ひとりがモリアーティ教授の偉大な計画を阻もうとして、空しい抵抗を続けていたんです。けれども勝負にならなかったようね」

「まだ勝負はついていないぞ」

「あんな探偵に今さら何ができるというの？」

アイリーン・アドラーは愉快そうに大きな声で笑った。

「シャーロック・ホームズの冒険は終わったんです。けれどもこうなることは、あなた自身も望んでいたことではありませんか？　あなたはホームズを憎んでいたんでしょう。この半年間、私たちはずっとあなたを監視していたけど、あなたは決してホームズに手を貸そうとはしなかった。賢明な選択でしたわ、ワトソン先生。すでに名探偵ホームズの時代は終わって、モリアーティ教授の時代が来たのですから。すべてを掌握《しょうあく》して、今やモリアーティ教授は英国政府そのものになった。けれどもそれは計画の第一歩にすぎない。今夜の最終講義で、モリアーティ教授はその偉大な計画の全貌を明らかにしてくださるでしょう」

やがて四輪箱馬車はピカデリー・サーカスへ入った。

夜更けにもかかわらず、祭りのようなざわめきが大きな広場を充たしていた。四方八方から流れこんでくる馬車がひしめき、御者たちの怒声が飛び交っている。それらの馬車が運んでくるのは黒い夜会服に身を包んだ人々だった。

あまりにも混雑しているせいで、私たちの馬車はクライテリオン劇場を遠巻きにするように広場をまわっていき、やがて身動きが取れなくなった。

「ここでいい。あとは歩きましょう」

アイリーン・アドラーはもどかしそうに言って馬車を止めさせた。

私たちは消防署の前で馬車を降りると、立ち往生した馬車でいっぱいの広場を横切り、クライテリオン劇場へ向かった。劇場は窓という窓に明かりをともし、魔法の城のように輝いている。その光に黒々と浮かび上がる人々の姿は、角砂糖に群がる蟻の群れを思わせた。彼らは笑いさざめきながら、両脇に黒い旗の掲げられた玄関口に吸いこまれていく。

「ようこそ、『黒の祭典』へ」

アイリーン・アドラーはそう言って、私を劇場の中へ導いた。

○

ロビーには赤い絨毯が敷き詰められ、シャンデリアの眩しい光が降り注いでいた。

右手にはゆったりと弧を描く大階段があり、上階の舞台席へ通じている。左手には天井の高いバーがあって、夜会服姿の男女でいっぱいだった。霧のように立ちこめる煙の向こうから、賑やかな笑い声が響いてくる。彼らはそうして一杯やりながら、モリアーティ教授の「最終講義」が始まるのを待っているらしかった。

私はロビーを行き交う人々を見まわした。

「これがみんなモリアーティ教授の手下なのか？」

「ええ、そうです。ほら、あそこにリッチボロウ夫人がいる」

私は顔を上げて、アイリーン・アドラーが指さす方へ目をやった。

黒いドレスに身を包んだ大柄な女性が、シルクハットをかぶった男性と連れだって、大階段を上っていくのが見えた。やがて彼女は階段を上りきると、手すりにゆったりともたれて、階下のロビーを見下ろした。たしかにそれはリッチボロウ夫人だった。しかし私が馴染んできたリッチボロウ夫人、あの下宿屋の親切な主人の面影はどこにもなかった。

その立ち居振る舞いは堂々たるもので、著名な霊媒師のような妖しさを漂わせている。ロビーに立っている私に気づくと、リッチボロウ夫人は化粧の濃い大きな白い顔に、ニンマリと勝ち誇ったような笑みを浮かべた。「ほら、ごらんなさい」とでも言いたげだった。「こうなることはお見通しだったんですよ、ワトソン先生」

リッチボロウ夫人の傍らに立ち、親しげに言葉を交わしているのは、痩せて気難しそうな風貌の男だった。年齢はホームズと同じぐらいだろう。傲然と頭をもたげた姿勢は、いかにも生《きっ》粋《すい》の貴族といった印象で、リッチボロウ夫人との取り合わせはいささか異様に感じられる。

いったい何者だろうと思っていると、背後から「あれはレジナルド・マスグレーヴです」という声が聞こえた。「サセックスのハールストン館のあるじですよ。イングランドきっての名門らしいですね」

振り返ると、カートライト君とレイチェルが立っていた。

「君たちも来ていたのか！」

「当然じゃありませんか」とカートライト君が笑った。

「今夜は記念すべき夜ですもの」とレイチェルも微笑んだ。

着飾って寄り添っている二人は、まるでショーウィンドウに飾られた一対の人形のように美しい。彼らは何の疚《やま》しさも感じていないようだった。「屋根裏部屋から抜けだすなんて、ずいぶん思い切ったことをなさいましたね」とカートライト君はニヤリとした。

「一時はどうなることかと思いましたよ。うっかりして、あなたが軍隊帰りだということを忘れていた。それにしても厄介な人だな。結局こちら側へ寝返るなら、あんな騒ぎを起こす必要はなかったじゃありませんか」

「ワトソン先生は混乱していたのよ」

レイチェルが私を慰めるように言った。

「なんといっても、ホームズの元相棒なんですもの」

「だろうね」とカートライト君は頷いた。「ともあれ、寝返ったのは正解です。ホームズはモリアーティ教授の偉大さをまるで分かっていなかった。あいつの策動のせいで、教授の『計画』の実現が大幅に遅れたという噂ですよ。元相棒だからといって、あんな愚か者と心中することはない」

「ホームズを侮辱するのはやめてくれ、カートライト君」

私は憤然として言った。「私は犯罪者の仲間になったつもりはない」

「おや！　この期に及んでまだそんなことを言っているんですか、あなたは」

カートライト君は呆れたように言った。「犯罪とは古い秩序への反逆なんです。モリアーティ教授が勝利を収め、新しい秩序が古い秩序に取って代わった今、かつての犯罪は英雄的行為として賛美される。『犯罪者』なんてここには一人もいませんよ」

「モリアーティ教授の最終講義を聴けば、ワトソン先生も納得するでしょう」

レイチェルが言った。「モリアーティ教授は英国を支配し、英国は世界を支配する。それは数学的に調和のとれた美しい世界になるでしょう。この『黒の祭典』に集った人たち――私たちも、もちろんあなたも――は、その頂点に君臨するんです」

「そうとも。僕たちは選ばれし人間なんだ」

カートライト君はそう言って、レイチェルに優しく微笑みかけた。

私は絶望的な気持ちになりながら、目前の若い二人を見つめていた。彼らはその誇大妄想めいた話を頭から信じこんでいるらしい。あまりにも話が通じないので、彼らがカートライト君とレイチェルの皮をかぶった偽物のように思われてきた。レイチェルへの恋に悶々として、ヨークシャー行きを逡巡していた、あの純朴な青年画家はどこへ消えてしまったのだろう。ほんの数時間前のやりとりが、まるで遥か遠い昔の出来事のように感じられる。

「すると、君はヨークシャーへは行かないのか？」

私が訊ねると、カートライト君はキョトンとした。それから「あはは」と笑いだした。

「ああ！　あの家庭教師の件ですか！　どうして今さらヨークシャーくんだりまでいって、田舎貴族の娘たちのお守りをしなくちゃいけないんです？　これからは何もかも思いのままなんですよ。この劇場へ集った我々が新時代の貴族なんです。さあ、そんなことよりも、僕たちの仲間に紹介させてください。みんなワトソン先生を待っていたんですから」

カートライト君は親しげに私の肩を叩き、バーの方へ連れていった。

そのときになって、私はアイリーン・アドラーの姿が消えていることに気づいた。ロビーを見まわしても、彼女の姿はどこにもなかった。

「みなさん、ジョン・ワトソン先生のご到着です」

カートライト君は劇場のバーの入り口で高らかに宣言した。

それまで高い天井に反響していた人声が静まっていき、やがて温かい拍手が巻き起こった。

私はカートライト君に押しだされるようにして、点在するテーブルの間を歩きだした。どちらを向いても黒い夜会服姿の男女が微笑みかけてきて、熱烈に握手を求めてくる人や、陽気に口笛を吹き鳴らす人もある。馴れ馴れしく肩を叩いてくる紳士もあった。潮騒《しおさい》のような拍手は鳴り止まず、かえって大きくなる一方だった。まるで懐かしい仲間のもとへ帰ってきたようだ。

戸惑いながら人波に揉まれていると、でっぷりした商人風の赤毛の人物が目に入った。

それは「赤毛連盟」事件の依頼人、ジェイベズ・ウィルソン氏だった。

そのことに気づくと、まわりで笑いさざめいている人々の中に、かつて出会った人々の顔をいくらでも見つけられるようになった。陽気に笑いながら葉巻を吹かしているのは「銀星号《ぎんせいごう》」事件の馬主ロス大佐だったし、同じテーブルには「入院患者」事件のトレヴェリアン医師の姿もあった。べつのテーブルには「淋しい自転車乗り」事件のヴァイオレット・スミスと、「くちびるのねじれた男」事件のセントクレア夫妻がいる。またべつのテーブルには「第二の血痕」事件の元首相ベリンジャー卿とホープ卿夫妻の姿があった。

懐かしい人々のもとへ帰ってきたように感じるのも、当然のことだった。かつてホームズと手がけた事件の関係者たちが一堂に会しているのだから。

「聞きましたぞ。派手に暴れたそうですな、ワトソン先生！」

そう言って声をかけてきたのは、派手な身なりの男だった。上等の夜会服、雪のように純白のチョッキ、ピカピカと煌めくエナメルの靴。それはセント・サイモン卿だった。『シャーロック・ホームズの凱旋』の描写が頭に浮かんできた。その華やかな服装のせいで、遠目には若々しい青年のように見えるのだが、その実、四十歳をすぎている。頭髪には白いものがまじり、よく見れば顔の色艶も年相応のものであることが見てとれる——。

「まあ、お気持ちは分かりますよ」

セント・サイモン卿は悠々とした態度で言った。

「シャーロック・ホームズにも同情すべき余地はありますからな」

○

しきりに頭に浮かんでくるのは、もちろんシャーロック・ホームズのことだった。

どうして彼はスコットランド・ヤードで煙のように消えてしまったのだろう。捜査本部が解散されたことを知り、モリアーティ教授への敗北を悟って逃げだしたのか？

それともいったん身を隠して、どこかで逆転の機会を狙っているのか？

しかし、それならば私に何か言い残すはずだ。あの捜査本部のドアを開けるまで、それらしい予兆は何もなかった。彼の行動はあまりに不可解であり、あのホームズは自分の願望が生みだした幻であったようにさえ思われてくる。

私は茫然としながら、奥のカウンター席に近づいた。男がひとり、カウンターに頬杖をついて、ニヤニヤ笑いながらこちらを見つめていた。いやに馴れ馴れしい感じだった。ふいに相手の名を思いだして、私は小さく叫んだ。

「スタンフォードか！」

「やっと思いだしてくれたな、ワトソン」

医学生時代の友人は嬉しそうに酒杯を掲げた。

「それにしても人生っていうのは不思議なものだよ。アフガニスタン帰りの君と出くわしたのが、まさにこの場所、クライテリオンのバーだった。あの頃の君はよっぽど淋しかったんだろう、俺が肩を叩いたら大喜びしてくれたよな。そのあとで、他ならぬ俺が、君を聖バーソロミュー病院へ連れていって、シャーロック・ホームズに引きあわせてやったんだ。それからというもの、君は順風満帆の人生だった。つまり俺は君の大恩人になるわけだよ。それなのに『緋色の研究』以来、俺のことなんて君は一文字も書いてくれないんだからな」

私は溜息をつき、スタンフォードの隣に腰かけた。

「まさか君もモリアーティ教授の手下だったとは」

「まあ、いろいろ紆余曲折《うよきょくせつ》があってね」スタンフォードは言った。「博打《ばくち》でひどい失敗をして、横領やら何やらで勤め先の病院にいられなくなったところを、モリアーティ教授に拾われたのさ。ここにいる連中はみんな同じようなものだ。赤毛のウィルソン氏は盗品故買《こばい》の専門家だし、ロス大佐は八百長《やおちょう》競馬の元締めだし、ヴァイオレット・スミスは詐欺師だし。俺たちはみんなモリアーティ教授のために働いてきたんだ。シャーロック・ホームズの活躍には生きた心地もしなかったよ。まあ、そんな心配ともようやくおさらばできるがね」

スタンフォードはこちらに身を寄せて囁いた。

「どうやら君はモリアーティ教授のお気に入りらしいな」

「よしてくれ！」

「何を言ってる。だからこそ君はこんなところにいられるんだろう」

スタンフォードは笑った。「まったく君ほどの悪人はいないよ。シャーロック・ホームズと手を組んで、さんざん甘い汁を吸った挙げ句、土壇場《どたんば》でモリアーティ教授の側に寝返ってみせるなんてな。どうやってあの人に取り入ったのか知らんが、天才的な立ちまわりだ」

私はカウンターに肘をつき、苦々しい思いで酒をあおった。スタンフォードの言うことはすべて間違っていた。しかし反論する気力も湧かなかった。

「おいおい、何をしょんぼりしてるんだ？」

スタンフォードは私の背中を叩いて陽気に笑った。

「ぐるっとまわって出発点へ戻ったというだけのことじゃないか。これから新しく始めればいいんだ。これからはモリアーティ教授の時代だ。あの人は本当に凄い人だよ。俺は神秘主義者じゃないが、モリアーティ教授の力は人間を超越している。まるで世界の中心にいて、すべてを司っているような人物だ。君だから打ち明けるがね、あの日このクライテリオンで君と出会ったのも、シャーロック・ホームズに紹介してやったのも、じつは偶然ではなくて、教授が裏で糸を引いていたんじゃないかと思うときさえある」

「モリアーティ教授は神だとでも言いたいのか？」

「そうは言わんよ」

スタンフォードはニヤリと笑った。

「しかし、たとえそうだったとしても俺は驚かないね」

私は一気に酒杯を干すと、振り返って夜会服姿の人々を見まわした。

いつしか彼らは私に注目するのをやめて、それぞれの会話に戻っていた。カートライト君とレイチェルは赤毛のウィルソン氏と楽しそうに語り合っている。渦巻く紫煙《しえん》の向こうから、シャンパンを開ける音が聞こえてくる。あたりの賑わいに耳を澄ましていると、悪夢の中にいるような感覚はいっそう強まってきた。

もしもスタンフォードの言うとおり、私たちのクライテリオンの出会いさえモリアーティ教授の仕組んだものだとしたら？　これほどおぞましい想像はない。そもそもの始まりから、この荒涼たる終局へ辿りつくことが運命づけられていたのだとすれば——。

そのとき私は、笑いさざめく人波の向こうに、よく見知った顔を見つけた。その人は黒い質素なドレスに身を包み、薄暗い隅のテーブルで、ひとりぽつんと腰かけている。

私はカウンターを離れて歩きだした。

「おーい、どこへいくんだ？」とスタンフォードが言った。

しかし私は振り返らなかった。その相手を一心に見つめながら、テーブルの間をすり抜けて行った。嬉しそうに声をかけてくる人々を押しのけ、握手を求めてくる手を邪険に振り払った。ちょっとした騒ぎが持ち上がった。そのとき私の目指す相手は顔を上げ、覚悟を決めたようにこちらを見つめた。それはベーカー街221Bの家主、ハドソン夫人だった。

○

「黒の祭典」で彼女を見つけたときの絶望を、どう言い表せばいいだろう。

ベーカー街221Bという所番地は、私にとって象徴的な意味を持っていた。そこはすべての冒険の始まる場所であり、すべての冒険が終わる場所でもある。いわば世界の中心だった。そしてそこには、ほとんどつねにハドソン夫人の姿があったのだ。シャーロック・ホームズの生活も職業も、ハドソン夫人という存在なくしては成り立たない。だからこそ私は心のどこかで、彼女だけは決してホームズを裏切らないと信じていたのである。

「どうしてあなたがこんなところにいるんです？」と私はハドソン夫人に詰め寄った。「ベーカー街でホームズの帰りを待つと言っていたじゃないか」

「いくら待っても無駄ですから」

ハドソン夫人は力のない声で言った。

「ホームズさんはもうベーカー街へはお戻りにならないでしょう」

その顔には何の表情も浮かんでいない。まるで一切を諦めてしまったかのようだ。

あなただけは味方だと信じていたのに――そう言いそうになって、私は口をつぐんだ。そんなことを言う資格が自分にないことは分かっていた。どうしてハドソン夫人を責められるだろう。ホームズがモリアーティ教授と戦っている間、私は何の役にも立たなかった。

私はガックリと力が抜けたようになって、彼女のかたわらに腰を下ろした。

その暗い隅のテーブルからは、バーで賑やかに語り合う人々の姿がよく見えた。

スタンフォードはもう私のことなど気にしておらず、黒いドレス姿のヴァイオレットと語り合っている。カートライト君たちは他のテーブルの人々と、グラスを持って乾杯していた。株式仲買人《なかがいにん》のパイクロフト氏、銀行頭取のホールダー氏、コヴェント・ガーデンの卸売商《おろしうり》ブレッケンリッジ氏、水力技師のハザリー氏。いずれもホームズと手がけた事件で顔を合わせた人物である。もしも彼らがモリアーティ教授の手下だと知らなかったら、いかにも楽しげで和気《わき》藹々《あいあい》とした集まりに見えたろう。

ハドソン夫人はその騒ぎに加わることもなく、静かにテーブルについていた。小柄な身体をまっすぐ伸ばし、石像のように動かず、その目には深い諦念を湛《たた》えていた。この愛すべき人が犯罪にかかわるなんて私には想像もできなかった。いったい彼女はどんな犯罪に手を染めたのだろう。どのようにモリアーティ教授に貢献し、この「黒の祭典」へ招かれたのだろう。

「ホームズさんはいつもワトソン先生のことを話しておられました」

ハドソン夫人は言った。

「とても心配しておられたんです」

「分かっている。申し訳ないことをしたと思っている」

「けれども本当は、ホームズさんご自身が助けを必要としていたんです」

ハドソン夫人はテーブルを見つめながら語気を強めた。

「ご自分ではお認めになりませんでしたが、私にはそのことがよく分かっていました。ワトソンなくしてホームズなし、ですもの。だから私は口を酸っぱくして、ワトソン先生に会いに行くように申し上げたんです。けれどもホームズさんはそれがどうしてもできませんでした。ホームズさんにとっても、メアリさんの亡くなったことは、たいへんなショックだったんです。

きっとワトソン君は僕を許してくれないだろうと、いつも悩んでおられました。僕は人を愛したことがない、どうすればワトソン君を救えるか分からないって」

その悲痛な声を聞いたとき、小雨に濡れて佇むホームズの姿が浮かんできた。

その日のことは今でも克明に思いだすことができる。メアリの葬儀の日——忘れようとしても忘れられるものではない。冷たい雨に煙った墓地、棺に土のあたる音、祈りの言葉、ぞろぞろと流れていく沈鬱な黒い傘の群れ。

しかし別れを告げたときのホームズの顔だけはどうしても思いだすことができなかった。いくら記憶をさぐっても、冷たい小雨のヴェールの向こうに、淋しそうに佇んでいる遠い影が浮かんでくるばかりだ。そのとき私は彼の顔を見ようともしなかった。それほど私はホームズが許せなかったのだ。彼が私の人生にもたらしたあらゆるものが、墓石にまとわりつく落ち葉のように、すっかり色褪せて厭わしいものになっていた。

しかし私は間違っていたのだと今では分かる。私が本当に許せなかったのは自分だった。メアリを救えなかった自分だった。それなのに私は自分の罪をホームズに押しつけて、彼がさしのべてくれた手を邪険に振り払ってしまったのである。

「ホームズは会いに来てくれたよ、ハドソンさん」

私が言うと、彼女はハッと息を呑んで、こちらを見つめた。

「ついさっきまで私たちはいっしょにいたんだ。ホームズは私をあの屋根裏部屋から連れだしてくれた。もう一度、二人で新しく始めようと言ってくれた。私が間違っていたんだよ。あなたの言うとおり、もっと早くベーカー街へ戻るべきだった」

「ホームズさんとお会いになれたんですね」

ハドソン夫人は溜息をついた。

「本当に良かった」

「それなのに、ホームズは突然消えてしまったんだよ」

私は言った。「何が起こったか分からない。どうして私を置いていったんだろう」

あたりの喧噪は高まるばかりだった。モザイク模様の高い天井に反響する人声は、異国の音楽のようにわんわんと反響して、意味のある言葉は一言も聞き取れない。シャンパンを開ける音が響き、ドッと笑い声が上がった。

そのいまいましい喧噪は真綿のように私を包みこんでいた。今ここで馬鹿騒ぎをしている連中は、みんなモリアーティ教授の勝利を心から祝福している。ホームズは本当にひとりぼっちだったのだ、と私は思った。かたわらにいるべきワトソンにあの墓地に置き去りにされて以来、ホームズは世界を丸ごと敵にまわして、ひとりぼっちで戦ってきたのだ。

ハドソン夫人がソッと私の腕に触れた。

「ワトソン先生」

彼女は念を押すように囁いた。

「どんなときでもホームズさんの味方でいてくださいますね」

私は驚いてハドソン夫人を見返した。先ほどまでの空虚な顔つきとは打って変わって、彼女は力の籠もった眼差しでこちらを見つめていた。ふいに自分がクライテリオン劇場のバーにいるのではなく、ベーカー街221Bへ帰ってきたような気がした。

私が頷いてみせると、ハドソン夫人は語りだした。

○

「私はただの家主ですから、ホームズさんのお仕事の内容はよく分かりません。けれどもそれがずいぶん風変わりなものだということはよく分かっています。連日いろいろな依頼人が訪ねてみえますし、ホームズさんの生活ぶりときたらメチャメチャですからね。へんな実験をして消防馬車を呼ぶ羽目になったり、ピストルを撃って壁に穴をあけたり……。ですから、ホームズさんが深夜に何も言わずにお出かけになるようになっても、はじめのうちは何とも思いませんでした。いつものお仕事だろうと思っていたんです。

それが少し妙だと思い始めたのは、決まって裏口から出ていかれることに気づいてからでした。夜中にベッドで身を起こして耳を澄ましていると、ゆっくりと階段を降りてくる足音が聞こえて、そのまま裏口へ向かうのです。

そんなことが何度も続くので、ある夜、いつもどおりに足音が聞こえてきたとき、私は思いきって廊下へ出てみました。真っ黒な人影が裏口から滑り出ていくのが見えました。あとを追って裏庭へ出ると、ひとりの老人が月の光の中に立っていたんです」

「老人？」

「ええ、真っ黒な外套を着た老人なんです」

ハドソン夫人は周囲を見まわし、いっそう声をひそめた。

「私が声をかけると相手は振り向きました。あんなに怖ろしい顔を見たことがありません！まるで悪魔のようでした。青白い顔を毒蛇のように揺らしながら、私を睨みつけているんです。あまりの恐ろしさに息がつまって、私はへたへたと座りこんでしまいました。老人は何も言わずに身を翻し、裏庭を突っ切ると、塀を乗り越えて出ていきました。

彼が姿を消したあとも、しばらく私は身動きができませんでした。あの顔つきが頭から離れなかったんです。あの老人はいったい何者でしょうか。どういう目的でこの家へ出入りしているのでしょうか。とにかくホームズさんに知らせなければなりません。私は急いで家の中へ取って返すと、階段をのぼって、ホームズさんの寝室へ行きました。ところがベッドはもぬけのからでした。ホームズさんはいなかったんです」

私は息を呑んでいた。口の中がカラカラに渇いていた。

ハドソン夫人が恐るべき真相へとにじり寄っていくにつれて、モリアーティ教授の勝利に酔いしれる周囲の喧噪は遠ざかっていった。

「それはいつ頃から始まったんだね？」

「昨年の秋、メアリさんが亡くなった頃からだと思います」

ハドソン夫人は言った。

「今年に入ってから、ホームズさんは重大事件に取り組んでいると仰って、たいへんお忙しそうになさっていました。外泊されることも多くなりました。それでもホームズさんがベーカー街221Bにいらっしゃるときは、決まって真夜中にあの足音が階段を下りてきて、ソッと裏口から出ていくのです。ベッドはもぬけの空です。そして翌朝になると、ホームズさんはいつの間にか、自分のお部屋に戻っておられます。そのことについてホームズさんは何も仰いませんし、こちらからお伺いする勇気も出ませんでした。裏庭で見た悪魔のような老人の姿を思い浮かべると、それが決して触れてはならない、怖ろしい秘密であるような気がして」

そのように不安な日々が続いた後、先日の爆破事件が起こったのである。

爆破現場を検分にきたレストレード警部には、しばらくよそへ移ることを勧められたが、ハドソン夫人は逃げださなかった。221Bを守ることが自分の使命だと思っていた。

とはいえ不吉な予感が振り払えないのも事実だった。シャーロック・ホームズはもう二度と戻らないのではないか。

「そして今日、ワトソン先生がお帰りになったあとのことです」

夕食をとったあと、ハドソン夫人は居間で本を読んでいた。

午後七時をすぎた頃、彼女はハッとして顔を上げた。裏口のドアが開いて、何者かがベーカー街221Bへ入ってきたのである。その人物はゆっくりと廊下を通りすぎ、床板を軋ませながら階段をのぼっていく。その間、ハドソン夫人は身じろぎもせず、薄闇の中で息を殺していた。

その足音はホームズの部屋へ入っていき、あたりはひっそりとした。しばらく耳を澄ましましたが、それきり何の物音もしない。ハドソン夫人は立ち上がり、ランプを手に取った。居間の壁にかけてある鏡に自分の顔が映った。その顔は死人のように血の気がない。ランプを魔除けのように掲げながら、ハドソン夫人は二階へ上がった。

「ホームズさん？」

声をかけてみたが、返事はなかった。

ベーカー街221Bがこれほどよそよそしく感じられたことはない。ハドソン夫人はショールに包まれた肩を震わせた。ホームズの部屋のドアは開けっぱなしになっている。彼女が怖ろしさに立ち尽くしていると、「ハドソン夫人」と呼ぶ声が聞こえた。

しわがれた老人の声だった。

「こちらへ来たまえ。心配しなくてもよい」

「どなたです？」

「ジェイムズ・モリアーティ教授。ホームズ君の友人だ」

ハドソン夫人はランプを掲げながら、ホームズの部屋へ入った。

まるで颪の吹きすさぶ荒れ野へ出ていくようだった。窓硝子が爆破で吹き飛んでしまったせいで、冷たい夜風が入ってくる。仄かな月の光が家具の残骸を照らしている。廃屋《はいおく》のような部屋の奥に目をやると、ひとりの老人が火の気のない暖炉にもたれていた。

「勝手にお邪魔して申し訳ない。ホームズ君の暮らしていた家を見ておきたいと思ってね」

「ここには何も残っていません。爆弾をしかけられたんです」

「知っているとも」

モリアーティ教授は微笑んだ。

「なぜなら、この部屋を爆破させたのは私だからな」

ハドソン夫人は息を呑んで相手を見つめた。

「あなたなのですね、ホームズさんが戦っている相手は」

「戦っていた、と過去形を使うべきだろうな」モリアーティ教授は微笑んだ。「シャーロック・ホームズの冒険は終わったのだよ。彼はこれまで立派に戦ってきたし、その奮闘ぶりを見物するのは私にとっても知的な楽しみであった。しかし彼がどれほど死力を尽くしても、この世には解けない謎というものがある」

モリアーティ教授は暖炉から身を起こすと、ステッキをつきながら歩いてきた。

ほのかな月の光がその黒マントに包まれた身体を照らしだしたとき、ハドソン夫人は恐るべき真相を悟った。月の裏側に置き去りにされたような絶望が彼女を飲みこんだ。

シャーロック・ホームズはモリアーティ教授であり、モリアーティ教授はシャーロック・ホームズなのだ。しかしホームズ自身はそのことに気づいていない。他ならぬ自分自身と死闘を続けてきたことに気づいていない。

ハドソン夫人は無我夢中でモリアーティ教授に摑みかかった。

「ホームズさん！」

彼女は必死で囁きかけた。

「あなたはホームズさんですよ、目を覚ましてください！」

しかしモリアーティ教授は木偶《でく》の坊《ぼう》のようにされるがままで、彼女の必死の訴えもまったく耳に入らないようだった。相手の目を覗きこんだとき、その宇宙のような虚ろさにハドソン夫人はたじろいだ。そこにいるのがこの世の人間だとは思えなかった。

「感謝しているのだよ、ハドソン夫人。あなたには深く感謝している」

モリアーティ教授の声は、まるで異世界から届く声のように虚ろに聞こえた。

「この世で信じられるのは神でも愛でも物質でもない。たしかなことは、あらゆるものが終わること、すべてが永劫《えいごう》の闇に回帰することだけなのだ。それこそが真理であり、この世界の本質であり、言いようもなく美しい。私はすべてを終わらせるためにやってきたのだ」

○

ハドソン夫人が語っている間、私たちは周囲の喧噪から切り離されていた。

そのとき私たちは華やかなクライテリオン劇場ではなく、ベーカー街221Bのホームズの部屋にいたのである。爆破されて荒廃した部屋の様子を、私はありありと思い描くことができた。家具の残骸を照らす月の光、割れ窓から吹きこんでくる夜風、そして黒マントに身を包んで佇んでいるモリアーティ教授。ハドソン夫人がそうしたように、私もまたモリアーティ教授の虚ろな目を覗きこんでいた。その奥には、星のない宇宙のような深淵があった。

「そう言って、あの人は出ていきました」

ハドソン夫人は言った。「そのとき、これを手渡されたんです」

そして彼女は「黒の祭典」への招待状をテーブルの上に置いた。

「そういうことだったのか」と私は呟いた。「それですべて分かったよ」

シャーロック・ホームズは史上最高の探偵である。その彼と互角に戦い、追いつめるような敵は、ホームズ自身をおいて他にない。彼が繰り広げてきたモリアーティ教授との戦いは、ひとつの肉体をめぐる二つの人格の死闘でもあったのだ。

しかし私はずっと前から、この真相に気づいていたはずなのである。

私は『シャーロック・ホームズの凱旋』にモリアーティ教授を登場させた。彼はホームズの新しい同居人であり、同じようにスランプに苦しみ、あたかも影のように寄り添っている。そして彼らは二人そろって、マスグレーヴ家の〈東の東の間〉に飲みこまれてしまう。それは私が無意識のうちに、彼らが同一人物であることに気づいていたからではないか。

ベーカー街221Bは爆破され、ホームズが彼自身に立ち返ることができる場所は失われた。それでもハドソン夫人の必死の呼びかけによって、ホームズの魂は揺り起こされたのだ。

あの屋根裏部屋から私を連れだしてくれたホームズは、彼が渾身の力を振り絞って成し遂げた「最後の変身」であったにちがいない。そしてスコットランド・ヤードでモリアーティ教授への敗北を認めざるを得なくなったとき、その肉体の主導権を今度こそ本当に奪われてしまったのである。

「このままではたいへんなことになります」

ハドソン夫人は言った。「ホームズさんを止めなければ」

私が頷いてみせると、ハドソン夫人は安心したように瞼を閉じた。

まるで雪崩《なだれ》を打つように周囲の喧噪が戻ってきた。夜会服を着た人々はテーブルから立ち上がり、興奮して囁きながら移動を始めている。モリアーティ教授の「最終講義」が始まるらしい。遠くでスタンフォードが「おーい、ワトソン」と手を振っている。

黒いドレスに着替えたアイリーン・アドラーが滑るように近づいてきた。彼女は「お席へご案内します」と言って、私の腕に手をかけた。その仕草は私を案内するためというよりも、決して逃さないためのようであった。

アイリーン・アドラーが案内したのは、舞台正面の特等席である。

舞台には何も置かれていない。論壇《ろんだん》や椅子さえ置かれておらず、黒天鵞絨の垂れ幕を背にした埃っぽい空間に、ぼんやりとした光が投げかけられている。荒涼とした空間には何か不気味な気配が感じられたが、気にする人間は場内にひとりもいないようだった。

劇場の天井桟敷《さじき》まで、「黒の祭典」の参加者たちが埋め尽くしている。

彼らは雀のように囀《さえず》りながら、期待に充ちた目で空っぽの舞台を見つめていた。

これまでロンドンの闇の奥に身を隠していた真の支配者が姿を現す。参加者たちの顔には、自分たちはモリアーティによって選ばれた人間だという自負が見てとれた。

二階席にはカートライト君とレイチェルが仲良く腰かけている。舞台右手のボックス席にはレジナルド・マスグレーヴ氏の姿があった。そのかたわらにはリッチボロウ夫人が堂々とおさまり、オペラグラスを覗いていた。彼女は私に気がつくと、優雅にひらひらと手を振ってみせた。

アイリーン・アドラーは私のかたわらに腰かけていた。黒いドレスに身を包んだ彼女は、いっそう青ざめて見え、劇場内の熱気から超然としている。

「ハドソン夫人と何を話していらしたの？」

「べつにたいしたことじゃない」

「それにしてはずいぶん長い間、話しこんでいましたね」

アイリーン・アドラーは舞台を見据えながら言った。

「ホームズのことを考えているなら、さっさと諦めたほうがいい。モリアーティ教授に勝てる可能性なんて、万に一つもないんですから」

劇場内の電気照明が落ち始めた。やわらかな天鵞絨のような薄闇が観客席に垂れこめるにつれて、夢中で囁きあっていた参加者たちが慎ましく口をつぐんだ。深まっていく静けさの中で、アイリーン・アドラーが小さく喉を鳴らすのが聞こえた。

○

黒天鵞絨の垂れ幕には満月のような円い光があたっていた。

やがて垂れ幕にさざ波が走ったかと思うと、光の中に猫背の老人が姿を見せた。黒いシルクハットをかぶり、黒マントに身を包んでいるので、血の気のない険しい顔だけが宙に浮かんでいるように見える。秀でた額、白髪まじりの薄い髪、冷酷に引き結ばれた唇。

聴衆は固唾《かたず》を呑むようにして、「首領」の言葉を待ち受けている。

「ここからはじつにさまざまな顔が見える」

さんざん聴衆をじらしてから、モリアーティ教授は語りだした。

「諸君は私が何者であるか知らない。しかし私は諸君のことが手に取るように分かる。コヴェント・ガーデンの商人、ダートムアの馬主、外務省の役人、家庭教師……この世界のあらゆる場所で、諸君は我が『計画』の実現のために働いてきた。私は諸君の働きに感謝している。我々は今やロンドンを、英国を、世界を掌中におさめようとしている。今宵、諸君をこの劇場へ招集したのは、我らの『計画』が成就《じょうじゅ》したことを宣言するためだ」

モリアーティ教授が言葉を切ると、拍手喝采が場内を包んだ。

「私は『計画』の全貌を明かすことを求められている。私は何者であり、何を為そうとしているのか。諸君を何処《いずこ》へ導こうとしているのか。しかしその疑問に答えるためには、ひとりの偉大な人物に哀悼《あいとう》の意を表さなくてはならぬ。彼は高名な探偵であり、死力を尽くして我々と戦ってきた。謎を解くことがその男の天命であって、どうしても私に挑まずにはいられなかったのだ」

ホームズだ、ホームズのことだ、という囁き声が聴衆の間に広がった。

「ホームズ氏との戦いは私にとっても知的な楽しみであった」

モリアーティ教授は続けた。

「しかし、いかにホームズ氏がすぐれた探偵であろうと、我が組織の強大さは彼の想像をはるかに超えたものであった。そもそもの始まり――闇の奥にひそむ私の存在に彼が勘づいたとき――から、ホームズ氏に勝ち目はなかったのである。追いつめられたホームズ氏はスイスへ逃れたが、屈辱《くつじょく》的な敗北を受け容れることができず、ライヘンバッハの滝へ身を投げた。今後、彼が我々を悩ませることは二度とあるまい。シャーロック・ホームズの冒険は終わった」

モリアーティ教授は誇らしげに締めくくった。ふたたび拍手が巻き起こった。

私は真夜中のベーカー街221Bを思い浮かべた。ホームズがベッドから抜けだして寝室の鏡に向かっている。メイクアップが終わったとき、鏡に映っているのはモリアーティ教授の顔である。彼は黒いマントに身を包み、ゆっくりと階段を下っていく。そして彼はベーカー街221Bの裏口からロンドンの闇へ出ていき、手下たちを操って恐るべき犯罪を実行していく。

シャーロック・ホームズは謎を解くことに取り憑かれていた。事件を解決することだけが彼の生き甲斐であり、存在理由だった。平穏で退屈な毎日ほどホームズの嫌ったものはない。挑戦しがいのある謎、巧みに計画された犯罪、スリルに満ちた冒険の日々こそ、ホームズがつねに求め続けていたものだ。モリアーティ教授はそんな彼の願いを完璧に叶えてくれる存在だった。モリアーティ教授とは、ホームズが生みだし、彼自身が育て上げた闇の分身なのだ。

いくら謎を解いても、ホームズがモリアーティ教授という謎の核心に辿りつくことはない。

なぜならそれは彼自身だからだ。だからこそ彼はその謎にいっそう魅了され、追及しないではいられなかったにちがいない。ホームズがモリアーティの正体に迫るほど、モリアーティはその追及を逃れるために更なる手を打つ。その絶え間ない闘争のうちに、謎を生みだす犯罪機構は、より複雑に、より巨大になっていくだろう。やがてその犯罪機構はスコットランド・ヤードを乗っ取り、英国政府を乗っ取り、ついにはモリアーティという空虚な分身が、妄想の滝壺へホームズを突き落とす。

「シャーロック・ホームズは負けていない！」

私は立ち上がって叫んだ。「あなたは嘘をついている！」

アイリーン・アドラーが私の腕を摑んで、冷たく睨みつけた。満場の拍手がまばらになって、憎々しげな囁き声や舌打ちが取って代わった。劇場を埋め尽くす人々の顔には、あからさまな敵意が浮かんでいる。「ワトソン君」とモリアーティ教授が壇上から呼びかけてきた。

「それはどういう意味かね」

「シャーロック・ホームズは生きている」

私は言った。「なぜならあなたがホームズだからだ」

劇場内のざわめきが止み、あたりは水を打ったように静まり返った。

「目を覚ましてくれ、ホームズ。『モリアーティ教授』なんて本当は存在しない」

そうやって私が呼びかけても、壇上のモリアーティ教授は顔の筋ひとつ動かさなかった。まるで蠟人形のようだった。その虚ろな目で見つめられると、底なしの穴に向かって石を投げているような気がした。はたして私の言葉はホームズに届いているのか。

モリアーティ教授は微笑んで、「それで終わりかね」と言った。愚鈍《ぐどん》な教え子を憐れんでいるような口調だった。「どうやら妄想に囚われているのは貴君のようだ」

そのとたん、劇場はドッと笑いに包まれた。

満場の嘲笑を浴びながら、私は振り返って周囲を見まわした。

観客席を埋め尽くす人々は、男も女も、老いも若きも、白い仮面をつけているように同じ顔つきをしていた。モリアーティ教授を崇拝しているにせよ、怖れているにせよ、今宵この劇場に集った者たちは、シャーロック・ホームズの壮大な自作自演に巻きこまれていることに気づいていない。こちらへ嘲笑を浴びせる人々の中で、ただひとり笑っていないのはハドソン夫人であった。彼女は二階席正面の一番手前に腰かけていた。祈るように両手を握りしめ、まっすぐ私を見つめていた。

ふいにモリアーティ教授が言った。

「諸君、そう笑うものではない」

その言葉を聞いて、聴衆はピタリと笑うのを止めた。

ワトソン君、とモリアーティ教授はこちらへ語りかけてきた。

「私は貴君の気持ちが手に取るように分かる。かつてベーカー街221Bでシャーロック・ホームズと暮らし、その忠実な記録係を務めた人間として、この現実を受け容れがたく感じるのは自然なことだろう。しかしこの結末は、貴君自身がひそかに望んでいたことではないのかね。貴君はシャーロック・ホームズを憎んでいた。だからこんなものを書いたのだろう？」

モリアーティ教授はそう言って、『シャーロック・ホームズの凱旋』を取りだした。

「この半年間、私はつねに貴君を監視してきた。妻の死をきっかけに袂を分かったとはいえ、貴君はシャーロック・ホームズの元相棒だ。いざとなれば貴重な切り札になるからな。しかし貴君は決してホームズを許さなかった。ホームズが死力を尽くして戦っている間、貴君は一度たりとも彼に救いの手を差し伸べようとはしなかった。私たちはシャーロック・ホームズへの憎しみによって結ばれている。私たちは共犯者なのだよ」

「あなたの共犯者になった覚えはない」

私は言った。「私はもうシャーロック・ホームズを憎んではいない」

ふいにモリアーティ教授は痛みに耐えるように顔を歪めた。

しかしそれも一瞬のことであった。彼はすぐに冷徹な顔へ戻り、黒マントをひるがえして大きく腕を振った。『シャーロック・ホームズの凱旋』の原稿が観客席に舞い散った。人々は歓声を上げて腕を伸ばし、宙に舞う原稿を摑み取って、次々と引き裂いた。原稿は無数の紙くずとなって、劇場の床に捨てられた。

私は前へ飛びだそうとしたが、アイリーン・アドラーが腕を摑んでいた。

「何をするつもり？」

「ホームズを救う」

「そんなことをして何になるというの？」

アイリーン・アドラーは嘲笑するように言った。

「あの人の正体なんて、今さらどうでもいいことよ。私たちにとって意味があるのは、あの人の持つ力だけ。あの人がホームズが死んだというのなら――」

ふいにアイリーン・アドラーは口をつぐんだ。

怪訝そうに眉をひそめて、「これは何？」と呟いた。

不気味な地響きがクライテリオン劇場を震わせていた。遠くで何か巨大なものが崩れ落ちていくような、今まで味わったことのない感覚である。劇場内にざわめきが広がった。客席の人々は不安そうに顔を見合わせたり、手すりから身を乗りだしたりしている。

天井からぱらぱらと粉塵が降り、黒天鵞絨の垂れ幕が波打つように揺れている。あたりには不穏な気配が満ちてきたが、壇上のモリアーティ教授は平然としていた。それどころか満足そうな笑みを浮かべている。

「感謝しているのだよ。諸君には心から感謝している」

モリアーティ教授はゆっくりと聴衆に語りかけた。

「諸君の忠実なる働きによって、私は己に与えられた任務を果たすことができた。私はこの世界を終わらせるためにやってきたのだ。諸君は自分たちが本物の人間であると、本物の人生を生きていると信じていたのであろう。しかし諸君は作者によって創られた繰り人形にすぎない。『シャーロック・ホームズ』という名探偵を主人公とした探偵小説、諸君はその脇役なのだ。そしてシャーロック・ホームズの冒険が終わった今、諸君が存在する理由はなくなった。そもそもこの世界そのものが、名探偵ホームズのために創られた偽りの世界なのだ」

――このロンドンは、真のロンドンの影にすぎない。

モリアーティ教授はそう言った。不気味なほど優しい声であった。

○

モリアーティ教授が聴衆に語りかけている間も、地響きは大きくなる一方だった。

劇場の外からは絶え間なく大砲を撃つような音が聞こえてきた。それはまるで、敵国の軍勢が攻め入って、今まさにロンドンが陥落しつつあるかのようだった。あちこちから甲高い悲鳴が聞こえ、逃げだす者も現れた。しかしモリアーティ教授は意に介する風もなく、歓喜に満ちた顔で語り続けていた。ともすればその声は、地響きと悲鳴に掻き消されてしまう。

「この世で信じられるのは神でも愛でも物質でもない。たしかなことは、あらゆるものが終わること、すべてが永劫の闇に回帰することだけなのだ。それこそが真理であり、この世界の本質であり、言いようもなく美しい。私はすべてを終わらせるためにやってきたのだ……」

アイリーン・アドラーが私の腕を強く摑んだ。

「あの人はいったい何を言っているの」

彼女は呟いた。その顔は恐怖に引き攣《つ》っていた。

そのとき、大きな揺れがクライテリオン劇場を襲った。下から突き上げてくるような衝撃に、まわりの人々が文字通り飛び上がるのが見えた。

続いて劇場全体が玩具の家のように左右に揺さぶられ、右手の観客席が雪崩のように落ちてきた。その一瞬、リッチボロウ夫人の甲高い叫び声を聞いたような気がしたが、舞い上がる粉塵が津波のように押し寄せてきて、たちまち何も見えなくなった。それをきっかけにパニックが起こった。人々は座席を乗り越え、通路へ殺到し、一斉に劇場から逃げだそうとした。もはや壇上の「首領」をかえりみる者は一人もいない。

私はアイリーン・アドラーの腕を振り払って、正面の舞台へ向かった。

「ホームズ！」

その呼びかけは、場内の叫喚に掻き消されてしまう。

やっとのことで舞台に這い上がると、私はモリアーティ教授に飛びかかった。

そうして間近で見れば、その血色の悪い蛇のような顔色も、いかにも老人らしい深い皺も、精巧な紛いものだと分かる。私をふりほどこうとする頑強な力は、学究肌の老人とは到底思えないものだった。ひとしきり揉み合った後、私は凄まじい力で突き飛ばされたが、手には相手の白髪を摑んでいた。引き剝がされた鬘《かつら》の下からは、乱れた黒髪が現れた。

そこにいるのは間違いなくシャーロック・ホームズだ。

しかし、彼が自分を取り戻したようには見えなかった。

「私は作者の代理人なのだ」

モリアーティ教授は私を睨みつけ、唸るように言った。

「みずから創造した架空の名探偵が未曾有の人気を博すようになるにつれて、作者はホームズを憎むようになった。ほんの些細なきっかけで生みだした名探偵のせいで、自分は正当に評価されていない。世間はシャーロック・ホームズという名探偵にしか興味がなく、あたかも作者をホームズの忠実な記録係であるかのように扱っている……。これでは本末転倒だ。許しがたい反逆だ。いまいましいホームズと縁を切り、『探偵小説』という桎梏《しっこく》から自分を解放する。その目的を果たすために、作者は私という存在をこの世界へ派遣したのだ」

「ホームズ、目を覚ませ！」

私は叫んだ。「君は妄想に取り憑かれているんだ！」

「妄想だと？　それなら、いま起こっていることをどう説明するつもりだ」

彼は両腕を広げて問いかけてきた。「私が超能力を使っているとでも言うのか？」

私は立ち上がろうとしてよろめいた。足下が斜めに傾いでいくのが感じられた。巨人に弄ばれているかのように、劇場全体が揺れ動いている。

人々は逃げだすこともできず、粉塵にまみれて揉み合っていた。そこにあるのは恐怖に駆られた混乱だけであった。カートライト君も、レイチェルも、ハドソン夫人も、アイリーン・アドラーも、どこにいるのか分からなかった。彼らはみんな、立ちこめる粉塵と、渦巻く人の波に呑みこまれてしまった。

ホームズは傲慢な男だった、とモリアーティ教授は言った。

「あらゆる事件を己の力で解決してきたと自惚《うぬぼ》れていた。この世界が『探偵小説』にすぎず、すべてが作者によってお膳立てされたものであることを知らなかった。そして彼を創造した作者自身から憎まれるようになったとき、ホームズの命運は尽きたのだ」

そして彼は黒マントを翻し、舞台下手の闇へ駆けこんだ。

○

モリアーティ教授を追って舞台袖へ足を踏み入れると、垂れこめた黒いカーテンに遮《さえぎ》られて、劇場の阿鼻叫喚が遠ざかった。あたりは薄暗かった。

「ホームズ！　どこにいるんだ？」

私は手さぐりで舞台袖の奥へ入りこんでいった。

まるで嵐に揉まれる船室の中にいるかのようであった。まわりからはぎしぎしと物の擦れ合う音や、何かが崩れ落ちる音が絶え間なく聞こえてきた。黒々とした書き割りの街並みが、ぼんやりと妖しく浮かんで見える。ここには芝居の大道具が押しこめられているらしい。肘掛け椅子やテーブル、暖炉、鎧戸《よろいど》つきの窓、ドア、馬車の座席、張りぼての煉瓦塀……それらは劇場が一方へ傾くたびに転がって、変貌し続ける迷路のように私の行く手を阻んでくる。

——このロンドンは、真のロンドンの影にすぎない。

モリアーティ教授の言うことは常軌を逸していた。

この世界そのものが探偵小説であり、私たちがその登場人物であるなんて、どうして信じられよう。シャーロック・ホームズがモリアーティ教授という妄想に取り憑かれているのだとしたら、そのモリアーティ教授はいっそう奇怪な妄想に取り憑かれているとしか思えない。

しかしすべてが彼ひとりの妄想にすぎないのなら、「黒の祭典」に呼応するように押し寄せてきた破局の予兆は何なのか。もしもこの世界がシャーロック・ホームズのために創られた探偵小説だというなら、私は何のためにここにいるのだろう。私の人生そのものが虚ろな偽物だったのだろうか。ホームズとの胸躍る冒険も、メアリとの哀しい別れも……。

やっとのことで舞台袖を抜けると、漆喰塗りの狭い通路が延びていた。壁にも天井にも亀裂が入って、ぼろぼろと粉塵が落ちてくる。電灯は今にも消え入りそうに明滅していた。その通路をしばらく歩くと、左手に階段の昇り口があった。ちょうどその前に灰色の花のようなものが落ちている。拾い上げてみると、それはくしゃくしゃに丸められた原稿だった。

明滅する電灯の下で、私はその文章に目を走らせた。


冷たく晴れ渡った空は異国の器のような瑠璃色で、川べりの情景も水底に沈んだような青みを帯びている。左手には冬枯れの土手が長々と延び、右手には暗い川面を挟んで下鴨の町の灯が煌めいている。あたりは森閑として人影もなかった。そんなにも世界が美しく見えるのは久しぶりのことである。私は口笛を吹きながら、ぶらぶらと北へ歩いた。

しばらくすると、背後から呼びかける声があった。

「ジョン・ワトソン！」

振り返ると、メアリが立っていた。

「おや！　いつからそこにいたの？」

「さっきからずーっと後ろにいたんですよ」

メアリは嬉しそうに笑って、スキップするように追いついてきた。


それは『シャーロック・ホームズの凱旋』の一節だった。

賀茂川の夕景がありありと眼前に浮かんで、寄り添ってくるメアリの温かみが感じられた。それはまるで本物の思い出のようだった。ひときわ大きな揺れが劇場を揺らし、電灯が溜息をつくように消え、あたりは闇に包まれた。

それでも怖ろしいと思わなかったのは、自分の手に『シャーロック・ホームズの凱旋』を握っていたからだ。たとえ切れ端でもかまわなかった。その賀茂川の夕景が、闇夜に煌めいた花火のように、私の目に焼きついている。何かが心の底でうごめいている。どうしても思いだすことができない思い出を、必死で思いだそうとしているかのようだ。

私は壁に手を添えて、崩れゆく劇場の階段を上っていった。

辿りついたのは劇場中央にそびえる建屋の屋上だった。

私はドアを開け放つと、よろめきながら外へ出ていった。

足下は荒海をゆく帆船の甲板のように揺れ、不穏な風がびゅうびゅうと吹きつけてくる。たまらず胸壁にしがみついたとき、眼下の街の姿が目に入った。綿埃《わたぼこり》のように散り散りになった霧の隙間に異様な情景が広がっている。

ロンドンの街はまるで虫に食い荒らされた枯れ葉のようだった。街衢のあった場所がそっくり陥没して、底知れぬ大穴が開いている。視界をさえぎるものがなくなったせいで、トラファルガー広場が丸見えだった。セント・ジェイムズ・パークの界隈はすべて陥没して、ホワイトホールの官庁街はまるで断崖絶壁に追いつめられているように見えた。

私が茫然としている間にも、世界が丸ごと軋むような地響きが続き、大聖堂の円屋根《まるやね》も、スコットランド・ヤードも、時計塔の聳える国会議事堂も、次々と積み木のように落ちていく。すでにテムズ川の対岸には何も残っておらず、漆黒の空と見分けのつかない深淵が広がっていた。

私は胸壁にしがみついたまま、その深淵の彼方に目をこらした。

——永劫の闇。

不気味な風はその深淵から吹き寄せてくるらしい。

モリアーティ教授は胸壁の上に立って、正面のピカデリー・サーカスを見下ろしていた。吹きつけてくる風を受けて、巨大な烏のように黒マントを広げている。「貴君にも分かったろう」と彼は言った。「私は世界を終わらせるためにやってきたのだ」

「僕たちはどうなるんだ？」

「どうしてそんなことを気にするのかね」

モリアーティ教授は言った。「そもそも諸君は存在していない」

そして彼はひらりと胸壁から身を投げた。なんのためらいもなかった。

私は必死で駆け寄ったが、その手は空しく宙を摑んでいた。胸壁から身を乗りだすと、眼下には変わり果てたロンドンの街があった。ホームズと暮らしたベーカー街も、メアリと暮らしたケンジントンも、あの下宿屋のあったブルームズベリーも、すべてが消え失せている。漆黒の谷のような亀裂が街を切り裂き、街衢はバラバラの断片になろうとしていた。その恐るべき亀裂は眼下のピカデリー・サーカスまで迫り、真下に深淵を覗くことができた。

モリアーティ教授は黒マントをひらめかせながら落ちていく。

――もうおしまいだ。

そう思った瞬間、誰かに抱きしめられたような気がした。

「必ず帰ってきてください」メアリの声がした。「約束ですよ」

その懐かしい声に応えるように、焚き火に照らされる妻の顔が眼前に浮かんだ。

私たちがいるのは洛西のマスグレーヴ家だった。レジナルド・マスグレーヴやマスグレーヴ嬢が途方に暮れたようにこちらを見守っている。彼らを脅かしているのは、窓という窓から冷光を発し、不気味な唸り声を上げるハールストン館だ。そして私はメアリに別れを告げ、ホームズとモリアーティ教授を連れ戻すために〈東の東の間〉へ向かった——。

そのときになって卒然《そつぜん》と私は悟った。

どうして自分は『シャーロック・ホームズの凱旋』を書いてきたのか。それこそが真実であり、この世界の本当の姿であるからだ。私たちは、今もまだマスグレーヴ家の〈東の東の間〉に閉じこめられている。このロンドンという「現実」は、〈東の東の間〉が創りだしている悪夢の世界なのだ。しかしシャーロック・ホームズも、モリアーティ教授も、自分たちがどうやってこの世界へやってきたのかを忘れている。

シャーロック・ホームズがあの屋根裏部屋から連れだしてくれたとき、「小説は終わった」と私は思った。しかし、そうではない。まだ小説は終わっていない。もといた世界への帰り道を忘れぬためにこそ、私は『シャーロック・ホームズの凱旋』を書いてきたのだ。

私は胸壁を乗り越えると、モリアーティ教授を追って身を投げた。

○

ピカデリー・サーカスの亀裂を突き抜けると、目の眩むような眺めが広がった。

底知れない深淵に向かって、ロンドンの断片が雪のように降っている。大小さまざまな街のかけらは、ふしぎなことに街灯や窓の灯はともったままで、電球を仕込んだ模型の街のように煌めいていた。先ほどまで絶え間なく聞こえていた地響きはピタリと止んで、今は耳元の風の唸りしか聞こえない。時の流れが止まったような静寂があたりを包んでいた。

私はモリアーティ教授の姿を求めて、弾丸のように虚空を落ちていった。

深淵に降下するにつれて、いくつもの街のかけらが私のまわりを通りすぎた。

それらは漆黒の海に浮かぶ煉瓦造りの群島のようだった。こちらへ近づいてきたときには、そこにいる人々の顔つきまで見てとれた。街角の居酒屋でひとり酔い潰れている男、屋根裏部屋の窓から空を見つめている老女、ボロ布をまとって路地裏をさまよっている浮浪児、辻馬車をとめて項垂《うなだ》れている御者……。しかし誰ひとりとして、私の姿を目にとめた者はいなかった。それどころか、彼らは自分たちの世界が滅びようとしていることにさえ気づいていない。私が息を呑んで見つめているうちに、それらロンドンの断片は闇の向こうへ遠ざかっていく。

行く手には何も見えず、深淵が口を開いている。

——どこかで追い抜いてしまったのか？

私は不安になったが、今さら引き返すことは不可能だった。

いつしかロンドンの断片は背後に遠ざかり、夜空の星のように煌めいていた。

やがて水飛沫が霧のように立ちこめてきたかと思うと、闇の奥から巨大な滝が姿を現した。テムズ川だった。それは激しく泡立ちながら虚空を流れ落ち、世界の中心にある柱のようにそそり立っていた。流れの先を見つめても滝壺は見えず、ただ黒々とした深淵しかない。その深淵に向かって世界全体が永遠に崩れ落ちているかのようである。

ほとんど絶望しかけたとき、ついに私はモリアーティ教授の姿をとらえた。ひらひらと舞う黒いマントが滝すれすれを滑るように落ちていく。なんとか追いついてマントの裾を摑んだ瞬間、私たちはバランスを失って、木の葉のように回転した。遠ざかっていくロンドンの街の灯が天球のようにぐるぐるまわった。

それでも私は黒マントから手を放さなかった。

私は彼を引き寄せて、守るようにしっかりと抱いた。

モリアーティ教授は気を失っているらしく、目を閉じて、かすかに口を開いていた。青白いその顔はまるで死者のように見える。滝の水飛沫を浴びるにつれて、変装用の化粧が洗い流され、シャーロック・ホームズの顔が現れてきた。ホームズ、と私は呼びかけた。しかし彼は何の反応も示さない。私は彼を強く抱きしめながら、目を覚ましてくれと繰り返した。

あたりはいっそう暗くなり、ついには滝の姿も、ホームズの姿も、見えなくなった。

もはや私に分かるのは、自分たちがなすすべもなく落ちていくこと、そして腕の中にホームズがいるということだけだった。帰りたいと私は願った。懐かしい情景が脳裏に浮かんだ。四条大橋を行き交う人々、夕陽に染まる大文字山、朝靄に包まれる下鴨の森。

「京都へ帰ろう、ホームズ。もう一度、二人で新しく始めるんだよ」

ふいに私の腕の中で、シャーロック・ホームズが身じろぎするのが感じられた。

真っ暗な深淵の奥底に小さな光がともった。円く切り取られた闇の向こうから、明るい光が射している。近づくにつれて、その光はいよいよ強く、大きくなっていった。

その温かい光がどこからやってくるのか、もちろん私には分かっていた。

その光の彼方には京都の街があって、ハドソン夫人がいて、レストレード警部がいて、アイリーン・アドラーがいる。レジナルド・マスグレーヴがいて、レイチェルがいて、カートライト君がいる。そして他ならぬメアリがいる。

私たちがともにいるべき人々が、私たちの帰りを待っている。

——シャーロック・ホームズの凱旋だ。

と、私は思った。

突然、眩しい朝の光が私たちを包んだ。

○

「おはよう、ワトソン君」

シャーロック・ホームズの声が聞こえた。

「素晴らしい朝だよ。いつまで眠っているつもりかね」

エピローグ

「おはよう、ワトソン君」

シャーロック・ホームズの声が聞こえた。

「素晴らしい朝だよ。いつまで眠っているつもりかね」

目を開くと、『竹取物語』の装飾画で飾られた格天井が目に入った。

私は肘をついて身を起こした。いくつもの小さな窓から朝の光が射し、殺風景な板張りの床を照らしている。あたりを見まわすと、大きな暖炉や、降霊会に使ったテーブルが見えた。私はマスグレーヴ家の〈東の東の間〉へ戻ってきたのだ。

かたわらにホームズが跪いて、不思議そうに私を見つめている。

「教えてくれ、ワトソン。どうやって僕たちを連れ戻した？」

「君はロンドンのことを憶えていないのか？」

「ロンドン？」

ホームズは眉をひそめて呟いた。

「いや。憶えているのは君が呼びかけてくれたことだけだ」

私はホームズの手を借りて立ち上がった。身体の節々が痛んだ。

〈東の東の間〉はおそろしく冷え切って、ホームズの吐く息も白かった。

モリアーティ教授は暖炉の前の床に横たわっていた。黒マントにくるまって、小さく身を縮めている。私が跪いてその肩を揺すると、教授はびくりと身を震わせた。ホームズが「モリアーティ教授」と声をかけると、彼はムックリと身を起こし、「おや」と目をしばたたいた。

「ホームズ君じゃないか。それにワトソン君も」

「気分はどうです？」ホームズは言った。

「うむ、悪くない。しかし、この部屋はひどく寒いな！」

モリアーティ教授を助け起こしたあと、私たちは周囲を見まわした。

あたりはひっそりと静まり返っていた。窓から射す光の中を無数の塵が舞っている。

もしも私がホームズたちを目覚めさせることができず、あのまま暗黒の滝壺に呑みこまれていたらどうなっていたのだろう。そんなことを考えていると、ロンドンのモリアーティ教授が「黒の祭典」で語った真相が思いだされた。彼はあの世界そのものが「探偵小説」だと言っていた。自分はこの世界を終わらせるために、「作者」によって派遣されてきたのであると。

——このロンドンは、真のロンドンの影にすぎない。

崩壊していくロンドンの向こう側に、ひとりの「作者」の姿が透けて見える。その人物は背を丸めて机に向かい、みずから生みだした探偵小説のシリーズに幕を引くべく、最後の一篇を書いている。みずから創造した名探偵を葬って、みずから創造したロンドンを消し去ろうとしている。それは呪われた鏡に映しだされた、私自身の姿のようでもある……。

「何があったのか憶えていますか？」

私が訊ねると、モリアーティ教授は「いや」と首を振った。

「しかし、貴君が呼びかけてくれたことだけは憶えている」

「我々はロンドンにいたんですよ、モリアーティ教授。まるで悪夢のようだった」

本当に私たちは帰ってきたのだろうか。帰ってきたとして、どれぐらい「あちら側」にいたのだろう。周囲の様子からすると、何百年も経っているとは思えない。しかし〈東の東の間〉からは妖気のようなものが失われている。そこはもう、ただの古い空き部屋にすぎなかった。

そのとき、バタバタと廊下を駆ける音が近づいてきた。

「誰か来たようだね」

ホームズがドアへ目をやった。

次の瞬間、アイリーン・アドラーが〈東の東の間〉へ飛びこんできた。

後から聞いたところによると、マスグレーヴ家の人々と彼女たちは、私が〈東の東の間〉へ入ったあと、一晩中、ハールストン館の外で待ち続けていたらしい。やがて夜が明け、朝日が領内の竹林を照らしだす頃、それまで館を占拠していたホームズとモリアーティ教授の幻影が消え去って、館全体が静寂に包まれた。「彼らが戻ってきた」と直感したアイリーン・アドラーは、すぐさま〈東の東の間〉へ駆けつけてきたのである。

アイリーン・アドラーは私たちの姿を見て、「やっぱり！」と叫んだ。

「おや！　アドラーさんではありませんか。おはようございます」

ホームズが挨拶すると、彼女はしばしあっけにとられていたが、ふいに猛然と突進してきて、「どうしてこんな無茶をしたんですか」と詰め寄った。ホームズは戸惑いながら、「いやしかし」と言った。「どうせスランプだし、何も失うものはないと思いまして」

「何も失うものはない？　何も失うものはないってどういうことです？」

アイリーン・アドラーは本気で怒っていた。

「おかげで私たちは一晩中、生きた心地もしなかったんですよ！」

しかし、そんなふうにホームズに食ってかかるアイリーン・アドラーの声も、戸口にメアリが姿を見せたとき、たちまち耳に入らなくなった。恐怖と不安の一夜を過ごしたせいで、メアリの顔は青ざめていたが、部屋を横切ってくる足取りはしっかりしていた。

窓から射す光を浴びて、メアリの髪は夜明けの草原のように輝いた。

「ちゃんと帰ってきてくれましたね」

「もちろん帰ってくるさ。君と約束したんだから」

そう言ってメアリを抱きしめたとき、あの「ロンドン」の思い出が自分たちを取り巻いて、回転木馬のようにまわるのを私は見た。もうひとつの人生で経験したいくつもの場面が眼前をよぎり、朝の光を浴びて色褪せていく。メアリの葬儀、ホームズとの訣別、屋根裏部屋の日々、モリアーティ教授の「黒の祭典」……。それは幻想的なカーテンコールのようでもあった。

そのときになって、ようやく私は自分が帰ってきたことを実感したのである。

メアリは私に微笑んでみせてから、シャーロック・ホームズの方へ振り向いた。いささか気まずそうに俯いているホームズに向かって、メアリはつかつかと歩み寄ると、そのまま彼を抱きしめた。その場にいる誰もが驚いたが、当のホームズが一番驚いたことだろう。

ホームズは一瞬、困ったように身をこわばらせてから、ぎこちない仕草でメアリの背中に掌を置いた。

「色々とすまなかったね、メアリ」

「いいんです、ホームズさん。もういいの」

メアリは穏やかな声で言った。「許してあげます」

○

これが〈東の東の間〉にまつわる事件の顚末である。

もちろん、それですべてが片付いたわけではない。

洛西から帰還後、私たちは「リッチボロウ裁判」の余波に巻きこまれた。なにしろ前代未聞の事件である。心霊主義者たちの暴動によって、王立司法裁判所では何人もの逮捕者が出たうえに、リッチボロウ夫人はどさくさに紛れて逃走したという。その後、四条大宮の停車場で見たとか、五条桟橋《ごじょうさんばし》から船に乗るところを見たとか、さまざまな目撃情報が寄せられたものの、リッチボロウ夫人の行方は現在に至るも杳として知れない。

――セント・サイモン卿が夫人の逃亡を手助けしたのではないか？

そんな噂もささやかれたが、サイモン卿は断固として否定した。

彼は法廷で目撃した奇怪な現象に衝撃を受け、暴動が起こっている間、ずっと傍聴席で気を失っていたという。「心霊主義の後援者」を自称する人間にしてはずいぶん気の弱い話だが、満更《まんざら》あり得ないことでもないと思う。いずれにせよ、これほどの騒動が起こったからには、サイモン卿ものらりくらりとしていられなくなった。彼は「今後、心霊主義とは一切かかわらない」と正式に表明して、さっさと田舎へ引き籠もった。京都警視庁《スコットランド・ヤード》の追及が厳しくなって、さすがに身の危険を感じたのであろう。

そして私たちも、嫌疑を免れることはできなかった。

リッチボロウ裁判の法廷に出現したホームズとモリアーティ教授らしき幻影は大勢の人間に目撃されていたし、暴動を起こした心霊主義者たちは「ロンドン版ホームズ譚」を愛読していた。そのうえリッチボロウ夫人は逃走する直前、私に向かって呼びかけている。

「知らぬ存ぜぬで押し通すしかないだろうね」

というのが、シャーロック・ホームズの意見であった。

私たちは京都警視庁《スコットランド・ヤード》に呼びだされて取り調べを受けた。しかし、法廷に幻影を出現させたトリックは明らかにならず、たまたま心霊主義者たちが「ロンドン版ホームズ譚」を愛読していたからといって作者を罪に問うこともできず、私たちがリッチボロウ夫人の逃走に手を貸したという明白な証拠も見つからない。捜査は一向に進展せず、やがてウヤムヤになってしまった。

京都警視庁《スコットランド・ヤード》の取り調べが一段落した後、アイリーン・アドラーやレストレード警部、マスグレーヴ家の働きかけで、次第に世間の風向きは変わっていった。リッチボロウ夫人という大御所霊媒が姿を消し、セント・サイモン卿という強力な後ろ盾を失ったことで、それまで洛中洛外を席巻していた「心霊主義ブーム」が急速に退潮していったのも大きな理由であろう。春が近づくにつれて洛中洛外に漲っていた不穏な気配は薄れていき、北野天満宮の梅林が花を咲かせる頃には、リッチボロウ裁判の話題はすっかり下火になっていた。

そして三月下旬、次のような広告が新聞各紙に掲載された。

「引退宣言」撤回宣言
あなたの問題を解決します。来たれ、洛中洛外の迷える人々よ。
私立探偵　シャーロック・ホームズ
寺町通221Ｂ

当初、そのささやかな広告は世間の人々から憫笑《びんしょう》をもって迎えられた。「引退宣言」から二ヶ月ほどしか経っていない。人々がまともに取り合わなかったのも当然であろう。

はじめのうちは頼ってくる依頼人もほとんどおらず、持ちこまれるのも小さな事件ばかりであった。それでもホームズは全力を尽くして取り組んだ。地道に白星を積み重ねていくうちに、彼の解決した事件がふたたびぽつぽつと紙面を飾るようになってきた。とりわけ「狸谷山不動院《たぬきだにさんふどういん》の哲学博士怪死事件」の解決は、名探偵ホームズの復活を世に印象づけるものであった。

そうなると当然、世間は次のような疑問を抱く。

――いかにしてシャーロック・ホームズは復活したのか？

しかし、どれほど新聞や雑誌の記者に質問されても、ホームズは決してスランプ脱出の経緯を語ろうとせず、「弁財天に毎日お参りしていたんだよ」「達磨に片目を入れて祈願したんだよ」などと煙に巻いていた。実際、マスグレーヴ家の〈東の東の間〉をめぐる事件には、合理的に説明できるようなことは何ひとつない。弁財天や達磨の御利益というほうが、よっぽど気が利いている。

シャーロック・ホームズが〈東の東の間〉について語ることはなかった。

それはまるで謎そのものが消失してしまったかのような態度であり、同じことがモリアーティ教授にもあてはまった。

ある日、私が寺町通221Bを訪ねていくと、裏庭でモリアーティ教授が焚き火をしていた。スランプ中に書いていた膨大なメモといっしょに、あの「模型の街」を燃やしているのだった。

私は教授のかたわらに佇んで、「ロンドン」が灰になっていくのを眺めた。

「いいんですね？」

「いいのだよ。もう必要ないからな」

モリアーティ教授は煙に目を細めながら言った。

〇

新緑も爽やかな、五月上旬の朝のことである。

私はのんびりと馬車に揺られて寺町通221Ｂへ向かった。

その日は朝から嘘のように美しい日であった。これほど非の打ちどころのない「ピクニック日和」は、一生の内にそう何度も巡り会えるものではないだろう。頬を撫でる芯の冷たい風は仄かな花の香りを含んでいた。飾り窓を覗いて歩く人々も、みんな軽やかな春の装いである。

寺町通221Ｂに到着すると、ハドソン夫人はピクニックの支度におおわらわであった。玄関ホールにはいくつものバスケットが積み上げられている。

「おいおい、ハドソンさん。これをぜんぶ持っていくつもりかね」

「お茶会を開くには、最低限これぐらいは必要ですよ。ただでさえ参加者が多いんですから。ホームズさんにワトソン先生、メアリさんにアドラーさん、モリアーティ教授、それにレストレード警部もいらっしゃるし。私の目の黒いうちは、いいかげんなピクニックは許しません」

「しかし私たちはこれから大文字山へ登るんだろう？」

「みんなで手分けして運び上げればいいじゃありませんか」

ハドソン夫人は楽しそうに言った。「良いお天気になってよかったですね」

二階のホームズの部屋へゆくと、ブラインド越しに明るい光が射しこんでいた。

モリアーティ教授が暖炉前の長椅子に腰かけている。サイドテーブルには金魚鉢が置かれ、ふてぶてしい面構えの「ワトソン」が煌めく水に浮かんでいた。厳しい京都の冬を乗り越えて、いっそう貫禄が増している。この頑健《がんけん》な金魚君はさぞかし長生きするであろう。

モリアーティ教授は金魚のワトソンに餌《えさ》をやりながら言った。

「おはよう、ワトソン君。ピクニック日和だな」

「おはようございます」

「あのバスケットを見たかね。ハドソン夫人はおおいに張り切っているよ」

そういうモリアーティ教授もずいぶん張り切っているように見えた。涼しげな白い麻の服に身を包み、脛《すね》にはきっちりとゲートルを巻き、つやつやと光る麦藁《むぎわら》帽子を膝にのせている。

あいかわらずモリアーティ教授はこの下宿の三階で暮らしているのだが、最近は仕事の都合でマスグレーヴ家に滞在していることが多い。こうして顔を合わせるのは四月の叙勲式《じょくんしき》以来のことだ。ずいぶん印象が変わっている。顔つきはふっくらとして穏やかになり、肌の色艶もいい。その眼差しからは刺々しさが消え、円満な知性が感じられた。

「ホームズ君はまだ眠っているぞ」

モリアーティ教授は寝室のドアを指した。

「よほど疲れているのだろう。このところ大活躍だからな」

ホームズが「引退宣言」を撤回してから一ヶ月が過ぎていた。

ここで忘れてはならないのは、ホームズの復帰と時を同じくして、もうひとりの人物がひそかに復帰していたことだ。モリアーティ教授は現在、レジナルド・マスグレーヴの依頼を受け、先代の死後に凍結された「月ロケット計画」を再始動させる準備に取り組んでいる。このところ、彼がたびたび洛西のハールストン館に滞在しているのもそのためであった。

私は肘掛け椅子に腰を下ろして言った。「お仕事の具合はいかがです？」

「まだ手をつけたばかりだがね。カートライト君の手も借りながら、ロバート・マスグレーヴ時代の成果を再検討しているところだ。あまり大がかりなことはできないが、いくつか新しいアイデアは浮かんだし、いずれ月ロケット基地も縮小して再建したい。ところであの〈東の東の間〉だがね。『月ロケット計画』の準備室に作り替えることになったよ」

「それは」私は驚いた。「思い切った決断をしましたね」

「マスグレーヴ嬢の提案でね。私たちが生還して以来、〈東の東の間〉で怪現象は目撃されていないし、妙な気配を感じることもなくなった。いったい何が私たちを惹きつけていたのか、今となっては分からないぐらいだ。あの部屋にどんな魔力が宿っていたにせよ、それはもう完全に失われている。闇雲《やみくも》に怖れているよりは、新しい光を入れたほうがいい」

「そうですね。きっとそのほうがいいのでしょう」

その穏やかで自信に満ちた声に耳を傾けていると、モリアーティ教授の感じている幸福がこちらへも伝わってくるような気がした。教授の愛弟子カートライト君も、一時期の心霊主義熱はすっかり冷め、今では落ち着いて研究に打ちこんでいるという。

「仕事ができるというのはいいものだ。それだけでじゅうぶん幸せだ」

モリアーティ教授は微笑んだ。「レジナルド・マスグレーヴ氏も、マスグレーヴ嬢も、この計画にたいへんな熱意を持っている。もちろん私の生きている間に月世界旅行が実現することはないだろう。そのことはよく分かっている。しかし、レジナルド氏やマスグレーヴ嬢が年老いた頃、彼らの子や孫の世代になれば、きっと人類は月へ到達しているさ」

モリアーティ教授は「さて」と膝を叩いた。

「いいかげん、ホームズ君を起こしたほうがいいだろうな」

彼は立ち上がると、ホームズの寝室のドアをノックした。ドアの向こうから不機嫌そうな唸り声が聞こえた。モリアーティ教授はかまわずにノックを続けながら私に訊ねた。「今日のピクニックにはメアリさんも参加するのだろう？　いっしょではなかったのかね」

「アドラーさんと打ち合わせがあるそうなんです」

私は窓に近づいてブラインドを引き上げた。「まだ終わらないのかな」

寺町通の向かい側にアイリーン・アドラーの事務所が見える。二階の窓の前を、メアリが行ったり来たりしながら、盛んに何か喋っていた。

やがてメアリはこちらに気づき、にっこり笑って手を振った。

○

ようやく起きだしてきたシャーロック・ホームズは、貝肉《かいにく》の化け物のように不機嫌だった。

髪はボサボサ、フランネルの寝間着に灰色のガウンを羽織っている。彼は「やあ、ワトソン」と不貞腐れたように言うと、ドサリと肘掛け椅子に座った。そのまま白目を剝いている。

「ホームズ、さっさと支度しろ。ピクニックに行くんだから」

「ピクニック？」

ホームズはうつろな声で言った。

「遠慮しておくよ。僕にかまわず行ってくれ」

「そういうわけにはいかんよ。前からの約束だったろう」

モリアーティ教授がたしなめた。「ハドソン夫人が哀しむじゃないか」

「僕はもう使い古しの手ぬぐいのようにクタクタなんですよ」ホームズは言った。「この一週間で何件の事件を解決したと思っているんです？　どいつもこいつも面白そうな事件ばかり持ちこんでくるから、おちおち眠ってもいられない！」

「なんでもかんでも依頼を引き受けるのが悪いのではないか？」

「引き受けないとアイリーン・アドラーに横取りされますからね」

「それなら自業自得だろ」私は呆れて言った。「だいたい君は不平不満が多すぎる。スランプの間は泣き言ばかり言っていたし、スランプから抜け出しても文句ばかりだ。事件が解決できるようになっただけでもありがたいと思え」

「そりゃ君はいいよ。けっこうなご身分だからな」

「そいつはどういう意味だ？」

「気ままにフラッと立ち寄ってさ、面白そうな事件のときだけ手伝ってさ」

ホームズは立ち上がって暖炉に近づくと、マントルピースに置いてある愛用のパイプを手に取った。これからピクニックへ出かけると言っているのに、身支度をする気配はまるでない。彼はパイプに煙草をつめながら、「それで、ワトソン君」と言った。「いつになったら『ストランド・マガジン』の連載は再開するんだね。そろそろ読者の期待に応えるべきだろう」

「昨日、編集部と相談してきた。来月号から再開する予定だ」

ホームズはフンと鼻を鳴らした。「そいつはなにより」

「僕の書くものになんて興味ないくせに」

「そんなことはない。ワトソンなくしてホームズなし、だからね」

ホームズは悪戯小僧のような笑みを浮かべてパイプを吹かした。

そのとき、階下で呼び鈴の鳴る音が聞こえた。ハドソン夫人が玄関のドアを開けて、何やら賑やかに言葉を交わしている。やがてアイリーン・アドラーとメアリが姿を見せた。二人とも山登り用の軽装にブーツを履き、花飾りをつけた麦藁帽子をかぶっている。彼女たちは、寝間着姿でパイプを吹かしているホームズを見て、二人そろって目を丸くした。

「まだ支度してないんですか、ホームズさん！」

「そう言われても、僕は今さっき起きたばかりなんです」

「それは寝坊したあなたが悪いんでしょう」とアイリーン・アドラーが言った。

「僕はヘトヘトなんですよ、アドラーさん」ホームズはしかめっ面をした。「言っておきますがね、僕には探偵として一年以上のブランクがあるんです。復帰したからといって、すぐに元通りというわけにはいかない。当面ノンビリやるつもりだった。それなのに勲章《くんしょう》なんぞもらったせいで、たちまち仕事が増えてしまった。女王陛下も余計なことをしてくれたものです」

「なんてこと言うんです」

アイリーン・アドラーは眉をひそめた。

「勲章をもらうなんて、名誉なことでしょう」

「僕は勲章をもらうために探偵をやっているわけではない」

ホームズは傲然と胸をそらした。「僕には事件そのものが報酬なんです」

窓辺の書き物机に目をやれば、小切手帳や吸い取り紙にまじって、女王から授けられた勲章が無造作に放りだしてある。メアリが私に寄り添ってささやいた。

「ホームズさんはあいかわらずね」

「本当は勲章をもらって嬉しくてしょうがないんだよ」

私はメアリに耳打ちして、机上の勲章を指した。「それを見透かされたくないから、ああやって、ことさら無造作に放りだしておくんだ。もっと素直に喜べばいいのに」

「ほんと、ほんと」

「何をコソコソ喋っているんだ?」

ホームズがこちらを睨んだので、私たちは素知らぬ顔をした。

間もなくハドソン夫人が戸口に現れ、ぷりぷりと怒った。

「さっさと着替えてください、ホームズさん。このままでは日が暮れてしまう!」

この大文字山へのピクニックは、ハドソン夫人が何週間も前から念入りに計画してきたものであった。それを台無しにすることは、たとえ天下の名探偵といえども許されない。

たちまちホームズはパイプを取り上げられ、寝室へ追い立てられた。彼が着替えをしている間に、モリアーティ教授が近所の馬車屋から二台の四輪馬車を呼んできて、私たちは山ほどのバスケットや毛布、パラソルなどを積みこんだ。荷物の多さにアイリーン・アドラーは呆れ、「しばらく山の上で暮らせそう!」と笑った。

やがて中折れ帽をかぶったホームズが仏頂面で下りてきた。一台目の馬車には女性陣が、二台目の馬車には男性陣が乗ることになった。

「待ってくれ、ホームズ。まだレストレード警部が来てない」

「そいつは気の毒だな。では、行こう。大文字山へ!」

ホームズはさっさと馬車に乗りこんだ。待ってやるつもりはないらしい。

そうして私たちを乗せた馬車が走りだした直後、「おーい、待ってくれ!」という叫び声が聞こえてきた。窓から顔を出すと、レストレード警部が必死で追いすがってくる。やがて馬車に乗りこんだレストレードは、ハンカチで汗を拭いながら恨めしそうに言った。

「ひどいですなあ。置いてけぼりはないでしょう」

ホームズは笑いながら、「遅れる方が悪いんだよ」と言った。

馬車は丸太町通を北へ渡って、宮殿の長い塀に沿って走っていった。

私は窓の外へ目をやった。爽やかな春の風が吹きこんでくる。左手に続く塀の向こうには、新緑の木立がのぞいている。近衛兵の守る門前を通りすぎるとき、宮殿の青々とした前庭に佇んでいるヴィクトリア女王の姿が、一瞬だけ見えたような気がした。

○

シャーロック・ホームズが「引退宣言」を撤回してから間もない頃、ヴィクトリア女王の使者が寺町通を訪ねてきた。使者はうやうやしい態度で文書を読み上げ、シャーロック・ホームズ、アイリーン・アドラー、モリアーティ教授の三名に対して、それぞれの功績を讃えて勲章を授与すると告げた。それは女王の要望で急遽決まったことで、きわめて異例のことであったらしい。

叙勲式が行われたのは四月上旬のことである。

ちょうど桜が満開の頃で、正装して宮殿へ向かうとき、馬車の中へ白い桜の花弁が舞いこんできたことを思いだす。メアリも私も緊張してしゃちほこばっていた。私たちが勲章をもらうわけではないが、宮殿へ足を踏み入れるのも初めてだったのである。

赤い絨毯の敷かれた謁見の間で、シャーロック・ホームズ、アイリーン・アドラー、ジェイムズ・モリアーティ教授の三人は、ヴィクトリア女王から勲章を授けられた。大きな窓からさんさんと光の射しこむ謁見の間は煌びやかで、列席者には政府の要人の姿もある。さすがのホームズもいささか緊張した面持ちであった。叙勲式のあとは園遊会が予定されていて、そちらにはレストレード警部をはじめとする京都警視庁《スコットランド・ヤード》の関係者や、マスグレーヴ家の人々、ハドソン夫人も招待されていた。

やがて叙勲式が終わり、参列者たちが流れ始めた。メアリと連れだって謁見の間を出たとき、侍従長《じじゅうちょう》が足早に近づいてきて、「ワトソン先生」と声をかけてきた。

「少しお時間をいただけますでしょうか」

「なんでしょう？」

「とても重要な用件でして」

侍従長は声をひそめて言う。「どうぞこちらへ」

その口ぶりは丁重だったが、有無を言わせぬ威圧感があった。私は思わず、メアリと顔を見合わせた。なんとも妙な話であった。シャーロック・ホームズのような探偵ならいざ知らず、一介の医師兼記録係にすぎない私に、どんな用件があるというのだろう。しかし侍従長はそれきり口をつぐんで、私の返答を待っている。

何かを察したメアリが私の腕に触れて、「先に園遊会へ行っていますから」とささやいた。

私は頷き、侍従長に「うかがいましょう」と答えた。

侍従長は先に立って、私を宮殿の奥へと案内した。

長い廊下を歩いていくと、たちまち参会者たちの賑わいは遠ざかった。

はじめのうちは侍従や女官たちの姿も目に入ったが、私たちが通りかかると、彼らは頭を下げて素早く退いた。あちこちからドアを閉める音が聞こえ、やがて人の気配がしなくなった。本当に誰もいないのか、それともみんな息をひそめているのか、私には判断のしようがなかった。気がつくと、あたりは異様な静寂に包まれており、絨毯を踏む自分の足音が聞こえるほどだった。沈黙に耐えきれなくなって、私は侍従長に訊ねた。

「どういうご用件なのでしょう？」

「申し訳ございませんが、私からはお伝えいたしかねます」

侍従長は淡々とした声で言った。こちらを振り返ろうともしないのである。

私たちは肖像画や風景画の飾られた廊下を抜け、丸天井の広間を抜け、ふたたび長い廊下を歩いた。やがて突き当たりに重厚な観音開きのドアが現れた。侍従長はドアを開け、「どうぞお入りください」と言った。私が中へ入るのを見て、侍従長は外からドアを閉めてしまった。

私が案内されたのは宮殿の図書室らしかった。右手の壁と、奥の壁は、一面が天井まで作りつけの書棚になっており、あちこちに移動式の梯子段が置かれている。左手の大きな窓の向こうは青々とした芝生の敷かれた中庭で、一本の桜が花を咲かせている。

部屋の中央には大きな長方形のテーブルがあった。母ぐらいの年齢の小柄な女性が椅子に腰かけ、こちらに背を向けていた。何か熱心に調べ物をしているらしく、私が入ってきたことにも気づかないようであった。私が「お邪魔して申し訳ありません」と声をかけると、彼女は顔を上げて振り向いた。それはヴィクトリア女王だった。私は姿勢を正した。

「女王陛下。ジョン・ワトソンです」

「よく来てくれました」

ヴィクトリア女王は頷いてみせた。

「こちらへいらっしゃい。見せたいものがあります」

私は一礼して女王のそばに近づいた。テーブルには手書きの原稿らしきものが、いくつかの山に分けて積み重ねてあった。ずいぶんひどい状態で、ばらばらに引き裂かれたものを丁寧に貼り合わせた跡が見える。女王がそのうちの一枚を私に手渡した。


この数年間、私はシャーロック・ホームズ氏の許可を得て、彼の手がけた事件記録を雑誌「ストランド・マガジン」に発表してきた。それらの冒険譚は洛中洛外の探偵小説愛好家たちを熱狂させ、名探偵シャーロック・ホームズの名は天下に轟いたのである。

たしかにシャーロック・ホームズの仕事ぶりは天才的であった。

しかしながら、その名声は彼ひとりの手でつかみ取られたものではない。


私はその文面を見つめたまま、しばらく凍りついたように動けなかった。

それは『シャーロック・ホームズの凱旋』の原稿だった。ロンドンの屋根裏部屋に籠もって私が書き、モリアーティ教授の「黒の祭典」でばらばらに引き裂かれたものだ。

「どうして陛下がこの原稿を」

私は掠れた声で言った。

「あのロンドンは幻ではなかったのですか?」

「ええ、幻ではありません。あなたたちが〈東の東の間〉に閉じ籠められている間、ロンドンはたしかに存在していたのです。むしろこの世界の方が幻にすぎなかった。もしもあなたたちが無事に帰ってこなかったら、すべてが夢のように消え去っていたことでしょう」

「消え去っていた?」

「〈東の東の間〉はこの世に存在してはならないものでした」

ヴィクトリア女王は淡々と続けた。「けれども私の力ではどうすることもできなかった。どうしてもみなさんの力を借りなければならなかったのです。ホームズ氏、モリアーティ教授、そしてあなたには、本当に気の毒なことをしました。そのお詫びというわけではありませんが、この原稿を救いだすことだけはできたのです。受け取ってくれますね」

しばらくの間、私は茫然として女王を見つめていた。

宮殿の奥深くにある図書室は、時が止まったような静寂に包まれている。

ヴィクトリア女王はゆっくりと椅子から立ち上がり、中庭に面した窓に近づいた。子どものような眼差しで、満開の桜を一心に見つめている。その姿は、先ほどの叙勲式のときよりも、ずっと小さく、年老いて見えた。私も女王のかたわらに佇んで桜を見つめた。

そのときになって気づいたのだが、中庭の芝生には一体の石像があった。

それは梢に向かって両手をさしのべている少女の像で、飛び立とうとしている美しい鳥を思わせた。ふしぎなことに、その横顔にはマスグレーヴ嬢やアイリーン・アドラー、そしてメアリの面影が重なって見える。かすかに桜の枝が風に揺れて、白い花弁が舞い散った。

その情景にはどこか謎めいたものが感じられた。いつか、この場面を夢に見たことがあるような気がした。

「もしも私たちが帰ってこられなかったら、どうなさるおつもりだったのですか？」

私が訊ねると、ヴィクトリア女王は迷うことなく、「あなたたちと運命をともにしたことでしょう」と言った。

「私は見守ることしかできないのですから」

○

私たちは銀閣寺の裏手から登山道に入り、大文字山頂を目指した。

鬱蒼とした森の空気は冷たかったが、少し歩くとたちまち汗が吹きだしてきた。

高齢のハドソン夫人とモリアーティ教授の足が一番速かった。考えてみれば、ハドソン夫人は毎日下宿の階段を上ったり下りたりして忙しく働いているし、モリアーティ教授もスランプの時期に夜通し歩きまわって足腰は頑健なのである。出かけるときはあれほど不満タラタラであったホームズも、アイリーン・アドラーと何か議論しながら、ずんずん登っていく。

レストレードと私がひいひい言っていると、メアリが心配そうに振り返った。

「ジョン、大丈夫？　少し休みましょうか」

「いいから君は先に行ってくれ」

私はメアリに手を振った。「私たちはのんびり行くから」

レストレードはバスケットを足下に置いて、ハンカチで汗を拭った。ハドソン夫人の用意したバスケットはみんなで分担して持つことになったが、それでもかなりの重さである。

「忙しそうだね、レストレード。君の名を新聞で見ない日はない」

「忙しいなんてもんじゃありませんよ」

大げさに嘆くような口ぶりとは裏腹に、レストレードの顔は輝いている。

「アドラーさんと手を組んで、ただでさえ忙しかったところへ、ホームズさんも復帰されましたからね。お二人がどんどん事件を解決していくから、犯罪者たちが京都警視庁《スコットランド・ヤード》の門前で行列を作っていますよ。のんきに大文字山へ登っている場合じゃないんです、本当は」

「少しは手柄を他の刑事に譲ってやってはどうかね」

「そいつはごめんです」

レストレードはそう言ってニヤリと笑った。

強い風が新緑の森を揺らし、遠い滝音のようなざわめきが聞こえてきた。

汗だくになって登っただけに、大文字の火床に辿りついたときには、さすがに爽快な気分になった。「やあ、こいつは素晴らしい」とレストレードが感嘆した。切り開かれた斜面に涼しい風が吹き渡って、青々とした草を揺らしていた。ところどころに石積みの炉が見える。毎年お盆になると、それらの炉に火が入って、夏の夜空に「大」の字を描くのである。

その斜面からはうっすらと霧に包まれた街を一望することができた。

大文字山の山裾には、中世の要塞のような大学街があった。そのまわりはのどかな田園地帯で、ところどころに小さな森がある。ゆったりと流れる鴨川の向こうには、こんもりとした緑に包まれたヴィクトリア女王の宮殿が見てとれる。あとは石と煉瓦の甍《いらか》がひたすら広がって、盆地の底を埋め尽くしていた。まるでモリアーティ教授の「模型の街」のようである。

「おーい、ワトソン君。こっちだぞう」

ホームズが斜面の一角で手を振っていた。

爽やかな天気と、ハドソン夫人の手腕によって、ピクニックは素晴らしいものになった。私たちは広げた毛布に腰を下ろして、サンドイッチやスコーンをつまみながらお茶を飲んだ。

満足そうなハドソン夫人をよそに、シャーロック・ホームズとアイリーン・アドラーは議論に夢中であった。先日ホームズが解決した偽造金貨事件を引き合いに出して、彼女がその推理過程に疑問を呈したのである。もちろんホームズが黙って引き下がるわけがない。彼らの議論は白熱する一方であり、この素晴らしい景色も目に入らない様子だった。

ホームズは齧りかけのサンドイッチを振りまわしながら言った。

「たしかにあなたの仰ることにも一理ありますよ。しかし僕が考えるに……」

そのとき青い空から黒い影が舞い降りてきた。アッと思った瞬間、その黒い影はホームズの手からサンドイッチを奪い取った。飛び去る姿を見ると、それは大きな鳶《とんび》だった。

「あ、やられた！」

シャーロック・ホームズが叫んだ。「泥棒め！」

「犯人に逃げられましたね、ホームズさん」

アイリーン・アドラーはそう言って、くすくす笑った。

○

私はホームズたちからはなれ、大文字の斜面を歩いていった。

ひとり草地に腰を下ろしていると、メアリがやってきた。

「いい眺めねえ」

「そうだねえ」

メアリはちょこんと私のかたわらに座った。

探偵小説の連載のことだけど、とメアリは言った。

アイリーン・アドラーと相談して来月号から連載を再開することになったという。「シャーロック・ホームズの冒険」と「アイリーン・アドラーの事件簿」、無期限停止になっていた二つの探偵小説が同時に再開することになる。編集部はさぞかし喜んでいるだろう。「メアリなくしてアドラーなし」と私が言うと、メアリは微笑んだ。

しばらくの間、私たちは黙って風に吹かれていた。

やがてメアリはささやくように言った。

「帰ってきてくれてよかった」

「君のおかげなんだよ」

――必ず帰ってきてください。約束ですよ。

あのメアリの声によって救われたと私は信じている。

さもなければ、私たちはあの底知れぬ深淵に呑みこまれていただろう。

「このところ、ずっと考えていたことがあるんだよ」私は言った。「これまで僕たちはずっと〈東の東の間〉に『魔力』が宿っていると思いこんできた。しかし真実はあべこべだったんじゃなかろうか」

「あべこべって、どういうこと?」

「この世界そのものが『魔力』によって創られている」

そう言ったとたん、ふしぎな確信が湧いてきた。「マスグレーヴ家の〈東の東の間〉は、その『魔力』の及ばない場所だった。そう考えてみればどうだろうか。それは世界の綻《ほころ》びのようなもので、誰かが縫い繕わねばならなかったんだよ。だから僕たちは――」

ふいにメアリの温かい手が私の手を包みこんだ。

「そのことはもう考えないでおきましょう。いつかホームズさんも言っていたわ。この世界には触れるべきでない謎というものがあるって」

少し考えてから、私は頷いた。

「うん。そうだね」

「もう二度と『魔法』は解けないでほしい」

メアリは私の肩にもたれると、安心したように目を閉じた。

私は風に耳を澄ました。ホームズたちの賑やかな声が聞こえてくる。

四月上旬の叙勲式以来、私は女王から託された原稿を書き継いできた。

これほどふしぎな経緯で書かれた原稿はないだろう。第一章から第四章まではロンドンの下宿屋の屋根裏部屋で書かれ、そこから先は京都の診療所の書斎で書かれた。〈東の東の間〉を挟んで二つの世界を行き来することによって、『シャーロック・ホームズの凱旋』は生まれたのである。完成の暁にはヴィクトリア女王に献上しようと決めている。

そのとき、女王のささやく声が聞こえたような気がした。

――私は見守ることしかできないのですから。

いつの間にか霧が吹き払われて、眼下の街はふしぎなほど鮮明に見えた。

これからも名探偵シャーロック・ホームズは多くの事件を解決していくだろう。そして、その冒険を記録する者はジョン・H・ワトソンをおいて他にない。

シャーロック・ホームズの凱旋は、ジョン・H・ワトソンの凱旋でもある。

作中に登場する事件の名称や一部表現は、深町眞理子訳のシャーロック・ホームズ・シリーズ（創元推理文庫）を参考にしました。

本書は、『小説ＢＯＣ』三号〜六号、八号、十号（二〇一六年一〇月〜一八年七月）に連載された「シャーロック・ホームズの凱旋」を、単行本化にあたり全面改稿したものです。

装画　森　優

装幀　岡本歌織（next door design）

森見登美彦

1979年、奈良県生まれ。作家。京都大学在学中に執筆した『太陽の塔』で2003年、第15回日本ファンタジーノベル大賞を受賞してデビュー。06年『夜は短し歩けよ乙女』で第20回山本周五郎賞を受賞、第137回直木賞の候補となり、翌年の第４回本屋大賞の２位を獲得した。10年『ペンギン・ハイウェイ』で第31回日本ＳＦ大賞、14年『聖なる怠け者の冒険』で第２回京都本大賞、17年『夜行』で第７回広島本大賞、19年『熱帯』で第６回高校生直木賞を受賞したほか、映像化・舞台化された著書も多数。

シャーロック・ホームズの凱旋《がいせん》

2024年１月25日　初版発行
2024年２月25日　４版発行

著　者　森見登美彦《もりみとみひこ》
発行者　安部順一
発行所　中央公論新社
〒100-8152　東京都千代田区大手町1-7-1
電話　販売 03-5299-1730　編集 03-5299-1740
URL https://www.chuko.co.jp/

ＤＴＰ　嵐下英治
印　刷　図書印刷
製　本　大口製本印刷

Published by CHUOKORON-SHINSHA, INC.
Printed in Japan　ISBN978-4-12-005734-2 C0093

定価はカバーに表示してあります。落丁本・乱丁本はお手数ですが小社販売部宛お送り下さい。送料小社負担にてお取り替えいたします。